Ca
Li

Montlake

Das Buch

Der junge Chase Stone und seine Schwester erben nach dem überraschenden Tod ihres Vaters dessen Firma und Vermögen – unter einer Bedingung: Wenn sie ihr Erbe erhalten wollen, müssen sie sich den Herausforderungen im Unternehmen stellen und ihren Halbbruder finden, von dem sie noch nie etwas gehört haben.

Piper Maddox weiß alles über Stone Enterprises. Fünf Jahre war sie Aaron Stones Assistentin, bis der ihr kurz vor seinem Tod überraschend kündigte. Nun steht Aarons attraktiver Sohn Chase vor ihrer Tür und bittet sie, zurückzukommen. Er ist faszinierend anders als sein machtbesessener Vater und er braucht ihre Expertise. Dringend. Und Piper braucht das Geld. Chase und Piper sind ein echtes Dreamteam im Job, und auch sonst. Aus ihrem heißen Flirt könnte mehr werden – wären da nicht ihre gut gehüteten Geheimnisse.

Die Autorin

New-York-Times-Bestsellerautorin Catherine Bybee wuchs im Bundesstaat Washington auf. Nach der Highschool zog sie nach Südkalifornien, um Schauspielerin zu werden. Bald aber hatte sie genug davon, sich den Lebensunterhalt als Kellnerin zu verdienen, und absolvierte eine Ausbildung zur Krankenschwester. Heute arbeitet sie hauptberuflich als Autorin. Zu ihren bekanntesten Werken zählen die Bücher aus den Reihen »Eine Braut für jeden Tag«, »Fast …«, »Happy End in River Bend« und »Diesmal für immer«. Catherine Bybee lebt mit ihren zwei Söhnen in Südkalifornien.

Catherine Bybee

LIEBE IN AUSSICHT

Roman

Aus dem Amerikanischen
von Teresa Hein

Montlake

Die amerikanische Ausgabe erschien 2024 unter dem Titel »All Our Tomorrows« bei Montlake, Seattle.

Deutsche Erstveröffentlichung bei
Montlake, Amazon Media EU S.à r.l.
38, avenue John F. Kennedy, L-1855 Luxembourg
Februar 2025

Die Übersetzung dieses Buches wurde durch Amazon Crossing ermöglicht.

Umschlaggestaltung: Allyse Karam
Umschlagmotiv: © Bokeh Blur Background © settharath / Shutterstock;
© Period Images / www.periodimages.com
Lektorat und Korrektorat: VLG Verlag & Agentur, Haar bei München,
www.vlg.de
Gedruckt durch:
Amazon Distribution GmbH, Amazonstraße 1, 04347 Leipzig /
CPI Druckdienstleistungen GmbH, Ferdinand-Jühlke-Straße 7, 99095
Erfurt /
CPI books GmbH, Birkstraße 10, 25917 Leck /
Libri Plureos GmbH, Friedensallee 273, 22763 Hamburg

Verantwortliche Person für Produktsicherheit in der EU:
Amazon Publishing, Amazon Media EU S.à r.l.
38, avenue John F. Kennedy, L-1855 Luxembourg
amazonpublishing-gpsr@amazon.com

ISBN 978-2-49671-562-0
e-ISBN 978-2-49671-591-0

www.montlake.de

Für alle Frauen, die sich je entscheiden mussten.

Kapitel 1

Das wohl Beste am Begräbnis eines nahen Angehörigen war, dass man dabei in geschlossenen Räumen eine Sonnenbrille tragen konnte. Jeder nahm an, dass man hinter den dunklen Gläsern Schmerz und Trauer verbarg. Doch Chase und Alex versteckten damit lediglich den Schock und die Ungläubigkeit angesichts des kompletten Schwachsinns, der hier von der Kanzel triefte. Dass der Pastor den Verstorbenen angemessen würdigte, konnte man verstehen. Doch die vielen anderen Redner, die ebenfalls in warmen Worten ihrer tiefen Verbundenheit mit Aaron Stone Ausdruck verliehen, lösten bei Chase einen Würgereiz aus.

»Ehemann, Vater, Philanthrop, Erbauer eines Imperiums – Aaron war mehr als ein Unternehmer, mehr als der Träger des klangvollen Namens, der so viele Hotels und Resorts auf der ganzen Welt ziert. Aaron Stone war mein Freund. Jemand, mit dem ich nach der Arbeit ein Glas trinken oder auch mal ganz spontan ein Wochenende in Vegas verbringen konnte …«

Chase beugte sich zu seiner Schwester und flüsterte: »Mit einem Edel-Escort-Service im Kurzwahlspeicher.«

Alexandra, oder Alex, wie sie schon von klein auf genannt wurde, stieß ihn in die Seite und drückte sich ein Taschentuch an die Lippen, um ihr Lächeln zu verdecken.

Exakt neunzig quälende Minuten wahrscheinlich nutzloser Gebete und verlogener Lobeshymnen auf den Kotzbrocken in der Kiste später folgte Chase an der Seite der letzten Frau seines Vaters dem Sarg. Alex und ihre Mutter reihten sich hinter ihnen ein.

Chase war gefragt worden, ob er als einer der sechs Sargträger seinen Vater zu dessen letzter Ruhestätte tragen wollte. »Nur über meine Leiche«, war seine Antwort gewesen. Die Versuchung war zu groß, die Kante des Sargs »aus Versehen« von seiner Schulter rutschen zu lassen, um den Mann aus seinem perfekten Begräbnis kullern zu sehen und die Leute lachen zu hören.

Hinter dem Leichenwagen wartete eine lange Reihe Limousinen. Melissa Stone, Ehefrau Nummer drei und zwei Jahre jünger als Chase, nahm mit ihrem Bruder und ihren Eltern auf dem Rücksitz der ersten Platz.

Chase, Alex und ihre Mutter Vivian zogen sich hinter die verdunkelten Scheiben der zweiten Limousine zurück. Sobald die Kameras der Reporter und Paparazzi ihre Regungen nicht mehr festhalten konnten, stießen sie ein kollektives Seufzen aus.

»Verdammt, das war schmerzhaft«, stöhnte Alex, als die Tür geschlossen war.

»Und es geht noch weiter.« Ihre Mutter tätschelte Alex' Bein, als könnte sie damit die Qualen mildern, die sie allesamt durchlitten.

Chase nahm die Sonnenbrille ab und schaute die beiden Frauen an. Zwar hatte Alex gedroht, zur Feier des Tages ein strahlend pinkfarbenes Kleid mit Blumenmuster anzuziehen, um ihre Freude deutlich zu zeigen, doch beide trugen Schwarz.

»Philanthrop? Wann hat Dad je Geld an Bedürftige verteilt?«, fragte Alex.

»Ich nehme an, damit waren seine Steuersparmodelle gemeint«, antwortete Chase.

Die Limousine setzte sich in Bewegung.

Aus dem Programm für die Feierlichkeiten, das Chase vorgelegt worden war, wusste er, dass vier uniformierte Polizisten der Motorradstaffel die Prozession zum Friedhof begleiten würden. Später würde sich der ganze Tross im Schneckentempo hinauf in die Hügel von Beverly Hills schieben, um dort hinter geschlossenen Toren weiterhin scheinheilig zu lächeln und falsche Tränen zu vergießen.

Ein so wohlhabender Mann wie Aaron Stone lebte auf großem Fuß und wurde auch so verabschiedet.

Laut seinem persönlichen Anwalt hatte er sein Begräbnis schon vor Jahren geplant. Dass Aaron damals erst Anfang sechzig und bei recht ordentlicher Gesundheit gewesen war, zeigte deutlich das Ausmaß seines Narzissmus. So perfekt wie er hätte kein anderer seinen Abschied in Szene setzen können.

»Bleibt Melissa eigentlich dort oben wohnen?«, fragte Alex.

Chase hob die Schultern. »Keine Ahnung.«

»Wie ich euren Vater kannte, hatten er und Melissa einen Ehevertrag.«

»Wenn der auch nur annähernd so aussieht wie deiner, hat sie Glück, wenn sie am Ende ihren Schmuck behalten kann.«

Chase verkniff sich jeden Kommentar und hörte zu, wie seine Schwester ihrem Unmut Luft machte. So richtig konnte sie das sowieso erst tun, wenn diese Show vorbei war und sie sich in das bescheidene Heim ihrer Mutter in Santa Monica zurückzogen. Für ein kurzes Durchatmen vor dem Anwaltstermin am nächsten Morgen.

Dieses ganze Drama in mehreren Akten hätte Chase gern übersprungen und sich lieber eine düstere Bar gesucht, um dort ein Glas Whiskey auf seinen toten Vater zu heben und ihm noch ein letztes Mal zu sagen, er könne ihn mal.

Sie bogen in den Friedhof ein, die Sonnenbrillen fanden den Weg zurück auf ihre Nasen. Zum Glück war die Zeremonie am Grab deutlich kürzer als die in der Kirche. Melissas lautes Schluchzen und ihre herzzerreißenden Tränen hätten gut in eine Daily Soap gepasst.

Die kühle Brise schob regenschwere Wolken über den Frühjahrshimmel, während sich Hunderte von Trauergästen um Aaron Stones Sarg scharten. Viele unterhielten sich leise, manche wandten sich ab, wenn Chase sie direkt ansah.

Endlich sprach der Pastor das letzte Gebet und bat Gott, die Seele des Verstorbenen in Empfang zu nehmen, damit die Familie ihn an einem guten Ort wusste und Trost fand.

Erst in diesem Augenblick empfand Chase zum ersten Mal Trauer. Trauer um den Vater, den er nie wirklich gehabt hatte. Trauer um die vertane Chance auf eine Annäherung. Was der Mann seiner Familie angetan hatte, konnte er nun nicht mehr gutmachen. Mit dem Tod endete jede Aussicht auf Versöhnung.

* * *

Langsam schob sich die lange Schlange von Trauergästen auf Aaron Stones luxuriösem Anwesen die Stufen zur Haustür hinauf. An einer Seite der Tür standen Alex und Chase, an der anderen Melissa. Nach zehn Minuten blockierte eine ältere Frau mit einem Gehstock den Fortgang der Parade und gab Chase damit einen Vorwand, keine weiteren Hände schütteln und nicht in weitere unbekannte Gesichter lächeln zu müssen. »Ich brauche einen Drink«, sagte er zu seiner Schwester.

»Prima Idee.« Alex nickte.

Sie verließen ihren Platz an der Tür.

»Ihr könnt mich doch hier nicht einfach hängenlassen«, jammerte Melissa.

»Wenn du sämtlichen Leuten die Hände drücken willst, die unserem Vater in den letzten vierzig Jahren in den Hintern gekrochen sind, nur zu.« Chase lächelte seine Schwester an. »Chardonnay?«

»Heute lieber Wodka.«

Gemeinsam gingen die Geschwister durchs Foyer in das elegante Wohnzimmer. Umrahmt von Säulen und mit seiner gut sechs Meter hohen Decke war der Raum groß genug für vier verschiedene Sitzgruppen mit Sofas und Sesseln. Dank einer Wand, die fast ausschließlich aus Bogenfenstern bestand, war der Lichteinfall spektakulär. In einer Ecke gab es heute eine Bar, Kellnerinnen und Kellner gingen bereits mit Tabletts voller Weingläser umher.

Der ausladende Tisch im Essbereich bog sich unter appetitlich angerichteten Speisen, die nicht etwa von trauernden Anverwandten in der Küche liebevoll von Hand zubereitet worden waren, sondern von einem Caterer stammten.

Alex stellte sich zu ihrer Mutter und Nick, schnappte sich Nicks Glas und nippte daran.

»Braves Mädchen. Höchste Zeit, dich wegzubeamen. Nach den Höllenqualen bei diesem Begräbnis«, sagte Nick.

»Du musst sie nicht auch noch bestärken«, schimpfte ihre Mutter.

Nick war Alex' bester Freund, und oft nannte sie ihn ihren schwulen Ehemann. Sie kannten sich schon so lange, dass Chase ihn als Familienmitglied betrachtete.

»Ich hole ihr ein eigenes Glas«, erklärte er und machte sich auf den Weg zur Bar.

»Einen Wodka Martini und einen doppelten Whiskey, bitte.« Die Sorte musste er nicht benennen, in den Regalen stand nur Hochprozentiges vom Feinsten.

»Muss ein schwerer Tag sein«, sagte jemand hinter ihm.

Chase wandte sich um. Dieses Gesicht hatte er schon einmal irgendwo gesehen. »Es gibt wirklich Orte, an denen ich jetzt lieber wäre«, antwortete er angemessen unverbindlich.

»Das kann ich mir vorstellen.«

Chase überlegte, woher er den Mann mit dem leichten Südstaatenakzent kannte.

»Du erinnerst dich nicht an mich.«

»Tut mir leid. Heute sind so unglaublich viele Leute hier«, sagte Chase entschuldigend.

Der Mann streckte ihm die Hand entgegen. »Jack Morrison.«

Jetzt hatte Chase den Namen zum Gesicht. »Morrison Hotels.«

Jack nickte. »Ja, genau. Ich glaube, wir sind uns kurz vor deinem Highschool-Abschluss mal begegnet.«

»Ich kann leider nicht behaupten, dass ich mich daran erinnere, aber ich weiß, wer du bist.« Angesichts des Namens war das auch nicht weiter schwierig. Genau wie über die Stones konnte man über die Morrison-Familie gelegentlich etwas in der Zeitung lesen. Wer so viel Geld und Einfluss hatte, landete unweigerlich hin und wieder auf der Titelseite.

»Mein Vater wäre gern gekommen, aber er ist … ähm … ein bisschen angeschlagen«, sagte Jack.

»Deshalb hat er dich geschickt.«

»Ich habe das freiwillig übernommen.«

Chase kniff die Augen zusammen. »Ach, und warum?«

Erst kam Jacks Lächeln nur langsam, aber dann wurde daraus schnell ein Lachen. »Pure Höflichkeit.«

»Ich nehme an, du hast meinen Vater nicht gekannt.«

»Nein. Zumindest nicht gut.« Jack wippte auf den Fußballen.

»Ich auch nicht.«

Jacks Brauen schnellten in die Höhe. »Dann hat die Klatschpresse also recht?«

Einen Moment lang musterte Chase sein Gegenüber. »Was das mehr als distanzierte Verhältnis meines Vaters zu seinen Kindern betrifft? Ja, das ist hundertprozentig richtig.«

»Verdammt! Das macht diesen Tag gleich noch bitterer.«

»Das kann man wohl sagen.«

Der Barmann stellte Chase die fertigen Drinks hin.

»Seine Familie kann man sich nicht aussuchen«, stellte Jack fest.

Chase schüttelte den Kopf und schnappte sich die Gläser. »Was die Klatschpresse sonst noch über uns schreibt, ist purer Schwachsinn. Glaub lieber nicht alles, was du da liest.«

»Dieses Zeug liest nur meine Frau. Dass ich herkomme, war ihr Vorschlag. Jessie meint, wenn auch nur ein Funke Wahrheit in den Artikeln steckt, brauchen du und deine Schwester ein freundliches Gesicht unter all den Wölfen, die sich jetzt ganz sicher aus dem Dickicht pirschen.«

Chase studierte Jacks Miene mit schief gelegtem Kopf. Der Mann wirkte aufrichtig. Aber reichten ein paar freundliche Worte bei einem Leichenschmaus, um jemanden wirklich einschätzen zu können? »Danke, wir freuen uns, dass du gekommen bist.« Chase sprach auch für Alex. »Aber jetzt muss ich meiner Schwester das hier bringen. Wir brauchen dringend eine flüssige Stärkung.«

Jack nickte. »Nur zu. Wenn ich irgendwas tun kann, ich bin nicht schwer zu finden.«

Chase lächelte, ging ein paar Schritte weg und wandte sich noch einmal um. »Du sagst, dein Vater sei gerade ein bisschen angeschlagen. Stimmt das?«

Jack zögerte. »Für ihn war dein Vater ein Arsch. Und mein Vater ist schwer zu übersehen und zu überhören. Wir wollten hier keine Szene riskieren.«

Zum ersten Mal an diesem Tag lachte Chase. Ein Mann, der so wohlhabend und mächtig war wie Jack Morrison und nicht davor zurückschreckte, einen Toten bei dessen Trauerfeier als Arsch zu bezeichnen, war Chase auf Anhieb sympathisch. »Ich melde mich.«

»Würde mich freuen.«

Chase brachte seiner Schwester den Martini.

»Mit wem hast du dich da unterhalten?«, fragte sie.

»Mit Jack Morrison«, antwortete ihre Mutter für ihn.

Nick spähte über den Rand seines Cocktailglases. »Sieht lecker aus. Ist er Single?«

Mit ihrer freien Hand gab Alex Nick einen Klaps auf den Arm. »Du wirst beim Leichenschmaus meines Vaters keine Kerle anbaggern.«

Chase war froh, dass Nick wie so oft für einen Lacher sorgte. »Vergiss es. Er ist nicht bloß kein Single, sondern hat auch seine Ehefrau erwähnt. Demnach spielt er nicht in deinem Team.« Zu seiner Mutter und seiner Schwester sagte er: »Scheint ein netter Kerl zu sein.«

»Kennst du ihn, Mom?«, fragte Alex.

»Jack persönlich? Nein. Aber jeder in der Hotelbranche kennt seinen Vater, Gaylord. Als ich noch mit eurem Vater verheiratet war, habe ich ihn öfter bei Dinner-Veranstaltungen und anderen Events getroffen. Gaylords Liebe zu seinen Kindern …« Sie brach ab und schaute zu Boden. »Tut mir leid.«

Chase und seine Schwester tauschten Blicke.

Alex legte ihrer Mutter eine Hand auf die Schulter. »Es ist nicht deine Schuld.«

Entschuldigungen hörten sie von ihrer Mutter häufig. Für sämtliche Versäumnisse ihres Ex-Manns als Vater lud sie sich die Verantwortung auf.

»Der Mann ist tot.« Chase hob das Whiskeyglas an die Lippen. »Hör auf, dich für ihn zu entschuldigen.«

»Wenn ich doch bloß …«

»Mom.«

Vivian presste die Lippen zusammen und nickte kurz.

Thema erledigt. Zumindest für den Moment.

Kapitel 2

Gerade als Piper eine Hand in den Ärmel des frisch gewaschenen Shirts schob, das sie in diesem Moment zusammenfaltete, klingelte ihr Handy.

Beim Anblick der Nummer auf dem Display war ihr, als würde ihr ein Messer in den Bauch gerammt.

Mit den Händen im Shirt griff sie sich das Telefon und drückte den Anruf weg. »Verschwinde!«, schimpfte sie.

Nachdem sie das Shirt auf rechts gedreht hatte, faltete sie es mit abgehackten, wütenden Bewegungen. Mitten an einem Arbeitstag hätte sie eigentlich nicht zu Hause ihre Wäsche machen und sich dabei den Kopf darüber zerbrechen sollen, wovon sie die nächste Miete bezahlen wollte.

Schon Sekunden später klingelte das Handy erneut. Sie riss es vom Sofa und wollte auch diesen Anruf ablehnen, doch diesmal erschien Julias Name.

Mit dem Finger schob Piper den grünen Hörer nach rechts und schaltete den Lautsprecher ein. Ohne jede Begrüßung sagte sie: »Du sollst mich doch nicht vom Bürotelefon aus anrufen.«

»Ja, sorry.« Die Stimme ihrer Freundin klang eine ganze Oktave höher als üblich. »Ich bin ein bisschen durcheinander.«

Piper warf einen Blick auf den Wäschestapel und schnaubte. »Frag mich mal. Ich bin komplett von der Rolle.«

»Schalte die Nachrichten ein.«

»Um diese Uhrzeit schaue ich nicht …«

»Kanal fünf. Schnell. Im Moment ist gerade Werbepause, aber es geht gleich weiter.«

Piper legte das gefaltete Shirt zu den anderen und griff nach der Fernbedienung. »Geht es um *ihn*?«

»Jap. Und das ganze Büro steht kopf. Zumindest alle, die heute da sind.«

Der Fernseher erwachte zum Leben, Piper zappte sich zu dem Kanal mit den Lokalnachrichten. »Lass mich raten. Er ist doch keines natürlichen Todes gestorben.«

»Du glaubst, jemand hat ihn umgebracht?«, fragte Julia mit einem kurzen Lachen.

Gerade lief das Ende eines Werbeclips, in dem das neueste Antidepressivum als Start in ein besseres Leben anpriesen wurde. »Er hat sich viele Feinde gemacht, wundern würde es mich nicht.«

Das Moderatorenteam der Nachmittagssendung begrüßte die Zuschauer lächelnd zur Fortsetzung der Nachrichten.

»Was zeigen sie denn überhaupt?«, fragte Piper.

»Sein Begräbnis.«

Wenig überraschend. »Und?«

»Die Kamera hat seine Kinder eingefangen.«

Piper setzte sich auf die Armlehne des Sofas und stellte den Fernseher lauter. »Die sind längst erwachsen.«

»Seine Kinder bleiben sie trotzdem.«

Sieben Jahre lang hatte Piper bei Stone Enterprises gearbeitet, die letzten fünf als Aaron Stones direkte Assistentin, und hatte seine Kinder nie gesehen. Sie war tatsächlich neugierig auf die Fernsehbilder.

Hinter den Nachrichtensprechern erschien eine Grafik mit Stones Konterfei über dem Logo seiner Hotels. Darunter waren sein Geburtstag und sein Sterbedatum zu lesen.

»Hast du den Fernseher an?«, fragte Julia.

»Ja-ha.«

Bilder von Trauergästen, die nach der Feier die Kirche verließen, flimmerten über den Bildschirm. Melissa, die Trophäenfrau, war nicht zu übersehen. Perfekt frisiert, perfekt gekleidet und flankiert von Menschen, die Piper nicht kannte. Hinter ihr ging ein hochgewachsener Mann mit dunklem, leicht welligem kurzem Haar, einem harten Zug um den Kiefer und einem ansonsten ausdruckslosen Gesicht.

»Siehst du ihn?«

»Den Typ hinter Melissa?«

»Ja.«

»Der ist sein Sohn?«, fragte Piper.

»Chase Stone.«

»Sieht aus wie ein Idiot.«

»Oh mein Gott! Er ist umwerfend. Wie kannst du so was sagen?«

»Wenn man auf groß, dunkel und grüblerisch steht …«

»Er hat gerade seinen Vater verloren«, gab Julia zu bedenken.

Piper zuckte die Achseln. Die Kinder eines Ebenezer Scrooge würden sich nach seinem Tod sicher nicht die Augen aus dem Kopf weinen. »Wer sind die beiden Frauen?« Stone junior hatte den Arm um eine Frau gelegt, die in etwa so alt war wie er, eine ältere Frau ging an seiner anderen Seite, und er hielt mit der freien Hand Reporter auf Abstand.

»Seine Schwester und die erste Ehefrau.«

»Aaron Stones erste Frau?«

»Ja.«

Piper legte den Kopf schief. »Sie sieht viel zu normal aus, um mit ihm verheiratet gewesen zu sein.«

»Sie sind schon ziemlich lange geschieden.«

»Gut für sie.«

Jetzt schwenkte die Kamera über den Friedhof und die Gesichter der Trauergäste, dann übernahm wieder das Moderatorenteam im Studio und versprach für die Abendsendung Informationen über den Zustand von Stone Enterprises.

Piper schaltete den Fernseher aus und es wurde still.

»Hier machen sich alle große Sorgen.«

»Worüber?«

»Um ihre Jobs.«

»Quatsch. Das Unternehmen hing nicht bloß an einem einzigen Mann.«

Julia senkte die Stimme. »Stimmt. Aber wir wissen beide, dass Stone Enterprises seit einiger Zeit nicht durchweg schwarze Zahlen schreibt. Es wird von einer Übernahme gemunkelt.«

Piper stand auf und nahm ein Handtuch aus dem Wäschekorb. »Ihm haben immer noch dreiundsechzig Prozent der Firma gehört. Viel zu viel für eine feindliche Übernahme.«

»Fragt sich nur, wem er seine Anteile vermacht hat. Falls sie an Melissa fallen, verkauft sie an den Höchstbietenden und macht sich vom Acker.«

»Dafür hat er sie nicht genug geliebt.«

Julia schnaubte. »Da hast du vermutlich recht.«

»Ich war seine Assistentin, vertrau mir.« Die vielen Blumen, die sie für Stone an andere Frauen geschickt hatte, waren ein deutlicher Hinweis darauf, dass der Mann vor allem sich selbst geliebt hatte.

»Vielleicht erben ja seine Kinder. Heute habe ich gehört, dass die Tochter, Alexandra, bei Regent Hotels arbeitet. Sie könnte ihr Erbe an die Regent-Gruppe verkaufen.«

Piper faltete das Handtuch und legte es weg. »Du ziehst voreilige Schlüsse und regst dich auf wegen nichts. Die Geschäfte müssen weiterlaufen und Führungskräfte sind nicht so leicht auszutauschen.«

»Ja, sicher hast du recht«, meinte Julia, wie um sich selbst zu überzeugen. »Ich brauche diesen Job.«

Piper schnaubte.

»Oh Gott! Tut mir leid. Das war taktlos.«

»Schon okay.«

»Nein, überhaupt nicht. Das war blöd. Wie geht es dir? Was macht die Jobsuche?«

Piper nahm eine Socke, schaute sie an und warf sie zurück in den Korb. »Da mein Boss leider recht kurz nachdem er mich gefeuert hat, von uns gegangen ist, kann ihn schwer jemand wegen einer Empfehlung anrufen.«

»So habe ich das noch gar nicht gesehen.«

Piper schon. Nach der Nachricht von Aaron Stones Tod hatten sich sämtliche Rädchen in ihrem Kopf in Bewegung gesetzt. Man hatte ihren Vertrag aufgelöst, ihr noch das Gehalt für zwei weitere Wochen ausbezahlt und ihr mitgeteilt, ihre Krankenversicherung werde Ende des Monats auslaufen. Nachdem sie aufgehört hatte, sich zu bemitleiden, hatte sie Arbeitslosengeld beantragt. Aber das würde sie erst bekommen, wenn ihr Arbeitgeber bestätigte, dass sie nicht selbst gekündigt hatte oder wegen irgendeines groben Verstoßes vor die Tür gesetzt worden war. Und selbst dann konnte sie die erste Zahlung frühestens in vier Wochen erwarten. »Ich komme schon klar«, sagte sie zu ihrer Freundin.

»Du hast ein paar Ersparnisse, oder?«

»Ich komme klar.«

»Klingt aber nicht so.«

»Ich bin immer noch stinksauer. Bis sich das legt, wird es noch eine Weile dauern.«

»Ich wünschte, ich könnte irgendwas tun«, sagte Julia. »Wenn du lieber keinen Bürotratsch mehr hören willst, lassen wir das.«

»Nein, schon gut. Sobald meine morbide Neugier ein bisschen abebbt, gebe ich dir Bescheid.« Leider war ihre Neugier noch immer gewaltig. Besonders jetzt, wo ihr Drecksack von einem Boss ins Gras gebissen hatte.

»Gut. Mir fehlen unsere gemeinsamen Mittagspausen.«

»Mir auch. Grüß alle von mir.« Piper seufzte.

»Mache ich.«

»Und ruf mich nicht mehr vom Bürotelefon aus an.«

Julia lachte, versprach, in Zukunft daran zu denken, und legte auf.

Piper legte das Handy weg und schaute hinauf zur Decke. Weil sie noch bis vor acht Monaten ihr Studentendarlehen abbezahlt hatte, waren ihre Rücklagen kläglich. Sie wohnte in dem kleinen ehemaligen Gästehaus direkt hinter dem Wohnhaus ihres Vermieters. Er brauchte ihr Geld, um seine eigenen Rechnungen zahlen zu können. So gern der Mann sie auch mochte, die Miete konnte er ihr nicht stunden. Ein neuer Job musste her, und zwar schnellstens.

Ein vertrautes Geräusch an der Hintertür holte sie vom Sofa und von ihrer Wäsche weg.

»Verdammt, Kitty. Wie bist du denn da rausgekommen?« Kopfschüttelnd marschierte sie hinters Haus.

Kapitel 3

Die Räumlichkeiten der Kanzlei Cadry, Harrison und Cadry lagen etwas südlich von Beverly Hills. Schon die Adresse verriet, wie viel Geld hier im Spiel war, die Innenausstattung tat ein Übriges. Der Empfangsbereich war in einem modernen Look mit klaren Linien und heller Beleuchtung gehalten. Der Name der Kanzlei prangte in von hinten beleuchteten schwarzen Lettern an der Wand. Keine der Topfpflanzen im Raum hatte auch nur ein einziges braunes Blatt oder eine welke Blüte vorzuweisen.

Stuart Cadry saß mit dem Rücken zu einem raumhohen Fenster hinter seinem Schreibtisch. Gesetzbücher und gerahmte Auszeichnungen waren perfekt in den maßgefertigten Regalen platziert. Der Mann musste in den Siebzigern sein. Chase kannte ihn schon seit seiner Kindheit, als der Anwalt gelegentlich ins Haus seines Vaters bestellt worden war. Cadrys grau meliertes Haar war inzwischen mehr Salz als Pfeffer, doch ansonsten schien er kaum zu altern. Sein Tausend-Dollar-Anzug und die Rolex, die an seinem Handgelenk funkelte, standen im Einklang mit seinem Stundensatz von neunhundert Dollar.

Chase saß neben seiner Schwester; Melissa setzte sich erst, nachdem sie ihren Stuhl eine gute Armlänge von ihnen weggerückt hatte. Die Augen hinter einer großen Sonnenbrille verborgen, tupfte sie sich mit einem Taschentuch die perfekt geformte Nase und schniefte von Zeit zu Zeit leise.

Alex trug zu ihrem Bleistiftrock einen eleganten Blazer, während sich Chase für einen grauen Anzug ohne Krawatte entschieden hatte. Eigentlich hatte er auch auf das Jackett verzichten wollen, doch seine Mutter hatte ihn daran erinnert, dass Medienvertreter in der Nähe herumlungern würden. Die Verlesung von Aaron Stones Testament würde ganz sicher den einen oder anderen Fotografen anlocken.

Darum, wie er als Sohn seines Vaters aussah, scherte sich Chase kein bisschen. Doch seiner eigenen Firma und seinen Angestellten zuliebe musste er sich professionell zeigen.

»Ich danke Ihnen für Ihr Kommen. Ich weiß, das ist eine schwere Zeit. Aber Aaron hat sehr genaue Anweisungen hinterlassen, wie nach seinem Tod zu verfahren ist«, begann Cadry.

Melissa schniefte laut.

»Ich werde mir Mühe geben, Ihre Zeit nicht übermäßig zu beanspruchen.«

Chase räusperte sich. »Sicher ist das, was Sie uns zu sagen haben, kurz und schmerzhaft.« Weder Alex noch Chase erwarteten irgendetwas vom Testament ihres Vaters. Vermutlich hatte Aaron seine Kinder nur herbestellen lassen, um ihnen noch ein letztes Mal deutlich zu machen, dass sie ihm zu Lebzeiten konsequent in den Hintern hätten kriechen müssen, um nach seinem Tod ein paar Nullen abgreifen zu können.

Der Anwalt lächelte verbindlich und nahm drei Mappen aus einer Schreibtischschublade; zwei ähnelten dicken Büchern, die dritte war kaum ein Viertel so stark wie die anderen.

Mit einem Blick zur Witwe holte Cadry tief Luft und stieß sie langsam wieder aus. »Mrs Stone. Ihr Ehevertrag mit Aaron ist noch immer gültig. Er enthält auch Vereinbarungen für den Fall seines unerwarteten Todes. Weil Fremdeinwirkung ausgeschlossen wird und der Rechtsmediziner Aarons Herzattacke als natürlichen Tod wertet, gibt es keine Gründe, Ihnen vorzuenthalten, was der Verstorbene Ihnen zugedacht hat.«

»Diesen Ehevertrag haben wir für den Fall einer Scheidung geschlossen.« Melissa schaute zwischen Chase, Alex und dem Anwalt hin und her.

»Er bezieht sich auf das Ende Ihrer Ehe, sei es durch Scheidung oder Tod.«

»Aber …«

Cadry hob eine Hand. »Nach Ihrer Eheschließung hat Ihr Mann seinem Testament weitere Anordnungen hinzugefügt.«

Melissa faltete die Hände im Schoß und lehnte sich stumm zurück.

Der Anwalt öffnete die dünne Mappe an einer markierten Stelle. »Ich fasse zusammen, um den Ablauf zu beschleunigen. Falls Sie Details hören wollen, kann ich gern alles Zeile für Zeile erklären.«

»Eine Zusammenfassung dürfte genügen«, meinte Chase. Er schätzte die Zahl der Seiten in den dickeren Mappen auf mindestens fünfhundert. Detaillierte Erklärungen hätten Wochen gedauert.

Der Anwalt holte Luft und begann vorzulesen. »Sollte meine Ehe zum Zeitpunkt meines Todes noch intakt sein, erhält meine Frau Melissa Stone die ihr im Ehevertrag zugesicherten fünf Millionen Dollar. Darüber hinaus fallen meiner schönen Frau die Geschenke zu, die ich ihr im Lauf unserer Ehe gemacht habe. Der Ehering mit dem fünf Karat schweren rosa Diamanten gehört ihr. Jeder Wagen, den ich ihr gekauft habe, gehört ihr. Sollte ich in ihrem Namen Grundbesitz erworben haben, steht er ihr zu, so wie in unserem Ehevertrag festgelegt. Ihre persönlichen Gegenstände, Kleidung, Schuhe, Handtaschen sowie die Möbel in ihren persönlichen Räumlichkeiten in unserem Haus, namentlich ihrem Schlafzimmer und ihrem Wintergarten, gehören ihr – mit den Einschränkungen, die weiter unten beschrieben sind. Zum Zeitpunkt der Testamentseröffnung werden Beauftragte des Nachlassverwalters in unserem Heim ein Inventar von Mrs Stones persönlichen Gegenständen erstellen.«

Melissa setzte sich aufrechter hin. Ihr Blick hing an den Lippen des Anwalts.

Der Mann hielt inne, schaute über seine Lesebrille hinweg und fuhr dann fort. »Folgende Einschränkungen gelten: Zusätzlich zu den im Ehevertrag zugesicherten fünf Millionen Dollar überlasse ich meiner Ehefrau ihre im Lauf unserer Ehe erhaltenen Gegenstände bis zu einem Gesamtwert von einer halben Million Dollar. Dies schließt ihre Kraftfahrzeuge, ihren Schmuck, Kunstgegenstände, Designerhandtaschen und -schuhe, Jetskis, Boote und Immobilien und zudem Mitgliedschaften in Country Clubs und ähnlichen Zusammenschlüssen ein. Was diesen Wert übersteigt, zählt zu meinem persönlichen Vermögen. Sollte meine liebende Frau über den ihr zugedachten Gesamtbetrag hinaus etwas davon behalten wollen, ist sie berechtigt, alle aufgelisteten Gegenstände und Mitgliedschaften zum Preis von fünfzig Prozent ihres Schätzwertes vom Stone-Trust zu erwerben.«

Chase schloss die Augen und hörte seine Stiefmutter scharf einatmen.

»Ich verstehe das nicht«, sagte sie zu dem Anwalt.

»Welchen Teil?«, fragte er zurück.

»Alles.«

Chase hätte beinahe die Augen verdreht. Sein Vater zog nach seinem Tod Ehefrau Nummer drei das Fell über die Ohren. Kaum überraschend.

»Mr Stone hat eine Auflistung all seiner Geschenke an Sie während Ihrer Ehe erstellen lassen.« Cadry tippte auf die Unterlagen auf seinem Schreibtisch. »Es steht alles hier drin.

Der Range Rover, der Schmuck, den er Ihnen zu Weihnachten und zu den Hochzeitstagen geschenkt hat.«

»Das Haus in Italien?« Melissa beugte sich vor.

»Gehört ihm.«

»Im letzten Sommer war er mit mir dort und hat gesagt, es sei meines.«

»Nicht laut unseren Unterlagen.«

Melissa schlug mit der Hand, die das Taschentuch hielt, auf die Armlehne ihres Sessels. »Mein Aston?«

»Solange sein Wert eine halbe Million nicht übersteigt …«

Chase konnte die Rechenmaschine im Kopf der Frau geradezu rattern hören. Wer wusste, wie Melissa sich kleidete und wie sie einkaufte, hatte eine vage Idee davon, welche Summen im Lauf ihrer fünfjährigen Ehe zusammengekommen waren.

»Das ist lächerlich.«

»Mr Stone hat seine Wünsche detailliert niedergelegt.«

»Was ist mit Stone Enterprises?«

Cadry faltete die Hände. »Im Zusammenhang mit der Firma werden Sie nicht erwähnt.«

»Mit dem Haus?«

»Gehört zu seinem Besitz.«

Melissas Blick flog zu Chase und Alex. Ihre Stimme wurde schrill. »Und das heißt was? Kriegen es jetzt etwa die?«

»Mrs Stone …«, sagte der Anwalt ruhig.

»Ich wohne in dem Haus. Es ist mein Heim.«

»Uns musst du nicht anschauen«, meldete Alex sich zum ersten Mal zu Wort. »Wir wollen es nicht.«

Chase schüttelte den Kopf. Er ging nicht davon aus, dass einer von ihnen es bekommen würde. Doch als Cadry ihn ansah und den Blick dann auf die dickeren Mappen auf seinem Schreibtisch richtete, beschlich ihn ein ungutes Gefühl. Was hatte sein Vater getan?

»Sie wollen es nicht. Sie haben es gehört.« Melissa rutschte auf die Sesselkante. Alle Tränen, alle vorgetäuschte Trauer waren wie weggewischt.

»So läuft das nicht, Mrs Stone.«

»Aber …«

»Nach einer Klausel in Ihrem Ehevertrag gehen Sie leider leer aus, wenn Sie im Fall einer Scheidung oder des Todes von Mr Aaron Stone den Klageweg beschreiten.«

»Wir waren fünf Jahre lang verheiratet!« Jetzt schrie sie.

»Und für jedes einzelne Jahr steht Ihnen eine Million Dollar zu. Mr Stone hat Ihre Gesellschaft geschätzt.«

Alex verzog gequält das Gesicht. Obwohl Melissa ihren Vater ganz sicher vor allem wegen seines Geldes geheiratet hatte, tat es doch weh, wenn fünf gemeinsame Ehejahre als »geschätzte Gesellschaft« betitelt wurden.

Melissa sprang auf und zeigte auf die Mappe mit ihrem Namen. »Ich werde das meinem Anwalt übergeben.«

»Das steht Ihnen selbstverständlich zu. Aber denken Sie daran, der Klageweg führt automatisch dazu …«

»Dieser Drecksack!«

Was das anging, konnte Chase ihr nur zustimmen.

»Sie haben zweiundsiebzig Stunden für den Auszug aus dem Haus in Beverly Hills. Im Stone Hotel am Wilshire Boulevard steht Ihnen eine Penthousesuite zur Verfügung, bis Sie eine neue Unterkunft gefunden haben.«

»Ach, wie unglaublich großzügig von diesem Kotzbrocken.«

»Allerdings für höchstens neunzig Tage.«

Mit einer ganzen Salve von unflätigen Ausdrücken hängte sich Melissa ihre Handtasche über die Schulter und schnappte sich ihre Mappe. Dann fixierte sie Chase und seine Schwester mit einem giftigen Blick. »Seid ihr jetzt glücklich?«, blaffte sie.

»Man merkt dir dein Alter an, Melissa«, stellte Alex ohne jeden Hauch von Boshaftigkeit fest.

»Wir sind im selben Jahr geboren.«

Alex atmete tief ein. »Ja, ich weiß. Diese Tatsache fand ich schon immer ziemlich befremdlich.«

»Das ist auf keinen Fall das letzte Wort.« Damit stürmte Melissa in einer Parfümwolke aus dem Büro.

Alex lehnte sich zurück und schlug die Beine übereinander. »Gibt es irgendeinen Grund, weshalb wir uns das haben ansehen müssen?«

Cadry lächelte. »Ihr Vater hat es so gewollt. Er wollte jedem Missverständnis und jeder Missinterpretation seiner Absichten vorbeugen. Mrs Stone hat mehr als genug bekommen, um weiterhin angenehm leben zu können. Dafür hat Ihr Vater gesorgt.«

»Sie steht jedenfalls deutlich besser da als unsere Mutter«, murmelte Chase.

Cadry räusperte sich und straffte die Schultern. »Wenn es irgendwie hilft, ich habe ihn damals anders beraten.«

Aus irgendeinem Grund half das tatsächlich.

Einen Moment lang breitete sich Stille aus, dann zog Cadry die zwei verbliebenen Mappen zu sich. »Die gute Nachricht ist, Sie können die Fehler Ihres Vaters wiedergutmachen. Sie beide gemeinsam. Als Aarons Anwalt zur Zeit der Erstellung dieses Testaments und als sein Nachlassverwalter kenne ich diese Unterlagen sehr gut. Wir können sie Zeile für Zeile durchgehen …« Er trommelte mit den Fingern auf die Mappen. »… und wenn Sie es wünschen, tun wir das auch. Oder ich fasse zusammen, und Sie versuchen es erst einmal zu verdauen. Vielleicht vereinbaren wir einen weiteren Termin für die kommende Woche oder wann immer es Ihnen passt.«

»Wozu sollten wir den brauchen?«, fragte Alex. »Schließlich haben wir auf Daddys Beliebtheitsliste nicht sehr weit oben gestanden.«

Chase überließ das Reden seiner Schwester und beobachtete unterdessen die Körpersprache des Anwalts. Der Mann sah plötzlich müde aus, so als hätte er sich besser schon vor fünf Jahren zur Ruhe gesetzt. Hätte er in seinem Alter nicht gerade irgendwo auf einem Golfplatz stehen sollen?

Alex deutete auf die Unterlagen auf dem Schreibtisch. »Wenn er glaubt, dass wir für einen Scheck von ihm über diverse Stöckchen springen, hat er unterschätzt, wie wenig wir sein Geld brauchen.«

»Es ist sehr viel.«

»Schon möglich.« Sie beugte sich vor und wedelte mit der Hand Richtung Tür. »Aber wir haben ja gerade gesehen, wie unser Vater über seinen Tod hinaus mit Menschen umgeht, die ihm eigentlich am Herzen hätten liegen müssen. Melissa hat ihn höchstwahrscheinlich wegen seines Geldes geheiratet, aber das kann ihn nicht verwundert haben. So wenig ich diese Frau mag, sie sollte nicht schon in der Woche nach seiner Beerdigung ihr Zuhause verlassen müssen.«

Chase legte eine Hand auf die seiner Schwester, um ihr hitziges Temperament ein wenig zu beruhigen. »Hören wir uns doch einfach an, was Mr Cadry zu sagen hat. Schließlich ist er nur der Überbringer der Botschaft.«

Alex schwieg, doch ihre Brust hob und senkte sich bei jedem Atemzug heftig.

Cadry verschränkte die Hände ineinander und legte sie auf die Mappen. »Zu Lebzeiten mag Aaron Ihnen nicht gezeigt haben, wie sehr er Sie als Erwachsene bewundert und respektiert hat. Aber jetzt nach seinem Tod tut er es. Und zwar durch Taten.« Er hielt inne.

»Und wie?« Chase richtete den Blick auf die Mappen, die unter seinen Augen noch dicker zu werden schienen.

»Aaron Stone hat seinen gesamten Besitz seinen Kindern vermacht.«

Chase spürte, wie er starr wurde. Mit einem gewissen Geldbetrag hatte er noch irgendwie gerechnet. Oder mit einem alten Foto mit einer handschriftlichen Notiz auf der Rückseite: »Vielleicht hättet ihr mich öfter besuchen sollen«.

»Stone Enterprises mit allem Drum und Dran. Sämtliche Hotels, Immobilien, alle noch unbebauten Grundstücke. Alle Aktien und Anteile, alle persönlichen Gegenstände, dazu Autos und Häuser …«

»W… wie bitte?« Alex' Hand wurde unter Chase' Fingern eiskalt. Ihre Frage hing in der Luft.

»Alles, Alexandra.«

Chase starrte an dem Anwalt vorbei aus dem Fenster. Sein Vater hatte ein milliardenschweres Hotelimperium geschaffen – mit Zweigstellen in vielen verschiedenen Ländern.

»Aaron hat Ihre Karriere bei der Regent-Gruppe genau verfolgt, Alexandra. Dass Sie Geschäftssinn haben, wusste er, auch wenn Sie nie bei ihm arbeiten wollten.« Jetzt wandte sich der Anwalt an Chase. »Vor achtzehn Monaten haben Sie mit Ihrer eigenen Firma erstmalig einen achtstelligen Jahresumsatz erzielt. Wenn es so weiterläuft, wird bis in etwa zwei Jahren ein neunstelliger erwartet. Ihr Vater mag Ihnen das nie gesagt haben, aber er war sehr stolz auf Sie. Auf Sie beide.«

Nicht wirklich das, was Chase hören wollte oder sich gewünscht hatte.

Alex erhob sich abrupt und ging zum Fenster. »Und wenn wir ablehnen?«

Das war im Zorn gesprochen. »Denk an Mom«, sagte Chase zu seiner Schwester.

»Sie alle werden sich die Verantwortung und die Stimmrechte zu gleichen Anteilen teilen. Bei Stone Enterprises gibt es Leute, die Sie mit den nötigen Informationen versorgen werden.«

Chase spürte, wie sein Gehirn über Cadrys Worte stolperte, fast so, als hätte er gestottert. »Wir alle?«

»Bitte?«

»Sie haben ›Sie alle‹ gesagt. Sie meinen Alex und mich.«

Cadry setzte sich zurecht. Einen Moment lang kniff er die Lippen zu einer schmalen Linie zusammen. »Ja. Allerdings …«

Was auf ein »Ja. Allerdings …« folgte, war selten gut.

»Allerdings was?«

Als der Anwalt zögerte, lief Chase ein Schauer über den Rücken. Alexandra drehte sich in Zeitlupe zu ihnen.

»Aaron hatte einen weiteren Sohn. Sie haben einen Bruder.«

Kapitel 4

Ziemlich benommen verließen Chase und Alex Cadrys Büro. Zusammen mit einem für die Jahreszeit untypisch trockenen Wind sorgte die kalifornische Sonne dafür, dass sich eine weitere Schmutzschicht über einen sowieso bereits schmutzigen Tag legte.

Eigentlich hatte Chase seine Schwester bei ihr zu Hause absetzen wollen, damit sie ihren Wagen holen und ihm zum Haus ihrer Mutter folgen konnte. Doch nach einem kurzen Blick auf die vielen Medienfahrzeuge vor ihrem Apartmentkomplex verwarfen sie diesen Plan.

»Glaubst du, die wissen Bescheid?«, fragte Alex mit einem Blick zu den Reportern, die alle auf einen Kommentar aus erster Hand aus waren.

»Cadry hat behauptet, die Information über den Bruder sei vertraulich.«

»Durchgesickert könnte sie trotzdem sein.«

Chase bog um eine Ecke und fuhr Richtung Freeway. »Aber doch nicht so schnell.«

»Sobald es an die Öffentlichkeit kommt, haben wir garantiert jede Menge Stone-Baby-Kandidaten«, überlegte Alex laut.

Ja, der Gedanke war ihm auch schon gekommen.

Cadry hatte ihnen gesagt, was er wusste. »Ihr Vater ist kurz nach der Scheidung von Ihrer Mutter zu mir gekommen und hat mir erklärt, er habe einen Sohn, der ein Jahr älter sei als Alexandra. Details wollte er mir nicht nennen. Er hat lediglich gesagt, er habe vor, seinen gesamten Besitz seinen Kindern zu vermachen. Als er Melissa geheiratet hat, haben wir sein Testament überarbeitet. Wieder habe ich um weitere Informationen gebeten, wieder hat er abgelehnt. Doch in der Zwischenzeit hatte er so viele seiner Anteile an seinem Unternehmen verkauft, dass die verbliebenen nach seinem Tod exakt durch drei geteilt werden konnten. Er hat dafür gesorgt, dass allein Ihre beiden Anteile für die wegweisenden Entscheidungen der Firmenleitung ausreichen. Wenn aber einer von Ihnen verkauft, hat auch der andere nicht mehr allzu viel Einfluss auf das, was passiert.«

»Und wenn wir beide verkaufen wollen?«, hatte Alex gefragt.

»Erst einmal müssen Sie den Bruder finden. Als Nachlassverwalter bin ich verpflichtet, Aarons Wünsche buchstabengetreu zu befolgen. Sie haben ein Jahr, um Ihren Bruder aufzustöbern. Erst dann können wir über Verkäufe nachdenken.«

»Warum hat er das gemacht?«, wollte Alex wissen.

»Um uns von impulsiven Entscheidungen abzuhalten«, sagte Chase.

»Davon ist auszugehen«, stimmte Cadry zu.

»Und den Namen der Mutter haben Sie auch nicht?«, erkundigte sich Alex.

»Aaron war der Meinung, Sie beide wären klug genug, selbst darauf zu kommen.«

»Das heißt, unser Dad straft uns sein Leben lang mit Nichtachtung, nur um uns nach seinem Tod in seine Sünden zu verstricken«, stellte Chase fest.

»Dass er ein selbstsüchtiger Egomane war, wussten wir schon. Das musste er uns nicht vom Grab aus beweisen.« Alex' Bezeichnung für ihren Vater hätte man gut in seinen Grabstein meißeln können.

Chase fragte sich, wo man so etwas in Auftrag gab.

Er löste sich aus seinen Gedanken an das Gespräch mit dem Anwalt und sagte: »Schreib an Mom. Sag ihr, wir sind unterwegs.« Sie mussten das als Familie besprechen.

»Glaubst du, Mom weiß, wer seine Geliebte war?« Alex zog ihr Smartphone aus der Handtasche und begann zu tippen.

»Ich glaube, sie hat versucht, möglichst alles aus dieser Zeit in ihrem Leben zu vergessen.«

Alex schickte die Nachricht los. »Ich stehe ziemlich unter Schock.«

»Ich auch.« Er nickte.

»Und was sage ich meinem Boss?«, stöhnte sie. »Stone Enterprises ist ein direkter Konkurrent.«

»Wir müssen ja nicht gleich heute alles entscheiden.«

»Ich weiß.« Seine Schwester seufzte. »Wenn ich daran denke, wie viele DNA-Abstriche wir über uns ergehen lassen müssen, wenn diese Sache ans Licht kommt, tut mir jetzt schon die Innenseite der Wangen weh.«

»Ich bin mir ziemlich sicher, dass wir das nur einmal tun müssen.«

»Darum geht es nicht«, blaffte sie und schlug mit der Hand gegen die Wagentür. »Ich verstehe das nicht. Warum war er all die Jahre so ein Drecksack, noch dazu ein geiziger, und überlässt uns plötzlich alles?«

Chase schüttelte den Kopf. Dem Haus ihrer Mutter kamen sie wegen des dichten Verkehrs nur in Schrittgeschwindigkeit näher. »Falls er nicht irgendwo in seinen persönlichen Unterlagen irgendeine Notiz hinterlassen hat, erfahren wir das vielleicht nie.«

Als sie sich eine Stunde später über den Papierstapel beugten, in dem Aarons letzter Wille festgehalten war, hatte ihre Mutter eine mögliche Antwort auf Alex' Frage parat.

»Euer Vater wollte immer den Schein wahren«, sagte sie.

»Dad war vollkommen egal, was irgendwer über ihn dachte«, konterte Alex.

»Das mag euch so vorgekommen sein, aber seine Außenwirkung war ihm tatsächlich sehr wichtig.«

Chase stand auf und lehnte sich mit verschränkten Armen gegen die Wand. »Warum er das getan hat, bleibt vielleicht sein Geheimnis. Aber wir müssen jetzt nach unserem Bruder suchen. Unserem Halbbruder«, korrigierte er sich.

Alex legte eine Hand auf Vivians. »Wusstest du, mit wem er eine Affäre hatte?«

Chase beobachtete, wie seine Mutter auf dem Stuhl ihre Position veränderte und Alex' Arm tätschelte. »Das ist sehr lange her. Ich habe mit seinen Indiskretionen gelebt, bis …«

»›Indiskretionen‹ ist kein passendes Wort, wenn ein Mann eine andere Frau schwängert, obwohl er zu Hause eine Familie hat.« Die Härte in Chase' Stimme und sein wütender Ton lenkten die Blicke seiner Mutter und seiner Schwester auf ihn.

Vivian hob das Kinn. »Vielleicht nicht. Aber ich habe mir schon vor langer Zeit geschworen, euch gegenüber nie schlecht über euren Vater zu reden.«

»Wir sind keine Kinder mehr«, entgegnete Chase. »Der Mann ist tot. Du musst ihn nicht mehr in Schutz nehmen, dich nicht mehr für ihn entschuldigen und nicht mehr für ihn lügen.« Die Muskeln in seinen Unterarmen spannten sich an. Er holte tief Luft und versuchte, seinen jagenden Puls zu kontrollieren. »Keiner weiß besser als Alex und ich, was für ein Kotzbrocken er war. Also bitte, Mom: Hör auf, sein Benehmen schönzureden.«

Chase bemerkte die Veränderung in den Augen seiner Mutter. Die Mischung aus Wut und Schmerz war wie weggewischt. Stattdessen sah er nun unvergossene Tränen.

Sofort taten ihm seine harten Worte leid, denn auf keinen Fall wollte er seine Mutter verletzen.

»Mit wem er sich damals getroffen hat, weiß ich nicht wirklich«, sagte sie, und ihr Rücken wurde steif. »Vielleicht wäre die bessere Frage, mit wem er *nicht* geschlafen hat.«

Chase drückte sich von der Wand ab und ging ans Fenster. Der Anblick des Gartens, in dem er in seiner Kindheit und Jugend so viel Zeit verbracht hatte, weckte Erinnerungen an Geburtstagsfeiern und heiße Sommer, an erste Küsse und den ersten Schluck Bier. »Wir müssen die Mutter finden.«

»Wir müssen den Bruder finden«, setzte Alex dagegen.

Chase starrte weiter aus dem Fenster. »Wenn unser Halbbruder wüsste, wer sein Vater ist, hätte er sich sofort nach Bekanntwerden von Dads Tod gemeldet. Wir müssen die Mutter finden.«

* * *

Chase hatte sich drei Tage freigegeben. Den Tag vor der Beerdigung, den Tag der Beerdigung und den Tag, der sein Leben für immer veränderte.

Es war nach fünf Uhr nachmittags und er hatte die Gardinen im Haus zugezogen, um die Geräusche und Lichter der Übertragungswagen draußen auf der Straße auszusperren. Bis sein alter Herr ins Gras gebissen hatte, hatten die Nachbarn nicht geahnt, wer Chase war. Genau so hatte er es gewollt.

Draußen vor dem Haus hupte jemand.

Er hob das Glas in seiner Hand an die Lippen, trank einen Schluck und spürte, wie der Whiskey brennend durch seine

Kehle lief. Beim Klingeln seines Smartphones riss er den Blick von dem Staub los, der sich auf seinem Couchtisch sammelte.

Die Worte »mögliche Spamgefahr«‹ erschienen auf dem Display. Es war, als hätte jemand seine Privatnummer auf eine der riesigen Werbetafeln entlang des Freeway 405 tapeziert. Er stellte den Klingelton ab, damit das Handy lediglich noch vibrierte.

Kurz danach bewegte sich das Gerät wie durch Geisterhand über den Couchtisch. Als er es ganz ausschalten wollte, sah er den Namen auf dem Display und nahm das Gespräch an. »Ist alles in Ordnung?«

»Nicht, wenn ich mir die Shitshow hier draußen ansehe. Bist du zu Hause?«

Es war Busa, sein Freund und Stellvertreter in seiner Firma.

»Bin ich. Wo bist du?«

Das Röhren eines Motorrads dröhnte gleichzeitig aus dem Telefon und in der Einfahrt.

»Ich bahne mir einen Weg durch diesen Irrsinn.«

Chase stemmte sich vom Sofa hoch und schaute aus dem Fenster, das nach vorn hinausging. »Bist du das?«

»Jap.«

Er legte auf und ging zur Haustür. Wenigstens blieben die Medienvertreter draußen auf der Straße, und nach den Abendnachrichten würden sie vermutlich verschwunden sein. Er öffnete die Haustür und trat zur Seite.

Sekunden später marschierte Busa herein. »Ist das schon die ganze Zeit so?«

»Jap.« Chase schenkte sich nach und setzte das Glas ein wenig heftiger ab als beabsichtigt. Er trug es zum Sofa und nahm wieder seine Grübelhaltung ein.

»Wie ist es heute gelaufen?«

Er legte den Kopf zurück und schaute hinauf zur Decke. »Ich hätte nicht gedacht, dass meine Verachtung für meinen Vater noch größer werden könnte. Aber ich habe mich getäuscht.«

Busa ließ sich in dem Sessel ihm gegenüber nieder. »Mit einer Erbschaft hast du sowieso nicht gerechnet. Also nimm es dir nicht zu Herzen.«

Chase schloss die Augen und schüttelte den Kopf. Ein tiefes, humorloses Lachen rollte langsam aus seiner Kehle. »Noch so ein Irrtum. Er hat uns *alles* vermacht.«

»Wa… Was?«

»Aktien, Firmenanteile, die Hotels in seinem persönlichen Besitz, seine gesamten Immobilien, Sachwerte und Bankkonten. Alles.«

Busas Schweigen ließ Chase die Augen öffnen.

»Heilige Scheiße.«

Nach einem langen Schluck Whiskey wiederholte er Busas Worte bedächtig. »Heilige Scheiße!«

»Weshalb dann dieser Groll?«

Chase stieß den Atem aus. »*Uns*. Uns allen. Alex, mir … und einem Bruder.«

»Was?«

»Einem Halbbruder. Den er gezeugt hat, während er noch mit unserer Mutter verheiratet war.«

»Großer Gott!«

»Wir haben keinen Namen, keinen Ort. Nichts. Alex und ich können nicht verkaufen. Wir müssen Dads Nachlass managen, bis wir diesen Typ gefunden haben.«

»Was zum …?«

»Mein erster Gedanke war, jemanden anzuheuern, der nach ihm sucht.«

Busa lehnte sich zurück. »Klingt vernünftig.«

»Wenn das Vorstandsgremium erfährt, dass es noch einen weiteren Player gibt, könnte das bei Abstimmungen für ein ziemliches Chaos sorgen. Wir haben ein Jahr, um diesen Bruder zu finden. Längstens achtzehn Monate.«

»Immerhin.«

»Ja. Und dann gibt es noch diesen Zirkus da draußen.« Chase nickte Richtung Fenster. »Wenn die Medien davon erfahren, haben wir keine ruhige Minute mehr. Dann ist plötzlich jeder Aaron Stones zweiter Sohn.«

Busa gluckste. »Ich habe mir immer einen Bruder gewünscht.«

Chase fand sein Lächeln wieder. Busa war im südlichen Louisiana geboren und aufgewachsen, und das hörte man seinem Akzent noch immer an. Seine Eltern lebten direkt am Bayou und fingen Katzenfische und Flusskrebse, die dann im Kochtopf landeten. Wenn Busa seinen Vater anschaute, wusste er, wie er in dreißig Jahren aussehen würde.

»Ich brauche nicht noch einen Bruder. Aber du könntest für eine Weile ich sein.« Chase beugte sich vor, stellte sein Glas auf den Tisch und hatte plötzlich keine Lust mehr, es auszutrinken.

»Wie meinst du das?«

»Ich habe wahnsinnig viel um die Ohren und kann nicht an zwei Orten gleichzeitig sein. Dir kann ich meine Geschäfte anvertrauen, während ich mich um die meines Vaters kümmere.«

»Alles, was du willst.«

»Lass uns jemanden dazunehmen, um die Last ein bisschen zu verteilen. Die eigentliche Aufgabe dieser Person kann dann eine Aushilfe übernehmen.«

»Denkst du an jemand Bestimmtes?«

Zuerst schüttelte Chase den Kopf, dann nickte er. »Shania.«

»Aus dem Vertrieb?«

»Sie ist klug, ehrgeizig.«

»Und gerade frisch vom College.«

»Ich habe mein Geschäft auch direkt nach dem College aufgebaut.« Chase rieb sich die Nasenwurzel. »Sie ist die Richtige. Schieb die Zuständigkeiten ein bisschen hin und her, mach es passend.«

Schweigen breitete sich aus.

Chase griff nach seinem Glas.

»Über welche Summe reden wir eigentlich?«, fragte Busa. »In den Nachrichten war von ein paar Milliarden die Rede.«

Chase wollte lieber zuschauen, wie die bernsteinfarbene Flüssigkeit um die Eiswürfel im Glas schwappte, als sich mit den harten Fakten hinter Busas Frage zu beschäftigen. »So in der Richtung.«

Busa schlug sich mit den Händen auf die Knie und stand auf. »In dem Fall bestelle ich uns jetzt ein Abendessen und du kannst es bezahlen.«

»Du musst nicht …«

»Stimmt. Aber Whiskey allein ist auch keine Lösung.«

Chase schaute seinem Freund in die Augen und nickte kurz.

* * *

Einen kapitalen SUV zwischen den weißen Linien einer Tiefgarage unterzubringen, war immer ein bisschen wie Mikado. Bloß nirgends anstoßen. Erst als Chase im untersten Parkdeck genügend Platz für seinen Wagen gefunden hatte, fiel ihm ein, dass sein Vater sicher einen viel günstiger gelegenen eigenen Parkplatz hatte.

Anders als in den meisten anderen Bürohochhäusern teilten sich hier nicht mehrere Firmen die Räumlichkeiten. Der Name Stone Enterprises stand an der Außenwand und das Unternehmen nutzte das gesamte Gebäude allein.

Von seinem Besuch hatte Chase absichtlich niemandem etwas gesagt.

Alex schaufelte gerade für Anfang der kommenden Woche ihren Terminkalender bei der Regent-Gruppe frei. Ihr weiteres Vorgehen hatten sie bereits besprochen. Ja, den Bruder zu finden, hatte Priorität. Darum sollte sich vorwiegend Chase kümmern, denn Alex hatte von der Führung eines großen Hotelunternehmens verdammt viel mehr Ahnung als er.

Aber Geschäft war Geschäft, und zum Glück wussten sie beide, wie man eines leitete.

Er betrat das Foyer und schaute hinauf an die hohe Decke mit den modernen schlanken Pendelleuchten.

Jetzt, um kurz nach zehn Uhr morgens, war es hier in der Lobby ziemlich ruhig. Vor den Fahrstühlen standen Sensoren, wie man sie von Flughäfen kannte. Nur dass hier nicht nach Waffen gesucht wurde, sondern Zugangskarten gescannt wurden. Für jemanden, der keine Ahnung von Bürohochhäusern in Kalifornien hatte, entstand vielleicht der Eindruck, das Unternehmen wolle auf diese Art kontrollieren, wann genau seine Angestellten zur Arbeit erschienen oder Feierabend machten. Aber Chase wusste, dass es viel mehr darum ging, zu wissen, wer sich im Katastrophenfall im Gebäude befand. Dank dieses Kontrollsystems erfuhren die Einsatzkräfte sehr schnell, nach wie vielen potenziellen Opfern sie im Fall eines Erdbebens oder auch eines terroristischen Anschlags suchen mussten.

Chase ging zu dem ausladenden Empfangstisch und lächelte den Mann an, hinter dem in gewaltigen, von hinten beleuchteten goldenen Buchstaben das Wort »Stone« an der Wand prangte.

»Guten Morgen.« Dass der Mann ihn offenbar nicht erkannte, wunderte Chase kaum. Nur wer bei der Beerdigung gewesen war oder die Nachrichtensendungen darüber verfolgt hatte, erinnerte sich vermutlich an sein Gesicht.

»Ich muss auf die Etage der Firmenleitung.«

Der Mann zog eine Tastatur zu sich. »Bei wem haben Sie denn Ihren Termin?«

»Ich habe keinen.«

»Erwartet Sie jemand?«

»Nein, ich …«

»Tut mir leid, ohne eine interne Kontaktperson können wir Sie nicht ins Gebäude lassen.« Der Mann nahm die Hand von der Tastatur. »Falls es jemanden gibt, den ich für Sie anrufen kann …«

Chase betrachtete den Namen an der Wand hinter dem Schreibtisch. »Stone«, sagte er bedächtig. Eigentlich armselig, dass er im Unternehmen seines eigenen Vaters stand und wie ein Fremder behandelt wurde. Der Angestellte am Empfang konnte nichts dafür. Der Verstorbene hatte es schließlich nie für nötig befunden, seine Kinder mit in die Firma zu nehmen. »Ich bin Chase Stone.« Er zog seine Geldbörse aus der Gesäßtasche. Schließlich konnte das jeder behaupten.

Das Lächeln des Mannes fiel in sich zusammen.

Chase nahm seinen Führerschein aus der Geldbörse und reichte ihn über die Theke.

»Oh.«

Chase lächelte. »Wie ist Ihr Name?«

»Malcolm, Sir. Leider hat mir niemand gesagt, dass Sie kommen.«

»Ich habe niemanden informiert.« Chase beugte sich verschwörerisch vor. »Heute ist mein erster Tag. Ich will sehen, wer zur Arbeit erschienen ist.«

Malcolm schnaubte, sein Lächeln wurde breiter.

»Wenn Sie mir eine Zugangskarte ausstellen könnten und dann nicht gleich zum Hörer greifen, um die Chefetage zu alarmieren, wäre ich Ihnen sehr dankbar.«

»Sehr gern, Sir.« Der Mann gab ihm seinen Führerschein zurück und tippte etwas in seinen Computer.

Zwei Minuten später hielt Chase die Karte in der Hand und klopfte damit auf die Theke. »Meine Schwester Alexandra Stone kommt auch bald. Vielleicht googeln Sie sie schon mal, damit Sie wissen, wie sie aussieht.«

»Geht klar, Mr Stone. Kommt sie gleich heute?«

Chase zuckte die Achseln. »Schwer zu sagen. Derzeit ist bei uns nichts mehr, wie es war.«

Malcolms Lächeln wirkte jetzt beklommen. »Oh ja, natürlich. Das mit Ihrem Vater tut mir leid.«

Um nicht zu riskieren, dass ihm eine flapsige Antwort herausrutschte, nickte Chase lediglich und machte sich auf den Weg zu den Aufzügen. Minuten später verließ er im obersten Stock die Kabine.

Dort gab es einen weiteren Empfangsbereich. Die Frau hinter dem Schreibtisch sah aus wie ein Model. Perfektes Make-up, jedes einzelne blonde Haar exakt an seinem Platz und knappe zehn Kilo Untergewicht.

Sie lächelte unverbindlich, dann weiteten sich ihre Augen. »Oh!«

Hier oben wusste man offenbar genau, wer er war. »Guten Morgen.«

Eilig rappelte sie sich hoch und zog den Saum ihres engen Rocks zurecht. »Mr Stone. Haben wir Sie erwartet?«

Er deutete in Richtung der Büros. »Nein.«

»Oh, ähm … Was kann ich für Sie tun?«

»Mein letzter Besuch hier ist schon eine Weile her. Wenn Sie mir bitte den Weg zum Büro meines Vaters … meines verstorbenen Vaters zeigen könnten?«

Die Frau legte ihr Headset ab und hastete hinter dem Schreibtisch hervor. »Selbstverständlich. Bitte folgen Sie mir.«

Die Gesprächsfetzen aus den Bürowaben und offenen Bürotüren verstummten, während Chase den Korridor entlangging. Neugierige Blicke und verhaltenes Geflüster wichen eiligen Schritten, als Angestellte zu ihren Vorgesetzten rannten, um sie zu informieren, dass er da war.

»Ich bin übrigens Kira«, sagte die Blondine.

»Sehr erfreut, Kira.«

Anders als in Chase' eigenem Büro schluckte hier ein Teppichboden viele Geräusche. Weder die klickenden Absätze hochhackiger Schuhe noch den Hall von Stimmen zu hören, war irgendwie wohltuend. Er fragte sich, ob das bei seinem letzten Besuch hier auch schon so gewesen war, konnte sich aber beim besten Willen nicht erinnern.

Sie bogen nach links um eine Ecke, gingen an zwei Konferenzzimmern vorbei und erreichten schließlich ein Eckbüro. Die Doppeltür war geschlossen, an der Wand daneben prangte genau wie unten in der Lobby Aaron Stones Name in von hinten beleuchteten goldenen Lettern. Wenn auch nicht ganz so riesenhaft.

Vor der Tür stand ein verlassener Schreibtisch und Chase hörte, wie sich jemand fast im Laufschritt näherte.

»Mr Stone?«

Die Stimme gehörte einer weiteren Frau, die etwas weniger modellhaft wirkte und konservativer gekleidet war.

»Hallo.«

Sie streckte ihm die Hand hin. »Julia Escobar, Mr Gatlins Assistentin.«

Gatlin. Chase dachte eine Sekunde lang nach. *Stellvertretender Geschäftsführer.* Der Mann hatte beim Begräbnis seines Vaters Lobeshymnen auf den Verstorbenen gesungen. Außerdem hatte er Chase zu verstehen gegeben, dass er auch nach Aarons unerwartetem Ableben für reibungslose Abläufe im Unternehmen sorgen werde.

Julias Händedruck war fest, ihr Lächeln echt.

»Freut mich. Wo ist denn Ihr Boss?«

Sie räusperte sich. »Auf dem Weg hier herauf.«

Chase deutete auf den leeren Schreibtisch. »Die Sekretärin meines Vaters?«

»Assistentin«, korrigiert ihn Julia. »So bezeichnen wir hier alle Chefsekretärinnen und -sekretäre.« Julia schaute zu Kira.

»Okay. Und sie ist wo?«

»Sie ist … Im Moment arbeiten wir mit Vertretungen. Seit Ihr Vater tot ist, also verstorben, ist die Stelle noch nicht neu besetzt worden.«

»Weshalb wollte man sie neu besetzen?«

»Ihr Vater hat seine Assistentin vor ein paar Wochen entlassen.«

»Und aus welchem Grund?«

Julia und Kira traten beide von einem Fuß auf den anderen.

Chase wartete auf eine Antwort.

»Das weiß ich leider nicht.«

Das kaufte Chase der Frau nicht ab. Bürotratsch verbreitete sich normalerweise schneller als die Nachricht von Gratisdonuts im Pausenraum.

Nicht, dass das wichtig war.

»Ich muss zurück an meinen Schreibtisch«, sagte Kira hektisch und verschwand.

Er drehte sich zu den hohen Türen des Eckbüros, drückte sie auf und betrat das Reich seines Vaters.

Dort holte er Luft und hielt sie an. Hier war nichts mehr wie beim letzten Mal. Neue Möbel, neue Aufteilung, neue Farbe an den Wänden. Der Wandschmuck bestand aus Schwarz-Weiß-Fotografien einiger der erlesensten Stone-Hotels und -Resorts. Die zugezogenen Jalousien hielten das direkte Sonnenlicht ab und warfen Schatten in den Raum.

»Kann ich Ihnen helfen, sich zurechtzufinden?«, fragte Julia.

»Wissen Sie denn, wo alles ist?«

Sie schüttelte den Kopf. »Nein. Aber ich habe den Vertretungen geholfen, so gut ich konnte. Vermutlich weiß ich inzwischen mehr als alle anderen, die heute hier sind.«

Chase machte noch einen Schritt in den Raum. »Wie öffnet man diese Jalousien?«

Julia eilte um den Schreibtisch herum zu einer Wand. »Irgendwo gibt es eine Fernbedienung. Aber hier ist auch ein Schalter.« Per Knopfdruck sorgte sie dafür, dass sich die Jalousien mit einem leisen Schnurren hoben.

»Danke.« Er trat hinter den Schreibtisch, während Julia in die Mitte des Raumes ging.

»Ich kann die Vermittlungsfirma anrufen und jemanden anfordern, der Ihnen hier assistiert«, bot sie an.

Chase rückte sich den Sessel seines Vaters zurecht. »Jemand, der sich hier nicht auskennt, bringt mich nicht weiter. Aber ich wüsste gern, weshalb die Assistentin meines Vaters entlassen worden ist.«

Julia schluckte. »Ich bitte jemanden aus der Personalabteilung, Ihnen die Akte zu bringen.«

»Gute Idee.«

Er setzte sich und legte bedächtig die Arme auf den Tisch. Vor sich sah er einen Computer, ein Telefon und einen ledergebundenen Aktenordner. Kein einziges Foto von Aarons Ehefrau oder von seinen Kindern. Nichts, was Rückschlüsse auf den Mann zuließ, der hier gearbeitet hatte. Aber vielleicht charakterisierte ja gerade das Fehlen dieser Dinge Aaron Stone perfekt.

Julia räusperte sich. »Kann ich … kann ich sonst noch etwas für Sie tun?«

Er wollte den Kopf schütteln, dann fiel ihm etwas ein. »Ich hätte gern, dass Ihr Boss und Mr Ripley ihre Vormittagstermine verlegen und in einer Stunde hier sind. Ist das möglich?«

Sie nickte. »Ich informiere sie.«

»Danke.«

Auf dem Weg zur Tür blieb Julia noch einmal stehen.

»Ja?«

»Ich … mein herzliches Beileid.«

Jedes Mal, wenn er die Worte hörte, war ihm, als kratzten Fingernägel über eine Schiefertafel. Jedes Mal wollte er sich schütteln. Anstelle einer entsprechenden Antwort, die sich wie ein Lauffeuer auf der ganzen Etage verbreitet hätte, nickte er nur kurz. Julia ging und zog die Tür hinter sich zu.

Chase schloss die Augen und atmete tief durch.

Kapitel 5

»Oh mein Gott, er ist hier.«

Bei einer Schale Frühstücksflocken und einer Tasse Kräutertee hörte Piper ihrer aufgeregten Freundin zu. »Warum hört sich das an, als würdest du von einem potenziellen Bumble-Date sprechen?«

Julia flüsterte so leise, dass Piper aufhören musste zu kauen, um sie zu verstehen. »Er ist sooo heiß.«

»Wenn dir an deinem Job etwas liegt, beruhigst du dich vielleicht besser wieder.«

»Ein Mädchen darf doch träumen.«

Piper schluckte und ließ die bunten Marshmallowstückchen um die genauso süßen, aber nicht ganz so farbenfrohen Lucky Charms in ihrer Schale kreisen. So viel Zucker hatte sie morgens zum letzten Mal mit zehn gegessen, aber seit Kurzem kriegte sie nicht genug von diesem Zeug. Wer hätte gedacht, dass ihr Seelentrostfutter ein Produkt für Vierjährige sein würde? »Das bedeutet wohl, Daddy hat die Firma seinem Sohn vermacht.«

»Noch ist nichts Offizielles durch die Pipeline gesickert. Aber es sieht ganz so aus.«

Piper tauchte den Löffel in die Schale und schaufelte noch mehr Zuckerzeug in sich hinein.

»Er lässt sich deine Personalakte kommen«, wisperte Julia.

»Wozu?«, fragte Piper mit vollem Mund.

»Er hat gefragt, warum du gefeuert worden bist.«

»Ha! Sag ihm, weil sein Vater ein fieser Arsch und Womanizer war.«

»Ich weiß nicht, ob das so gut ankommen würde«, antwortete Julia sarkastisch. »Vermutlich interessiert ihn, woran Stone zuletzt gearbeitet hat. Sein Terminplan, seine Meetings und so weiter.«

Sofort hatte Piper vor Augen, wo der neue Stone alle gesuchten Informationen finden konnte. Doch anstatt etwas zu sagen, futterte sie weiter. »Das könnte ein Problem werden. Für ihn.«

Julia räusperte sich. »Pass auf, wenn du es jetzt schlau anstellst, kriegst du vielleicht deinen Job zurück.«

»Kein Interesse!«

»Warum?«

Sie schluckte und legte den Löffel weg. »Bei dem Gedanken, irgendeinem Stone in den Hintern kriechen zu müssen, um meinen Job wiederzubekommen, wird mir übel. Und das meine ich wörtlich.« Wie auf Kommando zog sich ihr Magen zusammen.

»Gib dir einen Ruck und versuch es doch wenigstens. Oh Shit! Gatlin ist da. Ich muss Schluss machen.«

»Bis …«

Julia hatte bereits aufgelegt und Piper starrte auf ihr Smartphone. Sie schob die Schale weg und schaute an sich hinunter. Es war nach zehn Uhr morgens und sie hockte immer noch in ihrem Pyjama und einem Bademantel da.

Kitty saß mit hellwachem Blick neben ihr.

»Das wird langsam zur Gewohnheit.«

Erfreut über Pipers Aufmerksamkeit erhob Kit[illegible] fünfzig Kilo schweren Rottweilerkörper vom [illegible] begann zu hecheln.

»Vielleicht sollten wir eine Runde Gass[illegible]

Kit klappte die Kiefer zu. Bei dem Wort »Gassi« legte er den Kopf ein wenig schief, um Piper wissen zu lassen, dass er sie verstand.

»Okay, Kitty. Ich ziehe mir nur kurz was an.«

Sein Stummelschwanz fing an, heftig zu wedeln, und das Hecheln setzte wieder ein.

* * *

»Chase! So schnell habe ich nicht mit Ihnen gerechnet.« Floyd Gatlin betrat nach einem einzelnen kurzen Klopfen das Büro.

Mit ausgestreckter Hand kam Chase hinter dem Schreibtisch hervor. »Wozu warten …?«

Noch während sie sich die Hände schüttelten, trat Arthur Ripley, der Finanzchef des Unternehmens, ebenfalls ein.

»Vielen Dank, dass Sie beide sich so kurzfristig Zeit genommen haben.« Chase wandte sich an Ripley, drückte ihm die Hand und forderte dann beide Männer mit einer Geste auf, sich in die Sessel vor seinem Schreibtisch zu setzen.

Die zwei tauschten Blicke. »Seit dem Tod Ihres Vaters haben wir die Meetings auf ein Minimum begrenzt. Das haben wir auch zu seinen Lebzeiten so gehalten, wenn er ein paar Tage die Woche nicht im Büro war.«

»Ich nehme an, einige anstehende Besprechungen sind abgesagt oder verschoben worden.«

»Wir wollten erst einmal abwarten«, sagte Gatlin.

Chase ließ sich wieder im Sessel seines Vaters nieder und legte die Hände vor sich auf den Tisch. »Sicher nicht verkehrt.«

Ripley war gute zwanzig Jahre älter als Chase, kahlköpfig und schlank und trug einen Maßanzug. »Wir wussten nicht, wer von nun an in diesem Sessel sitzen würde.«

»Und keiner ist über die Entwicklung erstaunter als ich.«

Beide Männer glucksten.

»Und Alex. Heute konnte sie nicht kommen, aber in ein, zwei Tagen ist sie auch hier.«

»Alex? Alexandra?«, fragte Gatlin.

»Ja.«

»Ihr Vater hat Ihnen beiden Stone Enterprises vermacht?«

»Sie klingen überrascht.«

Gatlin hob die Schultern. »Wir waren nicht informiert.«

Chase lehnte sich zurück. »Was auch ein Grund ist, warum ich heute hier bin. Wir wollten es Ihnen persönlich sagen, bevor der Inhalt des Testaments an die Öffentlichkeit dringt.«

Wieder tauschten die Männer Blicke und schwiegen.

»Er hat uns das Unternehmen vererbt.« Nach einer kurzen Pause setzte Chase erklärend hinzu: »Seinen Kindern.«

Gatlin seufzte. »Was wissen Sie über die Leitung dieser Firma?«

Anstatt zuzugeben, dass er davon keine Ahnung hatte, sagte Chase, was er in diesem Fall selbst gern gehört hätte. »Geschäft ist Geschäft. Alex und ich haben beide in unserem gesamten Erwachsenenleben immer auf der Führungsebene gearbeitet. Sicher dauert es etwas, bis wir auf dem Laufenden sind. Aber das ist nur eine Frage der Zeit. Ich gehe davon aus, dass wir uns auf Ihre volle Unterstützung verlassen können.« Er nickte beiden Männern zu.

Ripleys Lächeln kam langsam, wirkte aber ermutigend, während Gatlins eher verhalten ausfiel.

»Was ist mit Ihrer eigenen Firma?«, fragte er.

»Während ich mich hier schlaumache, übernimmt mein Stellvertreter meine Aufgaben.«

»Wäre es nicht besser, jemandem diesen Sessel bei Stone Enterprises zu überlassen, während sie sich ›schlaumachen‹?«

»Wen würden Sie vorschlagen?«, fragte Chase. »Sich?«

»Nun ja …«

Chase legte die Fingerspitzen seiner Hände aneinander. »Bei allem Respekt, Mr Gatlin. Wenn mein Vater Sie als Geschäftsführer und Firmenleiter gesehen hätte, hätte er das in seinem Testament vermerkt. Wir alle wissen, dass er nie etwas dem Zufall überlassen hat. Selbstverständlich können Alex und ich durchaus zu dem Schluss kommen, die Firmenleitung lieber in andere Hände zu legen – und das könnten durchaus Ihre sein. Aber bis dahin ist Ihre Kooperation unverzichtbar. Die Belegschaft muss wissen, dass die Jobs hier sicher sind und vorerst keine drastischen Veränderungen anstehen.«

Gatlins Schultern wirkten nun nicht mehr ganz so angespannt.

»Wir müssen eine Sitzung aller Anteilseigner und der wichtigsten Entscheidungsträger einberufen und deutlich machen, dass es keinen Grund zur Sorge gibt. Am besten, bevor in den Medien Spekulationen hochkochen. Ich würde die Sekretärin … Assistentin meines Vaters bitten, die Besprechung zu organisieren. Aber offenbar gibt es momentan keine.«

»Ich gebe das gleich an Julia weiter.«

»Perfekt.« Chase legte die Hände locker auf den Schreibtisch. »Ich möchte wirklich keinen von Ihnen beiden mit Assistenzaufgaben belästigen, aber weil ich nun mal …« Er zögerte. »Warum habe ich eigentlich keine Assistentin? Weiß jemand von Ihnen, weshalb sie entlassen wurde?«

»Darüber hat Ihr Vater mich nicht informiert«, antwortete Ripley.

»Ich kann dazu auch nicht wirklich viel sagen. Dem Bürotratsch nach ist sie öfter zu spät gekommen«, meinte Gatlin.

Chase trommelte mit einem Finger auf den Schreibtisch. »Wie dem auch sei, wir brauchen die Zahlen. Die Quartalsbilanz, Gewinne, Verluste. Alles, woran mein Vater in letzter Zeit gearbeitet hat. Alles Dringliche, alles Unerledigte.«

Jemand klopfte an die Bürotür.

»Ja bitte?«

Mit einer Akte in der Hand trat Julia ein. »Entschuldigung. Ich kann später wiederkommen.«

Chase erhob sich. »Nicht nötig, wir sind gerade fertig. Gentlemen …«

Gatlin und Ripley standen ebenfalls auf; Chase trat hinter dem Schreibtisch hervor.

»Sie haben unsere Unterstützung«, sagte Gatlin auf dem Weg aus der Tür.

»Vielen Dank.«

Ripley hielt inne und klopfte Chase auf den Rücken. »Mein herzliches Beileid. Ich weiß nicht, ob ich bei der Beerdigung dazugekommen bin, Ihnen das zu sagen.«

Fingernägel. Auf. Einer. Schiefertafel!

»Es waren sehr viele Leute da.«

Noch ein Rückenklopfen, dann ließ der Finanzchef die Hand sinken. »Ich lasse Ihnen die Zahlen zukommen.«

Nach einem kurzen Nicken wandte Chase sich zu Julia und nahm die Akte entgegen, die sie ihm entgegenhielt. »Danke, Julia.«

Ohne sie noch einmal anzusehen, ging er mit den Unterlagen zu seinem Schreibtisch.

»Wenn ich noch etwas …«

»Lasse ich es Sie wissen.« Chase hörte, wie sich die Tür schloss, und öffnete die Personalakte der entlassenen Assistentin.

»Piper Maddox.« Das jüngste Schriftstück lag obenauf. Es war das Kündigungsschreiben, in dem stand, dass sie chronisch unentschuldigt zu spät komme und ihre Leistungen in den letzten Monaten stark nachgelassen hätten. Die Beschwerden stammten ausschließlich von Aaron Stone.

Das nächste Dokument war eine Abmahnung, in der dringend eine Verbesserung der aktuellen Leistungen eingefordert wurde. Piper hatte mit einem gigantischen P und einer Linie unterschrieben. Alles wirkte sehr eindeutig und formal richtig, bis Chase auf der Rückseite eine handschriftliche Notiz seines Vaters entdeckte. In diesem Moment kamen ihm Zweifel.

Leise glucksend blätterte er weiter zu einer gut sechs Monate alten Leistungsbeurteilung, laut der es offenbar keinerlei Probleme gegeben hatte. Im Gegenteil. Kolleginnen und Kollegen waren voll des Lobes, sein Vater hatte seine Zufriedenheit ausgedrückt. Auch die nächste, noch einmal um sechs Monate ältere Beurteilung bescheinigte der Assistentin überragende Leistungen. Genau wie alle anderen ab dem Tag vor fünf Jahren, als die Frau zur Assistentin seines Vaters befördert worden war. Offenbar war sie nach einem Praktikum in der Firma geblieben. Die damalige Assistentin seines Vaters hatte Piper als ihre Assistentin eingestellt. Die hervorragenden Bewertungen von damals stammten von ihrer direkten Vorgesetzten, also nicht von Aaron Stone.

Auf der letzten Seite fand er ein Foto von Piper Maddox zum Zeitpunkt ihrer Einstellung. Sie sah aus wie die typische junge, hoch motivierte Praktikantin. Braunes Haar, aufgeweckter Blick und ein ansteckendes Lächeln. Hübsch auf die klassische Art des Mädchens von nebenan, aber mit einem Schuss Weisheit im Blick. Dass sie sich so schnell nach oben gearbeitet hatte und schon nach wenigen Jahren die rechte Hand des Geschäftsführers und Hauptteigners geworden war, sprach für sich.

»Da stinkt was zum Himmel, Piper Maddox.«

Sein Bauchgefühl sagte ihm, dass es aufschlussreich sein konnte, mit ihr zu reden. Er griff zum Bürotelefon und wählte die Nummer auf ihrem Bewerbungsschreiben.

Beim dritten Klingeln nahm sie ab, doch anstatt eines Hallos oder einer höflichen Begrüßung schimpfte sie ins

Telefon: »Verdammt noch mal, Julia. Ich habe doch gesagt, du sollst mich nicht vom Bürotelefon aus anrufen!«

»Entschuldigung … Sind Sie Piper Maddox?«

»Moment mal. Was?«

»Miss Maddox. Die ehemalige Assistentin von Aaron Stone.«

Ihre Stimme hob sich um eine halbe Oktave. »Wer sind Sie?«

»Chase Stone.«

Es klang, als hätte sie das Telefon vom Ohr genommen, denn der Kraftausdruck, den sie ausstieß, drang nur gedämpft durch die Leitung. Aber er hörte ihn trotzdem.

»Was wollen Sie?«, fragte sie schließlich.

»Ich spreche mit Miss Maddox, richtig?«

»Sie haben mich angerufen, also ja.«

Diese Frau klang nicht glücklich.

»Ich möchte gern mit Ihnen über Ihre Arbeit sprechen.«

»Ich arbeite nicht mehr bei Stone Enterprises.«

»Offenbar. Gerade habe ich mir Ihre Kündigung angeschaut, und sie kommt mir ein bisschen seltsam vor.« Chase zog ihr Foto zu sich und versuchte, sich vorzustellen, was für ein Gesicht sie im Augenblick machte. Jedenfalls ein anderes als das lächelnde Glücklich-über-den-neuen-Job-Gesicht auf der Aufnahme vor ihm.

»Das liegt daran, dass das, was in dem Schreiben steht, Bullshit ist. Aaron Stone war ein Dre…« Sie brach ab. »Ich kann das nicht.«

Chase sprang auf. »Moment. Nicht auflegen!«

»Sie sind der Sohn, richtig?«

»Richtig.«

»Dann wissen Sie ja, wie Ihr Vater war, und ich muss Ihnen nichts erklären. Und weil man mir beigebracht hat, nicht schlecht über Verstorbene zu sprechen, sehe ich keinen Sinn in dieser Unterhaltung. Guten Tag, Mr Stone.«

Und die Leitung war tot.

Chase starrte auf den Telefonhörer, ein leises Lächeln kroch auf sein Gesicht. Im Gegensatz zu den Angestellten hier im Haus hatte diese Frau keinerlei Interesse daran, ihm nach dem Mund zu reden oder sich bei ihm einzuschleimen. Sie sah keinerlei Grund zur Zurückhaltung und hatte einfach aufgelegt.

Damit stand für ihn fest: Sie musste schleunigst zurück an ihren Schreibtisch.

Kapitel 6

In Leggings und einem Oversize-Sweatshirt ließ Piper ihren Frust über den unerwarteten Anruf am Unkraut in dem kleinen Beet neben ihrem Haus aus. Kit lag ein paar Schritte entfernt auf dem Rasen. Er hatte einen gigantischen Knochen zwischen den Vorderpfoten und bearbeitete ihn hingebungsvoll mit den Kiefern.

Der kleine Gemüsegarten hatte über den Winter gelitten und sah ziemlich verwahrlost aus. Immer wieder musste Piper zur Mülltonne marschieren und dort ihren Unkrauteimer leeren, der sich viel zu schnell füllte. Sie überlegte, ob sie einfach alles herausreißen sollte. Aber zwischen den abgestorbenen Pflanzenresten sprießten ein paar tapfere junge Gemüsepflänzchen aus dem Boden. Sie musste also genau hinschauen, was allerdings recht zeitaufwendig war. Aber wenigstens beruhigte sie das Jäten ein bisschen.

Auf einen Toten wütend zu sein, war unglaublich frustrierend.

Ein Teil von ihr wollte Bedauern oder gar Mitgefühl empfinden. Das war der Teil, der im mittleren Westen verwurzelt und von ihren Eltern jeden Sonntag zur Kirche geschleppt worden war. Der Rest wollte einfach nur brüllen, dass das Karma eindeutig eine Schlampe war.

Ein Motorengeräusch in der Einfahrt ließ sie aufblicken. Es klang nach einem deutlich größeren Wagen als Mr Armstrongs altem Buick. Vermutlich ein Lieferdienst. Die Fahrer machten oft den Fehler, in die Einfahrt einzubiegen, obwohl es auf dem Grundstück keinen Platz zum Wenden gab. Und die meisten überschätzten ihre Fähigkeiten, rückwärts zu fahren, ohne dabei über den Rasen oder eine Düse der Rasensprenganlage zu holpern.

Piper rappelte sich hoch und schlug die behandschuhten Hände aneinander, um die Gartenerde loszuwerden.

Kit hörte auf zu kauen und hob den Kopf.

»Bleib!«, kommandierte sie und zeigte dabei mit dem Finger auf ihn. Er ließ den Knochen liegen, stand auf und machte dann artig Sitz. Zuversichtlich, dass er nicht versuchen würde, den Lieferanten vom Grundstück zu jagen, ging Piper um ihr Cottage und öffnete das Tor an der Seite. Doch anstatt des erwarteten Transporters stand vor dem Haus ein SUV mit Doppelkabine, aus dem gerade ein Mann im Anzug stieg.

Er nahm ein paar Unterlagen vom Beifahrersitz und machte sich auf den Weg zu ihrer Haustür. Piper vermutete, dass sie es mit einem besonders dreisten Exemplar von Vertreter zu tun hatte, der trotz der Schilder mit der Aufschrift »Betteln und Hausieren verboten«, die Mr Armstrong überall angebracht hatte, sein Glück versuchen wollte.

»Kann ich etwas für Sie tun?«, sprach sie den Mann an. Dabei öffnete sie das Tor ein wenig weiter und winkte Kit zu sich.

Trotz seiner Masse war der Hund in Sekundenschnelle an ihrer Seite. Der Fremde blieb stehen und musterte sie.

»Miss Maddox?«

Die Härchen in ihrem Nacken richteten sich auf. Woher kannte er ihren Namen? Und wo hatte sie sein Gesicht schon mal gesehen?

»Was immer Sie verkaufen wollen, kein Interesse«, erklärte sie knapp.

Tief aus Kits Rottweilerkörper drang ein bedrohliches Geräusch.

Der Mann schaute ihren Hund an. »Ich möchte nichts verkaufen.«

Auf den zweiten Blick sah er tatsächlich nicht aus wie ein gewöhnlicher Hausierer. Sein Wagen wirkte ziemlich neu, der Anzug war sicher kein Schnäppchen gewesen. Das leicht gewellte braune Haar trug er kurz. Er hatte ein energisches Kinn und einen ernsten Zug um den Mund.

»Ich habe Sie vorhin angerufen.« Sein Blick wechselte von Kit zu ihr. »Ich bin Chase Stone.«

Plötzlich passte alles zusammen. Ja, dieses Gesicht hatte sie in den Nachrichten gesehen, allerdings mit Sonnenbrille.

»Was wollen Sie?«

Ihr ruppiger Ton veranlasste Kit zu knurren.

Piper zog die Gartenhandschuhe aus und gab Kit ein Zeichen, zu bleiben, wo er war.

»Beißt der?«

»Nur, wenn ich es ihm sage. Und ich dachte, wir hätten am Telefon schon alles geklärt.«

»Sie haben aufgelegt, ohne mir die Chance dazu zu geben.«

»Und deshalb sind Sie den ganzen Weg hierhergefahren?«

»Persönliche Gespräche sind manchmal besser.« Er klopfte mit dem Aktenordner in seiner Hand gegen sein Bein. »Ich störe auch nicht lange.«

Sie überlegte, ob sie ihn wegschicken sollte, hörte dann aber die Stimme ihrer Mutter im Kopf, die meinte, es schade nie, seine Optionen zu kennen.

»Piper? Alles in Ordnung bei Ihnen?«

Sie schaute an Chase vorbei und sah ihren Vermieter an seiner Hintertür stehen.

»Alles klar, Mr Armstrong. Danke«, antwortete sie freundlich. Dann machte sie seufzend einen Schritt auf ihre Haustür zu und winkte ihren Hund zu sich.

Sie hielt dem Besucher die Fliegengittertür auf. »Kommen Sie rein.« Was er zu sagen hatte, würde sie sich anhören, ihm aber keinen Kaffee oder Tee anbieten.

Chase zögerte, sein Blick hing an Kit. »Sicher?«

Piper zeigte auf eine Stelle in ihrem kleinen Wohnzimmer. »Mach Sitz, Kitty.« Mit einem leisen Winseln befolgte der Rottweiler das Kommando.

»Kitty? So nennen Sie dieses Riesentier?«

»Lassen Sie sich von dem Namen nicht täuschen.« Piper zeigte zum Sofa, sie selbst setzte sich in den Sessel neben Kit.

Chase zog sein Jackett zurecht und nahm Platz. »Danke.«

»Danken Sie mir lieber noch nicht. Sie sitzen nur hier, weil Mr Armstrongs Beschützerinstinkt fast so groß ist wie Kittys. Mein Vermieter weiß, dass man mir übel mitgespielt hat. Und in seinem Alter hat er mit seinen eigenen Sorgen schon genug zu tun.«

»Ich werde mich bei ihm bedanken müssen«, meinte Chase mit einem Seufzen.

Piper deutete auf die Unterlagen in seiner Hand. »Was ist das?«

Er gab ihr den Ordner. »Ihre Personalakte.«

Sie öffnete sie, sah das Kündigungsschreiben und spürte, wie zum zweiten Mal an diesem Tag Wut in ihr hochkochte. Die nächste Seite war ihr neu. Sie nahm sie heraus und las sie durch.

Es handelte sich um eine Art Abmahnung, in der stand, dass sie durch Unpünktlichkeit einige wichtige Termine verpasst und generell eine nachlässige Arbeitseinstellung habe. Dieser Schwachsinn war selbstverständlich frei erfunden. Ganz unten an der Seite hätte eigentlich ihre Unterschrift stehen müssen. Was aber nicht der Fall war. »Das hier ist schlicht gelogen.« Sie wedelte mit dem Blatt Papier. »Diese Abmahnung habe ich noch nie gesehen und die Unterschrift ist nicht meine.«

»Haben Sie die Rückseite auch gelesen?«, fragte Chase.

Sie drehte das Blatt um.

Dort stand in Aaron Stones Handschrift:

> *In den letzten Monaten hat Miss Maddox wiederholt mehrdeutige Kommentare gemacht und Treffen außerhalb der Arbeitszeit vorgeschlagen. Auf meine ablehnenden Antworten hin haben sich ihre Leistungen als meine Assistentin verschlechtert. Ich hoffe, diese Abmahnung wird dem entgegenwirken.*

Sie schloss die Faust um das Blatt Papier. »Mehrdeutige Kommentare«, flüsterte sie.

»Ich nehme mal an, das ist frei erfunden«, sagte Chase.

»Eher so etwas wie eine Umkehrung der Fakten. Und dass er diese Abmahnung in meine Akte geschmuggelt hat, zeigt, wie besorgt er war, dass ich ihn auffliegen lassen könnte.«

»Hat er Sie deshalb vor die Tür gesetzt? Weil Sie ihn zurückgewiesen haben?«

»Mehrfach.«

»Warum sind Sie nicht zur Personalleitung gegangen?«

Piper fixierte ihn. War er wirklich so naiv? »Beschuldigen Sie Ihren Boss, einen milliardenschweren Geschäftsführer, der sexuellen Belästigung und Sie müssen sich nie wieder wegen irgendeines anderen milliardenschweren Bosses Gedanken machen. Sie werden irgendwo ganz unten in einer Poststelle anfangen oder in irgendeiner Startup-Klitsche landen, die Sie nicht bezahlen kann. Nein danke.«

»Was haben Sie als Assistentin meines Vaters gemacht?«

Sie verdrehte die Augen. »Alles. Über seinen Schreibtisch ist kein einziges Schriftstück gegangen, von dem ich nichts wusste. Ich kannte seinen Terminplan besser als er. Wusste über alle Meetings und die Teilnehmer Bescheid. Bei Besprechungen mit den Anteilseignern habe ich hinter ihm gesessen, mir Notizen gemacht und ihn mit allen Zahlen und Fakten versorgt, die er nicht selbst im Kopf hatte. Ganz zu schweigen von den Versöhnungsblumen, die ich an seine Frau schicken musste, und den Es-war-schön-dich-kennenzulernen-Blumen an andere Frauen, die der Grund für die Versöhnungsblumen waren.«

»Sie haben auch sein Privatleben gemanagt?«

Sie nickte. »Zu Anfang dachte ich, das gehört zu den Aufgaben einer Assistentin. Erst als ich mich mit ein paar von den anderen angefreundet hatte, wurde mir klar, dass Ihr Vater meine Jobbeschreibung erweitert hatte. Ich habe gute Miene dazu gemacht.«

Chase rieb sich nachdenklich das Kinn. »Hat Ihnen Ihre Arbeit gefallen?«

»Wenn ich nicht gerade mal wieder die Hand Ihres Vaters von meinem Hintern wegschieben musste – ja.«

Chase presste die Lippen zu einer schmalen Linie zusammen. »Wollen Sie Ihre Stelle zurück? Selbstverständlich ohne die Handgreiflichkeiten«, fügte er schnell hinzu.

Piper hob das Kinn. »Warum?«

Er beugte sich vor und faltete die Hände. »Zunächst mal aus praktischen Gründen. Meine Schwester Alexandra und ich werden gemeinsam die Position unseres Vaters übernehmen. Weil er uns leider nicht in diese Aufgabe eingeführt hat, springen wir ins kalte Wasser. Wir brauchen jede Menge Unterstützung und jemanden, der uns mit den Fakten versorgt. Also Sie.«

Piper spürte, wie ihre Entschlossenheit zu einem Nein ins Wanken geriet. Eine neue Stelle als Assistentin in einer Chefetage zu finden, war nicht leicht. Und der Himmel wusste, dass sie das Geld jetzt dringender brauchte denn je.

»Gibt es noch einen anderen Grund?«

»Sie sind womöglich die einzige Person, die sich in der Firma auskennt und nicht glaubt, sich bei mir oder meiner Schwester einschleimen zu müssen. Bei Leuten, die das tun, muss man sich immer fragen, was dahintersteckt. Sie haben dazu keine Veranlassung. Schließlich sind Sie nicht von sich aus auf uns zugekommen, sondern ich sitze hier bei Ihnen.«

Vielleicht war das tatsächlich ihre zweite Chance. »Ich werde Ihnen nicht den Hintern küssen.«

Endlich verzogen sich seine Lippen zu einem Grinsen. »Das würde ich nie verlangen. Und Alex als die Nettere von uns sowieso nicht.«

Zwei Chefs, ein Job – und man brauchte sie. »Ich habe Bedingungen.«

In seinen Blick trat Zuversicht. »Ich höre.«

»Ich will eine Gehaltserhöhung.«

»In Ordnung.«

»Und eine Entschädigung für die Wochen, in denen ich zu Hause war.«

»Nachvollziehbar.« Jetzt lächelte er, und Piper spürte, wie sich ihre Brust zusammenzog. Chase Stone war ein deutlich erfreulicherer Anblick, als sein Vater es gewesen war.

»Falls es aus irgendeinem Grund nicht funktioniert, Sie mich nicht mögen oder ich Sie nicht, bekomme ich exzellente Empfehlungsschreiben. Und dieser Mist hier …«, sie wedelte mit der zerknüllten Seite aus der Personalakte, »… verschwindet.«

»Schon erledigt.« Chase schlug mit den Händen auf seine Knie und erhob sich. Als er einen Schritt auf sie zu machte, sprang Kit sofort auf und stellte sich knurrend vor sie.

Chase wich zurück.

»Kit!«

»Ist er immer so freundlich?«

»In letzter Zeit ist er noch wachsamer als sonst.« Sie gab dem Hund ein Zeichen und er machte wieder Sitz, warf Chase dabei aber einen Killerblick zu.

Chase streckte die Hand aus. Ganz langsam.

Piper schlug ein und spürte die Wärme seines Händedrucks.

»Danke«, sagte er.

Sie schaute ihm ins Gesicht. »Bitte schön.«

Lächelnd ließ er ihre Hand los, der Blickkontakt hielt.

Seine Augen erinnerten so gar nicht an seinen Vater, und plötzlich hatte sie Gewissensbisse, weil sie dem Sohn gegenüber schlecht über den Verstorbenen gesprochen hatte. Ihre Eltern hatten sie anders erzogen, und wenn sie jetzt hier gewesen wären, hätten sie sie daran erinnert. »Es kann nicht leicht sein, so kurz nach dem Tod Ihres Vaters derart negative Dinge über ihn zu hören. Mein … mein Beileid.«

Chase spürte den Schmerz fast körperlich und legte den Kopf schief. »Meinen Sie das wirklich?«

Ihre guten Manieren und ihre Wahrheitsliebe fochten einen Kampf miteinander aus. »Nein«, presste sie hervor. »Ich meine, ja. Er war Ihr Vater.«

»Für mich war er schon lange so gut wie tot, Miss Maddox.«

Das fand sie nun tatsächlich sehr traurig. Sie ging voran zur Haustür und öffnete sie.

Draußen blieb er stehen, und sie gab ihm die Personalakte samt der zerknitterten Seite voller Lügen.

»Das hier können Sie behalten.« Er gab ihr das knittrige Blatt. »Das brauchen wir nicht.«

Sie nahm es und knüllte es zu einem festen Ball zusammen. »Ich bin morgen früh im Büro.«

Er lächelte. »Eine Bitte hätte ich noch.«

»Okay.«

»Was immer Alex und ich mit Ihnen besprechen, bleibt unter uns dreien.«

»Die Zusammenarbeit mit den anderen Abteilungen ist …«

»Das meine ich nicht. Wobei es natürlich auch im Alltagsgeschäft vertrauliche Informationen geben kann. Ich spreche vom Privatleben meines Vaters. Die Medien gieren nach jeder Art Tratsch. Aber so etwas macht nur die Anteilseigner nervös und die Belegschaft sowieso. Niemand soll glauben, sein Job wäre in Gefahr, weil Aaron Stone gestorben ist.«

»Die Bitte kann ich erfüllen.«

Er nickte. »Dann bis morgen.«

Lächelnd schaute Piper zu, wie er in seinen Wagen stieg.

Zurück im Haus ging sie zum Händewaschen ins Bad und schaute in den Spiegel. Ein Schmutzstreifen auf ihrer Stirn sah aus wie eine zusätzliche Augenbraue. Ihr Haar war zerzaust und sie war blass wie ein Gespenst.

»Toller erster Eindruck, Piper«, sagte sie zu ihrem Spiegelbild.

Nicht, dass das wichtig war. Sie hatte ihren Job zurück.

Mit einer Gehaltserhöhung.

Es war Zeit zu feiern.

* * *

»Wie ist es gelaufen?«, fragte Alex am Telefon, während Chase seinen Wagen durch den wie üblich dichten Verkehr von L.A. nach Hause lenkte.

»Dass ich komme, hat niemand geahnt. Sieht aus, als gäbe es keinen direkten Draht von Cadry in die Chefetage der Firma.

Gatlin, Dads Vize, hat gedacht, er könne direkt aufrücken. Er war ziemlich unglücklich, mich zu sehen, und ziemlich überrascht, dass du mit an Bord bist.«

»Wie unglücklich?«

»Seine Enttäuschung und Verärgerung sind sicher größer, als er sich hat anmerken lassen. Die Zeit wird es zeigen. Die aktuellen Finanzzahlen müssten wir morgen haben. Und ich habe unsere Assistentin wieder eingestellt.«

»Wieder eingestellt? Ist sie nach Dads Tod gegangen?«

»Nein. Er hat sie gefeuert. Unter dem Vorwand, sie hätte ihn belästigt.«

Alex lachte laut auf. »Lass mich raten. Sie ist jung, schön und hat ihn abblitzen lassen.«

Chase spürte, wie ein Lächeln auf sein Gesicht kroch, während er sich Piper Maddox vorstellte. Mit dem Dreckfleck auf der Stirn und dem knurrenden Rottweiler an ihrer Seite. Ihre angriffslustige Miene, als sie ihn für einen Hausierer gehalten hatte, hatte die Gartenerde in ihrem Gesicht wie eine Kriegsbemalung wirken lassen. Die hohen Wangenknochen und die grünbraunen Augen mit dem leicht goldenen Schimmer waren ihm trotzdem nicht entgangen. Obwohl sie höchstens eins fünfundsechzig groß war, hielt sie sich wie ein Model von eins achtzig. Und ganz unabhängig davon, mit wem sie es zu tun hatte, stand sie klar zu ihren Überzeugungen.

»Chase? Bist du noch da?«

Er blinzelte ein paarmal. »Sorry. Ja. Genauso ist es. Sie hat so ziemlich alles für Dad gemanagt. Auch sehr persönliche Angelegenheiten.«

»Auwei.«

»Jap. Aber das kann uns durchaus nützen. Vielleicht weiß sie ja etwas über unseren Bruder oder dessen Mutter.«

»Guter Gedanke.«

»Wie hat dein Boss die Nachricht aufgenommen?«

Chase hörte seine Schwester aufstöhnen. »Sobald ich auch nur einen Fuß in das Gebäude von Stone Enterprises setze, kann ich meinen Job vergessen. Und falls nicht, dann stehe ich unter strengster Beobachtung.«

»Nachvollziehbar.«

»Stimmt. Aber das wird eine gewaltige Veränderung.«

Der trubelige Feierabendverkehr erlaubte jetzt immerhin ein Tempo von dreißig Meilen die Stunde, was Chase ein wenig Hoffnung gab, dass er noch im Lauf dieser Stunde zu Hause sein könnte. »Auf Mitleid dürfen wir wohl nicht hoffen. Wir sind beide über Nacht Milliardäre geworden.«

Wieder stöhnte seine Schwester auf und brachte ihn damit zum Lachen.

»Wusstest du, dass die Chancen auf romantische Abenteuer für eine Frau umso kleiner werden, je größer ihr Vermögen ist?«

»Kann ich mir nicht vorstellen.«

»Ach tatsächlich? Wann hast du zuletzt mit einer Frau geschlafen, die mehr verdient hat als du?«, fragte Alex.

»Ich glaube nicht, dass ich mit meiner Schwester über Sex reden sollte.«

»Beantworte einfach meine Frage.«

Vor ihm sprang die Ampel auf Rot und der Verkehr kam zum Stillstand. Im Kopf ging er die Liste von Frauen durch. »Keine Ahnung.«

»Die Antwort lautet ›nie‹. Du hast dich noch nie mit der Chefin irgendeiner halbwegs bedeutenden Firma in den Laken gewälzt.«

Da konnte er nicht widersprechen.

»Seit wann machst du dir Sorgen wegen deines nächsten Dates? Du bringst doch nie irgendjemanden mit.«

»Was nur beweist, was ich sage«, schimpfte sie. »Schon allein mein Familienname schüchtert Männer ein. Auch ohne das Geld. Oder sie betrachten mich als eine Art Eintrittskarte.

Schatzi hier, Schatzi da. Sobald sie dann merken, dass ich gar nicht so reich bin, machen sie sich vom Acker.«

»Dann erzähl ihnen doch einfach nicht, wer du bist.«

Sie schnaubte. »Hast du diese Woche mal unseren Namen gegoogelt? Überall gibt es Fotos und Posts über uns und Spekulationen über die Höhe unseres Erbes. Wenn sich irgendwann alle Fakten rumgesprochen haben, müsste jemand schon in einer Höhle leben, um nicht zu wissen, wer wir sind.«

»Ich glaube, du übertreibst. Und davon mal abgesehen: Wer googelt denn seine Dates?« Die Ampel sprang auf Grün.

»Du etwa nicht?«, fragte sie.

»Nein. Du?«

»Grundsätzlich. Hintergrundchecks, soziale Medien, Schullaufbahn, um sicherzugehen, dass der Typ seinen Abschluss nicht erfunden hat.«

»Großer Gott, Alex. Es geht um Dinner und Drinks, nicht um einen neuen leitenden Angestellten.«

»Ziemlich männliche Perspektive, Bruder.«

Chase dachte einen Moment lang nach. »Oh.«

»Ich sage ja nur, für mich wird es schwieriger.«

»Seit wann suchst du überhaupt einen Freund?«

»Tue ich gar nicht. Ich wollte nur ein bisschen jammern, und weil du vermutlich der Einzige bist, der mich verstehen kann, musst du dir das eben anhören.« Sie brach ab und lachte, und Chase ließ sich davon anstecken.

»Du brauchst mehr Freundinnen.«

»Jetzt, wo du es sagst …«

Chase lachte noch lauter. Wieder ernst geworden, fragte er: »Kommst du morgen in die Firma?«

»Ja. Am Nachmittag. Vermutlich steht im Regent schon eine Schachtel mit meinen persönlichen Sachen auf meinem Schreibtisch.«

»Haben sie das gesagt?«

»Angedeutet. Und mich nochmals auf die Vertraulichkeitsvereinbarung hingewiesen.«

Das war tatsächlich lustig. »Wem sollst du denn etwas verraten? Über uns gibt es bei Stone Enterprises doch keinen.«

»Genau. Ich nehme an, ich sollte ziemlich schnell mit unseren Hausanwälten sprechen, damit ich nicht aus Versehen etwas tue, wofür die Regent-Gruppe mich hinterher verklagen kann.«

»Gute Idee.«

»Ist von mir.«

Chase schüttelte lächelnd den Kopf. Er liebte seine Schwester, hatte einen unglaublichen Respekt vor ihr. Und obwohl es sich seltsam anfühlte, mit ihr über die Männer in ihrem Leben zu sprechen, war es ihm lieber, wenn er Bescheid wusste, um ihr notfalls beistehen zu können.

»Wir sehen uns morgen.«

»Klingt gut.«

Chase legte auf und trat auf die Bremse. Der Verkehr kam schon wieder zum Erliegen.

Kapitel 7

Am nächsten Morgen kam Chase früher in der Firma an als die meisten anderen, die ihren Schreibtisch in der obersten Etage stehen hatten. Er informierte die Sicherheitsleute, dass Miss Maddox wiedereingestellt war und Zugang zu allen Bereichen hatte, als wäre sie nie weg gewesen.

Anders als am Vortag ließ er sich Zeit und begrüßte die wenigen Angestellten, die bereits an ihren Schreibtischen saßen. Er entdeckte einen Pausenraum mit einer kleinen Küche, wo bereits Kaffee durch zwei Maschinen lief. In den Schränken gab es richtige Teller, Besteck, Tassen und Gläser. Dass auch eine Spülmaschine vorhanden war, überraschte ihn. Aber eigentlich war das sinnvoll. Auf einem Zettel am Kühlschrank stand:

> *Deine Mutter arbeitet nicht hier, hier spült jeder selbst! Aufräumen nicht vergessen!*

Auf einem weiteren Zettel wurde mitgeteilt, dass die Putzkräfte Anweisung hatten, den Kühlschrank jeden Freitag auszuräumen und den gesamten Inhalt außer der Milch für den Kaffee und ein paar anderen Kleinigkeiten zu entsorgen. Ausnahmslos.

Er schenkte sich eine Tasse schwarzen Kaffee ein und trug sie zu seinem Büro.

Im Flur kam ihm ein Mann entgegen und lächelte. »Guten Morgen, Mr Stone.«

Chase zögerte. »Guten Morgen. Sie sind …?«

»Miles. Aus der Buchhaltung.«

Chase verzichtete auf einen Händedruck, nickte, lächelte und ging weiter.

Wieder ein »Guten Morgen, Mr Stone«. Diesmal von einer Frau in den Fünfzigern. Anstatt nach noch einem Namen zu fragen, grüßte er nur zurück und setzte seinen Weg fort. Drei weitere Mitglieder der Belegschaft grüßten ihn, dann sprang eine Frau geradezu aus ihrer Bürowabe.

»Mr Stone. Hallo. Ich bin Dee.«

»Guten Morgen.«

»Sorry, ja. Guten Morgen. Kann ich Ihnen einen Kaffee holen?«

Chase hob seine Tasse.

Sie brauchte volle drei Sekunden, um zu registrieren, dass er bereits einen Kaffee hatte.

»Oh. Okay. Sorry.«

»Kein Problem.« Er drehte sich zu der offenen Tür seines Büros.

Dee eilte zu ihm. »Tut mir leid, dass ich gestern nicht da war, als Sie gekommen sind. Aber mein Sohn war krank, und Kinder mit Erkältungssymptomen dürfen nicht zur Schule. Eigentlich verständlich. Jemand anderen, der bei ihm bleiben konnte, habe ich so früh leider nicht gefunden. Aber das kommt nur ganz, ganz selten vor.«

Chase hob seine freie Hand. »Dee, richtig? Dass Sie nicht hier waren, ist mir nicht aufgefallen. Gestern war mein erster Tag. Was ist denn Ihre Aufgabe?«

Sie zeigte auf den noch immer unbesetzten Schreibtisch vor der Tür des Chefbüros. »Ich bin Pipers Assistentin. Ich meine, ich war es. Sie ist entlassen worden.«

Langsam wurde die Sache ein bisschen klarer. »Sie ist wiedereingestellt und kommt sicher bald.«

Dee ließ erleichtert die Schultern sinken. »Ach, Gott sei Dank. Es war ziemlich chaotisch ohne sie. Erst wurde sie gefeuert, dann ist Mr Stone gestorben. Ich weiß gar nicht, wie …« Sie brach ab und wurde knallrot. »Oh Gott. Es tut mir so leid.« Sie schlug die Hände vors Gesicht. »Er war Ihr Vater. Es tut mir so leid.«

Dass die Frau so aus dem Häuschen geriet, war fast ein bisschen lustig. »Dee?«

Noch immer schüttelte sie den Kopf und versteckte sich hinter ihren Händen. »Wie kann man bloß so doof sein.«

»Dee?«

Endlich schaute sie ihn an.

»Kranke Kinder brauchen ihre Mutter. Sicher war es nicht leicht, plötzlich ohne meinen Vater und Ihre direkte Vorgesetzte dazustehen. Aber von heute an ändert sich hier ziemlich viel. Sie müssen sich nicht entschuldigen.«

»Aber ich …«

»Nein, wirklich nicht. Sie wissen, wer die Personalabteilung leitet?«

Sie nickte. »Hm-hm.«

»Können Sie dort anrufen und sagen, ich würde heute Morgen gern kurz mit der Abteilungsleitung sprechen?«

Dee nickte wie ein Wackelkopfspielzeug. »Ja, natürlich.«

»Danke.« Chase floh vor der nervösen Assistentin in sein Büro und schloss die Tür bis auf einen Spalt, um sich vor Blicken abzuschirmen. Vor der ersten Tasse Kaffee wollte er nicht noch mehr neue Bekanntschaften schließen.

Zehn Minuten vor dem offiziellen Arbeitsbeginn hörte er seine Assistentin ankommen. Nicht weil Piper sich bei ihm meldete, sondern wegen der überraschten Kommentare der anderen Angestellten draußen.

Als das Willkommenskomitee sich zerstreut hatte, hörte er Piper schimpfen. »Wen haben die bloß an meinen Schreibtisch gesetzt? Gibt es irgendwo einen Monatsbericht? Protokolle? Eine Terminplanung?«

Er hörte, wie Schubladen geöffnet und wieder geschlossen wurden.

Gerade als er sich auf den Weg zur Tür machen wollte, sagte draußen Dee: »Die Terminplanung haben wir ausgesetzt …« Jetzt sprach sie leise. »Seit Mr Stone so überraschend gestorben ist.«

»Okay, verstehe«, antwortete Piper.

Chase öffnete die Bürotür und schaute zum Schreibtisch seiner Assistentin. Dort stand heute eine Piper ohne Schmutz im Gesicht, ohne zerzaustes Haar und ohne einen Hund, der sie beschützte wie eine Bärenmutter ihr Junges. Stattdessen trug sie einen knielangen Rock und den dazu passenden Blazer, eine weiße, durchgeknöpfte Bluse und hohe Absätze. Ihr sonnengeküsster Teint sah aus, als wäre sie im Urlaub gewesen und nicht bloß in ihrem Garten. Aber er wusste es besser. Das Haar hatte sie sich zu einem lockeren Dutt aufgesteckt, ein Hauch Make-up hob ihre ungewöhnliche Augenfarbe hervor. Jetzt sah sie nicht mehr aus wie das Mädchen von nebenan, sondern wie eine Lehrerin, bei der jeder heterosexuelle Schuljunge nur allzu gern nachsitzen wollte.

Chase blinzelte seine Gedanken schnell weg. Diese Frau war seine Assistentin.

Und sie hatte zunächst nicht zurück in die Firma kommen wollen, weil sie fürchtete, er könnte sein wie sein Vater. Sich mit ihrer Augenfarbe und ihrem Teint zu beschäftigen, war kein Schritt in die richtige Richtung.

»Guten Morgen, Piper.«

Sie blickte auf und lächelte. »Hi.«

»Gibt es ein Problem?«

Sie setzte sich und tippte etwas in den Computer. Ihr Gesichtsausdruck und die Art, wie sie auf die Tastatur einhackte, zeigten, dass sie nicht glücklich war. »Ich komme nicht rein.«

»Dee … Was sagt die Personalabteilung?«

Dee schüttelte den Kopf. »Da ist noch keiner da.«

»Machen Sie denen Feuer unter dem Hintern, sobald Sie jemanden erreichen.« Er winkte Piper zu sich. »Lassen Sie uns nachsehen, ob Sie vielleicht in meinem Computer finden, was Sie suchen.«

Sie verstaute ihre Handtasche in einer Schreibtischschublade und folgte ihm in sein Büro.

Bevor sie die Tür schloss, fragte er: »Möchten Sie lieber zuerst einen Kaffee?«

Ein kurzes Zögern. »Nein. Schon gut.«

»Sicher? Sie können sich auch erst mal ein paar Minuten nehmen, um wieder anzukommen.«

Sie winkte ab, ging zu seinem Schreibtisch und drehte die Tastatur zu sich. »Ich hatte zu Hause schon welchen.«

Chase stellte sich neben sie und schaute auf den Monitor, während sie tippte. »Was genau suchen Sie?«

»Den Terminplan Ihres Vaters. Damit kann ich Ihnen am besten erklären, was er gemacht hat. Nicht, dass er allzu viel Zeit hier im Büro verbracht hätte.«

Chase schob ihr seinen Sessel hin und bat sie mit einer Geste, sich zu setzen, während er stehen blieb.

Sie nahm Platz und rückte näher an den Schreibtisch. »Da ist er ja.« Sie tippte weiter. »Fast keine Updates, während ich weg war.«

»War es Ihre Aufgabe, den Plan immer aktuell zu halten?«

»Ja. Aber irgendwer muss nach mir weiter hier gearbeitet haben.« Sie scrollte sich durch den Kalender zurück und zeigte auf den Monitor. »Hier zum Beispiel. Ihr Vater hatte eine Besprechung mit dem Leiter der Titus Bank.« Sie klickte auf einen Link und ein weiteres Fenster öffnete sich. »Hm.«

»Was ist denn?«

»Die Besprechung ist offenbar zufriedenstellend verlaufen und die gesamte Nachbereitung wurde erledigt. Inklusive Folgeanrufe.«

Sie scrollte weiter zu der Woche vor Aaron Stones Tod und klickte auf ein anderes Meeting. Eine Zielsetzung wurde zwar angezeigt, aber Anweisungen für die Nachbereitung fehlten. »Nichts. Entweder hat er der Aushilfe nicht gesagt, was zu tun war, oder die Person wusste nicht, wie man diesen Kalender pflegt. Ihr Vater hätte darauf bestanden, dass das gemacht wird.«

»Vielleicht gibt es irgendwelche Notizen auf Papier.«

»Ich schaue gleich mal in meinen Schubladen nach. Womöglich hat ja auch Dee irgendetwas.«

Chase kniff die Augen zusammen. »Sie wirkt ziemlich zerstreut.«

»Wenn Sie damit meinen, dass sie Angst vor ihrem eigenen Schatten hat, liegen Sie richtig. Aber sie ist gut. Sie braucht nur klare Anweisungen. Dass sie ohne den Chef und eine direkte Vorgesetzte so lange durchgehalten hat, wundert mich.«

In den nächsten Minuten ging Piper mit ihm die länger zurückliegenden Termine durch und erklärte ihm die verschiedenen Meetings. Persönliche, per Zoom und solche, die mit Geschäftsreisen verbunden waren.

»Was ich wirklich brauche, ist mein eigener Terminplan. Ich hoffe, es wurde nichts gelöscht und meine Passwörter sind noch gültig.«

Jemand klopfte an die Tür, und sie blickten auf.

Dee steckte den Kopf herein. »Der Leiter der Personalabteilung ist hier.«

»Perfekt.«

Dee verschwand und ein Mann in den Vierzigern trat ein. Er schaute erst Piper an, dann Chase.

»Danke, dass Sie so kurzfristig kommen konnten.«

»Gern. Ich bin Tate Lyell. Leiter der Personalabteilung.«

»Chase Stone.«

»Schön, Sie kennenzulernen.«

»Und Piper kennen Sie ja.«

Piper lächelte. »Hi, Tate.«

»Piper.« Der Mann versuchte, seine Verwunderung zu verbergen. Allerdings ohne Erfolg.

»Bitte veranlassen Sie alles Notwendige, um Miss Maddox wieder einzustellen. Und informieren Sie die Abrechnungsabteilung. Für die Zeit ihrer Abwesenheit erhält Miss Maddox eine Nachzahlung.«

»Oh, okay.«

»Und zusätzlich eine sechsprozentige Gehaltserhöhung.« Chase behielt Piper im Blick; ihr Gesichtsausdruck verriet rein gar nichts. »Wenn sie in zwei Monaten noch bei uns ist, steigt ihr Gehalt um weitere drei Prozent.«

»Ich erledige das.«

»Wunderbar. Wie lange wird es dauern, ihr wieder Zugang zu ihren Computern und allen notwendigen Informationen zu verschaffen?«

Lyell schaute zwischen ihnen hin und her. »Höchstens eine Stunde, denke ich.«

Chase ging lächelnd zur Tür. »Schön. Geben Sie bitte Dee Bescheid, wenn es so weit ist.«

Er geleitete den Personalchef hinaus, dann wandte er sich an Piper. »Ich hoffe, das entspricht Ihren Erwartungen.«

Dass sie keinerlei Gefühlsregung zeigte, ließ ihn überlegen, ob er ihr mehr hätte geben sollen. Aber weil er nicht wusste, wie viel sie verdiente, hatte er einfach angenommen, sechs Prozent seien angemessen. Mit den zusätzlichen drei Prozent wollte er sie motivieren, auch weiter zu bleiben.

»Das passt schon«, antwortete sie. Ihr Pokerface blieb intakt.

Er legte eine Hand auf den Türknauf. »Während wir darauf warten, dass Sie Ihren Computer zurückbekommen, hätte ich gern eine Führung durchs Haus. Etage für Etage.«

»Ich kenne nicht jeden auf jedem Stockwerk«, gab sie zu bedenken.

»Ich brauche nur einen Überblick über die verschiedenen Abteilungen und wer sie jeweils leitet. Jeden einzelnen Mitarbeiter müssen Sie mir nicht vorstellen, zumindest nicht heute.«

Sie stand auf. »Das kriege ich hin.«

»Wir halten es kurz.«

Er hielt ihr die Tür auf und ließ sie vorangehen. Piper begann mit dem Stockwerk der Firmenleitung, das er am Vortag schon ein wenig kennengelernt hatte. Der Konferenzraum in der Nähe seines Büros war bei Weitem nicht so opulent wie der Raum für die Vorstandssitzungen, der sich über einen guten Teil der Südseite erstreckte.

Wie gewünscht arbeitete sich Piper gemeinsam mit ihm Stockwerk für Stockwerk nach unten. Es gab weit mehr Abteilungen, als Chase erwartet hatte, und so viele Angestellte, dass ihm fast schwindelig wurde. Entwicklung, Kundenbeziehungen, Kundenservice, Fusionen und Akquisitionen, Öffentlichkeitsarbeit, Social Media Management. Außerdem Risikomanagement, Personalabteilung, Rechnungslegung und Lohnabrechnung – die Liste war endlos. Dazu gefühlt eine eigene Buchhaltung für nahezu jede Abteilung. Auf einer Etage passierten sie einen großen Bereich für die IT-Fachleute, die nicht nur hier im Haus, sondern per Onlineverbindung auch in den Hotels und Resorts von Stone Enterprises für reibungslose digitale Abläufe sorgten. Dass es aber auch leer stehende Büros gab, wunderte Chase.

Im zweiten Stock öffneten sich die Aufzugtüren zu einem komplett verlassen wirkenden Areal.

»Was haben wir denn hier?« Er stieg aus, während Piper in der Kabine blieb.

»Momentan ist das alles nur Lagerfläche.«

Er ging ein Stück weiter. »Weshalb?«

»Ich verstehe Ihre Frage nicht.« Piper verließ den Fahrstuhl und folgte ihm.

»Weshalb dieser Leerstand? Was war hier vorher?«

»Eine Zeit lang die Marketingabteilung. Wir hatten ein internationales Team, aber das wurde vor ein paar Jahren umstrukturiert. Aufgrund der schwächelnden Konjunktur sind viele Abteilungen gestrafft worden. Außerdem arbeitet ein Teil der Belegschaft inzwischen vorwiegend im Homeoffice.«

Chase nickte und strich mit der Hand über einen der vielen ungenutzten Schreibtische, die hier herumstanden. »Und hier verstaubt ein ganzes Stockwerk.«

»Jap.«

»Warum werden die Räume nicht einfach vermietet?«

Piper malte mit dem Finger einen Kringel in den Staub auf dem Gehäuse eines Aktenschranks. »Ihr Vater wollte keine anderen Firmen hier in seinem Gebäude. Und er meinte, wenn die Konjunktur wieder anspringt, wachsen wir und brauchen den Platz.«

Er hob den Blick von dem Staub auf ihrer Fingerspitze zu ihren Augen. »Gibt es Pläne für eine Erweiterung?«

»Nichts, wofür man ein ganzes Stockwerk brauchen würde.«

Chase wanderte durch den verlassenen Flur. Es gab abgeschlossene Büros und mobile kleine Bürowaben. Effizient, aber steril.

»Was genau suchen Sie?«, fragte Piper.

»Nichts Bestimmtes.«

Sie blieb stehen und nieste dreimal kurz hintereinander. Süße kleine Laute wie von einem Kind. »Entschuldigung.«

»Ich glaube, wir ziehen besser weiter«, meinte er. »Und der Putztrupp könnte hier mal eine Sonderschicht einlegen.«

»Ich sage der Hauswirtschaftsleitung Bescheid.«

Nach einer kurzen Fahrt im Aufzug standen sie im ersten Stock, der nur zur Hälfte belegt war und vor allem die Poststelle und einige gigantische Drucker beherbergte. In den Ecken stapelten sich Kisten voller druckfrischer Broschüren und gebundener Notizbücher.

Hier arbeiteten nur einige wenige Personen. Chase schüttelte ein paar Hände und folgte Piper dann ins Erdgeschoss. Hauswirtschaftsabteilung, Security und ein gigantischer Versammlungssaal.

Die gesamte Tour dauerte gut eineinhalb Stunden, dann waren sie zurück ganz oben, in der Etage der Firmenleitung. Dort kam ihnen Julia entgegen. Sie kreischte auf und umarmte Piper. »Ich freue mich so, dass du wieder da bist!«

»Ich auch.« Piper warf einen Blick zu Chase.

»Im Pausenraum habe ich Willkommensdonuts hingestellt«, verkündete Julia.

»Das war doch nicht nötig.«

Einen Moment lang beobachtete Chase die beiden. Offenbar waren sie gute Freundinnen. Er überließ die Frauen ihrer angeregten Unterhaltung und flüchtete in sein Büro.

Vom Bildschirm starrte ihm noch immer der Terminplan seines Vaters entgegen, und er spürte ein seltsames Kribbeln im Bauch. All die Meetings und Besprechungen, die durch den

Tod plötzlich bedeutungslos geworden waren. Und was stand alles nicht in diesem Kalender? Was war mit Aaron Stones Privatleben? Den Frauen? Dass es mehrere gegeben hatte, stand außer Frage.

Cadry arbeitete gerade daran, Chase und Alex Zugang zu den Bankkonten ihres Vaters zu verschaffen. Vielleicht fanden sie dort eine Spur, die sie zum dritten Erben des Stone-Imperiums führte. Aber so etwas brauchte Zeit.

Sein klingelndes Smartphone riss Chase aus den Gedanken an seinen Vater.

Beim Anblick des Namens auf dem Display lächelte er. »Hey, Busa … Was gibt's?«

»Zwei Fragen.«

»Leg los.«

»Shania will wissen, wie sich ihre Beförderung auf ihr Gehalt auswirkt.«

Offenbar war heute der Tag für Gehaltserhöhungen. »Sie bekommt drei Prozent mehr und in drei Monaten können wir noch mal darüber reden.«

»Cool. Und wann möchtest du die nächste Teamsitzung ansetzen? Die kann ruhig kurz sein, unsere Leute hier müssen nur wissen, dass alles gut ist.«

Busa hatte recht. Chase klickte auf den Terminplan seines Vaters, sah zwei nebeneinanderliegende Lücken und nannte Busa die Zeiten. »Such dir aus, was besser passt.«

»Darum kann sich Shania kümmern.«

»Prima. Wie sieht es mit den Medienleuten aus? Haben die sich inzwischen verzogen?«

»Heute Morgen stand nur noch ein Übertragungswagen da. Aber der ist jetzt auch weg.«

»Gut.«

Piper betrat das Büro mit einem Armvoll Schriftstücke.

»Ich muss Schluss machen. Du weißt, wie du mich erreichst.«

Sie verabschiedeten sich.

»Tut mir leid, dass ich störe«, sagte Piper.

Er schüttelte den Kopf. »Solange die Tür offen steht, können Sie jederzeit reinkommen. Wenn sie zu ist, dann nicht.«

Sie brachte die Unterlagen zu seinem Schreibtisch. »Das Protokoll der letzten Vorstandssitzung und die Bilanzen für die letzten drei Quartale.«

Perfekt. Jetzt konnte er sich einen Überblick verschaffen.

Er zog den kleinen Papierstapel zu sich. »Sind Sie inzwischen eingeloggt?«

»Jap.«

»Nehmen Sie die Termine meines Vaters unter die Lupe, von dem Tag, an dem er gestorben ist, bis in etwa zwei Wochen von heute an gerechnet. Ich muss wissen, mit wem er sich treffen wollte und warum. Finden Sie raus, ob jemand in seiner Abwesenheit Termine für ihn wahrgenommen hat.«

»Okay.« Sie wandte sich ab.

»Und, Piper?«

»Ja?«

»Danke.«

Sie lächelte. »Ich mache nur meine Arbeit, Mr Stone.«

Kapitel 8

Was den Bürotratsch über den neuen Boss anging, behielt Julia absolut recht. Jeder, der Piper auch nur im Entferntesten kannte, hielt sie an, fragte, wie sie ihren Job zurückbekommen hatte, und ob sie wisse, ob Chase und seine Schwester ihre Firmenanteile verkaufen würden.

Nervös waren alle, ganz besonders die hohen Tiere. Zwar suchten die nicht das Gespräch mit ihr, doch sie sah, wie sie um Chase herumschlichen. Sie versuchten es mit Small Talk und liefen damit gegen eine Wand.

Sie selbst fragte sich langsam, ob Chase grundsätzlich eine Aversion gegen Lächeln hatte. Er tat es so selten und wenn, dann nur so kurz, dass man ihn nur mit viel Glück dabei ertappte.

Aber dann kam Alex.

In Chase sah Piper einen zupackenden Machertyp, Alexandra Stone war ein Tornado.

Sie trat auf wie eine Politikerin, schüttelte Hände und strahlte. Piper hörte sie, bevor sie sie sah. Das Haar, das ihr bis weit über den Rücken reichte, hatte sie sich im Nacken zusammengebunden. Mit den vollen Lippen und den großen Augen hätte sie besser auf das Cover eines edlen Modemagazins gepasst als in ein Büro in einer Chefetage. Vor Pipers Schreibtisch blieb sie stehen und streckte ihre schlanke Hand aus. »Sie sind Piper, hat man mir gesagt.«

»Ja. Und Sie müssen Miss Stone sein.«

»Alex, bitte. Ich weiß, Chase musste Sie überreden zurückzukommen.«

Piper zögerte. »Die Kündigung durch Ihren Vater hat einen ziemlich bitteren Nachgeschmack hinterlassen.«

Alex stieß erst eine Art Schnauben aus, dann so etwas wie ein kurzes Lachen. »Das mit dem bitteren Nachgeschmack hat er bei mir schon in der dritten Klasse geschafft. Ich habe also einen Vorsprung. Ich hoffe, Chase hat die Abrechnungsabteilung beauftragt, Ihnen die Entscheidung ein bisschen zu versüßen.«

»Ich kann mich nicht beklagen.«

Alex zeigte auf sein Büro. »Ist er da?«

»Ja.«

Damit verschwand sie hinter den hohen Doppeltüren und schloss sie hinter sich.

Sobald Alex außer Sicht war, klingelte das Telefon auf Pipers Schreibtisch.

»Und? Was denkst du?«, fragte Julia.

»Superwoman.«

»Es heißt, bei der Regent-Gruppe ist sie für Akquisitionen und Fusionen zuständig.«

»Ist oder war?«, fragte Piper.

»Keine Ahnung.«

Piper senkte die Stimme. »Ich glaube, hier wird es bald sehr interessant.«

»Was heißt hier *wird*? Wo warst du denn?« Julia lachte.

»Ich habe zu Hause Lucky-Charms-Kinderfrühstück gefuttert«, antwortete Piper trocken.

»Großer Gott! Weißt du, wie viel Zucker in dem Zeug ist?«

Ja, aber verdammt, jetzt im Moment hätte sie eine Schale davon vertragen.

Die Tür des Stone-Büros ging auf und Chase steckte den Kopf heraus.

»Wunderbar, ich danke Ihnen«, sagte Piper, als würde sie nicht bloß mit einer Bürofreundin tratschen, und legte auf.

Chase winkte sie ins Büro.

Sie schnappte sich einen Notizblock und einen Stift und folgte ihm hinein.

»Schließen Sie bitte die Tür.«

»Bin ich schon wieder gefeuert?«, fragte Piper halb im Scherz.

Alex lachte.

»Nein«, antwortete Chase ohne jeden Anflug von Humor.

»Das wäre die kürzeste Wiedereinstellung aller Zeiten gewesen.« Piper nahm auf dem Stuhl vor dem Schreibtisch Platz.

Gerade hatte Alex noch aus dem Fenster geschaut, jetzt setzte sie sich neben Piper. »Ich mag Sie jetzt schon. Chase sagt, wir drei haben etwas gemeinsam.«

»Ach, und was ist das?« Piper warf ihrem neuen Boss einen forschenden Blick zu.

»Keiner von uns hatte für unseren Vater viel übrig.«

Piper lachte leise auf.

»Und Chase meint, Sie würden niemandem den Hintern küssen.«

»Bei Ihrem Vater habe ich das getan«, gab sie zu. »Wenn auch nicht wörtlich. Und das ist mächtig in die Hose gegangen.«

Alex schlug die Beine übereinander und lehnte sich zurück. »So etwas erwarten wir von Ihnen nicht. Wir erwarten Loyalität.«

»Verschwiegenheit«, fügte Chase hinzu.

Piper kniff die Augen zusammen. »Warum habe ich das Gefühl, dass Sie mir jetzt gleich etwas sagen, was ich vielleicht nicht wissen sollte?«

Alex wedelte mit der Hand. »Mit den Familiengeheimnissen warten wir bis nächste Woche. Im Moment interessiert uns mehr, was im Büro geredet wird.«

Piper blinzelte ein paarmal. »Ich bin erst seit ein paar Stunden zurück.« Es war noch nicht einmal Mittag.

Alex lächelte und schwieg.

Chase faltete die Hände und wartete.

Piper fühlte sich gedrängt, ein Verbrechen zu gestehen, das sie gar nicht begangen hatte. »Sie beide machen das wirklich gut.«

»Schweigen kann sehr effektiv sein«, bestätigte Alex.

Weil sie den Notizblock und den Stift offenbar nicht brauchte, legte Piper die Sachen beiseite. »Es herrscht eine gewisse Besorgnis, Sie beide könnten Ihre Firmenanteile verkaufen.«

»Sogar beim Management?«

»Bei einer Übernahme müssen die Führungskräfte meistens als Erste gehen«, antwortete Piper.

Alex tauschte Blicke mit ihrem Bruder. »Und?«

»Es gibt Spekulationen über Ihre Rolle bei der Regent-Gruppe.«

»Habe ich es nicht gesagt?«, sagte Alex zu Chase. Dann wandte sie sich an Piper. »Heute Morgen habe ich dort meinen Schreibtisch geräumt. Ich war für Akquisitionen und Fusionen zuständig. Das kann jeder auf der Regent-Homepage nachlesen, und am Wasserspender dürfen Sie diese Information gern weitergeben.«

»Sie möchten, dass ich mich am Bürotratsch beteilige?«

»Wir möchten ein paar Fakten unter die Leute bringen«, erklärte Chase.

»Allerdings habe ich bei der Regent-Gruppe eine Vertraulichkeitsvereinbarung unterschrieben. Falls mir also hier im Büro irgendetwas herausrutscht, was ich lieber nicht hätte sagen sollen, erwarte ich … erwarten wir, dass wir uns auf Ihre Verschwiegenheit verlassen können.«

»Wir ganz persönlich«, fügte Chase hinzu. »Nicht nur Stone Enterprises.«

Dieses Drängen auf Geheimhaltung sorgte dafür, dass sich die Härchen in Pipers Nacken aufrichteten. »Ich sehe da kein Problem.«

»Prima. Und jetzt interessiert uns, wie viel vom Privatleben unseres Vaters Sie gemanagt haben.«

Ein bisschen wunderte sich Piper über die Frage. »Ich habe seine Reisen geplant, die Tickets und die Unterkünfte für seine Begleitungen gebucht«, sagte sie nach kurzem Nachdenken.

»Frauen?«, fragte Chase.

»Er hatte ziemlich viele *Nichten.*« Piper grinste. »Ich habe Blumen verschickt, Nachrichten, Geschenke …«

»Sie hatten Zugang zu seiner persönlichen Kreditkarte?«

»Ja.«

»Steht irgendetwas davon hier drin?« Chase zeigte auf den Computer auf dem Schreibtisch.

»Das habe ich auf meinem Computer.«

»Dann brauchen wir Zugang dazu.«

»Kein Problem«, antwortete Piper.

»Haben Sie je Geld an jemanden geschickt?«, erkundigte sich Alex.

»Nein.«

Erneut tauschten die Geschwister Blicke.

»Suchen Sie etwas Bestimmtes?«, fragte Piper.

Die lange Stille, die nun folgte, verriet ihr, dass die beiden etwas verschwiegen.

Alex schüttelte schließlich lächelnd den Kopf. »Wir haben so vieles über unseren Vater nicht gewusst. Mich persönlich interessiert, ob wir damit rechnen müssen, dass plötzlich eine trauernde Geliebte auf der Bildfläche erscheint und irgendwelche Forderungen stellt.«

Piper seufzte. »Nicht auszuschließen.«

»Waren die Frauen in seinem Leben aus der näheren Umgebung?«, wollte Chase wissen.

»Gelegentlich schon.«

»Wie viele gab es denn?«, fragte Alex.

Piper schüttelte den Kopf. »Darauf habe ich nicht geachtet. Ich habe einfach meine Arbeit gemacht.«

Chase fuhr sich mit der Hand durchs Haar.

»Ist das jetzt wirklich noch wichtig?«, fragte Piper. »Ihr Vater ist tot. Falls er zu Lebzeiten irgendeiner Frau Versprechungen gemacht hat, müsste sie das schon schriftlich haben, um vor Gericht damit durchzukommen.«

»Er könnte durchaus irgendwo etwas niedergeschrieben haben, was seinem Anwalt nicht vorliegt«, gab Chase zu bedenken.

»Ihr Vater war ein sehr ordnungsliebender Mensch. Sehr eindeutig in seinen Anweisungen. Ich glaube nicht, dass er irgendetwas dem Zufall überlassen hat. Wenn er jemandem etwas vermacht hat und es nicht in seinem Testament steht, dann hat er dafür gesorgt, dass Sie entsprechende Unterlagen finden.«

Chase zeigte auf den Computer auf dem Schreibtisch. »Hier drin gibt es keinerlei persönliche Aufzeichnungen.«

»Stimmt. Mit der Organisation seiner … Indiskretionen … hat er mich beauftragt. Bei ihm hätte niemand etwas gefunden. Nicht, dass das wichtig wäre. Schließlich war er der Boss. Wer hätte ihn feuern sollen? Vielleicht entdecken Sie ja etwas auf seinem persönlichen Computer zu Hause.«

Alex ließ den Kopf in den Nacken fallen. »Na klar. Auf den Gedanken hätte ich schon längst kommen müssen.«

Chase beugte sich vor. »Hat er viel von zu Hause aus gearbeitet?«

»Oh ja. Hier im Büro war er nur ein paarmal die Woche.«

Das schien die Geschwister zu überraschen.

»Hat Ihnen das die Arbeit erschwert?«, erkundigte sich Chase.

Piper spürte, wie sie lockerer wurde. Ihre anfängliche Befangenheit gegenüber dem neuen Führungsgespann schwand. »Hin und wieder hat er mich zu sich nach Hause bestellt, was mich nicht weiter gestört hat. Bis er dann …«

»… zudringlich geworden ist«, beendete Alex den Satz für sie.

»Ja. Von da an habe ich immer meine Assistentin mitgenommen. Irgendwann hat Ihr Vater seine Versuche aufgegeben und mich dann auch deutlich seltener zu sich kommen lassen. Gelegentlich war ich zwar noch immer dort, aber nur, wenn auch andere Angestellte oder Geschäftspartner anwesend waren.«

»Als Absicherung sozusagen.«

Piper zuckte die Achseln. »Ich hatte nie wirklich das Gefühl, es könnte brenzlig werden. Es gab Kommentare und Annäherungsversuche – ein, zwei oder auch fünf Mal. Dann hat er es gelassen. Nur die Blicke sind geblieben.«

Alex schüttelte mit angewiderter Miene den Kopf. »Absolut unakzeptabel.«

»Was glauben Sie, weshalb hat er Sie letztlich gefeuert?«, fragte Chase.

Piper zögerte, dann schüttelte sie den Kopf. »Schwer zu sagen.«

Alex nickte Chase zu. »Wir müssen wohl zu ihm nach Hause.«

»Nicht, solange Melissa dort ist.«

»Ich glaube, inzwischen dürfte sie schon weg sein.«

Piper war, als würde sie ein Privatgespräch belauschen. Einen Kommentar konnte sie sich trotzdem nicht verkneifen. »Moment mal. Ihr Vater hat das Haus nicht seiner Frau vererbt?«

Alex schüttelte den Kopf. »Nein.«

»Ist das nicht ein bisschen schäbig?«

Alex gluckste. »Ja. Aber nicht öffentlich bekannt. Und es wäre schön, wenn das noch eine Weile so bliebe.«

Piper tat, als würde sie ihre Lippen abschließen.

»Sein privater Computer ist sicher passwortgeschützt«, meinte Alex.

»Haben wir hier im Haus einen begnadeten Hacker?«, fragte Chase.

»Sie brauchen keinen Hacker«, sagte Piper.

Die Geschwister schauten sie an.

»Er hat sich ständig selbst aus seinen Computern ausgesperrt. Deshalb habe ich in beiden als Plan B eine Fail-Safe-Einstellung installiert, um notfalls Zugang zu haben.«

Alex begann zu lachen und Piper lächelte.

»Ich bin wirklich froh, dass du sie wiedereingestellt hast«, sagte Alex zu ihrem Bruder.

Piper schaute Chase ins Gesicht. Sein Blick wurde weicher und um seine Mundwinkel spielte ein seltenes kleines Lächeln.

* * *

Um halb fünf nachmittags kam Julia zu Pipers Schreibtisch. »Hey.«

Piper lächelte. »Was gibt's?«

»Ein paar von uns gehen nach Büroschluss zur Happy Hour. Komm doch mit, dann feiern wir ein bisschen.«

»Klingt gut.« Aber …

»Perfekt.«

»Ich kann nicht.«

»Was? Warum?«

Piper suchte hektisch nach einem Vorwand. Alles, nur nicht die Wahrheit. Schließlich entschied sie sich für den Klassiker. »Hier ist ziemlich viel liegen geblieben und ich muss erst wieder klar Schiff machen.«

»Überstunden stehen nicht in unserem Vertrag«, sagte Julia. »Bobbies Mutter hat Geburtstag. Er geht mit den Kindern zum Abendessen hin und ich habe den Abend frei. Also los, komm mit.«

Julia und Bobbie waren seit vier Jahren geschieden, und Julia zog ihre inzwischen sieben- und fünfjährigen Kinder allein groß. An den Vaterwochenenden übernahm Bobbie die beiden. Allerdings nur, wenn seine aktuelle Freundin nicht protestierte. Und sie protestierte fast immer.

Piper stöhnte. »Ich kann wirklich nicht. Wenn ich hier noch ein bisschen Ordnung schaffe, mache ich mir die Arbeit leichter.«

»Aber …«

»Sorry, Julia.«

»Dann am Samstag. Bobbie hat die Kinder.«

Piper zögerte.

»Wir könnten in den Club auf dem Sunset Boulevard gehen, du weißt schon«, setzte Julia schnell hinzu.

Piper verzog das Gesicht. Auf diesen ganz bestimmten Club hatte sie am wenigsten Lust. »Darf ich diese Woche noch mal schwänzen?«

Julia schüttelte den Kopf. »Nein. Du gibst mir schon seit Wochen immer wieder einen Korb.«

»Ich hatte keinen Job.«

»Sogar schon davor.«

Piper kannte ihre Freundin gut genug, um zu wissen, dass sie nicht lockerlassen würde. »Schön. Aber ich bin die Fahrerin und wir feiern nicht auf dem Sunset.«

Julia lächelte breit. »Okay, okay. Du suchst aus, wohin wir gehen.« Beschwingt marschierte sie davon.

Froh, sich für heute aus der Affäre gezogen zu haben, schaute Piper ihrer Freundin noch einen Moment lang hinterher.

»Sie müssen keine Überstunden machen.«

Piper blickte auf. Offenbar hatte Alex das Gespräch mitbekommen.

»Ich weiß. Es ist bloß …« Sie spähte hinter Julia her und senkte die Stimme. »Ich möchte gar nicht mit. Ehrlich gesagt, bin ich ein bisschen müde. Nach fast drei Wochen Lotterleben muss ich mich an das frühe Aufstehen erst wieder gewöhnen.«

Alex lächelte. »Na dann …«

»Ja. Ach, übrigens, am Montagnachmittag habe ich einen Arzttermin. Ich kann versuchen, ihn zu verschieben, aber Sie wissen ja …«

»Ist alles okay?«, fragte Alex.

Piper wedelte mit der Hand. »Reine Routine. Aber ich wollte die Zeit ohne Arbeit nutzen und ein paar lästige Termine abhaken.«

»Gute Idee und kein Problem. Ich sage Chase Bescheid.«

»Ich kann gern hinterher noch mal ins Büro kommen.«

»Nicht nötig. Nehmen Sie sich den Nachmittag frei. Dee ist ja auch noch da.«

Dee sorgte im Augenblick unten im ersten Stock persönlich dafür, dass die Tagesordnung für die kurzfristig anberaumte Vorstandssitzung gedruckt wurde.

»Danke.«

Einen Moment lang starrte Alex gedankenverloren den Flur entlang.

Piper wartete darauf, dass ihre Chefin weiterging, aber schließlich fragte sie: »Ist alles in Ordnung?«

»Ich bin ein bisschen benommen. Am Freitag habe ich meinen Vater beerdigt, und fünf Tage später stehe ich hier und plane eine Vorstandssitzung *seines* Unternehmens, die noch vor Ende der Woche stattfindet.«

Die Stimme von Aaron Stones Tochter klang so ausdruckslos und leer, dass sich Pipers Brust schmerzhaft zusammenzog. Fast reflexartig wollte sie Alex ihr Beileid aussprechen, dachte dann aber an Chase' Reaktion und hielt sich zurück. »Das ist sicher nicht leicht«, sagte sie stattdessen.

»Stimmt«, antwortete Alex. »Aber das wird schon.« Damit wandte sie sich ab, ging zurück in Aaron Stones ehemaliges Büro und schloss die Tür.

Piper seufzte. »Wir haben alle unser Päckchen zu tragen«, murmelte sie ohne jede Ironie.

Kapitel 9

Mit einer Pressekonferenz sorgte Melissa dafür, dass die Öffentlichkeit am Donnerstagabend von Chase und Alexandra Stones Erbschaft erfuhr.

Bei Chase liefen die Abendnachrichten und die Moderatoren kündigten einen Bericht über die Pressekonferenz an. Sofort wählte er die Nummer seiner Schwester. »Läuft dein Fernseher?«

»Ich liege mit einer Flasche Wein in der Badewanne.«

»Dann stell die Flasche weg, trockne dich ab und schalte die Nachrichten ein.«

»Was ist denn jetzt wieder los?«

Chase hörte Wasser plätschern und nahm an, dass seine Schwester aus der Wanne stieg. »Melissa hat eine Pressekonferenz gegeben.«

»Was? Warum?«

»Allem Anschein nach, um uns schlecht aussehen zu lassen.« Chase schaltete um auf einen anderen Nachrichtenkanal und sah dort ein Foto von sich und Alex mit der Bildunterschrift:

Firmenerbschaft für überraschte Stone-Kinder.

In einer Einspielung lächelte Melissa, flankiert von zwei Männern in Anzügen, makellos gestylt in die Kameras. »Sorgen müssen sich vor allem die Anteilseigner von Stone Enterprises machen. Chase und Alexandra fehlt jede Kompetenz zur Führung des Unternehmens. Sie haben ihren Vater gehasst, sie haben die Firma gehasst. Daran hat sich nichts geändert. Ihre ablehnende Haltung meinem verstorbenen Mann gegenüber hat ihn schwer getroffen. Letztlich war das wohl zu viel für sein Herz und hat zu seinem frühen Tod beigetragen.« Weitere Ausschnitte der Pressekonferenz folgten. Ein Reporter fragte, ob Melissa ebenfalls Anteile am Unternehmen geerbt habe. »Nein. Soweit ich weiß, gehen Aarons Anteile ausschließlich an seine Kinder. Was mich, ehrlich gesagt, sehr verwundert.«

»Werden Sie das Testament anfechten?«

Melissa legte eine Hand auf ihre Brust. »Sobald ich rechtliche Schritte auch nur erwäge, ist mein Ehevertrag null und nichtig.«

»Welcher Sender?«, fragte Alex am Telefon.

»Kanal fünf«, antwortete Chase.

»Mrs Stone«, begann ein weiterer Reporter. »Halten Sie es für möglich, dass das Testament nachträglich verändert worden ist?«

Bei Melissas süßem Lächeln wollte sich Chase der Magen umdrehen. »Das klingt ein bisschen abenteuerlich. Aber wer weiß? In einer Welt, in der man schon mit einem Identitätsdiebstahl rechnen muss, wenn man nur an einer Tankstelle mit einer Kreditkarte bezahlt, ist vieles möglich.«

Der Reporter wandte sich von der Konferenz ab und sprach direkt in die Kamera. »Laut unseren Recherchen ist Alexandra Stone im Lauf der Woche aus der Regent-Hotel-Gruppe ausgeschieden, um von nun an bei der Leitung des Unternehmens ihres verstorbenen Vaters mitwirken zu können. Chase Stone, Aaron Stones einziger Sohn und Eigner einer erfolgreichen

Spedition, wurde die ganze Woche über im Hauptsitz von Stone Enterprises hier in Westwood gesehen. Offenbar liegt den frischgebackenen Milliardären daran, so schnell wie möglich in die Fußstapfen ihres Vaters zu treten, wobei das Unternehmen aufgrund der schwächelnden Konjunktur mit sinkenden Umsätzen kämpft. Bei Stone Enterprises stand bisher niemand für einen Kommentar zur Verfügung.«

»Fuck«, schimpfte Alex.

»Das ist nicht gut.«

»Gar nicht. Melissa ist verbittert und auf Rache aus.«

»Sie kann unseren Teil des Testaments nicht einsehen, aber die Anteilseigner können Fragen stellen.«

»Glaubst du, das will sie erreichen?«, fragte Alex.

»Was kann sie sonst tun? Du hast Cadry ja gehört. Wenn sie vor Gericht zieht, ist sie das Geld los, das ihr im Ehevertrag zugesichert wurde.« Chase zappte sich durch ein paar weitere Sender, um zu sehen, ob noch irgendwo über Melissas Pressezirkus berichtet wurde.

»Um mehr Geld scheint es ihr nicht unbedingt zu gehen«, stellte Alex fest. »Sie will uns nur möglichst viel Ärger machen.«

»Sieht ganz danach aus.«

Alex stöhnte. »Bis eben habe ich mir noch überlegt, wie wir ihr das Haus zukommen lassen können.«

»Das hat sich jetzt wohl erledigt. Sonst sieht es aus, als wollten wir sie damit ruhigstellen.«

»Richtig.«

Chase schaltete den Fernseher aus. »Auf gar keinen Fall dürfen Details aus dem Testament durchsickern, bevor wir diesen Bruder gefunden haben.«

»Cadry weiß das. Und zum Glück ist morgen die Vorstandssitzung. Dann können wir Zweifel und Bedenken im Keim ersticken«, sagte Alexandra.

Chase setzte sich aufs Sofa und wechselte das Telefon ans andere Ohr. »Seltsamer Zufall, dass Melissa ausgerechnet heute, am Tag vor der Sitzung, an die Öffentlichkeit gegangen ist.«

»Sicher hat sie gute Bekannte bei Stone Enterprises.«

»Ich weiß nicht, was wichtiger ist – uns schnellstmöglich in die Unternehmensführung einzuarbeiten oder unseren Bruder aufzuspüren, bevor die Welt von ihm erfährt.« Beides gewaltige Aufgaben.

»Sieh es mal so«, meinte Alex. »Wir haben noch Zeit. Aber früher oder später werden im Vorstand wichtige Beschlüsse anstehen. Und leider gehören unserem unbekannten Bruder einundzwanzig Prozent aller Stimmanteile. Könnte man uns schlimmstenfalls Betrug vorwerfen, wenn wir an seiner Stelle entscheiden? Und steht irgendetwas im Testament, wie vorzugehen ist, bis wir den Typ gefunden haben?«

Chase fuhr sich mit der Hand durchs Haar. Auf Alex' Fragen wusste er keine Antwort. »Wir brauchen einen Termin bei Cadry.«

»Sehe ich auch so.«

»Und wir müssen zu Dads Anwesen und uns mit seinem privaten Computer beschäftigen.«

»Ich bin dafür, dass du das tust.«

Damit hatte er gerechnet.

»Such dir einen Tag nächste Woche aus und bestell Piper dorthin«, schlug Alex vor.

Daran hatte er auch schon gedacht. »Okay.«

»Nur nicht am Montag. Da hat sie nachmittags einen Arzttermin.«

Anstelle des Computers seines Vaters beschäftigte Chase jetzt plötzlich seine Assistentin. Seine *sexy* Assistentin. »Fehlt ihr was?«

»Bloß Routine. Den Termin hatte sie schon vereinbart, bevor du sie wiedereingestellt hast.«

»Verstehe.«

Er hörte seine Schwester seufzen. »So viel zu einem entspannten Abend.«

»Trink nicht die ganze Flasche leer. Morgen musst du hellwach sein.«

»Es ist nur eine Viertelliterflasche, Bruderherz.«

Lachend wünschte er seiner Schwester eine gute Nacht und legte auf. Kaum hatte er das Handy weggelegt, klingelte es wieder. Er hatte mit irgendeinem Reporter gerechnet, doch auf dem Display erschien Pipers Name.

Sofort breitete sich in seinem Magen ein warmes Gefühl aus. Er versuchte, es zu ignorieren. »Hallo, Piper.«

»Hi. Ähm, tut mir leid, dass ich so spät noch störe. Aber haben Sie zufällig die Nachrichten gesehen?«

»Haben wir.«

»Oh, gut. Dann sind Sie ja informiert. Ich wollte nur nicht, dass Sie es erst morgen erfahren.«

»Ich habe gerade mit Alex gesprochen. Wir geben nach der Vorstandssitzung eine Mitteilung heraus. Es wäre gut, wenn Sie irgendwie an einen vollständigen Mitschnitt der Pressekonferenz kommen könnten.«

»Darum kümmere ich mich morgen gleich als Erstes.«

Chase lächelte. »Früher hätte ich das auch gar nicht erwartet.«

Piper lachte. »Gut, denn ich gehe jetzt ins Bett.«

Chase hörte ihren Hund bellen. »Schläft der Hund bei Ihnen?«

»Ja, und er braucht fast den ganzen Platz. Stimmt's, Kit?«

Er stellte sich vor, wie der Rottweiler den Kopf schief legte, wenn sie mit ihm sprach, und das brachte ihn zum Lächeln.

»Danke fürs Bescheidsagen.«

»Ich bin schließlich Ihre Assistentin.«

Er konnte sich nicht erinnern, dass ihn je zuvor ein Mitarbeiter oder eine Mitarbeiterin angerufen hatte, um ihn über die Abendnachrichten zu informieren. »Ich werde mir alle Mühe geben, das auf die üblichen Arbeitszeiten zu beschränken.«

»Das ist eine besondere Situation. Solange ich keine Blumen an Ihre Freundin schicken muss, ist alles gut.«

Chase rieb sich die Stoppeln an seinem Kinn. »Dazu müsste man erst mal eine Freundin haben.«

»Oh, ähm … So war das nicht gemeint. Das geht mich gar nichts an.«

Lustig, aber auch ihn interessierte, ob sie jemanden in ihrem Leben hatte. Doch er biss sich auf die Zunge. Sie sollte auf keinen Fall glauben, dass er sich für sie interessierte. Obwohl er sie kaum noch aus dem Kopf bekam.

»Schlafen Sie gut, Piper. Bis morgen.«

»Ja, gut. Okay«, stammelte sie. »Gute Nacht.«

Chase lächelte und beendete den Anruf.

* * *

Exakt eine Minute vor Beginn der Besprechung betraten Chase und Alex gefolgt von Piper den Konferenzraum.

Die anderen Vorstandsmitglieder hatten bereits Platz genommen. An einige erinnerte sich Chase von der Beerdigung seines Vaters her. Andere waren ihm völlig unbekannt. Die meisten trugen Anzüge und Krawatten und lächelten angespannt. Nur drei der Vorstände waren Frauen.

In einer Art zweiter Reihe saßen die Sekretärinnen und Assistenten. Ein vorwiegend weiblicher Personenkreis und kulturell deutlich diverser. Wie es um den Frauenanteil auf der Führungsebene von Stone Enterprises stand, war nicht nur für Chase deutlich zu erkennen und gab ihm zu denken.

Sobald er, seine Schwester und ihre Assistentin eingetreten waren, verstummten die Gespräche. Am Ende des schneeweißen Tisches standen zwei leere Sessel. Chase rückte seiner Schwester den direkt am Kopfende zurecht.

Sie schaute ihm in die Augen und setzte sich schweigend.

Piper ließ sich hinter ihnen nieder, Chase nahm den Platz an Alex' linker Seite ein.

»Vielen Dank, dass Sie sich so kurzfristig hier eingefunden haben«, begann Alex.

Chase und sie hatten abgesprochen, wie sie diese erste Sitzung gestalten wollten. Sie würden Sprechpausen machen, die es dem jeweils anderen ermöglichten, sich einzubringen. Damit wollten sie zeigen, dass sie beide gemeinsam das Unternehmen leiten und als gleichberechtigte Ansprechpartner betrachtet werden wollten.

»Wir haben Stuart Cadry gebeten, heute ebenfalls hier zu sein.« Chase deutete auf Cadry, der direkt neben ihm saß. »Als langjähriger Anwalt unseres verstorbenen Vaters kann er gegebenenfalls Ihre rechtlichen Fragen beantworten.«

Einige der Vorstandsmitglieder tauschten Blicke, gesprochen wurde nicht.

»Wir wollten diese Besprechung abhalten, bevor Sie Details über das Testament unseres Vaters aus den Medien erfahren«, sagte Alex.

Am anderen Ende des Tisches lachte jemand leise. »Das hat offenbar nicht funktioniert.«

Chase schaute dem älteren Mann ins Gesicht. »Nein. Leider nicht.«

»Aber jetzt sind wir hier«, stellte jemand anderes fest.

»Unser Hauptanliegen heute ist, Ihnen eventuelle Sorgen zu nehmen«, erklärte Alex. »Und alle Fragen zu beantworten, die wir beantworten können.«

In diesem Moment beugte sich Piper vor und schob ein Blatt Papier zwischen die Geschwister. Es zeigte einen Sitzplan der Personen am Tisch. Neben den Namen war darauf auch jeweils ihr prozentualer Anteil am Unternehmen vermerkt. Den Plan hatte sie in der kurzen Zeit erstellt, die sie jetzt hier saßen.

Bevor sie sich wieder setzte, nickte Chase ihr kurz zu.

»Der Tagesordnung vor Ihnen können Sie eine kurze Beschreibung der Vorerfahrungen entnehmen, die Chase und ich mit in das Unternehmen bringen. Als Letztes habe ich in der Abteilung Akquise und Fusionen bei der Regent-Hotelgruppe gearbeitet. Leitende Funktionen in der Hotelbranche habe ich bereits seit meinem Collegeabschluss wahrgenommen«, erklärte Alex. Dann gab sie den Anwesenden einen kurzen Überblick über Chase' beruflichen Background und betonte seine Erfolge.

Kaum hatte sie geendet, da meldete sich der Mann zu Wort, der vorher schon etwas gesagt hatte. »Was haben Sie jetzt vor? Wie es aussieht …«, er hob die Tagesordnung in die Höhe und ließ sie auf den Tisch fallen, »… planen Sie, dieses Unternehmen von nun an zu leiten.«

Mit einem Blick auf den Sitzplan ordnete Chase dem Gesicht einen Namen zu. Mr Yarros.

»Ja, ganz genau«, antwortete Alex.

Chase gegenüber saß Gatlin. Zwar bemühte sich der Mann um ein Pokerface, doch indem er sein Gewicht verlagerte und gleich darauf in die Runde schaute, verriet er sein Unbehagen.

»Wir haben nicht vor, irgendetwas zu verkaufen«, erklärte Chase. *Zumindest nicht jetzt.*

Der Mann rechts von Gatlin wandte sich an Cadry. »Aaron hat ihnen alles vererbt?«

Der Anwalt räusperte sich. »Aaron hat alljährlich umfassend Bilanz gezogen. Sein Vermögen und seine Geschäfte waren immer für seine Kinder bestimmt.«

»Von denen keines je mit hier in diesem Gremium gesessen hat.«

»Richtig«, sagte Chase. »Aber jetzt sind wir da. Alex und ich werden uns die Verantwortung teilen und uns in diese neue Herausforderung einarbeiten.« Als der Mann beiseite schaute, warf Chase einen Blick auf den Namen auf dem Sitzplan.

»Und wer hat das Sagen?«

Alex zeigte auf Chase. »Wir sind Partner. Gleiche Befugnisse, ganz einfach.«

»Wer sind Ihre Berater?«

»Die gesamte Führungsriege hier im Haus war bislang sehr großzügig mit ihrer Zeit. Nach dem Tod des Geschäftsführers und Haupteigners gibt es eine gewisse Übergangsfrist, in der etwaige Veränderungen zunächst ausgesetzt sind, genau wie Abstimmungen über neue wegweisende Projekte. Vertrauliche Verhandlungen, die unser Vater vor seinem Ableben begonnen haben mag, werden ebenfalls ausgesetzt, bis wir alle notwendigen Informationen haben. Das Tagesgeschäft bei Stone Enterprises wird zunächst genauso weitergeführt wie gehabt«, erklärte Chase.

»Was denn für vertrauliche Verhandlungen?«, fragte ein Mr Fergese.

»Das recherchieren wir gerade«, antwortete Chase. »Laut dem Terminplan unseres Vaters gab es einige Reisen und Treffen, deren Zielsetzungen uns noch nicht bekannt sind. Möglicherweise ging es dabei lediglich um Kontaktpflege mit geschätzten Kunden. Oder aber um neue Geschäftsstrategien. Es könnten sich auch durchaus Geschäftspartner melden und sich auf mündliche Zusagen berufen.«

»War das bereits der Fall?«, fragte jemand.

»Nein. Aber wir sind vorbereitet.«

»Falls Sie irgendwelche Bedenken haben, sollten Sie sie jetzt ansprechen«, sagte Alex.

Sofort begannen zwischen einigen Anwesenden gedämpfte Unterhaltungen.

Chase lehnte sich zurück und wartete, Alex nahm dieselbe Haltung an. Ihre Lippen blieben verschlossen.

Schließlich meldete sich Gatlin zu Wort. »Aarons plötzlicher Tod hat uns alle überrascht. Ich glaube, wir sollten dankbar sein, dass er das Unternehmen nicht seiner Ehefrau vermacht hat.«

Zu seinem Kommentar wurde zustimmend genickt.

»Sie hätte uns ihre Anteile verkaufen können«, stellte Yarros fest.

»Ich bitte dich, Paul. Dafür fehlt dir das nötige Kapital.«

Yarros begann ein Wortgefecht mit dem Mann, der ihm gegenübersaß. Daraus entspann sich eine Debatte, wer von den Anwesenden in der Lage wäre, zusätzliche Anteile zu erwerben. Während des gesamten Hin und Hers beobachtete Chase die Sprecher und behielt zugleich den Sitzplan im Auge, den Piper erstellt hatte.

Aus dem Augenwinkel sah er, wie ihre Finger über die Tastatur ihres Laptops flogen. Noch beeindruckender als ihr Tempo war die Tatsache, dass sie dabei nicht ein einziges Mal hinunter auf die Tasten schaute. Während ihre Finger tippten, beobachtete sie das Geschehen.

Weil inzwischen alle gleichzeitig redeten, aber niemand direkt mit ihnen, warf Chase Alex einen Blick zu und zuckte die Achseln.

Sie hörten schweigend zu.

Angesichts des Durcheinanders von Gesprächen schoss Chase durch den Kopf, dass das Durchdringen der Information über den noch unbekannten Stone-Sohn vermutlich zu kompletter Anarchie führen würde.

Alex beugte sich zu ihm und flüsterte ihm ins Ohr: »Sollen wir einschreiten?«

Er hob seinen Zeigefinger und räusperte sich. »Ich unterbreche Sie nur ungern, aber …« Er ließ den Satz hängen, und langsam kehrte Ruhe ein. »Es tut mir leid, Sie zu enttäuschen. Doch Überlegungen, wer welche Anteile kaufen könnte, sind völlig unnötig. Alex und ich verkaufen nicht. Wir wollten Ihnen Gelegenheit geben, uns Fragen zu stellen. In Debatten über irrelevante Punkte sollten wir uns nicht verlieren.«

Seine Worte schienen für eine gewisse Ernüchterung zu sorgen, und es wurde endgültig still.

Eine der drei Anteilseignerinnen am Tisch hob die Stimme. »Ich habe eine Frage.«

»Bitte«, sagte Alex.

»Trifft es zu, dass Melissa Stone keine Möglichkeit hat, Aarons Testament anzufechten?«

Chase nickte Cadry zu. »Bitte.«

»Eine Anfechtung durch Mrs Stone ist höchst unwahrscheinlich«, begann der Anwalt. »Wir haben große Sorgfalt darauf verwendet, Aarons Firma und seinen persönlichen Besitz für die Zeit nach seinem Tod zu schützen. Für Mrs Stone kann ich natürlich nicht sprechen. Aber ich kann Ihnen versichern, dass sämtliche rechtliche Schritte ihrerseits pure Zeitverschwendung wären. Für alle Beteiligten.«

Wieder ging ein Murmeln durch den Raum, doch es wurde schnell wieder still.

Wie geplant erhielt nun Gatlin das Wort. Er gab einen kurzen Überblick über die derzeit anstehenden Entscheidungen.

»Wann stimmen wir über den Zukauf der Starfield Hotels ab?«, fragte Yarros.

Chase schaute Alex an, sein Pulsschlag beschleunigte sich. Sie mussten alles daransetzen, Abstimmungen über Käufe oder Verkäufe aufzuschieben. Schließlich hatten sie kein Stimmrecht für ihren dringend gesuchten Bruder.

»Das wäre ein riskantes Geschäft«, sagte eine Stimme am anderen Ende des Tisches.

»Aaron meinte, es würde sich lohnen«, warf Yarros ein.

Wieder entspann sich eine Debatte.

Mit einer Geste bat Alex um Ruhe. »Bitte, kann ich …«

Jemand machte »Psst«.

Alex lächelte schmallippig. »Dieses Vorstandsgremium kann sicher kein Interesse daran haben, ohne gründliche vorherige Recherchen derart wichtige Entscheidungen zu treffen.«

»Es gibt Unterlagen …«, meldete sich Yarros zu Wort.

»Schon möglich. Doch wir hatten noch keine Gelegenheit, die Reichweite dieser Entscheidung abzuschätzen, und müssen uns erst einmal eingehend mit den Fakten beschäftigen. Das werden Sie sicher verstehen«, sagte Alex direkt zu der lautesten Stimme im Raum.

»Wie lange werden Sie dafür brauchen?«

»Verdammt, Paul. Sie haben gerade ihren Vater verloren«, sagte eine der Frauen.

Chase warf einen Blick auf den Sitzplan. Sosehr es ihn schmerzte, er presste hervor, was gesagt werden musste. »Vielen Dank für Ihr Verständnis, Mrs Monroe.«

»Das ist doch selbstverständlich. Sicher gibt es standardisierte Abläufe für den Fall des Ablebens eines Geschäftsführers und Hauptanteilseigners.«

»Tumult und Unsicherheit«, murmelte Yarros.

Alex legte eine Hand auf den Tisch und beugte sich vor. »Tumult und Unsicherheit wird es nicht geben. Nur durchdachte, informierte und kluge Entscheidungen. Im Moment ist es am besten, erst einmal nichts zu tun. Ich denke, da sind Sie mit uns einer Meinung.«

Einige am Tisch nickten.

»Unsere Bürotür steht Ihnen jederzeit offen«, sagte Chase. »Wir werden uns bemühen, unser weiteres Vorgehen so transparent und nachvollziehbar wie möglich zu gestalten, ohne dabei aufs Spiel zu setzen, was unser Vater aufgebaut hat.« Er und Alex wollten bei dieser ersten Versammlung den Vorstand nicht belügen. Doch jetzt über den verschollenen Bruder zu sprechen, hätte das Unternehmen tatsächlich gefährdet. Und der Ablauf dieser Besprechung zeigte deutlich, dass sie diesen Mann dringend finden mussten, bevor hier alles aus dem Ruder lief.

Kapitel 10

Nach dem Meeting wollten noch einige Teilnehmer mit Chase und Alex persönlich reden. Piper verließ indessen den Konferenzraum.

Julia gesellte sich zu ihr. »Ganz schön anstrengend.«

»Dass sich die Begeisterung in Grenzen hält, wenn plötzlich zwei Unbekannte die Kontrolle über das Unternehmen haben, war anzunehmen.«

Julia senkte die Stimme. »Floyd hat mit fast allen vorher telefoniert.«

»Und worüber gesprochen?«

»Schwer zu sagen. Aber glücklich ist er nicht.«

Piper hatte Floyd Gatlin nie als besonders zugänglich oder gar herzlich empfunden. Nur in Anwesenheit des verstorbenen Mr Stone hatte er sich immer etwas offener gegeben. »Ist er das je?«

Julia seufzte. »Ich glaube, seine Frau und er schlafen nicht im selben Zimmer.«

Bei der Vorstellung, dass Floyd und eine Frau zusammen irgendetwas anstellten, zog sich Pipers Magen zusammen. »Würdest du dir mit so einem ein Zimmer teilen wollen?«

Julia schüttelte sich.

Dabei sah Floyd eigentlich ganz annehmbar aus. Abstoßend machte ihn vor allem, dass er ein Mistkerl war. Er und Aaron hatten viel Zeit auf Reisen in andere Städte mit nur einer Übernachtung verbracht.

Augen auf. Mund halten. Job erledigen.

Kurz bevor sie Julias Schreibtisch erreichten, lieferte sie Piper den hundertsten Grund, weshalb sie jetzt noch keine Kinder wollte.

»Morgen Abend kann ich leider doch nicht mit dir um die Häuser ziehen.«

»Oh nein.« Piper gab sich enttäuscht.

Julia verdrehte die Augen. »Bobbie«, stöhnte sie. »Mein Ex entzieht sich mal wieder seinen Vaterpflichten.«

»Bobbie« nannte Julia ihren Ex-Mann erst seit der Scheidung. Davor hatte sie immer von »Robert« gesprochen, doch seit er sich wieder benahm wie ein pubertierender Teenager, erschien ihr »Bobbie« offenbar passender. Sie war stolze Mutter zweier Kinder, der fünfjährigen Nina und des fast siebenjährigen Robert junior.

Piper und sie kannten sich, seit Piper bei Stone Enterprises zur Assistentin in der Chefetage aufgestiegen war. Julia war zu dem Zeitpunkt in einen unnötig schmerzhaften und brutalen Scheidungskrieg verstrickt gewesen.

Sie und Robert hatten recht jung geheiratet, erst die Kinder bekommen und dann ein Haus gekauft. Die Ehe hatte keine fünf Jahre gehalten. Als Bobbie erfahren hatte, wie viel Unterhalt er für seine Kinder bezahlen musste, hatte er auf ein geteiltes Sorgerecht gedrängt. Und weil Julia mehr verdiente als er, hatte er für sich Unterhaltszahlungen verlangt. Nach langem Hin und Her hatten sie sich schließlich auf minimale Unterhaltszahlungen für die Kinder seinerseits geeinigt. Dann war Bobbie ins Orange County gezogen, wodurch sich die Sache mit dem geteilten Sorgerecht faktisch erledigt hatte. Schon bald hatten sie sich wieder vor Gericht getroffen, weil Julia mehr Unterhalt für die Kinder verlangte. Denn schließlich waren sie höchstens vier oder fünf Tage im Monat bei ihm.

Eine Happy Hour mit Julia lief meist darauf hinaus, ihr dabei zuzuschauen, wie sie zu viele Wodka Tonics trank, und sich noch einmal haarklein erzählen zu lassen, wie die Gerichtstermine abgelaufen waren.

Nein danke!

»Welchen Vorwand hat er diesmal?«, fragte Piper.

Julia schnaubte. »Er hat sich beim Wandern mit seinen Kumpels in Big Bear den Knöchel verstaucht und kann jetzt wegen der starken Schmerzmittel nicht fahren.« Julia schüttelte den Kopf. »Und auf die Kinder kann er selbstverständlich auch nicht aufpassen, solange er von dem Zeug völlig high ist. Was soll ich da sagen?«

»Da kannst du nichts sagen.«

»Big Bear«, murmelte Julia. »Weißt du, wie lange es her ist, seit ich irgendetwas auch nur annähernd so Spannendes gemacht habe wie eine Wanderung in Big Bear?«

Sie blieben vor Julias Schreibtisch stehen und Piper lächelte sie mitfühlend an. »Du Arme.«

»Das kannst du laut sagen. Ich habe mich so auf unseren Abend gefreut.«

»Vielleicht kann deine Mom ...«

»Nein, sie tut schon genug. Und einen Babysitter kann ich mir nicht leisten. Außerdem schlägt es den Kindern ziemlich auf die Stimmung, wenn Daddy mal wieder absagt. Ich muss für sie da sein.«

»Wenn es zu schlimm wird, melde dich. Dann komme ich mit Kit zu euch rüber. Der heitert sie immer auf.«

Julia lächelte. »Das ist lieb.«

Aus dem Augenwinkel sah Piper ihre neuen Chefs gemeinsam den Flur entlangkommen. Sie hob das Kinn. »Lass uns lieber an die Arbeit gehen. Wir brauchen unsere Jobs.«

Julia warf im Weggehen einen Blick über die Schulter und grinste. »Ich rufe dich am Wochenende an.«

* * *

Gegen halb fünf nachmittags gingen die ersten Angestellten der Etage nach Hause. Gegen fünf hörte man kaum noch mehr als das Summen der Leuchtstoffröhren über den Bürowaben.

Um Viertel nach fünf verließ auch Chase sein Büro. Er hatte gedacht, inzwischen seien alle gegangen. Doch Piper saß noch an ihrem Schreibtisch und tippte etwas in ihren Computer.

»Soweit ich weiß, wurde um fünf der Feierabend eingeläutet«, sagte er zu ihr.

Sie hielt einen Zeigefinger in die Höhe, ihr Blick hing am Bildschirm. Ein paar Sekunden lang tippte sie noch, dann hob sie die Hände wie ein Zirkuszauberer. »Tadah! Erledigt.«

»Was war das?«

Nach ein paar letzten Klicks rückte sie von ihrem Schreibtisch weg. »Das Sitzungsprotokoll. Ich muss es immer gleich am selben Tag schreiben, sonst vergesse ich irgendwas.«

»Sie könnten Mitschnitte machen.«

Piper nahm ihre Handtasche aus einer Schreibtischschublade. »Zu viele Dinge werden nur am Rand erwähnt und sind nicht fürs Protokoll gedacht. Bei einem Mitschnitt wären sie drin.«

»Einen Mitschnitt kann man löschen.«

Sie stand auf und nahm einen Pulli von einem Haken an der Wand. »Miss Maddox, haben Sie je Dokumente von Stone Enterprises vernichtet?«, fragte sie in einem strengen Tonfall. »Nein, Euer Ehren«, antwortete sie in ihrer eigenen Stimme.

Dann wechselte sie wieder in den anderen Ton. »Gilt das auch für Aufnahmen der Vorstandssitzungen?«

Sie schaute Chase in die Augen, warf sich den Pulli über den Arm und schob ihren Schreibtischsessel an die Tischplatte.

»Verstehe.«

Gemeinsam machten sie sich auf den Weg zu den Aufzügen. »Einer unserer Professoren am College hat uns regelrecht eingebläut, uns in keiner Weise angreifbar zu machen.«

»Dieses Seminar hätte ich auch besuchen sollen.«

»Das tun viel zu wenige. Und viele davon stehen dann irgendwann vor Gericht.«

»Bisher konnte ich das vermeiden.«

Sie bogen um die Ecke zum Empfangsbereich. Chase drückte den Knopf für den Aufzug.

»Das könnte sich ändern.«

»Warum sagen Sie das?«, fragte er.

»Ihr Dad hatte immer irgendwelche Prozesse am Laufen, die Abwicklung hat er allerdings meist den Anwälten überlassen.« Die Aufzugtür öffnete sich; sie drückte den Knopf für das unterste Parkdeck und sprach weiter. »Früher habe ich mich immer gewundert, dass Promis fast nie persönlich in einem Gerichtssaal erscheinen. Aber dann habe ich erlebt, wie Ihr Vater es gehalten hat. Viel zu beschäftigt, um vor einem Richter zu stehen. Man schickt einfach den Anwalt.«

»Bei einem so großen Unternehmen ist das vermutlich normal.«

In der Aufzugkabine standen sie respektable zwei Schritte voneinander entfernt und starrten auf die geschlossenen Türen.

Piper seufzte. »Das war eine lange Woche.«

»Sie sind erst seit vier Tagen wieder zurück.«

Sie schaute ihm ins Gesicht. »In denen ich die Arbeit von drei Wochen nachgeholt habe.«

»Oh.«

»Ja.«

Wieder richtete er den Blick auf die geschlossenen Türen. »Vermutlich sollte ich Sie für die zusätzliche Arbeit bezahlen.«

»Was heißt hier *vermutlich*?«

Chase unterdrückte ein Lächeln.

Im untersten Geschoss des Parkhauses öffneten sich die Türen. Piper stieg aus und er folgte.

»Sie müssen mich nicht zu meinen Wagen begleiten. Dieses Parkhaus ist sicher.«

»Erstens hat sich meine Mutter viel Mühe gegeben, mir gute Manieren beizubringen.« Er zeigte auf seinen SUV gegenüber einer Bucht mit einem weißen Kia. »Zweitens steht hier mein Auto.«

Verdutzt blieb sie stehen. Ihr Blick ging zwischen seinem Wagen und ihm hin und her.

Chase machte einen Schritt vom Aufzug weg, sodass sich die Türen hinter ihnen schließen konnten. »Was ist?«

Sie setzten sich in Bewegung. Piper schwieg.

»Der SUV gefällt Ihnen nicht?«

Sie schüttelte den Kopf. »Doch. Schöner Wagen. Aber warum parken Sie so weit unten?«

»Die Parkplätze sind ziemlich schmal. Ich wollte nicht der Idiot sein, der zwei von den besten Plätzen weiter oben belegt. Hier unten herrscht weniger Gedränge.«

Piper hielt an und musterte ihn.

Nach ein paar Schritten wandte er sich zu ihr um. »Was ist denn?«

»Das Gebäude gehört Ihnen.«

»Ja. Und?«

»Ganz oben am Eingang gibt es einen Platz mit Ihrem Namen.«

»Schmal ist er trotzdem. Außerdem parkt dort Alex.«

Piper schüttelte den Kopf. »Dann nehmen Sie den von Ripley oder Gatlin. Oder beide.«

Chase fand es lustig, wie sehr sie ihn drängte, auf seinem Stone-Privileg zu beharren und einen besseren Parkplatz zu beanspruchen. Selbstverständlich konnte er die Plätze neu verteilen lassen. Aber er wollte das Spiel noch ein bisschen weitertreiben. »Und wo sollen dann die beiden parken?«

»Sie ziehen mich auf, stimmt's?«

Chase unterdrückte sein Grinsen, so lange er konnte.

Dann ließ Piper den Kopf in den Nacken fallen und lachte. »Sie haben ein super Pokerface.« Damit ging sie zur Fahrertür des Kia.

»Aber jetzt mal im Ernst. Hier unten zu parken, stört mich nicht.«

»Wie Sie wollen, Stone. Sie sind der Boss.« Sie öffnete die Tür.

Er lächelte immer noch. »Moment, Piper.«

»Was ist denn?«

»Dienstag?«

»Was ist mit Dienstag?«

»Können wir uns da im Haus meines Vaters treffen und uns mit seinem Computer beschäftigen?«

Sie warf ihre Handtasche und ihren Pulli in den Wagen und schaute hinauf zur Decke des Parkdecks. »Kein Problem. Um acht?«

»Lieber um neun. Das ist ein Umweg.« Eigentlich war das nicht der Fall, aber eine zusätzliche Stunde Schlaf wollte er ihr für ihre Mühe wenigstens gönnen.

»Dann gern um neun.«

»Alex sagt, am Montag gehen Sie früher. Sie müssen zum Arzt?«

Einen Moment lang klemmte sie die Unterlippe zwischen die Zähne. »Ja. Aber wenn Sie mich brauchen, kann ich den Termin …«

»Nein, nein. Schon gut. Schönes Wochenende.«

Jetzt war Pipers Lächeln nicht mehr so breit und entspannt wie noch vor ein paar Sekunden. »Sie beide haben sich diese Woche gut geschlagen.«

Von seiner Assistentin gelobt zu werden, war ein bisschen merkwürdig, aber doch wohltuend. »Bis Montag«, sagte er, während sie sich in ihren Wagen setzte.

Chase stieg in seinen SUV und zog sein Smartphone aus der Tasche. Im Rückspiegel sah er, wie Piper mit gesenktem Kopf das Lenkrad umklammerte. Ein paar Atemzüge lang verharrte sie reglos, und er fragte sich, was sie da machte. Dann startete sie ihren Wagen und schaute über die Schulter.

Chase hatte ein Lächeln erwartet. Vielleicht aus Belustigung über ihr kurzes Gespräch. Doch sie sah eher traurig aus, womöglich auch verärgert. Glücklich jedenfalls nicht.

Sobald sie merkte, dass er noch da war und sie im Rückspiegel anschaute, setzte sie ein Lächeln auf und fuhr rückwärts aus der Parkbucht.

* * *

In der eleganten Bluse und den Slacks fürs Büro wartete Piper im Untersuchungszimmer auf die Ärztin. Im Moment war das hier der allerletzte Platz auf der Welt, an dem sie sein wollte.

Allein durch die Tür zu treten, hatte ihre Beklommenheit ins Unendliche gesteigert. Völlig unerwartet drei Wochen lang zu Hause festzusitzen, hatte ihr Gedankenkarussell in Schwung gebracht und sie zugleich gelähmt. Dann war Chase Stone in ihr Leben spaziert und hatte ihr die dringend benötigte Ablenkung verschafft.

Doch jetzt musste sie der Realität ins Auge sehen.

Als die Tür aufging und Dr. Resnik eintrat, riss Piper ihren unverwandten Blick von der gegenüberliegenden Wand los.

Die zierliche Ärztin mit den blonden Locken und dem weißen Kittel lächelte. »Hallo, Piper.« Nach der Begrüßung schloss sie die Tür. »Ich habe gerade auf Ihre Karteikarte geschaut. Eigentlich ist Ihre Untersuchung noch gar nicht fällig. Was ist denn los?«

Die Antwort blieb Piper in der Kehle stecken. Sie musste sich räuspern, um sie aussprechen zu können. »Ich kriege sie nicht.«

»Ihre Periode?«

Piper schloss die Augen und nickte kurz.

»Wie lange ist sie denn schon überfällig?«

»Vier … fünf …«

»Tage?«

»Wochen.«

Dr. Resnik lehnte sich gegen die Wand. »Könnten Sie vielleicht schwanger sein?«

Die Frage war beinahe zum Lachen. »Falls nicht alle fünf Schwangerschaftstests danebengelegen haben – ja.« Allein das zu sagen, beschleunigte Pipers Puls.

»Ich habe Ihnen die Pille verschrieben.«

»Ja. Stimmt. Die hat wohl nicht funktioniert. Ehrlich gesagt, habe ich sie ein paarmal vergessen. Ich habe das nicht so ernst genommen, schließlich gibt es keinen Mann in meinem Leben. Und wegen ein paar vergessenen Tabletten …«

»Offenbar gab es doch jemanden.«

Piper kniff die Augen zu und versuchte, die Erinnerung an den schlechten Sex zu verdrängen, der zu diesem Schlamassel geführt hatte. »Nein, eigentlich nicht. Ich meine, ja. Es gab jemanden.« Sie musste über ihr eigenes Gestammel lachen. »Schließlich heiße ich nicht Maria.« Noch ein Lacher. »Wir haben sogar ein Kondom benutzt.« Sie rieb sich das Gesicht. »Fuck!«

Dr. Resnik zog ihren Rollhocker zu sich und setzte sich. Sie legte eine Hand auf Pipers Knie. »Schon gut, Piper. Wenn Sie richtig gerechnet haben, haben Sie noch Zeit. Für Entscheidungen.«

Pipers Kehle zog sich zusammen.

Dr. Resnik musterte sie. Als Piper nichts sagte, klopfte die Ärztin ihr aufs Knie. »Wir brauchen eine Urinprobe und ein bisschen Blut. Und ich untersuche Sie. Dann wissen wir mehr.«

Piper nickte, konnte die Ärztin aber kaum ansehen.

Zwanzig Minuten später rückte Dr. Resnik vom Untersuchungsstuhl weg und gab Piper ein Papiertuch, mit dem sie das Gleitgel zwischen ihren Beinen abwischen konnte.

Eigentlich brauchte sie die Bestätigung der Ärztin gar nicht. Allein ihr Blick sagte alles. »Sie sind definitiv schwanger. Die Untersuchung zeigt das ganz klar und die Urinprobe bestätigt es. Die Auswertung der Blutprobe wird uns genauer sagen, wie weit Sie schon sind. Aber von Ihrem letzten Zyklus an gerechnet, vermutlich in der zehnten Woche.«

Piper wusste auch ohne die Blutprobe genau, wann sie mit dem Mann zusammen gewesen war.

Mit dem Papiertuch in der Hand setzte sie sich auf. Vor der Ärztin wollte sie sich nicht anfassen. Ziemlich albern, eigentlich. Schließlich hatte die Frau das verdammte Gel dort verteilt, wo es jetzt war.

Trotzdem blieb sie reglos sitzen.

»Am besten, Sie ziehen sich erst mal an. Lassen Sie uns in meinem Sprechzimmer reden.«

Als die Ärztin den Raum verlassen hatte, wischte sich Piper hektisch das glibberige Zeug ab. Dann knüllte sie das Papiertuch zusammen, das als Blickschutz über ihre gespreizten Beine gebreitet gewesen war, und warf es in den Müll.

Schnell zog sie sich an und überlegte sich ernsthaft, ob sie sich ohne ein weiteres Wort aus der Praxis stehlen sollte. Doch ihr war klar, dass sie zwar weglaufen konnte, sich dadurch aber absolut nichts geändert hätte.

Dr. Resnik saß hinter ihrem vollgepackten Schreibtisch, Piper ließ sich auf einem der beiden Sessel davor nieder.

»Ich weiß, wenn es so ungeplant kommt, ist es schwierig.«

Piper schaute der Frau ins Gesicht. »Im Moment bin ich nicht in der richtigen Situation, um Mutter zu werden.«

»Verstehe.«

Wirklich? Die Frauen draußen im Wartezimmer hielten sich lächelnd die Bäuche. Und die, die nicht schwanger waren, gratulierten ihnen. Sie wollte nicht, dass ihr jemand zu ihrem Fehler gratulierte.

»Sie haben drei Möglichkeiten«, fuhr Dr. Resnik fort.

Piper stieß den Atem aus. »Ich bin schon zweimal an einer Klinik vorbeigefahren«, sagte sie. »Ich bin in Ohio aufgewachsen. Meine Eltern gehen immer noch zweimal die Woche zur Kirche, meine Mom manchmal dreimal.«

»Wenn Ihr Glaube einen Schwangerschaftsabbruch nicht zulässt …«

»Nicht *mein* Glaube«, unterbrach Piper die Frau. »*Ihrer*. Ich konnte es kaum erwarten, aus Ohio wegzukommen. In einer Kirche war ich seither nur noch, wenn ich meine Eltern besucht habe. Aber all das Gerede von Sünde … ist hier drin.« Mit beiden Händen umfasste sie ihren Kopf. »Wenn ich ganz sachlich darüber nachdenke, ist mir völlig klar, dass ein Abbruch die beste Lösung wäre.« Sie schluckte. »Aber ich kann das nicht.« Es auszusprechen, war schwer. »Ich wünschte, ich könnte es.«

In Dr. Resniks Blick trat echtes Mitgefühl. »Vielleicht kommt ja eine Adoption infrage.«

Piper nickte ein paarmal.

»Und natürlich können Sie das Baby auch behalten.«

Sofort schüttelte Piper den Kopf. »Nein. Unmöglich.« Schon ihre Eltern in den nächsten sieben Monaten – acht, wenn sie wieder halbwegs normal aussehen wollte – aus ihrem Leben herauszuhalten, damit sie nichts davon mitbekamen, würde eine riesige Herausforderung sein. Das Baby behalten? Ausgeschlossen. Sie dachte an Julia, für die ihre Mutter der Fels in der Brandung war. Von ihren Eltern konnte sie das nicht erwarten. Und ihren Job hatte sie jetzt zwar zurück, aber wer wusste schon, wann ihr erneut der Boden unter den Füßen weggerissen würde? Sie wollte Kinder. Eines Tages. Mit dem richtigen Mann. Dass ihre Gedanken ständig zwischen möglich und unmöglich hin und her sprangen, machte sie ganz verrückt.

»Okay, Piper. Denken Sie erst mal in Ruhe nach.«

Sie nickte.

»Was ist mit dem Vater?«

Piper lachte auf, was nicht fröhlich klang, sondern verrückt. »Groß, dunkelhaarig. Ich habe ihn in einer Bar kennengelernt. Er hat mir zwei verschiedene Namen gegeben, aber ich könnte nicht mal sagen, ob einer davon der richtige ist. Und der Hit ist, dass ich so etwas eigentlich gar nicht tue. Vor ihm habe ich über ein Jahr lang mit niemandem geschlafen. Ich wollte einfach mal locker sein, mir nicht so viele Gedanken machen.« Sie stöhnte. »Man nennt so etwas nicht umsonst einen One-Night-Stand. Ich glaube, danach hat er so etwas gesagt wie: ›Wir sind uns einig, oder? Ich meine, für den Fall, dass was passiert ist?‹«

»Autsch.«

»Jap.«

Dr. Resnik nahm ein paar Flyer aus einer Schreibtischschublade. »Ich gebe Ihnen einfach alles mit. Für Option eins, zwei oder drei. Falls Sie sich für zwei oder drei entscheiden, müssen wir Ihnen ein paar Vitamine verabreichen und Vorsorgetermine vereinbaren. Damit Sie und das Baby alles kriegen, was Sie beide brauchen. Die Pille haben Sie abgesetzt?«

»Sie meinen die, die nicht funktioniert hat? Ja. Gleich nach dem ersten Test.«

»Alkohol? Partydrogen?«

Was für eine Frage. »Ich nehme keine Drogen.«

»Marihuana?«

»Nein. Vielleicht habe ich an dem Abend mit dem zweiten Strich auf dem Test etwas getrunken. Aber seither nicht mehr. Nicht mal irgendwas mit Koffein.«

»Gut.« Ein kleines Lächeln spielte um die Lippen der Ärztin. »Übelkeit?«

»Ein bisschen. Manchmal kann ich morgens nichts essen.«

»Vielleicht gehören Sie zu den Glücklichen, die von Morgenübelkeit verschont bleiben. Im ersten Schwangerschaftsdrittel ist es meist am schlimmsten, und das haben Sie bald hinter sich.«

Von der verstärkten Übelkeit zu Anfang hatte Piper gelesen.

»Draußen am Empfang bekommen Sie noch weiteres Informationsmaterial. In vier Wochen will ich Sie wieder hier sehen. Früher, falls Sie sich doch für einen Abbruch entscheiden.« Sie gab Piper die Flyer und eine Visitenkarte. »Ich selbst führe keine Abbrüche durch. Meine Patientinnen überweise ich zu den Kollegen auf der Karte. Da bekommen Sie schnell einen Termin und auch eine Beratung über alle Möglichkeiten. Nicht, um Sie zu irgendetwas zu drängen. Nur zur Information.«

»Danke.« Alles war plötzlich viel zu real.

»Haben Sie noch Fragen?«

Piper nickte. »Aber nicht jetzt im Moment.«

Die Ärztin trat hinter ihrem Schreibtisch hervor und breitete die Arme aus. Piper ließ sich von ihr umarmen.

»Sie kriegen das hin. Sie können mich jederzeit anrufen.«

Kapitel 11

Es war, als hätte die Morgenübelkeit nur auf ein Startsignal gewartet. Jedenfalls begann Piper den Tag nach dem Besuch bei ihrer Frauenärztin mit dem Kopf über der Kloschüssel. Kit schaute ihr von der Tür aus zu.

Sich mit leerem Magen übergeben zu müssen, war scheußlich. Weil Chase sie erst um neun erwartete, hatte sie heute zum Glück eine Stunde länger Zeit, um auf die Beine zu kommen.

Der Kräutertee, den sie seit ein paar Wochen morgens trank, kam ihr direkt wieder hoch, und an Lucky Charms zum Frühstück war gar nicht zu denken. Was vermutlich kein Schaden war.

Ein wenig legerer gekleidet als fürs Büro fuhr Piper schließlich durch das Villenviertel in Beverly Hills und knabberte dabei zaghaft an einem faden Cracker. Um zehn Minuten vor neun erreichte sie das Tor des Stone-Anwesens, ließ ihr Fenster herunter und drückte auf den Knopf der Sprechanlage. Als sekundenlang gar nichts passierte, betätigte sie den Knopf ein zweites Mal und überlegte, ob Chase vielleicht noch nicht hier war.

Endlich rauschte und knackte es in der Anlage, dann hörte sie Chase' Stimme. »Hallo?«

»Ich bin's.«

»Sorry … ja. Shit.« Er klang etwas ratlos.

»Gibt es ein Problem?«

»Ich weiß nicht, wie man das Tor öffnet.«

»Wie sind Sie denn reingekommen?«

»Der Anwalt hat uns eine Fernbedienung gegeben.«

»Oh.« Mit derart gesicherten Grundstücken kannte sich Piper nicht aus. Aber dass Chase nicht wusste, wie man das Tor seines Vaters von innen öffnete, fand sie seltsam.

»Moment.«

Aus der Metallbox drang eine Art Wählton, doch das Tor blieb geschlossen.

»Hat es funktioniert?«, fragte er.

»Nein.«

Weitere Töne waren zu hören, und Piper stellte sich vor, wie Chase beliebig auf einem Nummernpad herumtippte.

Als es wieder still wurde, sagte sie: »Das Tor ist immer noch zu.«

»Okay. Warten Sie. Ich komme runter.«

Die Verbindung brach ab und Piper saß ein paar Minuten lang in ihrem Wagen. Dann sah sie Chase die Einfahrt entlangmarschieren.

Ein paar Schritte vom Tor entfernt hob er die Hand, drückte auf eine Fernbedienung und das Gittertor öffnete sich.

Sie fuhr auf das Grundstück und hielt neben Chase, der bereits wieder Richtung Haus unterwegs war. »Dem Himmel sei Dank für eine gute alte Fernbedienung.«

»Tut mir leid«, sagte er.

Piper parkte ihren Wagen hinter seinem SUV.

Dieses Anwesen versetzte sie immer wieder in Staunen. Das Haus mit dem turmartigen Eingangsbereich war zweigeschossig, hatte mächtige Natursteinwände und riesige Fenster. Von innen war es genauso beeindruckend wie von außen. Wobei sie nur einen Teil der Räume kannte.

Bei ihren Einsätzen hier hatte sie den Eingang und das große Wohnzimmer gesehen, das man direkt von dort aus erreichte. Dazu Aaron Stones persönliches Arbeitszimmer, die Küche und eine der Toiletten. Von den Wohnzimmerfenstern aus hatte man einen herrlichen Blick in den Garten, weiter hinten im Haus war sie allerdings nie gewesen.

Sie wischte sich die Krümel der beiden Cracker vom Shirt, die sie während der Fahrt geknabbert und zum Glück bei sich behalten hatte. Dann stieg sie aus ihrem Wagen. Bis Chase bei ihr stand, musste sie einen Moment warten. »Frühsport erledigt?«, scherzte sie.

»Als ich dieses Ding abgeholt habe, habe ich nicht daran gedacht nachzufragen, wie man das Tor vom Haus aus öffnet.« Er hielt die Fernbedienung hoch.

»Ich hätte schwören können, dass Ihr Vater eine Haushälterin hat.«

»Melissa hat sie an dem Tag, an dem sie ausgezogen ist, gefeuert.«

»Konnte sie das denn einfach so tun?«

»Offenbar.« Chase schaute auf die Stufen zum Haus und zu der weit offen stehenden Eingangstür.

»Und Sie müssen sie jetzt wieder einstellen?«

Auf dem Weg zur Tür hielt er inne und sah an dem Gebäude hinauf. »Selbst werde ich es jedenfalls nicht putzen.«

Die Vorstellung, wie er auf Knien eine Badewanne schrubbte, amüsierte sie.

»Haben Sie den Namen der Frau? Eine Telefonnummer?«

»Leider nein.« Mit einer Geste ließ ihr Chase an der Haustür den Vortritt.

»Können Sie Melissa fragen?« Ein Blick in sein Gesicht, und Piper kannte die Antwort. »Das heißt wohl, nein.«

»Zwischen ihr und uns herrscht Funkstille.«

Im Haus stieß Piper die Luft aus. Es war wirklich spektakulär. So ungern sie zugab, dass Aaron Stone Geschmack gehabt hatte – sein Heim hatte wirklich Stil. Oder hatte Melissa hier die Hand im Spiel gehabt? Piper bezweifelte es, denn die Frau hatte nie wirklich einen eigenen Geschmack bewiesen. Sie kleidete sich immer so, wie es unter den Reichen und Schönen gerade angesagt war, ganz gleich, ob es ihr stand oder nicht. Bei Stone Enterprises hatte sie ein paar dekorative Veränderungen vorgeschlagen, die Aaron stets prompt unterbunden hatte, sobald seine Frau außer Hörweite gewesen war. Und weil sie nur selten in der Firma vorbeigeschaut hatte, hatte sie ihre Vorschläge wohl immer schnell wieder vergessen.

Piper war froh, dass Chase voranging. »Ich war schon eine ganze Weile nicht mehr hier«, erklärte sie, »und würde mich glatt verlaufen.«

»Das kann hier leicht passieren.«

Heute trug Chase Jeans und ein Shirt. Das legere Outfit stand im Kontrast zu dem luxuriösen Haus. Plötzlich merkte sie, dass ihr Blick am Hintern dieses Mannes hängen geblieben war. Sie riss ihn energisch los und schaute zu den Erkerfenstern. »Waren Sie oft hier?«

»Nein.«

»Hätte ich mir eigentlich denken können. Sonst wäre das Tor kein Problem gewesen.«

Auf dem Weg durchs Haus und durch den Korridor zu Aarons persönlichem Arbeitszimmer blieb Chase still.

Anders als Aarons Büro bei Stone Enterprises wirkte dieser Raum recht traditionell. Es gab schwere Holzmöbel, eingebaute Bücherregale mit langen Reihen echter Bücher und eine ganze Wand voller Aktenschränke. An dem Schreibtisch mitten im Raum standen zwei gewaltige schwarze Ledersessel mit hohen Lehnen.

Der Computer war ein teurer Mac, was Piper angesichts der Rechner, die sie im Büro benutzten, immer wieder überraschte. Wie man das Ding bediente, hatte Aaron nie komplett verstanden. Hin und wieder hatte er sie wegen eines Computerproblems zu sich ins Haus bestellt. Und wenn es wirklich kniffelig geworden war, war sie diejenige gewesen, die mit der Hotline telefoniert und die Anweisungen befolgt hatte. Für so etwas hatte dem älteren Stone die Geduld gefehlt.

Vor dem Schreibtisch blieb Chase stehen und zeigte auf den Mac. »Viel Spaß damit.«

Piper ließ ihre Handtasche auf die Tischplatte fallen und setzte sich in einen der Sessel. Auf ihrem Smartphone öffnete sie eine Datei mit einer Schritt-für-Schritt-Anleitung dafür, wie sie durch die Hintertür und unter Umgehung von Stones Passwort den Rechner hochfahren und das Passwort ändern konnte. »Das dürfte nicht lange dauern.«

Chase verschränkte die Arme und schaute geistesabwesend an ihr vorbei. So als würde er etwas betrachten, aber doch nicht sehen.

Sie drückte die Taste, mit der man den Computer komplett ausschalten konnte, denn im Moment war bereits die Seite geöffnet, auf der nach dem Passwort gefragt wurde. Nach ein paar Atemzügen wedelte sie mit der Hand in die Richtung, in die Chase schaute. Er blinzelte nicht einmal.

Schließlich schien ihn die Stille im Raum aus seiner Trance zu holen. »Haben Sie etwas gesagt?«

Sie schüttelte den Kopf. »Sind Sie okay?«

Er rieb sich fahrig das Kinn und ihre Blicke trafen sich.

Nein, er war nicht okay. Das sah Piper auch, ohne dass er etwas sagte.

Anstelle einer Antwort machte er auf dem Absatz kehrt und ging zur Tür. Dort fragte er: »Kann ich Ihnen etwas anbieten? Kaffee?«

Normalerweise gern.

Schwanger lieber nicht.

Angesichts der Morgenübelkeit absolut nicht.

»Ein Glas Wasser vielleicht«, sagte sie schließlich.

Er verließ das Arbeitszimmer so fluchtartig, als wäre er am liebsten gerannt.

Die Handflächen auf der Tischplatte, schaute sich Piper um und fragte sich, was Chase in diesen vier Wänden sah. Eventuell seinen Vater? Wurde ihm erst hier und jetzt – im Herzen oder im Kopf – bewusst, dass der Mann gestorben war?

Sie schob diese Fragen beiseite und suchte in ihren Notizen nach der Tastenkombination, mit der sie den Administrationsbildschirm öffnen konnte. In weniger als fünf Minuten hatte sie sich eingeloggt. Das Passwort zurückzusetzen, dauerte ein bisschen länger. Während sie noch daran arbeitete, kam Chase mit dem Wasser zurück.

Wie blass er beim Verlassen des Raumes gewesen war, hatte sie vorher nur flüchtig registriert, doch jetzt hatte er wieder ein bisschen Farbe im Gesicht.

»Ich bin drin«, erklärte sie.

Er stellte das Wasser ab, kam auf ihre Seite des Schreibtischs, stützte eine Hand auf die Tischplatte und schaute auf den Bildschirm. »Das ging ja schnell.«

»Wie gesagt …« Sie drückte ein paar Tasten. »Ihr Vater hat sich ständig selbst ausgeschlossen.«

Jetzt musste sie ein neues Passwort eingeben und schaute Chase fragend an. »Wie soll das neue Passwort lauten?«

Er kniff die Augen zusammen.

Sie spürte sein Zögern und schob ihm die Tastatur hin, damit er es selbst eintippen konnte. »Sie müssen es mir nicht verraten«, sagte sie grinsend.

»Als wäre das Passwort ein Schutz. Sie haben sich gerade völlig ohne eines in den Computer gehackt.« Er schob die Tastatur zu ihr zurück.

Piper legte die Finger auf die Tasten und wartete. »Nach allem, was ich über das Privatleben Ihres Vaters bereits weiß, werde ich hier vermutlich nichts finden, was mich noch schockiert.«

»Sagen Sie das nicht«, antwortete Chase trocken.

Aus irgendeinem Grund setzte sich diese Bemerkung in ihrem Kopf fest.

Chase ratterte eine Reihe von Zahlen, Buchstaben und Sonderzeichen herunter.

Piper gab die Kombination ein. »Möchten Sie sich das aufschreiben?«

»Nein. Das kenne ich auswendig.«

Was sich für sie beliebig anhörte, hatte für ihn offenbar eine Bedeutung. Sie gab die Kombination ein zweites Mal ein, wählte sie als Passwort und hatte freien Zugang zu allen Dateien.

Chase richtete sich zu seiner vollen Größe auf. »Wow! Erinnern Sie mich bitte daran, Sie nie zu verärgern.«

Sie lehnte sich zurück. »Ihr Dad hat das fertigbekommen, und ich habe trotzdem nie versucht, ihm zu schaden.«

»Ich weiß nicht, ob ich mich an Ihrer Stelle hätte zurückhalten können.«

Sie zuckte die Achseln. Über das Drama, in das der Verstorbene sie gestürzt hatte, war sie inzwischen schon ein bisschen hinweg. »Mein Vater sagt immer, Rache gräbt nicht eins, sondern zwei Gräber. Und ich denke, da ist was dran«, sagte sie.

Chase blickte auf. »Kluger Mann.«

»Aber mit seinem Bruder hat er seit zwanzig Jahren nicht mehr gesprochen.«

Chase stieß ein kurzes Lachen aus. »Wohnen Ihre Eltern in der Nähe?«

»Nein.« *Gott sei Dank!*

»Sie verstehen sich nicht besonders gut?«

»Doch, schon. Sie sind nur sehr … anders. Sehr oldschool.«

»Und das bedeutet was?«

Jetzt war Piper diejenige, die unverwandt an die Wand starrte. Eine uneheliche Schwangerschaft würde sie bei ihren Eltern höchstwahrscheinlich auf dieselbe Liste befördern, auf der auch ihr Onkel stand. Die Liste derer, die man mit Schweigen strafte. »Ich bin in Ohio aufgewachsen. Meine Großeltern wohnen nur ein paar Straßenecken von meinem Elternhaus entfernt. Meine Mom und mein Dad haben ihr ganzes Leben in einem Umkreis von fünfzig Meilen verbracht.«

»Sie sind nicht mal in den Urlaub gefahren?«

Sie schüttelte den Kopf, fixierte Chase und ahmte die Stimme ihres Vaters nach. »Angeln und campen kann man auch in der Nähe. Wozu Geld für Hotels und Flugtickets ausgeben?«

»Das klingt …«

»… kleinkariert«, beendete sie den Satz an seiner Stelle.

»… ein bisschen kauzig«, sagte er.

Sie verdrehte die Augen. »Wenn Sie meinen.«

Chase lehnte sich an den Schreibtisch. »Was haben Ihre Eltern gesagt, als Sie nach L.A. gezogen sind?«

»Sie waren entsetzt. Sie waren sicher, dass man binnen eines halben Jahres Suchmeldungen mit meinem Foto an die Laternenpfähle hängen würde.«

»Nicht, solange Sie diesen Hund haben.«

»Wie, glauben Sie, bin ich zu dem gekommen?«

»Ein Geschenk von Ihren Eltern?«

Sie nickte. »Nach meinem Abschluss am Ohio State College bin noch mal für einen Sommer zu Hause eingezogen. Ich wusste, es würde mein letzter dort sein, und musste meinen Eltern beibringen, dass ich wegwollte. Sie haben alles versucht, um mir Angst einzujagen. Bei jedem einzelnen Abendessen wurde über die Gefahren in der Großstadt gesprochen. Dann saß plötzlich der fünf Monate alte Kit vor mir. Und der Trainer, der mir beibringen sollte, wie man mit ihm umgeht, stand auch schon bereit.«

Chase' Lippen formten ein stummes O. »Alle Achtung. Ihre Eltern sind wirklich um Ihre Sicherheit besorgt.«

»Auf den ersten Blick, ja. Aber haben Sie irgendeine Ahnung, wie schwierig es ist, eine Wohnung zu finden, wenn man einen Hund hat? Noch dazu einen Rottweiler! Abgesehen davon kann man einen so großen Hund in einer Wohnung schlecht halten. Als ich Ohio verlassen habe, waren Kit und ich ein Team. Ich hätte ihn niemals zurücklassen können, und genau darauf hatten meine Eltern gehofft.«

»Mit dem Hund haben sie versucht, Ihren Umzug zu verhindern.«

»Zugeben würden sie das nie. Aber ja.«

»Das zeigt, wie sehr Sie ihnen am Herzen liegen.«

Das konnte Piper nicht abstreiten.

»Warum überhaupt so weit wegziehen?«, fragte er. »Sie hätten doch auch in der Nähe Ihrer Eltern bleiben können.«

Ihre Augen weiteten sich. »Waren Sie schon mal in Ohio?«

Er setzte zu einem Nicken an, dann schüttelte er den Kopf. »Nein.«

Sie tätschelte seinen Unterarm, als wäre sie doppelt so alt wie er und er müsste noch viel lernen. »Falls Sie jemals meinen Heimatort besuchen, werden Sie ziemlich schnell merken, dass ich nur zwei Möglichkeiten hatte: nichts wie weg oder auf ewig dort versumpfen.«

Sein Lächeln war warm, ganz anders als sein üblicher Gesichtsausdruck im Büro. »Ich bin froh, dass Sie weggezogen sind. Sonst müsste ich jetzt stundenlang mit der Computerhotline telefonieren.«

Chase Stone war ein wirklich schöner Mann. Und dabei nicht so verhärtet wie sein Vater. Der Gedanke blitzte wie von selbst in ihrem Kopf auf – und völlig ungebeten. Pipers Finger wurden warm, und gleich darauf auch ihre Wangen, denn sie merkte, dass sie die Hand auf seinem Arm hatte liegen lassen.

Hastig zog sie sie weg und räusperte sich. »Soll ich jetzt etwas Bestimmtes tun?« Sie deutete auf den Computerbildschirm.

Chase machte ein paar Schritte vom Schreibtisch weg. »Ja. Können Sie sämtliche Dateien markieren, die etwas mit Stone Enterprises zu tun haben? Und die Passwörter auflisten, die Sie vielleicht kennen oder finden? Alle Bank-Links zu Geschäftskonten und auch zu den persönlichen?«

»Sie haben seine persönlichen Bank-Login-Daten nach seinem Tod nicht bekommen?«

»Noch nicht. So was dauert. Aber je schneller wir Zugang haben, desto schneller bekommen wir einen Überblick, und das hilft uns bei unserer Arbeit. Abgesehen davon wüssten Alex und ich gern, ob es im Leben unseres Vaters gewisse Frauen gab, die er unterstützt hat.«

»Als eine Art Sugardaddy?« Piper verzog das Gesicht.

»Ja. Leider.«

Sie drehte sich wieder zum Computer. Das war sicherer, als ihren gut aussehenden Boss zu fixieren. In einer Schreibtischschublade fand sie einen Notizblock und einen Stift. »Ich schreibe Ihnen alles auf, was ich finde.«

»Sind Sie sicher, dass Sie keinen Kaffee möchten? Ich könnte jetzt einen vertragen.«

Sie zeigte auf das Wasser. »Nein, Wasser ist okay.«

Chase verließ den Raum, und Piper merkte plötzlich, dass sie die Luft angehalten hatte, und stieß sie aus.

* * *

Irgendwie schaffte er es in die Küche, stützte die Hände auf die kühle Arbeitsplatte und versuchte, sich zusammenzureißen. Während Piper von den Bemühungen ihrer Eltern erzählt hatte, ihren Umzug zu verhindern, hatte er in ihre Rehaugen geschaut und ihr Beschützer sein wollen. Doch in dem Augenblick, in dem sie ihn berührt hatte, hatten die Rehaugen plötzlich sehr sinnlich und verführerisch gewirkt, und ihm war an Stellen warm geworden, die ihretwegen nicht warm werden durften.

Sie war seine Assistentin. Eine bezahlte Angestellte. Und schlimmer noch, sein eigener Vater hatte sich an sie herangemacht. Bei diesem Gedanken wollte Chase einem Toten einen Kinnhaken versetzen. Er musste seine Gefühle im Keim ersticken. Sofort und endgültig, schnell und hart.

Die drei letzten Worte beschworen in seinem Kopf absolut inakzeptable Bilder herauf.

In seiner Not marschierte er zum XXL-Gefrierschrank und riss die Tür auf. Wie eine Fünfzigjährige in den Wechseljahren steckte er den Kopf in die Kälte und hoffte, auch der Rest seines Körpers werde sich abkühlen. Nach ein paar zittrigen Atemzügen schloss er die Tür wieder und ließ den Blick durch die Küche schweifen. Die eingebaute Espressomaschine betrachtete er mit Argwohn. Kein Barista dieser Welt musste fürchten, dass Chase ihm den Job wegnehmen würde. Ausgefallene Kaffeekreationen zu brauen, gehörte nicht zu seinen Kernkompetenzen.

In der Speisekammer entdeckte er eine altmodische Presskanne und stellte sie auf die Arbeitsplatte. Auch Kaffeebohnen und eine Mühle fand er nach einigem Stöbern. Mit so etwas kam er zurecht.

Während er den Kaffee ziehen ließ, öffnete er weitere Küchenschränke, um herauszufinden, wo was verstaut war. Nicht dass er vorhatte, viel Zeit hier zu verbringen. Aber er wollte an etwas anderes denken als an die Frau im Arbeitszimmer.

Gute zwanzig Minuten später straffte er die Schultern und machte sich mit einer dampfenden Tasse Kaffee auf den Weg dorthin zurück.

Piper blickte kurz auf, dann schaute sie wieder auf den Bildschirm und schrieb etwas auf den Notizblock.

»Geht's voran?«

Sie tippte mit dem Stift aufs Papier. »Ja. Ihr Dad hat sich offenbar wenig Sorgen gemacht, dass jemand seinen Computer hackt. Die meisten Passwörter hat er einfach dort gespeichert, wo nach ihnen gefragt wird. Man muss nur den Link der Bank anklicken und dann auf ›Login‹ drücken. Die Passwörter bleiben zwar unsichtbar, aber wenn man sich über seine E-Mail-Adresse einloggt, muss man sie gar nicht wissen.«

Chase stand jetzt wieder neben ihr und schaute auf den Monitor.

Sie klickte das E-Mail-Icon an, und sofort öffnete sich ein Mailkonto seines Vaters.

»Ist das eine geschäftliche Mailadresse?«

»Nein«, sagte sie. Wieder ein paar Klicks, und sie lehnte sich zurück. »Das hier ist die geschäftliche.«

Für die Suche nach dem verlorenen Bruder war die private wichtiger. »Das wird uns viel Zeit ersparen.«

»Es ist alles da«, sagte sie. »Ich habe eins seiner privaten Bankkonten angeklickt und dachte, jetzt bräuchte ich doch noch ein Passwort. Aber ich hatte sofort sämtliche Buchungen vor mir.«

Wie hoch das Vermögen seines Vaters war, hatte nach dessen Tod auf der Titelseite mehrerer Zeitungen gestanden. Dass Piper die Zahlen sah, war also nicht weiter schlimm.

»Okay. Dann schauen wir uns das mal an«, meinte er. Er wollte ihr kein ungutes Gefühl vermitteln.

»Sie hatten noch nicht mal Einblick in die Konten?«

Er schüttelte den Kopf. »Obwohl alles in einen Trust zugunsten der Erben übertragen wurde, mahlen die Mühlen langsam.«

Piper zuckte die Achseln und klickte Aarons privates Bankkonto an. Dann lehnte sie sich zurück und betrachtete mit Chase zusammen die Zahlen.

»1,2 Millionen auf einem persönlichen Girokonto, das ist irgendwie abartig, oder?«, fragte sie.

Chase beugte sich über sie, stellte die Tasse ab und griff nach der Maus. »Kommt auf die regelmäßigen monatlichen Verpflichtungen an.«

Er scrollte sich durch die Seite. Fast alle Zahlungen wurden durch Daueraufträge oder Einzugsermächtigungen beglichen. Wasser, Strom, Hausangestellte, der Poolservice …

Piper zeigte auf einen Betrag. »Ist das eine Rate für eine Hypothek?«

Chase sah sich die Summe an und suchte nach weiteren ähnlichen Kontobewegungen. »Nicht hoch genug. Könnten Rücklagen für Vermögenssteuern sein.«

»Heilige Scheiße.«

Chase schaute sich den Betrag noch einmal an. Ja, das konnte man wohl sagen. »Krass.«

»Ich hätte eine Gehaltserhöhung verlangen sollen.«

Er drehte sich zu ihr, ihre Köpfe waren kaum eine Handbreit voneinander entfernt. Pipers Blick hing am Bildschirm; sie hatte seine Kaffeetasse in den Händen und nippte an dem Gebräu.

Ohne ihn anzusehen, zeigte sie auf eine andere Zahl. »Glauben Sie, das ist die Haushälterin?«

Er suchte nach weiteren Überweisungen an dieselbe Person. »Gut möglich.«

Sie stellte seinen Kaffee ab und schrieb den Namen der Frau auf den Block. »Okay.« Sie stand auf. »Ich lasse Sie jetzt hier allein weiterforschen und suche nach Informationen über die Zahlungsempfängerin. Ein so schönes Haus sollte nicht vergammeln.«

Chase setzte sich auf ihren Platz, sie ging zur Tür.

»Wo wollen Sie hin?«

»Mein Arbeitslaptop ist in meinem Wagen. Und wenn ich schon rausgehe, schaue ich auch gleich nach, wie das Schließsystem hier heißt, und suche dann online nach einer Bedienungsanleitung.«

»Das wäre wirklich hilfreich.« Wie sie dachte, beeindruckte ihn.

Sie lächelte und kniff die Augen zusammen. »Über die Gehaltserhöhung reden wir noch.«

Er hätte nicht sagen können, ob sie ihn nur aufzog. Aber ihr entspannter Umgang mit dem Geld seines Vaters gefiel ihm.

Kapitel 12

Eine Stunde später lehnte sich Piper zurück. Ihren Laptop hatte sie Chase gegenüber auf den gigantischen Schreibtisch gestellt. »Ich habe ihre Telefonnummer.«

»Die der Haushälterin?«

»Jap.«

»Perfekt. Bitten Sie sie, zurückzukommen.«

Mit dem Festnetztelefon in der Hand machte Piper ein paar Schritte vom Schreibtisch weg. Schon beim zweiten Klingeln hob jemand ab.

»Hallo?«

Piper lächelte, wie sie es oft tat, wenn sie am Telefon um etwas bitten musste. »Karina Skinner?«

»Ja. Mit wem spreche ich?«

Jetzt trug Piper das Telefon in den Flur. »Ich bin Piper Maddox, die Assistentin von Chase Stone, Aaron Stones Sohn. Soweit wir wissen, haben Sie im privaten Wohnhaus von Mr und Mrs Stone gearbeitet.«

»Stimmt. Mrs Stone hat mich gefeuert.«

»Ja, leider. Genau genommen konnte sie das gar nicht. Das Haus haben Mr Stones Kinder geerbt. Seine Frau hätte Sie nicht entlassen dürfen.«

»Seine Kinder kenne ich so gut wie nicht.«

»Aber Sie sind sich schon einmal begegnet? Chase Stone hat mir keine Details gegeben«, sagte Piper.

»Ich habe sie bei der Beerdigung gesehen und glaube nicht, dass sie sich an mich erinnern. Solange ich im Haus gearbeitet habe, waren sie nie da.«

»Dann kennen Sie sich wirklich kaum, aber die beiden hätten Sie gern zurück.«

Karina seufzte. »Ich weiß nicht. So ein Hin und Her, das liegt mir nicht. Und für Mrs Stone zu arbeiten, war nicht leicht.«

»Chase und seine Schwester Alex sind ganz anders als ihr Vater und ihre Stiefmutter, das kann ich Ihnen versprechen.«

»Ich weiß nicht …«

Nicht die Antwort, die Piper hören wollte. Sie steckte den Kopf ins Arbeitszimmer, bedeckte den Hörer mit der Hand und sagte zu Chase: »Sie möchte fünf Prozent mehr.«

»Geht klar.«

Wieder draußen im Flur, sagte sie zu der Frau: »Sie bekommen eine fünfprozentige Gehaltserhöhung.«

»Wie bitte?«

Das klang schon etwas besser. »Fünf Prozent. Und könnten Sie gleich heute kommen? Seit Ihrer Entlassung war niemand mehr hier, und es besteht die Gefahr, dass demnächst irgendwer die künstlichen Pflanzen gießt.«

»Fünf Prozent?«

Verflixt. Vielleicht hätte sie Chase um mehr bitten sollen.

»Ja.«

»Ich kann in zwei Stunden da sein«, platzte Karina heraus.

»Perfekt.«

»Allerdings …«, setzte sie hinzu.

»Allerdings was?«

»Meine Uniform ist noch in der Wäsche.«

Piper verzog das Gesicht. »Ihre Uniform? Brauchen Sie die, um das Haus in Ordnung zu halten?«

Karina lachte. »Nein.«

»Vergessen Sie die Uniform. Kommen Sie einfach her. Bitte.«

»Bin schon fast unterwegs.«

Nach dem Auflegen ging Piper beschwingt ins Arbeitszimmer zurück. »Die Haushälterin ist in zwei Stunden hier.«

»Schön zu hören.«

Sofort kam Piper noch ein Gedanke. »Ob Melissa wohl noch andere Angestellte gefeuert hat?«

»Falls ja, dann kriegen sie weiterhin ihr Geld. Die Daueraufträge für Löhne und Gehälter laufen noch.«

Piper ging zu einem der Fenster mit Blick auf den hinteren Teil des Grundstücks. Dort schien zwar alles in Ordnung zu sein, doch es war niemand unterwegs, der irgendeine Arbeit verrichtete. »Fürs Nichtstun bezahlt zu werden, ist kein schlechter Deal.«

»Hoffen wir, dass die Haushälterin weiß, wer hier arbeitet und wie wir diese Leute erreichen.«

»In Filmen und Serien wissen die Haushälterinnen immer alles.«

Chase blickte auf. »Die hier sicher auch.«

»Augen auf und Mund halten – dann erfährt man so einiges.«

Er rappelte sich hoch und ging zu den Regalen. »Ob sie uns wohl sagen kann, wo der Safe ist?«

Piper blickte auf. »Ein Safe?«

»Ja. Es muss einen geben.«

»Ihr Vater hatte über eine Million auf dem Girokonto liegen. Wozu brauchte er da einen Safe?«

»Für Bargeld, seinen Pass, wichtige Dokumente, Geburtsurkunden … eben alles, was man nicht bei einem Hausbrand verlieren will.«

Diese Dinge bewahrte sie einer Schublade in ihrem Schlafzimmer auf. In unmittelbarer Nähe zu leicht entflammbaren Materialien. »Vielleicht hatte er dafür ja ein Bankschließfach.«

»Das hatte er sicher zusätzlich. Aber wer so viel unterwegs war wie er, wollte seinen Pass und Bargeld garantiert immer griffbereit haben.«

Piper wurde das Gefühl nicht los, dass Chase nach etwas Bestimmtem suchte. Trotz allem, was sie bereits im Computer seines Vaters gefunden hatten, wirkte er jetzt fast unzufriedener als noch vor einer Stunde.

»Was genau suchen Sie eigentlich?«

Er schaute sie kurz an, dann sah er beiseite. »Ich will einfach nur wissen, wo alles ist.«

»Okay, verstehe.« Das kaufte sie ihm nicht ab, und sie sorgte dafür, dass man ihrer Stimme das anhörte.

»Nein, wirklich.«

Sie verdrehte die Augen. »Sie müssen mir keine Einzelheiten verraten. Aber tun Sie nicht so, als gäbe es nichts. Seit über einer Stunde scrollen Sie sich durch seine Kontoauszüge und E-Mails und werden von Minute zu Minute frustrierter. Und gerade habe ich der Haushälterin, die Sie nicht kennen, eine fünfprozentige Gehaltserhöhung versprochen. So zerstreut, wie Sie waren, hätte ich ihr auch fünfzig Prozent geben können. Ich habe Sie hier genauso in den Schreibtischschubladen stöbern sehen wie im Büro in der Stadt. Sie suchen etwas und finden es nicht.«

Er machte den Mund auf, doch sie ließ ihm keine Zeit für Ausflüchte. »Eigentlich geht es mich nichts an. Aber vergessen

Sie nicht, ich habe immer meinen Job gemacht. Mit gesenktem Kopf und offenen Ohren.«

Chase holte tief Luft und stieß sie schnell wieder aus. »Sie haben recht.«

Drei ihrer Lieblingswörter. »Langsam kommen wir weiter.«

»Ich … wir suchen nach einer Frau, mit der unser Vater eine Affäre hatte.«

»Dann war er tatsächlich ein Sugardaddy.«

Chase schüttelte den Kopf. »Denkbar. Aber es ist schon eine Weile her.«

»Ihr Vater hatte viele Geliebte.«

»Die Sache liegt etwa dreißig Jahre zurück. Genau kann ich es nicht sagen«, fügte er hinzu.

Diese Information dämpfte Pipers Zuversicht, ihm weiterhelfen zu können. »Das ist wirklich lange her.«

»Ja.«

»Glauben Sie, er hat sich immer noch mit der Frau getroffen? Soweit ich das beurteilen kann, hatte er immer eher kurze Bekanntschaften.«

»Nein. Aber Geld könnte er ihr weiterhin geschickt haben.«

Jetzt verstand sie, weshalb er sich so intensiv mit dem privaten Bankkonto und den E-Mails seines Vaters beschäftigte. »Auch nach dem Ende der Affäre? Für wie lange?«

»Zwanzig Jahre vielleicht. Aber wer weiß. Womöglich auch länger.«

»Dann muss sie etwas gegen ihn in der Hand haben. Für mich klingt das nach Schweigegeld.«

»So könnte man es nennen.«

»Falls es Schweigegeld ist, hat die Frau wohl tatsächlich geschwiegen, und mir wollen Sie nichts sagen.«

Chase hob die Schultern. »Dafür kenne ich Sie nicht gut genug. Noch nicht.«

Auch wieder wahr. »Okay, aber wenn ich etwas über Ihren Vater hätte ausplaudern wollen, hätte ich das tun können, als er noch am Leben war. Und wie schon gesagt, seinen Boss zu verpetzen, ist beruflicher Selbstmord. Es sei denn, man hat einen Ersatzboss in der Hinterhand. Und diese Regel gilt jetzt auch in unserem Fall.«

Sie ging um ihn herum und setzte sich in den Sessel vor Aaron Stones Computer.

Chase folgte ihr mit seinen Blicken.

»Glauben Sie, es ist Schweigegeld für etwas Illegales?«

Er räusperte sich.

»Stopp! Nicht antworten. Ich will es nicht wissen. Bei unsauberen Geschäften gibt es immer ein Bauernopfer und irgendein kleines Licht landet im Knast.« Schwanger und dann auch noch hinter Gittern wegen ihres Kotzbrockens von einem toten Boss? Das wäre mal wieder typisch gewesen.

Zum ersten Mal seit zwei Stunden ging ihr ihre persönliche Situation durch den Kopf, und ihr Lächeln fiel in sich zusammen. Sie schaute Chase an und bog tapfer die Mundwinkel nach oben. Er musterte sie mit einem kleinen Grinsen um die Lippen. Es war die Art Grinsen, bei der ihr ganz warm wurde und bei der sie sich fragte, was er jetzt dachte.

»Dass Sie wegen irgendetwas, was mein Vater gemacht hat, in den Knast müssen, würde ich niemals zulassen.«

Sie versuchte, nicht darauf zu achten, wie ihr Puls sich beschleunigte. Lieber machte sie sich nützlich und druckte Aarons letzte Kontoauszüge aus. »Ich sage es mal in Ihren Worten: Um das zu glauben, kenne ich Sie nicht gut genug. Noch nicht.« Aber insgeheim hoffte sie langsam, dass sich das bald änderte.

»Dann verrate ich Ihnen jetzt noch etwas.« Er nahm einen Ausdruck aus dem Drucker hinter dem Schreibtisch und legte ihn vor sie hin. Eine Hand auf der Tischplatte, die andere auf der Lehne ihres Sessels, hielt er inne.

Als sie aufblickte, war sein Gesicht ihrem gefährlich nahe.

Er roch würzig und nach etwas, was sie nicht benennen konnte. Aber sie wollte sich kopfüber hineinstürzen.

»Ich gehöre zu den Männern, die zu dem stehen, was sie sagen.« Er richtete sich auf und der magische Moment verflog.

Das klang tatsächlich nach etwas, was sie glauben konnte.

* * *

»Wir kommen voran«, sagte Chase im Garten hinter dem Haus seines Vaters am Telefon – weit weg von fremden Ohren.

In die Aufgabe, die mysteriöse Geliebte seines Vaters zu finden, hatte sich Piper mit demselben Elan gestürzt wie in die Fertigstellung des Protokolls der Vorstandssitzung vor dem Wochenende.

»Hast du etwas gefunden?«, fragte Alex.

»Nein. Aber Piper streicht Namen von der Liste. Und zwar viel schneller, als du und ich es könnten, denn viele davon kennt sie.«

»Was hast du ihr gesagt?«

»Nur, was sie wissen muss. Dass wir nach einer Frau suchen, mit der unser Vater eine Affäre gehabt und der er Geld geschickt hat. Sie nimmt an, er hat sie bezahlt, damit sie den Mund hielt. Weitere Fragen hat sie nicht gestellt.«

»Und du hast die Details für dich behalten.«

»Genau.« Chase wandte sich um zum Haus. »Sie ist großartig. Sicher hilft es, dass sie ziemlich emotionsfrei an die Sache rangehen kann. Aber, verdammt, sie ist genial. Sie hat sich innerhalb von Minuten quasi in Dads Computer gehackt und jede Menge sensible Informationen ans Licht geholt.«

»Was glaubst du, wie lang wird das alles dauern?«

»Keine Ahnung. Aber dank ihr geht es sicher schneller als gedacht. Sie kennt unseren Vater besser als wir.«

»Selbst der Gärtner kennt ihn besser.«

Chase seufzte. »Wo wir gerade davon sprechen: Melissa hat das gesamte Personal gefeuert. Piper hat die Telefonnummer der Haushälterin herausbekommen und sie wieder eingestellt.«

»Wozu? Soll die Hütte doch verrotten.«

Das klang bissig, aber auch verletzt.

»Ihm würde das jetzt nicht mehr schaden. Aber uns.«

Alex stieß ein Knurren aus.

»Wie läuft's bei dir?«

»Ich will nicht lügen. Ich muss noch viel lernen.«

Es war schön zu hören, dass er nicht der Einzige war, dem es so ging. »Du hast viel mehr Ahnung von der Materie als ich.«

»Vielleicht sehe ich deshalb im Moment vor allem die Baustellen anstatt des Gewinnpotenzials.«

»Das könnte ein Vorteil sein.«

»Es ist vor allem frustrierend.«

Chase tigerte auf einem Gartenpfad zwischen den Blumenbeeten hin und her. »Lass dir bloß nichts anmerken.«

»Na hör mal. Mein Pokerface schlägt deins um Längen.«

Er liebte die Schlagfertigkeit seiner Schwester.

»Meinst du, du kommst ein paar Tage ohne Piper klar? Ein bisschen könnte das hier noch dauern.«

»Ich komme zurecht. Dee braucht klare Anweisungen, aber sie ist tüchtig.«

Chase kickte einen Kieselstein vom Pfad. »Gut. Ich muss morgen unbedingt in meine Firma. Vor Dads Tod habe ich an einer eigenen Fusion gearbeitet.«

»Ja, ich erinnere mich. Musst du das jetzt überhaupt noch durchziehen?«

Neben ihm ragte die Beverly-Hills-Villa seines Vaters auf, und dessen privaten Kontostand kannte er jetzt auch. »Vermutlich nicht.«

»Willst du meinen Rat?«

»Immer.«

»Halte CMS so schlank wie möglich. Wenn du einen Wettbewerber aufkaufen willst, tu es. Aber lass die Finger von Fusionen. Die sind immer schmerzhaft, Leute verlieren ihre Jobs und die Emotionen kochen hoch. Jede Menge Stress für alle Beteiligten.«

Das war ihm im Lauf der Woche auch immer wieder durch den Kopf gegangen. »Danke, Alex.«

»Immer gern.«

»Wenn es für dich okay ist, bin ich morgen bei CMS und gebe Piper einen Schlüssel, damit sie hier weitersuchen kann.«

»Ist gut. Und falls sich etwas ändern sollte, melde ich mich. *Du-weißt-wen* zu finden, steht auf unserer Prioritätenliste ganz oben.«

Nach dem Telefongespräch mit Alex machte Chase einen kurzen Rundgang übers Gelände. Unterwegs schaute er ins Poolhaus, das auch als Gästequartier diente. Zwei Geschosse, zwei Schlafzimmer, eine Küche … ein eigenständiges kleines Heim, das vermutlich nur einmal im Jahr wirklich genutzt wurde.

Er schob die Gedanken an luxuriöse Anwesen mit Pools, in denen nie jemand badete, beiseite, ging zurück ins Hauptgebäude und folgte dem Klang von Pipers Stimme in die Küche.

Dort sprach sie gerade mit Karina.

Die Ankunft der Haushälterin verschaffte ihm und Piper die dringend benötigte Pause, in der sie aus der deprimierenden Atmosphäre von Aaron Stones Arbeitszimmer flüchten konnten.

Das Geheimnis des Eingangstors wurde mühelos gelüftet. Karina schrieb auf einen Zettel, wie man das Ding öffnete und wie man mit jemandem sprach, der davorstand. Auch die Kontrollmonitore für die Sicherheitskameras zeigte sie ihnen. Aus einer Küchenschublade voller Krimskrams fischte sie ein Notizbuch mit den Namen und Telefonnummern aller Personen, die das Anwesen auf Vordermann gehalten hatten. Darunter die der Gärtner und der Wartungsfirma für den Pool.

Als sich Karina und Piper auf die Liste stürzten, um das Personal anzurufen und es zur Rückkehr zu bewegen, hatte Chase fast ein schlechtes Gewissen. Ein privates Wohnhaus zu betreuen, gehörte eigentlich nicht zu Pipers Aufgaben. Obwohl ihm ein Drittel von diesem hier gehörte, empfand er keinerlei Verbindung dazu. Sie hingegen schien entschlossen, alles in Ordnung zu halten. »Um so ein Haus muss man sich kümmern. Sonst hat man bald riesige Probleme mit Reparaturen.«

»Der Pool-Mann kommt morgen und dann einmal die Woche, immer donnerstags. Er sagt, Sie sollen ihm Bescheid geben, wenn Sie eine große Party planen, damit er das Wasser gleich am Folgetag behandeln kann«, erklärte sie ein paar Minuten später.

»In nächster Zeit ist das eher unwahrscheinlich.«

Karina beendete einen Anruf und berichtete, dass die Gärtner sehr gern wiederkommen wollten, der äußerst beliebte Freitagstermin aber inzwischen vergeben sei. Chase war auch jeder andere Tag recht.

Die Haushälterin tippte mit dem Finger auf das Telefon, das sie noch immer in der Hand hielt. »Was ist mit der Köchin. Soll ich sie auch zurückholen?«

»Es gibt eine Köchin?«

»Ja. Mr und Mrs Stone haben sich mindestens viermal die Woche bekochen lassen. Manchmal auch öfter.«

Piper lachte. »Herrje. Haben sie auch jemanden eingestellt, der bei Bedarf die Glühbirnen gewechselt hat?«

Karina, eine zierliche Frau Anfang fünfzig, die sicher keine eins sechzig groß war, zeigte auf ihre Brust. »Was ich erreichen kann, erledige ich. Für alles andere hole ich mir Hilfe.«

»Das war ein Scherz«, erklärte Piper.

Die Haushälterin zuckte die Achseln. »Was ist mit dem Mann für alle Fälle, dem Handwerker für Kleinreparaturen?«

»Es reicht, wenn seine Nummer immer griffbereit ist.« Chase wollte einer Unbekannten nicht auf die Nase binden, dass niemand die Absicht hatte, hier im Haus zu wohnen. Zumindest nicht in näherer Zukunft.

Piper ging um die gigantische Kücheninsel herum zu der Stelle, an der sie ihr Smartphone liegen hatte. »Eine Köchin brauchen wir im Moment wohl nicht. Aber etwas zu essen. Sollen wir uns etwas bestellen?«

Nach einem Blick auf die Uhr stieß Chase einen leisen Fluch aus. Es war bereits nach halb zwei und ans Essen hatte er noch gar nicht gedacht. »Ich habe die Zeit komplett aus den Augen verloren.«

»Kein Problem«, meinte Piper.

Chase öffnete den Kühlschrank. »Können wir irgendwas zaubern?«

»Statt ins Büro zu gehen hierherzukommen, macht mir nichts aus. Aber für meinen Boss kochen? Das geht zu weit«, erklärte Piper.

»Ich bin nicht mein Dad. Ein paar Sandwiches kriege ich gerade noch hin.«

Piper legte ihr Telefon auf die Küchentheke. »Das ist natürlich was anderes. Wenn mein Boss für mich kochen will, sage ich nicht Nein«, scherzte sie.

Karina öffnete ein paar Schranktüren. »Ich mache das. Ich weiß, wo alles ist. Wenn Sie mir eine Einkaufsliste schreiben, lasse ich die Sachen ins Haus liefern.«

Piper verdrehte die Augen. »Weil reiche Leute nicht in den Supermarkt gehen.«

Obwohl auch Chase darüber den Kopf schüttelte, fand er Karinas Vorschlag praktisch. Seit dem Tod seines Vaters hatte er es noch nicht einmal geschafft, seine Waschmaschine laufen zu lassen. Die Entlastung durch die Haushälterin hatte durchaus ihren Reiz.

Zwanzig Minuten später saßen er und Piper mit Thunfischwraps auf der weitläufigen hinteren Terrasse. Dazu gab es eine Handvoll altbackene Cracker und ein paar Karotten, die noch im Kühlschrank überlebt hatten. Karina räumte gerade alle verdorbenen Lebensmittel aus Fächern und Schränken.

»Wer von Ihnen zieht denn nun hier ein?«, fragte Piper zwischen zwei Happen.

»Keiner. Zumindest nicht jetzt.«

»Möchten Sie das Haus verkaufen?« Sie ließ den Blick über die elegant möblierte Terrasse samt Feuerstelle und großem Flachbildfernseher schweifen. Für kühle Abende gab es Wärmestrahler, für warme Ventilatoren. »Irgendwie schade um all das hier.«

»Es hat ihm gehört«, sagte Chase, als wäre damit alles erklärt.

»Sie mochten ihn tatsächlich nicht besonders, oder?«

Chase spülte seinen Bissen mit einem Schluck Wasser hinunter. »Ich habe ihn kaum gekannt. Ein Vater war er schon seit der Scheidung von unserer Mutter nicht mehr. Seine Entscheidung, nicht die des Gerichts.«

»Das ist hart.«

»Ich weiß nicht. Allein nach dem, was ich von Ihnen über ihn gehört habe, hält sich mein Bedauern in Grenzen. Er war kein anständiger Kerl.«

»Ja, leider.«

»Alex und ich hoffen, dass wenigstens die Firma sauber ist.«

»Es war seine Firma. Er konnte damit machen, was er wollte.«

»Stimmt. Aber er hatte die Verantwortung für sehr viele Angestellte.«

Als Piper nicht antwortete, blickte er auf und stellte fest, dass sie ihn musterte. »Sie kennen diese Leute doch gar nicht. Und Sie sind uns nichts schuldig.«

»Sie meinen, wir sollen uns die ganze Mühe sparen?«

Sie schüttelte den Kopf. »Ich staune nur, wie entschlossen Sie sich in die Arbeit für das Unternehmen werfen, das Ihr Vater aufgebaut hat. Und das, obwohl Sie nicht viel von ihm gehalten haben.«

Einen Moment lang dachte Chase über ihre Bemerkung nach, dann versuchte er eine Erklärung. »Vor nicht mal einem Monat war ich noch glücklich als mein eigener Chef in meiner eigenen Firma und habe an der Erweiterung meines Unternehmens gearbeitet. Alexandra hatte einen Job, der ihr gefiel und den sie gut gemacht hat. Und dann wachen wir eines Morgens auf und ein Riesenbrocken fällt uns in den Schoß. Wir sind über Nacht in die Welt eines anderen katapultiert worden und haben schnell festgestellt, dass sein Leben zu groß war, um nur kurz mal hindurchzuspazieren und dann in unser eigenes zurückzukehren. Alex kann genauso wenig in ihre Welt zurück, wie ich die hier ignorieren kann. Meinem Vater gegenüber fühle ich mich zu nichts verpflichtet. Meiner Schwester gegenüber sehr wohl.« Seltsamerweise galt das auch für den Bruder, den er gar nicht kannte.

»Wow!«

»Was ist denn?« Chase hatte das Gefühl, zu viel gesagt zu haben. Gleichzeitig wusste er, dass Piper ihm diese Offenheit nicht als Schwäche auslegen würde.

»Ich hätte nicht geglaubt, dass man für jemanden Mitleid empfinden kann, der über Nacht zum Gazillionär geworden ist. Ich habe mich wohl getäuscht.« Sie biss von ihrem Wrap ab.

»Wir müssen Ihnen nicht leidtun. Wir schaffen das schon irgendwie.«

Piper neigte den Kopf und wischte sich den Mund ab. »Ja, sicher. Wofür hat man schließlich die Gazillionen?« Sie sprach mit vollem Mund.

Die Art, wie sie »Gazillionen« sagte, brachte ihn zum Lächeln. »Was sind eigentlich Gazillionen?«

»Jedenfalls mehr Geld, als ich je sehen werde.«

»Ich weiß nicht. Sie sind ziemlich klug.«

Ihr kurzes Auflachen klang, als wäre sie anderer Meinung. »Nicht so klug, wie Sie vielleicht glauben.«

»Und das bedeutet was?«

Piper schüttelte den Kopf. »Nichts. Ich, ähm … Solange ich an meinem Assistentinnenschreibtisch sitze und nicht in einem Eckbüro, werde ich abends nicht das Geld in Säcke treten müssen.«

»Mag sein. Aber Sie haben uns sehr geholfen. Und dafür sind wir Ihnen dankbar.«

Piper deutete mit ihrem Wasserglas auf ihn. »Zeigen Sie Ihre Dankbarkeit ruhig mit ein paar von den lästigen Gazillionen, mit denen Sie nichts anfangen können.«

Verdammt, sie brachte ihn zum Lachen. Ihre Direktheit war erfrischend. »Ich werde es in meine Überlegungen einbeziehen.«

Sie verdrehte die Augen.

Chase lachte noch lauter.

Gegen fünf Uhr nachmittags machten sie Feierabend. Nach und nach hatte Aaron Stones Homeoffice immer mehr

Geheimnisse preisgegeben. Durch etliche Stapel von Akten in Papierform hatte Chase sich bereits durchgearbeitet.

Piper hatte sich mit den Transaktionen auf seinem Privatkonto beschäftigt. Die meisten Beträge waren zu gering, um die Finanzbehörden auf den Plan zu rufen, aber groß genug, um sie und Chase neugierig zu machen. Forensische Buchhalter waren sie zwar nicht, trotzdem entdeckten sie gewisse Ungereimtheiten. Vor ihnen lag noch sehr viel Arbeit.

Chase lehnte sich auf dem Sofa zurück, streckte den Rücken und rieb sich den Nacken. »Es ist schon ganz schön spät.«

Piper blickte vom Computer auf. »Ja, ziemlich zeitintensiv das Ganze. Sollen wir es nicht doch lieber Fachleuten überlassen?«

Chase schüttelte den Kopf. »Zu riskant.«

Obwohl sie nicht die ganze Wahrheit kannte, musste Piper ihm zustimmen.

»Ich brauche Sie morgen noch einmal hier«, sagte er.

»Das steht nicht in meiner Jobbeschreibung, Stone.«

Irgendwie gefiel ihm, wie sie ihm seinen Nachnamen vor die Füße schleuderte.

»Jeder hat seinen Preis.«

»Stimmt.« Sie schnaubte. »Eine Gazillion, und wir sind im Geschäft.«

»Ich kümmere mich darum.«

Piper kreiste mit den Schultern und rückte vom Schreibtisch ab. »Wenn es für Sie in Ordnung ist, vermeide ich den Berufsverkehr und komme gegen neun. Dafür kann ich gern ein bisschen länger bleiben.«

»Das hier ist nicht das Büro. Kommen Sie einfach so, wie es passt. Ich muss morgen in meiner eigenen Firma nach dem Rechten sehen und werde versuchen, am Nachmittag hier zu sein. Falls etwas dazwischenkommt, melde ich mich.«

Piper blickte überrascht auf. »Ich soll allein hier arbeiten?«

»Ist das in Ordnung?«, fragte er.

»Ja. Es ist nur … Ja. Nein. Kein Problem.«

»Gut.«

»Es macht Ihnen nichts aus, wenn ich ohne Sie weiterschnüffle?«

»Wir durchkämmen die Unterlagen meines Vaters nach etwas, was dem Unternehmen schaden könnte. Das ist nicht Schnüffeln, das ist wie Ablage machen, nur rückwärts.«

Piper kniff die Augen zusammen. »So habe ich das noch nicht gesehen.«

Chase räusperte sich. »Nein, Euer Ehren. Ich habe nicht gezielt nach Aaron Stones lebenslangem Abo für den Playboy gesucht. Das habe ich nur zufällig gefunden, als ich auf Bitten von Chase Stone seine Unterlagen vernichtet habe.«

Damit brachte er Piper zum Lächeln. »Vielleicht hatte Ihr Dad ja einen Fetisch.«

»Sex Toys interessieren mich nicht.«

Piper saugte ihre Lippen zwischen die Zähne. »Danach zu suchen, könnte aber ganz lustig sein.«

»Manches will ich lieber nicht wissen.«

Glucksend griff sie nach ihrer Handtasche, fuhr den Computer herunter und stand auf. Ohne lange aufzuräumen, verließen sie das Arbeitszimmer und machten sich auf den Weg zur Haustür. In der Küche reichte Chase Piper eine Fernbedienung für das Eingangstor und einen Haustürschlüssel. Den Code für die Alarmanlage gab er ihr auch. »Machen Sie es sich gemütlich.«

Sie schnappte sich den Schlüssel. »Prima. Dann bringe ich meinen Bikini mit.«

Sofort setzte bei Chase das Kopfkino ein. Allein beim Gedanken an Piper in knappen Badesachen wurde sein Mund trocken.

»Das war ein Scherz, Stone.«

Chase schloss die Augen, weil er nur zu gut wusste, dass sie ihn verrieten. »Klar. Sorry.«

»Aber ich ziehe mich nicht an wie fürs Büro.«

»Wozu auch?«

Piper hob das Kinn. »Okay. Dann bis morgen.«

»Falls wir uns nicht sehen, reden wir zumindest.«

Er brachte sie zur Tür und schaute zu, wie sie in ihren Wagen stieg. Erst als ihre Rücklichter aus seinem Blickfeld verschwanden, wandte er sich ab.

Er musste seine Gefühle für sie im Keim ersticken. Nur wie, das wusste er nicht.

Kapitel 13

Gleich an zwei Tagen hintereinander morgens mit dem Kopf über der Kloschüssel zu hängen, schlug Piper ernsthaft auf die Stimmung.

Am Vortag hatte sie zwischendurch immer wieder vergessen, dass sie schwanger war. Ein wunderbares Gefühl. Sie war entschlossen, so lange wie nur möglich zu ignorieren, was mit ihrem Körper vor sich ging.

Aber Mutter Natur hatte andere Pläne.

Und dazu gehörte auch, ihren leeren Magen nach dem Aufstehen noch einmal zu entleeren.

Kit saß derweil winselnd an der Badezimmertür und legte sorgenvoll den Kopf schief.

Als das Schlimmste vorbei war, drückte Piper die Spülung und rappelte sich hoch. Übers Waschbecken gebeugt drehte sie das kalte Wasser auf und betrachtete ihr blasses Gesicht im Spiegel. »Grauenhaft«, sagte sie zu sich selbst.

Kit stieß ein heiseres Bellen aus.

»Ich frage mich wirklich, warum irgendeine Frau so was freiwillig macht.« Sie wusch sich Hände und Gesicht.

Weil sie heute zum Glück wieder erst später anfangen musste und ihr Boss nicht da sein würde, ließ sie sich Zeit und packte sich etwas von den Crackern ein, die sie gestern gerettet hatten. In Jeans, Sneakers und einer schlichten Bluse schaute sie auf ihren Gefährten hinunter. Entweder wusste Kit, was mit ihr passierte, oder er war durch die viele Zeit, die sie zu Hause verbracht hatte, ganz einfach verwöhnt. Jedenfalls wich er ihr seit dem Abend, an dem der zweite Strich auf dem Schwangerschaftstest erschienen war, kaum noch von der Seite. Wenn sie ehrlich war, tat seine Besorgnis ihr gut. Obwohl Kit nur ein Hund war.

Er tappte zur Haustür und drehte sich zu ihr um.

»Ich muss zur Arbeit, Kitty.«

Sie hatte die Hundetür zum Garten geöffnet und wusste, Mr Armstrong würde hin und wieder nach dem Rottweiler schauen. Kit liebte den älteren Herrn, und wenn sie mal später von der Arbeit nach Hause kam, fand sie den Hund oft auf dessen Couch vor.

Als sie die Haustür öffnete, stürzte Kit schon hinaus, bevor sie ihm das Bleibkommando geben konnte. Weil ihr von schnellen Bewegungen gleich wieder übel wurde, folgte sie ihm nur langsam.

»Was soll das, Kit?«

Er saß hechelnd neben ihrem Wagen.

»Ich muss arbeiten.«

Vielleicht war ihm ihr Freizeitlook aufgefallen und er glaubte, sie würden in den Park fahren.

»Kit?«

Er bellte und fixierte ihr Auto.

Seufzend dachte Piper über ihre Pläne für den Tag nach. Sie würde viele Stunden lang auf dem Stone-Anwesen allein sein. Die Leute, die sich um den Garten und den Außenbereich kümmerten, wollten später vorbeikommen. Zwar wirkten sie völlig unverdächtig, aber Piper kannte sie nicht, und sicher war sicher. Karina würde eine Zeit lang da sein, aber …

Sie ging zurück ins Haus und holte ein paar Sachen für den Hund. »Okay. Du hast gewonnen.« Sie öffnete die Beifahrertür, und als Kit auf den Sitz sprang, hätte sie schwören können, dass er lächelte.

Vor dem Losfahren schickte sie ihrem Vermieter eine Textnachricht und ließ ihn wissen, dass sie den Hund heute für einen Schnuppertag mit zur Arbeit nahm.

Die Fahrt fiel ihr leichter als am Vortag. Sie ließ das Fenster halb offen, damit Kit im Vorbeifahren allerlei Düfte erschnüffeln konnte, und die kühle Luft schien ihren Magen zu beruhigen.

Mit der Fernbedienung das elektrische Tor des Anwesens auffahren zu lassen, war ein lustiges Gefühl. So als hätte sie einen gewaltigen Karrieresprung gemacht. Sie parkte vor der geschlossenen Garage, um den Platz in der kreisförmigen Einfahrt für die Arbeiter freizuhalten.

Vor dem Aussteigen strich sie Kit über den Kopf. »Das ist ein vornehmes Haus, Kitty. Bleib von den Möbeln runter.« Einen Moment lang hörte er auf zu hecheln, als würde er sie verstehen und wäre nicht begeistert. Doch dann hechelte er weiter.

Sie stieg aus und Kit sprang hinter ihr aus dem Wagen, rannte zur nächstgelegenen Rasenfläche, schnüffelte und erleichterte sich. Sie nahm ihre Sachen – am wichtigsten waren die rettenden Cracker – und rief ihren Hund.

Sobald sie die Haustür öffnete, piepte die Alarmanlage. Mit dem Code, den sie in das Nummernpad eingab, schaltete sie sie aus und trat ein. Im Haus sah alles noch genauso aus wie am Tag zuvor. Nur die breiten Schultern des Mannes fehlten, der den ganzen Tag lang um sie gewesen war.

Kit trabte umher und schnüffelte voller Eifer.

Piper legte ihre Handtasche, die Hundekekse, die Leine und die Cracker auf die gigantische Kücheninsel und schaute sich um. Allein diese Küche war größer als ihr Wohnzimmer, ihre Küche und ihre Essecke zusammen. Rechnete man die begehbare Speisekammer und den Essplatz noch dazu, dann passte ihr ganzes kleines Haus hier herein.

Sie hörte Kits Blechmarke gegen sein Halsband klimpern, während er durch die Küche und in den Flur hinaus joggte, und beschloss, ihn auf seiner Erkundungstour zu begleiten.

Chase und sie hatten sich tags zuvor in Aaron Stones Arbeitszimmer verschanzt, waren nur hin und wieder in die Küche oder aufs Klo gegangen und hatten zu ihrem späten Lunch auf der hinteren Terrasse gesessen. Während Chase das Haus offenbar egal war, war Piper durchaus ein bisschen neugierig.

Ihr Hund bot ihr einen willkommenen Vorwand für einen Rundgang. Am Arbeitszimmer vorbei spazierte sie durch einen Flur, den sie noch nicht kannte. An seinem Ende fand sie ein Heimkino mit Sofas und Liegesesseln auf abgestuften Ebenen, sodass jeder im Raum einen perfekten Blick hatte. Auf einer Bar stand eine hochwertige Popcornmaschine neben großen Behältern mit Süßigkeiten, wie man sie von Kinobesuchen kannte.

Eine Toilette samt Bidet lag gleich nebenan. Vom Heimkino führte ein weiterer breiter Flur zu einem ziemlich maskulin wirkenden Gästezimmer in dunklen Farben und mit wuchtigen Holzmöbeln. Dieser Teil des Hauses wirkte insgesamt sehr testosteronlastig. Vermutlich der Bereich, in den sich der Gatte zurückzog, wenn er aus irgendeinem Grund aufs Sofa verbannt wurde. Der Gedanke an einen Milliardär auf der Couch brachte Piper zum Lachen. Durch einen kurzen Flur gelangte sie zu einem Wäschezimmer und einer Hintertür. Anstatt ins Freie zu treten, folgte sie Kit zurück zur Küche. Gleich nebenan lagen ein elegantes Speisezimmer mit Platz für zehn Personen und die Toilette, die sie gestern benutzt hatte. Das von Säulen flankierte repräsentative Wohnzimmer, dessen Fenster beinahe die gesamte hintere Wand einnahmen, kannte sie von ihren früheren Besuchen im Haus.

Wenn Aaron Stone sie herbestellt hatte, hatte sie hier in einer kleinen Sitznische in einer Ecke gearbeitet, wo sie nicht weiter aufgefallen war. Beim Anblick des Tischs dort ging ihr durch den Kopf, dass der Mann oder auch die Frau, der oder die ihn gekauft hatte, nun nicht mehr hier war. Im Gegensatz zu ihr.

Kit verließ den viel zu großen Raum und tappte die Treppe hinauf.

Piper spürte ein Kribbeln im Nacken. Dort oben hatte sie nichts verloren. Trotzdem folgte sie ihrem Hund.

Die offene Galerie, von der aus man in das darunterliegende Wohnzimmer schauen konnte, führte in zwei Richtungen. An Kits Fersen geheftet erkundete sie verschiedene Schlafzimmer. Jedes hatte seinen eigenen Stil und ein eigenes Badezimmer.

Bald stand sie in dem Raum, in dem vermutlich Melissa geschlafen hatte. Das verrieten seine Größe und das Dekor. Hier herrschten gebrochene Weißtöne mit zurückhaltenden hellblauen Akzenten vor und alles wirkte leer geräumt. Der begehbare Kleiderschrank war schlichtweg atemberaubend. Die raumhohen Einbauschränke mit Glastüren waren bis auf ein paar vergessene Stücke leer. Ein paar Schrammen an den Wänden waren vermutlich bis vor Kurzem hinter hier aufgehängten Kleidungsstücken versteckt gewesen. Das Badezimmer war geradezu spektakulär. Angefangen von der Badewanne in einer Nische mit raumhohen Fenstern bis hin zu dem Schminkbereich samt Spiegel und Tisch wie aus der Garderobe eines Broadwaytheaters. Hier war viel mit Granit gearbeitet worden. Oder mit Marmor. Genau konnte Piper es nicht sagen. Und allein in der zum Raum hin offenen, bodentiefen Duschkabine hätte man eine kleine Dinnerparty veranstalten können. Eine der Wände war komplett mit grob behauenen elfenbeinweißen Steinfliesen getäfelt. Auf ein paar vorstehenden Stellen standen Kerzen.

Kit hatte genug von Melissas Räumlichkeiten und stromerte weiter.

Nebenan herrschte ein anderes Farbkonzept vor. Wo Melissa offenbar Weißtöne bevorzugt hatte, waren Aarons Räumlichkeiten in dunklen Blautönen gehalten und alles wirkte unberührt. Sein Schlafzimmer war noch größer als Melissas und direkt vor dem Bett gab es einen offenen Kamin. Eine Glastür führte hinaus auf eine Terrasse mit Blick in den hinteren Garten. Im Badezimmer, das ansonsten Melissas ähnelte, befanden sich anstelle des Schminkbereichs zwei Waschbecken. Unwillkürlich fragte sich Piper, ob Melissa und Aaron diesen Raum jemals gemeinsam benutzt hatten.

Aarons begehbarer Kleiderschrank war eine dunklere Version des vorigen. Und hier hingen die Schränke noch voll.

Anzüge, Krawatten und mehr Schuhe, als Piper bei einem Mann je vermutet hätte. Sie war versucht, ein paar Schubladen zu öffnen und ein bisschen herumzustöbern, ließ es aber bleiben.

Kit war bereits weitergezogen. Er wartete vor den Türen der Gästezimmer und eines etwas kleineren Fernsehraums mit einem XXL-Sofa und einem großen Flachbildfernseher. Eine Hintertreppe führte zu einem Billard- und Spielezimmer, von dem aus man in den Garten gelangte. Sie hatte noch längst nicht alle Türen geöffnet und vermutlich sogar einen ganzen Gebäudetrakt übersehen, aber fürs Erste war ihre Neugier gestillt.

Sie rief ihren Hund zu sich, ging ins Arbeitszimmer ihres früheren Chefs und legte los. Während sie den Computer auf Stones Schreibtisch hochfuhr, schaute sie seufzend zu, wie sich Kit neben ihr zusammenrollte. »Dass ich irgendwann mal hier sitze und mir seine privaten Dateien anschaue, hätte ich nie gedacht«, sagte sie zu dem Rottweiler.

Aber Kit hörte nicht zu. Er schlummerte bereits selig.

* * *

Erst als Busa den Kopf in Chase' Büro bei CMS steckte, um sich zu verabschieden, merkte Chase, dass ihm der Tag unter den Fingern zerronnen war. Zum ersten Mal seit Wochen war es ihm gelungen, den Kopf in seiner eigenen Welt zu vergraben und die seines Vaters zu vergessen. Das fühlte sich gut an.

»Kommst du morgen auch?« Busa schlüpfte in seine Lederjacke.

»Nein. Morgens treffe ich mich mit dem Nachlassverwalter, dann muss ich zu Stone Enterprises und später vermutlich noch zum Anwesen.«

Busa schüttelte den Kopf. »Ziemlich viel Fahrerei.«

»Wo wir gerade davon sprechen.«

»Ja?«

»Bei Stone Enterprises steht ein ganzes Stockwerk leer. Dort hätten wir dreimal so viel Platz, wie wir derzeit brauchen, aber wir hätten die Möglichkeit zu wachsen. Wir könnten die Räumlichkeiten mieten, Stone Enterprises ein paar Einnahmen bescheren, und ich könnte an zwei Orten gleichzeitig sein.«

»Können wir uns ein so schickes Büro überhaupt leisten?«

Chase lachte. »Ich kenne dort ein paar Leute und kriege bestimmt einen guten Preis.«

Busa verschränkte grinsend die Arme. »Spricht da das Bankkonto deines Vaters?«

»Genau genommen ist es ja jetzt auch meins. Also … ja.«

»Kannst du solche Entscheidungen denn überhaupt treffen, bevor ihr *Du-weißt-wen* gefunden habt?«

»Das muss ich mit dem Anwalt besprechen. Aber ja, ich glaube schon. Wir könnten dann schneller wachsen und das wäre gut für uns alle.«

Busa nickte bedächtig. »Einige unserer Leute hier müssten dann ein ganzes Stück weiter fahren und wären darüber vermutlich nicht glücklich.«

»Stimmt. Aber wir könnten die zusätzlichen Kosten dafür abfedern oder ihnen ein Gleitzeitmodell anbieten, damit sie nicht während der Stoßzeiten im Stau stehen müssen. Wenn du dafür sorgen kannst, dass wir im Fall eines Umzugs nicht allzu viele Leute verlieren, wäre das großartig.«

»Ich kümmere mich darum.« Busa klopfte gegen die Wand. »Bis bald, und falls es Fragen gibt, melde ich mich.«

»Danke. Ohne dich wäre ich hier komplett verloren.«

»Jaja.« Mit einer wegwerfenden Handbewegung ging Busa davon.

Ein Blick in sein Mailpostfach zeigte Chase, dass er hier mindestens noch eine Stunde zu tun haben würde. Mit Piper hatte er heute auch noch nicht gesprochen und fragte sich, ob sie bei der Suche nach der mysteriösen Mama weitergekommen war.

Er wählte auf dem Smartphone ihre Nummer und schaltete den Lautsprecher ein.

»Piper Maddox, private Ermittlungen. Wie kann ich Ihnen helfen?«

Chase lachte auf. »Das klingt sehr überzeugend. Wollen Sie den Job wechseln?«

»Kommt ganz darauf an, wie hoch meine Bonuszahlung ausfällt.«

Ihm gefiel, wie unbefangen Piper mit ihm sprach. »Wie ist es heute gelaufen?«

»Mühsam, aber ich bin weitergekommen.«

»Ich höre.«

»Bis vor fünf Jahren hatte Ihr Vater eine Art stilles Girokonto.«

»Ein *stilles* Konto? Was soll das heißen?«

»Ich bin seine persönlichen Steuerunterlagen für die letzten zehn Jahre durchgegangen. Als nach dem Schock über die irren Zahlen wieder Sauerstoff in mein Hirn gedrungen ist, habe ich mir sämtliche Konten angesehen, die in seinen Steuererklärungen auftauchen, und dieses eine hat gefehlt.«

»Wenn auf dem Konto keine Zinsen aufgelaufen sind, war es für die Steuer vermutlich nicht wichtig.«

»Von Steuerrecht verstehe ich nichts. Aber für mich sah das seltsam aus, also habe ich genauer hingeschaut. Er hat ziemlich regelmäßig einen Betrag von knapp unter zehntausend Dollar auf dieses Konto überwiesen. Von einem seiner eigenen Konten bei einer anderen Bank aus.«

»Das klingt definitiv nach dem, wonach wir suchen.«

»Genau. Wenn man jemandem Schweigegeld bezahlt, dann doch wohl von einem Konto aus, das die Steuerbehörden nicht interessiert. Wir brauchen mehr Informationen. Wir müssen rausfinden, wer das Geld von dort abgezogen hat.«

»Wie schwierig kann das sein?«

Piper lachte. »Ein Praktikum, wie man sich in eine Bank einhackt, fehlt mir noch für meine Karriere als private Ermittlerin. Aber vielleicht kann der Nachlassverwalter ja Informationen über das aufgelöste Konto anfordern. Oder Sie machen das selbst. Schließlich sind Sie Aaron Stones Erbe.«

»Morgen früh sind wir sowieso bei seinem Anwalt. Wenn Sie mir die Bankdetails schicken, kümmere ich mich darum.« Chase tippte beim Reden mit einem Stift auf den Schreibtisch.

»Ganz hinten in einem Aktenschrank habe ich außerdem ein verschlossenes Abteil gefunden.«

Chase spürte, wie sein Herz kurz stolperte. »Und was war drin?«

»Keine Ahnung. Im Arbeitszimmer gibt es keinen Schlüssel. Und in der Küchenschublade mit all dem Krimskrams auch nicht. Ich hätte in seinem Schlafzimmer gesucht, aber ich wollte Sie vorher fragen, ob das in Ordnung ist.«

»Nur zu.«

»Sicher?«

»Absolut. Und sagen Sie Bescheid, falls Sie einen Safe entdecken.«

»Ich dachte, den hätte ich jetzt gefunden.«

Chase schüttelte den Kopf und ließ den Stift auf den Schreibtisch fallen. »Ein verschlossenes Schrankabteil in einem Arbeitszimmer? Nein. Ein Safe hat ein Kombinationsschloss oder eine biometrische Sicherung. Er ist zu schwer, um ihn einfach wegzuschleppen, und selbst ein Feuer kann ihm nichts anhaben.«

»Ah! So ein Ding für reiche Leute.«

Chase fuhr sich mit der Hand übers Gesicht und spürte plötzlich, wie müde er war. »Für kluge Leute.«

»Bin ich. Aber ich habe trotzdem keinen.«

»Wo verstauen Sie denn Ihren Pass, Ihre Geburtsurkunde und die Bankkarten, die Sie gerade nicht benutzen?«

Piper lachte. »So was kann nur ein Gazillionär fragen. Erstens habe ich gar keinen Pass. Aus Ohio bin ich zwar rausgekommen, aber nie aus den Staaten. Die paar Bankkarten, die ich besitze, benutze ich auch, und meine Geburtsurkunde liegt in einer normalen Schublade.«

Die Sache mit dem Pass ließ ihn aufhorchen. »Sie haben wirklich keinen Pass?«

»Wo sollte ich denn hin?«

»Vielleicht mal in den Urlaub nach Europa?«

Sie schnaubte. »Wie hoch soll denn mein Bonus ausfallen, Mr Stone?«

Diese Frau brachte ihn zum Lachen. »Wir müssen Ihnen einen Pass besorgen.«

»Ach ja?«

»Selbstverständlich. Mein Dad hat Niederlassungen auf der ganzen Welt.«

»*Sie* haben Niederlassungen auf der ganzen Welt.«

Er war noch immer dabei, sich an die enormen Veränderungen zu gewöhnen. »Stimmt. Alex und ich und …« Chase brach ab. Um ein Haar hätte er ausgeplaudert, dass es einen mysteriösen Dritten gab. »… und Sie sind unsere Assistentin. Ich wundere mich, dass Sie unseren Vater nie ins Ausland begleitet haben.«

»Ich und er? In seinem Privatjet?«

»Auch wieder wahr.« Er schloss die Augen und öffnete sie wieder. »Es gibt einen Privatjet?«

»Eigentlich gehört er der Firma, aber ja. Moment mal, das haben Sie nicht gewusst?«

»Oh doch, natürlich.« Nein, nicht wirklich. Oder hatte er es vermutet? Seit dem Tod seines Vaters waren seine Hirnzellen überlastet.

Piper lachte auf. »Sie sind ein ganz schlechter Lügner.«

»Sie haben gerade Ihren Boss einen Lügner genannt.«

»Okay. Ich formuliere es anders: Es fällt Ihnen schwer, unrichtige Behauptungen so überzeugend auszudrücken, dass man sie für die Wahrheit hält.«

Sein Bauch vibrierte von dem Lachen, das aus ihm herausbrechen wollte. »Das war Bürosprech vom Feinsten.«

»Danke.« Sie klang stolz.

»Mit meinem Vater haben Sie ganz bestimmt nicht so offen geredet. Sonst wären Sie Ihren Job sofort losgewesen.«

»Meinen Job habe ich ja tatsächlich verloren. Und das, obwohl ich meistens schön den Mund gehalten habe. Deshalb denke ich, es ist Zeit für eine Veränderung. Ich hoffe, es macht Ihnen nichts aus.«

Er fand es großartig. »Wenn es mir mal zu weit geht, sage ich Bescheid.«

»Guter Plan. Aber bitte bevor Sie mir die Kündigung schreiben.«

Sie an die Luft zu setzen, konnte er sich nicht vorstellen. »Okay, aber jetzt noch mal wegen dem Pass.«

Kapitel 14

Der nächste Tag war eine Neuauflage des vorigen. Nur mit Regen.

Piper parkte so nahe an der Haustür wie möglich, denn heute würde vermutlich sowieso niemand mehr kommen. Karina fing erst in der kommenden Woche wieder richtig an; die Leute für den Garten und den Pool waren tags zuvor da gewesen und würden von jetzt an wie früher einmal wöchentlich erscheinen.

Heute gab es hier nur sie, Kit und eine Schachtel Cracker. Sie joggte die Stufen zur Haustür hinauf und schloss auf. Kit war mit einem Satz im Haus, schüttelte sich kräftig von Schnauze bis Schwanz und verteilte das Regenwasser im Eingangsbereich.

»Oh Mist!«

Sie gab dem Hund das Sitz-und-bleib-Kommando, ließ ihre Handtasche und die Schlüssel auf ein Tischchen am Eingang fallen und beeilte sich, die Alarmanlage auszuschalten. Dann holte sie aus dem nächstgelegenen Badezimmer ein Handtuch, das aussah, als wäre es noch nie benutzt worden. Sie trocknete Kits Pfoten und sein Fell ab, so gut es ging, holte danach noch ein zweites Handtuch und wischte damit die Pfütze weg, die sich um ihn gebildet hatte.

Beide Handtücher warf sie in den Wäschekorb im Wäscheraum. Einen Moment lang überlegte sie, ob sie die Waschmaschine laufen lassen sollte. Aber vielleicht würde ja noch mehr dazukommen.

In einem Wäscheschrank im oberen Stock fand sie zwei frische Handtücher und hängte sie in das Badezimmer. Nachdem sie alle hauswirtschaftlichen Tätigkeiten erledigt hatte, ging sie ins Arbeitszimmer und machte das Licht an.

Einen Moment lang stand sie vor den Fenstern zum Garten und knabberte an einem Cracker. Die Kühle, die die riesigen Scheiben abstrahlten, ließ sie erschauern. Dabei war der Raum bis auf die Stelle direkt an den Fenstern gar nicht kalt. Im ganzen Haus herrschte durchgehend eine angenehme Temperatur. Was kostete es, solche Räume zu heizen und zu kühlen? Sie versuchte, sich an eine Rechnung dafür zu erinnern, aber die vielen Zahlen auf den Kontoauszügen verschwammen in ihrer Erinnerung ineinander.

Jede Menge beachtliche Beträge. Ja, die Reichen scheffelten Geld. Aber sie gaben es auch aus.

Sie dachte an die Blumen und Geschenke, die sie in Aarons Auftrag seinen Geliebten geschickt hatte. Ohne mit der Wimper zu zucken, hatte er fünfhundert Dollar für etwas ausgegeben, das binnen einer Woche verwelkte. Und dann die Erste-Klasse-Flugtickets für diese Frauen. Piper hatte sich oft gefragt, wie er seine Begleiterinnen in den Hotels vorstellte, in denen er mit ihnen abstieg. Wobei er sich sicher nie für irgendetwas gerechtfertigt hatte. Wenn man über derart dicke Konten verfügte, schaute vermutlich niemand genau hin, ob man mit seiner Ehefrau oder mit einer anderen anreiste.

Ihre Gedanken wanderten zu Chase.

Er war ganz anders als sein Vater. Auf seinem Weg durch die Flure von Stone Enterprises wirkte er oft sehr ernst. Aber ihr gegenüber ließ er diese Maske fallen. Unwillkürlich fragte sie sich, welches sein wahres Gesicht war. War er auch im Herzen der Mann, der über ihre flapsigen Kommentare lachte und sie ermutigte, ganz offen zu sprechen, obwohl er ihr Boss war?

Dabei fühlte er sich nicht an wie ein Boss, und das hier fühlte sich nicht an wie echte Arbeit. Es war eher so, als würde sie einen Freund unterstützen, dessen Vater überraschend gestorben war. Und anders als bei den anderen Männern, die sie gedatet oder für die sie gearbeitet hatte, saß sie mit ihm nie da, als hätte sie ihre Zunge verschluckt. Und sie hatte auch nie Angst, das Falsche zu sagen.

Wenn er sein Jackett auszog und die Hemdsärmel hochkrempelte, konnte sie kaum wegschauen. Breite Schultern, schmale Hüften. Der Mann hatte Arme, die einen ganz sicher hochheben konnten, sodass man sich leicht wie eine Feder fühlte.

Aber verdammt, sie sollte nicht an seine Muskeln denken. Und schon gar nicht an seine Augen und Lippen, die einen innehalten und den eigenen Atemzügen nachlauschen ließen.

Energisch zwang sie sich, sich auf ihre Aufgabe zu konzentrieren, und fuhr den Computer hoch, um dort weiterzumachen, wo sie aufgehört hatte. »Er ist dein Boss, Piper«, murmelte sie vor sich hin. »Und selbst, wenn er das nicht wäre – du bist schwanger.« Auf der ganzen Welt gab es keinen Mann, der sich frohgemut in diese Art Schlamassel gestürzt hätte.

Sie bewegte die Finger, als könnte sie ihre wild gewordenen Gedanken wegschnippen, und öffnete Aaron Stones E-Mailpostfach.

Es war voller Ankündigungen von Rechnungen und Werbung. Also nichts Besonderes. Nur die Mitteilung einer Bank stach ihr ins Auge.

Sie öffnete die Mail dieser Bank, die sie bisher nicht auf ihrer Liste hatte, und sah sie sich an. Es handelte sich um die Benachrichtigung, ein Kontoauszug liege vor und könne abgerufen werden. Sie klickte den Link an. Wie erwartet, brauchte sie jetzt ein Passwort. Aber der Benutzername erschien automatisch. Sie folgte den Anweisungen, wie man im Fall eines vergessenen Passworts vorgehen sollte, verwendete zum Zurücksetzen Aaron Stones private Mailadresse und hatte den Login in kaum fünf Minuten geschafft.

Es war viel zu leicht.

Die Kontobewegungen zeigten deutlich, dass vor allem Melissa hier Zugriff gehabt hatte. Eine überaus privilegierte Frau. Die Kreditkartenabrechnung war voller Zahlungen an Restaurants, Kosmetiksalons, Spas und teure Boutiquen. Auch hohe Barabhebungen hatte es gegeben. Im Augenblick stand das Guthaben bei etwas über dreihunderttausend Dollar. Seit dem Tag nach Aaron Stones Begräbnis war das Konto allerdings eingefroren und sogar die Kreditkarte ungültig.

Obwohl sie keine großen Sympathien für Melissa hegte, fand Piper es hart, dass der Frau direkt nach dem Tod ihres Ehemanns ihr Leben entrissen worden war. Sich jederzeit nach Lust und Laune an einem Guthaben von über einer Viertelmillion bedienen zu können, war verrückt. Aber von einem Tag auf den anderen ohne dieses Geld dazustehen, musste wehtun.

Piper druckte die letzten paar Kontoauszüge aus, um sie Chase zeigen zu können, dann verließ sie die Seite der Bank.

Gedankenverloren griff sie nach einem Cracker, ließ ihn aber kurz vor ihren Lippen wieder sinken. Die Übelkeit kam plötzlich und als mächtige Welle. Sie sprang auf und stürzte zur nächstgelegenen Toilette. Auch am Tag zuvor war ihr Magen sehr empfindlich gewesen. Aber wenigstens hatte sie nach den ersten schwierigen Stunden am Morgen die Cracker bei sich behalten. Heute offenbar ein Ding der Unmöglichkeit.

Verdrossen wusch sie sich die Hände und spülte sich den Mund aus. Dass ihre Haut nicht so rosig war wie sonst, lag vermutlich nicht nur an der Übelkeit, sondern auch am Schlafmangel. Obwohl sie todmüde war, wurde sie jede Nacht mindestens zweimal von schlechten Träumen geweckt. Sie strich über ihren flachen Bauch und fragte sich, wie lange er noch so aussehen würde. Dabei hatte sie das Gefühl, dass ihre Jeans sogar lockerer saßen als sonst. Wie sollte sie denn zwölf bis fünfzehn Kilo zunehmen, wenn sie nicht mal ein paar Kekse bei sich behalten konnte? Und schadete diese Zwangsdiät womöglich dem Kind? Obwohl sie es nicht behalten würde, wollte sie doch alles dafür tun, dass es einen gesunden Start ins Leben hatte.

Die gigantischen Summen, die Melissa für ihre Besuche in Kosmetiksalons und Nagelstudios ausgegeben hatte, schossen ihr durch den Kopf, und sie fragte sich, ob vielleicht alles anders wäre, wenn sie so viel Geld zur Verfügung hätte. Denn grundsätzlich wollte sie ja gern Kinder.

Mit einem entschlossenen Kopfschütteln versuchte sie, diese Gedankenspiele abzuschütteln.

Die besten Chancen hatte das Kind in einer Familie, die ihm die finanzielle Sicherheit bieten konnte, die ihr fehlte. Oder auch bei einer Einzelperson, solange sie dem Kind alles geben konnte, was es brauchte. Eine alleinerziehende Mutter vielleicht, mit einem finanziellen Hintergrund, wie ihn Melissa gehabt hatte. Aber sogar ihr hatte man dieses komfortable Polster entrissen. Was, wenn sie, Piper, das Baby behielt und dann wieder ihren Job verlor?

Sie vergrub das Gesicht in den Händen und sagte sich zum x-ten Mal, eine Adoption sei die beste Lösung. Kits Hecheln an der offenen Toilettentür holte sie zurück ins Hier und Jetzt.

Gegen Mittag hielt es sie nicht mehr am Schreibtisch. Dass sie etwas aß, ließ ihr Magen noch immer nicht zu. Allerdings stellten sich jetzt die hartnäckigen Kopfschmerzen ein, die erst wieder aufhörten, wenn sie etwas Vernünftiges im Bauch hatte.

Nach einer kurzen Pause draußen im Freien, bei der sie Kit dabei zuschaute, wie er den vom Regen bereits hinreichend bewässerten Rasen noch ein bisschen nasser machte, ging sie hinauf in Aarons Schlafzimmer, um nach einem Schlüssel für das abgeschlossene Schrankabteil und auch gleich nach einem versteckten Safe zu suchen. Sie begann an den nahe liegenden Stellen, schaute in die Nachttische und allerlei Behältnisse auf verschiedenen Regalbrettern. Sie fand nur einen Lippenpflegestift und ein paar Münzen.

Ziemlich schnell stieß sie im begehbaren Kleiderschrank auf Aarons Sammlung teurer Armbanduhren, eine ganze Schublade voller Marken, die sie nur dem Namen nach kannte. Sie erinnerte sich, dass er manche davon gelegentlich getragen hatte. Doch viel Aufmerksamkeit hatte sie den Uhren nie geschenkt. Jetzt lagen sie gut geschützt zwischen Falten aus schwarzem Samt. Nur eine schien zu fehlen, und Piper fragte sich, ob er die vielleicht an seinem Todestag getragen hatte.

Schnell schob sie diesen düsteren Gedanken beiseite und suchte weiter. Es gab jede Menge elegante Schuhe und auch etliche legere Paare. Neben den Golfschuhen entdeckte sie Snowboots, was sie irgendwie lustig fand, weil es hier in Beverly Hills nie schneite. Vermutlich hatte er die gebraucht, wenn er zum Skifahren nach Aspen oder in ein Chalet in der Schweiz gereist war.

Eine verrückte Vorstellung.

Dann die vielen Designeranzüge, die nie wieder getragen werden würden. Zumindest nicht von dem Mann, der sie gekauft hatte. Chase war ein gutes Stück größer als sein Vater und hätte vermutlich sowieso nichts von dem angezogen, was einmal seinem alten Herrn gehört hatte.

Die Uhren vielleicht …

Sie schüttelte den Kopf. »Wohl eher nicht.«

Eine Schublade war voller Geldbörsen, eine andere voller Sonnenbrillen. Aber nirgends fand sie einen Schlüssel, nirgends einen Safe.

Kit hatte es sich inzwischen auf dem Bett bequem gemacht, was sie ihm eigentlich nicht erlauben durfte, aber für den Moment durchgehen ließ. Plötzlich hob er den Kopf von den Pfoten und stieß ein leises Knurren aus.

Mit angehaltenem Atem schaute sie zur Tür. »Was ist denn, Kitty?«

Von unten drang ein Geräusch herauf, und sie beschloss nachzusehen. »Chase?«

Kit sprang vom Bett und heftete sich wachsam an ihre Seite.

»Chase?«, fragte sie ein wenig lauter.

Als alles still blieb, ging sie zögernd weiter.

Jemand war im Haus und antwortete nicht.

Während sie noch oben an der Treppe stand, bewegte sich unten etwas, und Kit bellte.

»Was zum …?«

Piper stieß den Atem aus. »Melissa?«

»Was tun Sie hier in meinem Haus mit diesem … Vieh?«, blaffte Melissa empört. Die Hände in die Hüften gestemmt funkelte sie Piper vom Fuß der Treppe aus an.

Mit einer Handbewegung forderte Piper Kit auf, an ihrer Seite zu bleiben, und ging die Stufen hinunter. »Ich bin auf Wunsch von Chase und Alex Stone im Haus. Aber was machen *Sie* hier?« Die Frage fühlte sich falsch an. Das hier war das Heim dieser Frau. Zumindest bis vor Kurzem gewesen.

Melissa schaute von Kit zu Piper und dann wieder zu Kit. Als Piper unten ankam, wich Melissa einen Schritt zurück. Dabei ließ sie den Hund nicht aus den Augen. »Beißt der?«

»Ja.«

Sie machte gleich noch einen Schritt weg von dem Hund. Kit spürte ihre Angst und bellte.

»Ich hoffe, Sie haben das Vieh im Griff.«

»Ich glaube nicht, dass Sie hier sein sollten, Melissa.«

Die Frau kniff wütend die Augen zusammen. »Ich hole bloß ein paar vergessene Sachen. Aber ich muss mich Ihnen gegenüber nicht rechtfertigen.« Sie schob sich Richtung Treppe.

Kit knurrte.

»Nehmen Sie ihn weg.«

Piper überlegte, was sie tun sollte. Melissa einfach machen lassen, solange sie dabei nicht mit Brandbeschleunigern und einem Streichholz hantierte? Sie auffordern zu gehen? Piper wusste nicht einmal, ob sie dazu berechtigt war.

Sie entschied sich für die erste Möglichkeit und trat zusammen mit Kit von der Treppe weg.

Sobald Melissa oben und außer Sichtweite war, befahl Piper Kit zu bleiben, eilte ins Arbeitszimmer und holte ihr Smartphone. Auf dem Weg zurück in den Eingangsbereich schrieb sie Chase eine Nachricht.

Melissa ist hier.

Weil nicht sofort eine Antwort kam, überlegte sie, ob sie ihn anrufen sollte, entschied sich dann aber dagegen. Wie weltbewegend konnte Melissas Anwesenheit im Haus schon sein?

Durch die Fenster an der Haustür sah Piper draußen hinter ihrem Wagen einen Range Rover stehen. Sie überlegte, ob sie nachschauen sollte, was Melissa noch holen wollte. Doch gerade als sie den ersten Fuß auf die Treppe setzte, summte ihr Telefon.

Chase hatte geschrieben.

Warum?

Sie sagt, sie hat etwas vergessen.

Über eine Minute lang blinkten drei Punkte auf dem Display.

Ist sie mit einem Umzugswagen da?

Piper lächelte.

Nein. Soll ich sie im Auge behalten? Sie ist sauer, dass ich hier bin.

Nein.

Chase' Antwort kam sofort.

Lassen Sie sie machen. Bin schon unterwegs. In 20 Minuten da.

Piper schickte ein Daumen-hoch-Emoji und setzte sich ins Wohnzimmer, von wo aus sie die Treppe und die Haustür gut sehen konnte.

Kit ließ sich neben ihr nieder und behielt den Eingangsbereich wachsam im Blick.

Während sie darauf wartete, dass Melissa ging oder Chase auftauchte, googelte sie Schlossereibetriebe und Schlüsseldienste und rief dann einen davon an. Sie gab ein bisschen von Chase' Geld für einen Eilauftrag aus. Und ja, den Code eines elektrischen Tors zu ändern, war kein Problem. In zwei Stunden konnte jemand da sein.

Fünfzehn Minuten später kämpfte sich Melissa die Treppe herunter. Mit einer dicken schweren Tasche, wie manche Leute sie beim Fliegen als Bordgepäck benutzten.

Kit knurrte.

Die Beine lässig übereinandergeschlagen, schaute Piper so demonstrativ auf ihr Smartphone, als würde es sie nicht im Geringsten interessieren, was Melissa hier im Haus trieb.

»Beobachten Sie mich?«, fragte Melissa.

Piper machte sich nicht die Mühe aufzublicken. »Ich löse Kreuzworträtsel. Ein europäisches Land mit sieben Buchstaben.«

»Dieses Haus hätte ich erben sollen.«

Piper hob den Kopf. »Ich höre mich nicht widersprechen.« Die Worte hätten Melissas Zorn besänftigen müssen, schienen ihn aber noch zusätzlich anzufachen.

»Sie waren auch eine von denen, oder?«

Piper seufzte, als würde die Frage sie langweilen, obwohl sich ihr Herzschlag beschleunigte. »Eine wovon?«

»Von denen! Seinen Geliebten. Ich wusste von seinen Affären.«

Das war ein Schlag in die Magengrube. »Da waren Sie sicher in guter Gesellschaft. In einer Art Club der Ehefrauen reicher Männer, wo man die Indiskretionen der Gatten stillschweigend ignoriert.«

»Sie haben ihn gevögelt.«

Pipers Magen zog sich zusammen. »Bitte nicht. Mir wird sonst schlecht.«

»Und wie geht das jetzt weiter? Machen Sie sich an seinen Sohn ran?«

Piper wandte sich ab und tat, als wäre sie mit ihrem Telefon beschäftigt, obwohl sich jede Faser ihres Körpers in Aufruhr befand. Diese Frau suchte Streit, aber dafür stand sie nicht zur Verfügung. »Italien! Das europäische Land mit sieben Buchstaben.«

»Wenn ich etwas über Chase Stone weiß, dann dass er ganz sicher nichts Gebrauchtes von seinem Vater übernehmen wird. Er hat den Mann gehasst.«

Jetzt wurde Piper wirklich schlecht. In ihrem Nacken bildete sich ein Schweißfilm, ihre Handflächen wurden feucht. Sie ließ das Telefon auf die Couch fallen, sprang auf und hastete zur Toilette.

Melissa war ihr auf den Fersen. »Sie können nicht den Boss vögeln und dann Ihren Job weitermachen, als wäre nichts gewesen.«

Piper hörte nur ihr Herz hämmern und ihr Gehirn darauf drängen, dass sie sich beeilte. Sie schaffte es gerade noch bis zur Kloschüssel, wo ihr die Cracker und das Wasser hochkamen.

Als ihr Magen leer war, rang sie nach Luft. Mit einem Kosmetiktuch wischte sie sich schließlich den Mund ab. Die Tür fest im Blick, stand Kit an ihrer Seite.

Melissa war immer noch da und schaute ihr angewidert zu. »Was ist denn mit Ihnen los?«

»Lassen Sie mich in Ruhe.«

Kit bellte auf.

»Verstehe. Wenn ich daran denke, dass er mich angefasst hat, wird mir auch schlecht.«

»Jetzt reicht's.« Piper wollte gern cool bleiben, aber wenn die Frau nicht endlich verschwand, würde sie ihre innere Zicke von der Leine lassen.

Kit machte einen Satz Richtung Tür, bellte und fletschte die Zähne.

Kreischend sprang Melissa zurück. Ihr Rücken prallte gegen die Wand des Flurs.

»Verschwinde! Sofort!«, kommandierte Chase' Stimme.

Piper drückte schnell die Spülung und rief Kit zu sich. Er ging rückwärts, bis sein Hinterende ihr Bein berührte. Dabei bellte er weiter die Frau an, die er als Bedrohung sah.

Vielleicht war es der Hund oder es war Chase' deutlich sichtbarer Zorn. Jedenfalls konnte Melissa die Angst in ihrem Blick nicht verbergen.

»Dieses Vieh wollte mich killen.«

Im Moment fiel es Piper tatsächlich schwer, Kit nicht auf sie loszulassen.

Chase schob sich mit dem Rücken zu Piper vor die Toilettentür. »Raus jetzt. Oder ich rufe die Polizei.«

»Kit. Still«, sagte Piper so leise, dass der Rottweiler sie gerade noch hörte. Er winselte und gehorchte.

Einen Augenblick lang hallten Melissas Schritte noch durch den Eingangsbereich. Chase folgte ihr zur Haustür.

Piper nutzte die Zeit, um sich den Mund auszuspülen und ihr Gesicht mit kaltem Wasser zu benetzen. Als sie in den Flur trat, war Melissa verschwunden und Chase schaute von der Haustür aus zu, wie seine Stiefmutter davonfuhr.

»Das war hässlich.«

Chase wandte sich zu ihr um, warf die Haustür zu und war mit wenigen Schritten bei ihr. »Ist alles in Ordnung?«

Wieder schob Kit sich vor sie und stellte dabei sein Nackenfell auf.

»Kit. Nein.«

Artig machte er Sitz.

»Ja, alles gut.« Gar nichts war gut.

Chase streckte die Hand aus und legte sie an ihr Gesicht. »Sie sehen aber nicht so aus.« Seine Stimme klang sanft.

Piper hatte plötzlich Mühe zu atmen. Am liebsten hätte sie sich an seine Hand geschmiegt und seine Besorgnis um sie in sich aufgesaugt. Aber Melissas giftige Unterstellungen hallten ihr noch in den Ohren. »Es geht gleich wieder«, flüsterte sie.

»Sie zittern.« Seine Hand fand von ihrem Gesicht zu ihrer Schulter.

Ihre Blicke trafen sich.

Piper wankte auf ihn zu, als hätte ihr Körper das Kommando übernommen und wollte ihm unbedingt nahe sein.

Doch noch immer hörte sie Melissas schrille Stimme. *Nichts Gebrauchtes von seinem Vater.* Hatte Chase das gehört? Würde er Melissas Unterstellungen glauben? Erneut zog sich Pipers Magen zusammen, jeder Herzschlag wurde in ihrem Kopf zu einem lauten Donnern, das von innen gegen ihre Schläfen dröhnte.

Sie wich einen Schritt zurück und senkte den Blick. »Ein Glas kaltes Wasser wäre jetzt ganz gut«, presste sie hervor.

Chase nahm seine Hand weg. »Bin gleich zurück.«

Als er Richtung Küche verschwand, sank Piper auf die Couch im Wohnzimmer und vergrub das Gesicht in den Händen.

Kapitel 15

Nicht Piper zitterte, sondern er. Entschlossen, Melissa zur Rede zu stellen, war er ins Haus marschiert, nur um dort laute Stimmen und Melissas gehässige Bemerkungen zu hören. Dazu Hundegebell, das geklungen hatte, als wäre der Hund drauf und dran, jemanden zu zerfetzen.

Als ihm klar geworden war, dass Melissa Piper regelrecht in der Toilette in die Enge gedrängt hatte, hatte ihn eine unbändige Wut erfasst.

Doch jetzt war Melissa weg, und bei Pipers Anblick war seine Wut sofort verflogen. Nur zu gern hätte er die Arme um sie gelegt. Einen Moment lang hatte er gespürt, wie sie das Gesicht an seine Handfläche schmiegte, und in ihren Augen etwas aufblitzen sehen. Die Botschaft dieses kurzen Blicks war ebenso eindeutig gewesen wie die Gefühle, die er in ihm ausgelöst hatte.

Piper fühlte sich genauso zu ihm hingezogen wie er sich zu ihr. So sicher wie morgens im Osten die Sonne aufging.

Er füllte ein Glas mit kaltem Wasser aus dem Kühlschrank und brachte es ins Wohnzimmer. Dort saß Piper auf dem Sofa. Kit hatte sich neben ihren Füßen niedergelassen.

Chase setzte sich ihr gegenüber auf den Couchtisch und gab ihr das Wasser. »Hier.«

»Danke.«

Sie führte das Glas an die Lippen und nahm den kleinsten Schluck, den er je gesehen hatte.

»Langsam bekommen Sie wieder ein bisschen Farbe.«

»Die Frau ist eine echte Granate.« Piper versuchte es mit einem lahmen Scherz.

»Sie hatte kein Recht, überhaupt hier zu sein.«

»Und ich hatte kein Recht, sie hinauszuwerfen.«

Ja, richtig. Aber eine Konfrontation mit der Frau seines verstorbenen Vaters war eindeutig nicht Teil ihrer Jobbeschreibung. »Ich lasse die Schlösser austauschen.«

Piper nickte. »Ich habe schon jemanden herbestellt. Die müssten …« Sie warf einen Blick auf ihre Uhr. »… in eineinhalb Stunden hier sein.«

Chase lehnte sich zurück und stützte die Hände auf die Knie. Diese Frau schaffte es immer wieder, ihn zu verblüffen. »Wann haben Sie denn das organisiert?«

»Während sie oben war und die vergessenen Sachen geholt hat.«

»Sie sind einfach großartig. Wissen Sie das?«

Piper schloss die Augen, presste die Lippen zusammen und legte eine Hand an ihre Stirn. »Im Moment fühle ich mich gar nicht so. Ich habe brüllende Kopfschmerzen.«

Er stand auf. »Dagegen müsste sich hier im Haus doch irgendwas finden.«

Sie wollte ihn aufhalten, aber er verließ zügig das Zimmer, um sich auf die Suche nach Tabletten zu machen.

Zuerst schaute er in der Küche nach, öffnete und schloss die Schränke wie ein Mann auf einer Mission. Was er ja auch war. Als er nichts fand, eilte er nach oben zum Schlafzimmer seines Vaters und nahm dabei immer zwei Stufen gleichzeitig.

Diesen Raum zu betreten, hatte er bislang erfolgreich vermieden. Nur am Tag des Begräbnisses hatte er einen kurzen Blick riskiert, aber jetzt stürzte er sich kopfüber hinein. Schranktüren und Schubladen zuzuknallen, erwies sich als schwierig, weil alle Schließmechanismen mit Dämpfung hatten. Aber er gab sich Mühe. Bald entdeckte er eine Packung Ibuprofen und joggte damit die Treppe hinunter. »Das müsste helfen«, sagte er zu Piper.

Sie kniff die Augen zusammen, als würde zu viel Licht ihre Kopfschmerzen verschlimmern. »Die kann ich nicht nehmen.« Sie gab ihm die Tabletten zurück.

»Allergisch?«

»Nein … Ja.«

»Was können Sie denn nehmen?«

»Paracetamol ist okay.«

Wieder hetzte er nach oben und durchsuchte weitere Schubladen im Schlafzimmer seines Vaters. Nichts. Melissas Schlafzimmer.

Mehr Ibuprofen.

Er eilte den Flur entlang zu einem der größeren Gästezimmer und wollte schon aufgeben und zu einer Apotheke fahren, als er im dritten Gästezimmer, in dem er nachsah, fündig wurde.

Als er zu Piper trat, hob Kit den Kopf. Jetzt lag sie mit der Hand über den Augen auf der Couch.

»Piper«, sagte er leise.

Ohne ihn anzusehen, streckte sie die Hand aus.

Chase öffnete die Packung und ließ zwei Tabletten in ihre Handfläche fallen, und Piper stützte sich gerade lange genug auf, um sie zu schlucken. »Auf dem Schreibtisch im Arbeitszimmer liegen ein paar Cracker. Könnten Sie …«

»Selbstverständlich.«

Er fand die Cracker und brachte sie ihr.

»Sorry«, sagte sie. »Sonst bleiben die Tabletten vielleicht nicht drin.«

»Ist das ein Migräneanfall?« Chase hatte damit zum Glück keine Probleme, aber seine Mutter litt gelegentlich darunter, und dieser Zustand kam ihm bekannt vor.

»Ich habe … Ich weiß nicht.«

»Sie haben keine Migräne?«

Ohne die Augen zu öffnen, zog sie einen Cracker aus der Packung und knabberte daran. »Ich brauche bloß ein paar Minuten.«

Kit knuffte Chase aus dem Weg, stieg auf die Couch und quetschte sich neben Piper. Ihre Hand fiel auf sein Fell.

Chase holte ein Kopfkissen von einem anderen Sofa. »Hier.«

Sie öffnete die Augen einen Spaltbreit. Als sie das Kissen sah, hob sie den Kopf. »Danke.«

»Besser?«

»Hm-hm.«

Mit einem tiefen Seufzer legte Kit den Kopf auf Pipers Bauch und schloss die Augen.

So gern Chase an ihrer Seite bleiben wollte, um ihr beistehen zu können – wenn er hier stand und sie anstarrte, würde sie sich sicher nicht entspannen.

Leise ging er davon und ließ sie ausruhen. Sobald er außer Hörweite war, rief er Cadry an. »Wie können wir Melissa daran hindern, im Haus oder im Büro aufzutauchen?«

* * *

Piper zog sich die Decke um die Schultern und kuschelte sich in die wohlige Wärme. Kits leises Schnarchen ließ auch sie beinahe noch einmal einschlafen. Zum ersten Mal seit Langem fühlte sie sich wirklich gut und ausgeruht.

Und sie war hungrig.

Und die Übelkeit war weg. Was für eine Erleichterung.

Flüsternde Stimmen brachten sie dazu, die Augen zu öffnen.

Sie lag auf einer Couch. Nicht ihrer Couch.

Stones Couch.

Sie war eingeschlafen.

Bei der Arbeit.

Die Erinnerung an Melissa und Chase kam zurück. Mit allen peinlichen Details. Sie schaute sich um. Das Licht, das von draußen ins Zimmer fiel, war nicht mehr ganz so stark wie zuvor. Sehr spät konnte es zwar nicht sein, aber sie hatte mehr als nur ein kurzes Nickerchen gemacht.

Sie hatte fest geschlafen.

Benommen setzte sie sich auf. Kits Kopf rutschte von ihrem Schenkel, und als sie sich streckte, hörte sie mindestens einen Wirbel knacken wie zum Dank.

»Wir haben Sie geweckt.« Chase kam ins Zimmer. »Die Leute vom Schlüsseldienst sind da.«

»Wie bitte? Ich habe eine ganze Stunde lang geschlafen?« Sie schaute auf die Uhr.

»Beinahe drei.«

Sie blinzelte. Tatsächlich. Es war schon fast fünf. »Wie ist das denn passiert?«

»Keine Ahnung.«

»Herrje, das tut mir leid.«

Chase hatte sein Jackett und die Krawatte abgelegt, die Ärmel hochgekrempelt und die oberen Hemdknöpfe geöffnet. Ein lässiger After-Work-Look. »Dazu gibt es keinen Grund. Wie fühlen Sie sich?«

Sie versteckte ein Gähnen hinter ihrer Hand und blinzelte den Schlaf weg. »Dass ich eingeschlafen bin, ist mir peinlich. Aber ich habe Hunger.«

»Das ist ein gutes Zeichen. Das mit dem Hunger, meine ich.« Er zeigte Richtung Haustür. »Sie sind bald fertig.«

»Wie lange waren sie denn da?«

»Es gibt ziemlich viele Türschlösser hier. Das vorn haben wir uns bis zum Schluss aufgehoben, um Sie nicht zu wecken.«

»Mr Stone?«

Chase lächelte sie an. »Bin gleich wieder da.«

Piper schob die Decke beiseite, mit der Chase sie zugedeckt haben musste. In diesem Wohnzimmer lagen nicht wahllos irgendwelche Decken, die man einfach über sich ziehen konnte, auf den Sofas. Vermutlich hatte hier in diesem eleganten Ambiente niemand auch nur je ein Nickerchen gemacht. Sie stand auf und faltete die Decke zusammen. Kit streckte und schüttelte sich, wie um den Sandmann zu vertreiben.

»Du bist sicher hungrig«, sagte sie zu ihrem treuen Freund.

Als sie sich auf den Weg zu Kits Futter in der Küche machen wollte, stellte sie fest, dass sie keine Schuhe anhatte, und wusste nicht, welches Gefühl stärker war: Verlegenheit oder Dankbarkeit. Den Schlaf hatte sie dringend gebraucht, schon seit Wochen bekam sie viel zu wenig davon. Nur schade, dass zum Einschlafen offenbar die Monsterkopfschmerzen nötig gewesen waren.

Sie öffnete eine Dose Biohundefutter, mischte etwas gehackten Kürbis darunter, ein paar Erbsen und etwas Trockenfutter. Dann stellte sie Kit die Mischung hin, ging neben ihm in die Hocke und streichelte seinen Kopf, während er es sich schmecken ließ. »Du warst ein toller Wachhund heute, mein Freund.« Sie küsste ihn zwischen die Ohren und ließ ihn in Ruhe fressen.

»Alles erledigt.« Chase marschierte in die Küche. »Wenn Melissa noch mal hier rein will, muss sie über den Zaun springen.«

»Wie jemand, der über Zäune springt, kommt sie mir nicht vor.«

Chase schaute hinunter auf Kit.

Piper folgte seinem Blick und wackelte mit den nackten Zehen. »Sie haben mir die Schuhe ausgezogen und mich zugedeckt.«

Er räusperte sich. »Ja. Ich wollte, dass Sie es ein bisschen bequemer haben.«

Sie lehnte sich an die Kücheninsel und verschränkte die Arme. »Üblich ist das nicht für einen Boss.«

»Heute war keiner der üblichen Boss-Assistentinnen-Tage.«

»Sieht ganz so aus …«

Beim Anblick von Chase' Lächeln bekam sie ein flattriges Gefühl im Magen, das sie schön fand, obwohl sie es nicht sollte.

»Sie sagten, Sie sind hungrig.«

»Ja. Ich sollte langsam los.«

»Ich schulde Ihnen ein Abendessen.«

Sie legte den Kopf schief. »Wie kommen Sie denn darauf?«

»Sie haben heute tausend Dinge erledigt, die Sie eigentlich gar nicht hätten tun müssen. Ein Abendessen ist das Mindeste.« Er vergrub die Hände in den Hosentaschen. »Nun kommen Sie schon, Piper. Sagen Sie Ja. Ein Stück den Hügel runter gibt es jede Menge Auswahl. Kit lassen wir hier und holen ihn hinterher ab.«

Ja, das war tatsächlich ein verrückter Tag gewesen. Und schnell etwas zu essen zu bekommen, klang deutlich verlockender, als erst einmal nach Hause zu fahren und dort etwas zu kochen. »Moment. Ich ziehe nur meine Schuhe an.«

Ein paar Minuten später stiegen sie in Chase' SUV, während Kit die Schnauze an das Fenster neben der Haustür drückte.

Und binnen zwanzig Minuten standen sie in einem Steakhouse, für das Piper eindeutig underdressed war.

Mit einer Geste forderte Chase sie auf voranzugehen. Bevor er sich setzte, rückte er ihr den Stuhl zurecht.

»Ziemlich schick hier.«

»Wie die ganze Gegend.« Er verschwand hinter der Speisekarte. »Ich könnte einen Drink vertragen. Sie auch?«

Ihr lief das Wasser im Mund zusammen. »Klingt gut, aber …« *In mir wächst ein Fötus, und Alkohol geht gar nicht.* »Ich will nicht riskieren, dass die Kopfschmerzen noch mal zurückkommen. Ich bleibe lieber beim Wasser.«

Chase schaute sie über die Karte hinweg an. »Sicher?«

Nein! »Ganz sicher.«

Piper studierte die Karte und suchte nach irgendetwas mit Hühnchen. Meistens waren das die günstigsten Gerichte. Heute gab es allerdings ein fundamentales Problem mit ihrer Dinner-Date-erprobten Strategie. »Habe ich etwas übersehen, oder fehlen auf dieser Karte die Preise?«

»Das Essen bezahle ich.«

Sie schob ihm ihre Karte hin. »Aber es kostet nichts.«

Nach einem kurzen Blick auf ihre Karte wandte er sich wieder seiner zu. »In meiner stehen die Preise drin.«

Sie brauchte einen Moment, bis sie verstand. »Die gehen stillschweigend davon aus, dass Sie bezahlen?«

Chase ließ die Karte sinken und den Blick demonstrativ durch den luxuriösen Gastraum schweifen. »Das hier ist nicht die Art Restaurant, wo die Frau die Rechnung bezahlt.«

»Wie bitte?« Piper schaute nach links und rechts. »Ziemlich sexistisch.«

»Ich kann nichts dafür. Ich habe mir das nicht ausgedacht.«

»Und wie soll ich dann entscheiden, was ich bestelle?«

»Sie nehmen einfach das, worauf Sie Lust haben.«

»Moment. So geht das nicht. Sie sagen mir, was Sie bestellen, und ich suche mir dann etwas aus, das günstiger ist. Weil Sie ja bezahlen.«

Sein Lächeln erreichte seine Augenwinkel. »Lauten so die Regeln?«

»Allerdings.«

»Und wenn ich nur einen Salat nehme?«

Ihre Schultern sackten nach vorn.

Der Kellner kam und fragte, was sie trinken wollten. Chase bestellte einen Bourbon, Piper blieb beim Wasser, und der Kellner im Anzug zog sich zurück.

»Bestellen Sie sich, was Sie wollen, Piper. Ich bin ein Gazillionär, schon vergessen?«

Ja, das war er. Aber trotzdem. So war sie nicht erzogen und sie tat sich schwer damit.

Stumm studierte sie die Karte und überlegte.

Der Kellner kam mit Chase' Drink zurück und fragte, was sie essen wollten.

»Sie zuerst«, sagte sie zu Chase.

»Oh nein! Ladys first.«

Piper starrte ihn an. »Dann das Hühnchen, bitte.« Man hatte ein langweiliges Brathähnchen auf die Karte gesetzt, damit die Hausfrauen von Beverly Hills etwas bestellen konnten, wovon sie kein Gramm zunahmen. Schließlich lebten sie in ständiger Angst, ihr Gatte werde ansonsten mit seiner Sekretärin durchbrennen.

Chase räusperte sich.

»Noch etwas dazu? Eine Vorspeise vielleicht? Einen Caesarsalat?«

Falls sie nach dem Essen noch hungrig war, konnte sie auf dem Heimweg immer noch bei einem Drive-in vorbeifahren. »So wie es auf der Karte steht, passt es.«

Der Kellner wandte sich an Chase. »Und für Sie, Sir?«

Chase schaute ihr beim Bestellen direkt in die Augen. »Das New York Steak. Medium, bitte. Dazu gefüllte Folienkartoffeln. Und als Vorspeise einen Krabbencocktail.«

Piper kam sich vor wie der Pawlowsche Hund, so heftig lief ihr das Wasser im Mund zusammen.

»Und ein Dessert vielleicht. Aber darüber sprechen wir später.«

Dieser Mann wollte sie herausfordern, sie mit ihrem Hühnchen blass aussehen lassen, während er sich das vermutlich teuerste Gericht auf der Karte ausgesucht hatte. Mal abgesehen von Hummer.

Er ist ein Gazillionär, Piper. »Moment, ich habe es mir anders überlegt«, sagte sie, ohne den Blickkontakt mit ihm zu unterbrechen.

»Bitte«, antwortete der Kellner.

»Ich hätte doch gern das Filet Mignon, medium, mit Pfeffersoße und pürierten Knoblauchkartoffeln. Ist da auch Gemüse dabei?«

»Gegrillter Spargel.«

»Perfekt.«

Chase hob eine Braue.

»Und davor einen Caesarsalat.«

»Sonst noch etwas?«

Was konnte sie sich noch aussuchen und von ihm bezahlen lassen? »Ein schickes Wasser.«

»Miss?«

»Etwas Sprudeliges.«

»Pellegrino?«

»Gern.« Sie hatte eher an das Zeug aus dem Supermarkt gedacht. Aber das gab es hier sowieso nicht. »In einem Weinglas und mit Zitrone.«

Der Kellner sammelte die Speisekarten ein und ließ sie allein.

Chase beugte sich vor. »Haben Sie gerade die Regeln gebrochen?«

»Jede einzelne.«

Er rieb sich die Hände. »Perfekt.«

Als der Kellner mit ihrem Wasser und frischem Sauerteigbrot kam, erzählte Chase ihr gerade von seiner Idee, mit seiner Firma in die leer stehenden Räume im Stone-Gebäude einzuziehen. »Ein komplett leeres Stockwerk in einem so großen Haus ist doch sehr verschwenderisch.«

»Was sagen denn Ihre Angestellten zu dem Umzug?«

»Sie wissen noch nichts davon. Ich muss erst noch abklären, ob wir überhaupt bei Stone einziehen können.«

Piper strich eine ordentliche Portion Butter auf ein Stück Brot. »Muss ich Sie noch einmal daran erinnern, dass das Gebäude Ihnen gehört?«

»Vermutlich noch öfter.«

Das Brot schmolz geradezu in ihrem Mund. Mit einem genießerischen Stöhnen schloss sie die Augen.

»So gut?«

»Göttlich.«

Chase nahm sich ein Stück und folgte ihrem Beispiel. Er biss ab. »Oh ja, wirklich gut.«

»Sagen Sie Ihrem Assistenten oder Ihrer Assistentin bei CMS, er oder sie soll mich anrufen. Dann beauftrage ich ein Innenarchitektenteam damit, die Räume so aufzuteilen, wie Sie es brauchen.«

»Wir haben ein Innenarchitektenteam?«

»Selbstverständlich. Stone Enterprises ist ein Hotelimperium. Da sind immer gleich mehrere solche Teams im Einsatz.«

»Der Gedanke ist mir noch gar nicht gekommen.«

»Dafür, dass ich an so etwas denke, bezahlen Sie mir ja ein Heidengeld, Boss.« Sie spülte das Brot mit einem Schluck Mineralwasser hinunter. »Möchten Sie dann hauptsächlich vom zweiten Stock aus arbeiten?«

»So weit habe ich noch gar nicht gedacht. Aber auf Dauer wird es vielleicht ein bisschen unpraktisch, wenn Alex und ich uns das Büro oben teilen.«

»Da gäbe es auch eine Lösung.«

»Ach ja?«

»Wenn Sie mit einem nicht ganz so großen Raum auf der Chefetage klarkommen, könnten wir dort einfach alle Büros eins weiterschieben und auf das Besprechungszimmer in der Mitte verzichten. So richtig viel wird es sowieso nicht benutzt. Der große Konferenzraum, in dem wir auch die Vorstandssitzungen abhalten, reicht völlig aus.« Die Idee für diese Neuaufteilung war ihr gerade ganz spontan gekommen.

»Sind Sie sicher, dass Sie nicht zum Innenarchitektenteam gehören?«

»Für mich ist das eher eine Art Hobby.«

»Lesen oder Gartenarbeit – das sind Hobbys.«

»Man kann sich aber auch stundenlang in Gestaltungssoftware vertiefen«, gab sie zurück.

Die Vorspeisen kamen und unterbrachen ihre Unterhaltung.

Piper musste sich ermahnen, langsam zu essen. Jetzt, wo ihr Körper endlich bereit war, Nahrung bei sich zu behalten, fühlte sie sich wie kurz vor dem Verhungern.

»Wären Sie gern Architektin geworden?«

»Das sind unterschiedliche Aufgabenfelder«, sagte sie zwischen zwei Happen. »Ich schlage bloß gern vor, wo eine Wand weg oder ein Fenster hinsoll, ohne mir Gedanken zu machen, ob eine tragende Wand dann auch noch trägt.«

»Für mich ist das Architektur.«

Sie zuckte die Achseln. »Mir macht das einfach Spaß. Und noch schöner ist es, wenn man dabei das Geld von jemand anderem ausgibt.«

Er lächelte. »Das machen Sie sicher sehr gut.«

»Keine Sorge! Sie werden mich bestimmt bald in Aktion erleben.«

Sie wechselten das Thema und unterhielten sich darüber, was sie heute gemacht hatte, bevor Melissa aufgetaucht war. »Normalerweise hätte ich sie sogar bemitleidet. Schließlich weiß ich, wie viel Geld sie bis vor Kurzem ausgeben konnte. Wenn einem von einem Tag auf den anderen das Konto gesperrt wird, kann man schon sauer sein.«

»Sie muss Ihnen nicht leidtun. Sie hat einen dicken Scheck bekommen.«

»Aber nicht das Haus.«

»Fünf Millionen und noch dies und das.«

Piper blieb der Mund offen stehen. »Oh.« Das war sehr viel Geld.

»Autos, Schmuck, alles Mögliche.«

»Oh.«

»Was ich sie habe sagen hören, ist durch nichts zu entschuldigen.«

»Sie hat mich kalt erwischt. Das passiert mir nicht noch mal.«

Chase schob das leere Glas beiseite, in dem sein Krabbencocktail gewesen war. »Nein, ganz sicher nicht, solange ich es verhindern kann. Die Anwälte werden sich unterhalten, und falls sich die Frau noch einmal in die Nähe wagt, ergreifen wir rechtliche Schritte.«

»Ist das nicht ein bisschen extrem?«

»Nein. Sie hat Sie regelrecht in die Enge getrieben und belästigt. In einem Haus, zu dem sie eigentlich keinen Zutritt mehr hat. Haben Sie irgendeine Vermutung, was sie mitgenommen hat?«

»Leider nein. Allzu viel war in ihrem Schlafzimmer nicht mehr übrig. Aber in die Schubladen habe ich nicht geschaut. Vielleicht wollte sie ja das Bettzeug.«

Chase schüttelte den Kopf. »Das möchte ich bezweifeln.«

»Waren Sie oben und haben nachgesehen?«

»Nein.«

»Haben Sie sich in den Schlafzimmern überhaupt schon mal richtig umgeschaut?«

Er sah an ihr vorbei und griff nach seinem Drink. »Nein.«

Das hatte sicher einen tieferen Grund. »Ich habe dort nach dem Schlüssel für das abgeschlossene Schrankabteil gesucht. Gefunden habe ich bloß die Armbanduhrensammlung Ihres Dads. Er hat … *hatte* ziemlich viele.«

Chase nickte, sagte aber nichts.

»Was mich auf einen Gedanken bringt.«

»Und der lautet wie?«

»Sie haben doch sicher Schlüssel bei sich.«

Er nickte.

»Schlüssel, Ihr Handy, eine Geldbörse. Ihr Vater ist mit seinen Herzbeschwerden noch selbst ins Krankenhaus gefahren, oder?« Sie wusste, dass Aaron Stone schon Sekunden nach seiner Ankunft in der Klinik einen Herzstillstand erlitten hatte und gestorben war, bevor der Herzchirurg sich auch nur die Hände hatte waschen können.

»So hat man es uns gesagt.«

»Wo sind dann seine Sachen von dem Tag? Wenn man ins Krankenhaus kommt, stecken die dort sämtliche persönlichen Gegenstände in einen Beutel. Ihr Vater hatte doch sicher zumindest eine Geldbörse, eine Uhr und seine Wagenschlüssel bei sich. Vielleicht liegen die Schlüssel, die wir suchen, auch dabei.«

Chase schaute sie an. »Das wäre möglich.«

»Aber wo sind all die Sachen gelandet?«

»Melissa müsste es wissen.«

Piper verdrehte die Augen. »Sehr hilfsbereit wird sie nicht sein.«

»Vielleicht in seinem Auto.«

»Und das steht wo?«

»In der Garage?«

»Haben Sie dort nachgesehen?«, fragte sie ihn.

»Nein.«

»Das sollten wir vielleicht nachher noch machen.«

Der Kellner brachte den Hauptgang und beendete damit das Gespräch über den Verbleib der persönlichen Gegenstände eines Toten.

Piper dankte dem Kellner, griff zu Messer und Gabel und merkte plötzlich, dass Chase sie unverwandt ansah.

»Wenn wir zurück sind, holen wir Ihren Hund und stellen die Alarmanlage scharf. Alles andere hat Zeit bis morgen.«

Piper nahm das als Hinweis, dass Chase das Thema wechseln wollte. »Okay.«

Er schnitt ein Stück von seinem Steak ab und führte die Gabel an den Mund. »Können Sie gegen Mittag da sein?«

Sie tat es ihm nach und schnitt von ihrem Filet ab. »Beginnt mein Arbeitstag denn nicht um acht?«

»Morgen nicht. Schließlich wird es heute spät.«

»Ja, welche Qual.« Sie grinste. Ein Happen, und sie schwebte auf Wolken. Genau das, was ihr Körper jetzt brauchte. »Himmel, ist das gut!«

»Besser als trockenes Brathähnchen?«, scherzte er.

Lachend schnitt sie noch ein Stück von dem zarten Fleisch ab. »Mit dem entsprechenden Bankkonto im Hintergrund könnte ich ein richtiges Luxusmädchen werden.«

»Sind Sie das nicht?«

»Im Moment finden meine Shoppingorgien eher beim Discounter statt.«

Jetzt, wo sie sich nicht mehr über seinen Vater unterhielten, lächelte Chase.

Und dieses Lächeln mochte Piper sehr.

Kapitel 16

Lange vor Piper fuhr Chase zum Anwesen, um sich nun doch einmal ausgiebig in den privaten Räumen seines Vaters umzusehen.

Das Abendessen mit Piper war ein absolutes Highlight gewesen. So wohl wie in diesen paar Stunden hatte er sich schon seit mindestens einem Monat nicht mehr gefühlt. Nachdem sein Vater als Thema abgehakt war, hatten sie sich angeregt unterhalten. Diese Frau sagte völlig ungefiltert, was sie dachte, und mitten beim Essen war ihm plötzlich durch den Kopf geschossen, wie gut sie seiner Mutter gefallen würde. Allein die tiefe Abneigung, die beide Frauen für seinen Vater empfanden, würde sie sicher fest zusammenschweißen.

Das einzige Thema, bei dem sich Piper zurückgehalten hatte, war das Unbehagen, das ihn im Haus seines Vaters befiel. Dass sie es bemerkt hatte, wusste er. Denn wenn er bei Fragen dazu ausweichend oder gar nicht antwortete, wurde ihr Blick weich und sie ließ die Sache auf sich beruhen. Sie hakte nicht nach, und er war froh darüber.

Der Gedanke, sich durch die Kleider zu wühlen, die sein Vater am letzten Tag seines Lebens getragen hatte, hinterließ einen faden Geschmack in seinem Mund. Aber vielleicht lag

Piper mit ihrer Vermutung richtig und er stieß dort auf die gesuchten Schlüssel.

Gegen Mitternacht und lange nachdem er Pipers Wagen aus der Einfahrt des Grundstücks in Beverly Hills gefolgt war, hatte er sich ärgerlich an den Kopf gefasst, weil er den Schlüsseldienst das verschlossene Schrankabteil nicht hatte aufbrechen lassen. Er war so sehr mit den vielen Türschlössern im Haus beschäftigt gewesen und hatte Piper unbedingt so lange wie möglich schlafen lassen wollen, dass ihm diese Idee gar nicht gekommen war.

Heute würde er dieses verdammte Ding irgendwie aufkriegen. In die Garage musste er dazu auf jeden Fall. Wenn die Schlüssel seines Vaters nicht dort im Wagen lagen, tat es vielleicht auch ein schwerer Hammer aus dem Werkzeugschrank.

Aber erst einmal stieg er im Haus die Treppe hinauf und betrat Aarons Schlafzimmer. Auf dem makellos gemachten Bett lagen gerade genug Kissen, um es einladend wirken zu lassen. Ganze Kissenberge, wie dekowütige Hausfrauen sie manchmal platzierten, gab es hier nicht. Die wenigen Gegenstände auf den Regalbrettern wirkten unpersönlich und wie aus einer Wohnzeitschrift. Keine Fotos von besonderen Momenten. Aber worauf hätte dieser Mann auch stolz sein sollen? Auf eine Ehefrau, die nur auf sein Geld aus war? Auf Kinder, die er früher praktisch ignoriert und als Erwachsene nie gekannt hatte? Nein, Aaron Stone hätte nur ein Selfie mit sich und einer Handvoll Hundertdollarscheinen einrahmen und aufstellen können. Sein ganzes Erwachsenenleben lang hatte er an seinem Imperium gebaut und dabei keine einzige wirklich tiefe Beziehung geknüpft.

Ein paar Augenblicke lang streifte Chase durch das Zimmer, dann betrat er den begehbaren Kleiderschrank. Er fand eine Schublade mit mehreren Armbanduhren, eine weitere mit Gürteln und Krawatten, eine mit Geldbörsen, eine mit Sonnenbrillen. Und Anzüge im Wert von mehreren

Zehntausend Dollar. Alles teure Marken und seinem Vater vermutlich auf den Leib geschneidert.

Während er noch die vielen Schuhe betrachtete, klingelte sein Telefon.

Es war Alex.

»Hey.«

»Wie läuft's bei dir?«

Sie wusste, dass er sich heute genauer im Haus umsah, und hatte ihm schon mehrfach dafür gedankt, dass er das auf sich nahm. »Unser Vater hatte ziemlich viel Zeug.«

»Kann ich mir vorstellen.«

Er stellte den Lautsprecher an und legte sein Smartphone auf ein Regalbrett. »Was sollen wir damit machen?«

»Können wir die Bude nicht einfach anzünden?«, fragte sie.

»Wir müssten zuvor die Versicherung kündigen und dafür sorgen, dass sich das Feuer nicht ausbreitet. Aber selbst dann wäre das riskant.«

Alex stöhnte. »Irgendein Lebenszeichen von Melissa heute?«

»Nein.«

»Na immerhin.«

Chase schob Kleiderbügel hin und her und schaute sich die Anzüge an. Bei Kleidung hatte sein Vater einen guten Geschmack gehabt. »Und wie läuft's bei dir?«

»Gatlin zeigt mir die kalte Schulter. Immer wenn ich eine Frage stelle, wirkt er ziemlich genervt, dass ich die Antwort nicht schon weiß.«

Chase hielt inne. Ihm war gerade etwas eingefallen. »Erinnerst du dich an den Typ, der zur Beerdigung gekommen ist?«

»Geht das ein bisschen genauer?«

»Der mit den Hotels. Morrison?«

»Ich habe nicht mit ihm gesprochen. Das warst du«, sagte Alex.

»Er meinte, wir dürfen ihn jederzeit anrufen. Vielleicht könnte er uns in dieser Übergangszeit ein bisschen beraten. Als neutrale außenstehende Person vom Fach.«

»Worauf warten wir?«

»Ich rufe ihn an.«

Alex stieß einen tiefen Seufzer aus. »Wie schwer wäre es für unseren Vater gewesen, uns in sein Unternehmen einzuführen?«

»Zu schwer offenbar.«

»Falls ich jemals Kinder habe, werden sie hier in diesem Gebäude aufwachsen.«

Chase teilte ihre Frustration. »Eins nach dem anderen, Alex. Was sollen wir mit Dads Klamotten machen? Glaubst du, unser mysteriöser Bruder würde sie wollen?«

»Zwischen ihm und unserem seelenlosen Vater hat ja wohl gar keine Verbindung bestanden. Also eher nein.«

»Sicher gibt es Collegeabsolventen, die ganz scharf auf diese Anzüge wären. Ich würde sagen, wir spenden sie. Cadry meint, solange wir unseren Bruder nicht gefunden haben, können wir nichts verkaufen. Aber ein paar persönliche Dinge, die keiner von uns möchte, können wir sicher weggeben.« Chase griff nach einem Paar Schuhe und stellte fest, dass die Sohlen kaum Gebrauchsspuren aufwiesen.

»Gute Idee. Soll ich mich darum kümmern?«

Er stellte die Schuhe beiseite. »Nein. Für so etwas hat Piper ein Händchen.«

Noch während er die Worte sagte, bemerkte er aus dem Augenwinkel eine Bewegung.

Piper stand nur wenige Schritte entfernt. Sie hatte die Arme verschränkt und fixierte ihn düster.

»Prima«, sagte Alex.

Wie viel hatte Piper gehört? »Pass auf, ich muss jetzt Schluss machen.«

»Wenn ich nichts mehr von dir höre, melde ich mich heute Abend.«

»Mach das.«

Chase legte auf. »Hi.«

Sie hob vorwurfsvoll die Brauen. »Bruder?«

Ein Wort, und Chase wusste genau, wie viel sie gehört hatte. »Jap.« Er seufzte.

»Und das wollten Sie mir wann genau sagen?«

»Bald.«

Sie zeigte zur Schlafzimmertür. »Ich habe mir den Hintern aufgerissen und nach einer Frau gesucht, nicht nach einem Mann. Diese Information wäre hilfreich gewesen.«

»Wir suchen tatsächlich eine Frau. Die Mutter, die uns zu unserem Halbbruder führt.«

»Ihrem Halbbruder. Ihr Dad hatte einen weiteren Sohn?«

»Offenbar. Das haben wir vor ein paar Tagen erfahren und können es niemandem sagen. Nicht, bevor wir ihn haben.«

Piper trat einen Schritt näher. »Das Schweigegeld waren in Wirklichkeit Belästige-mich-nicht-mit-einem-Kind!-Nimm-das-Geld-und-verschwinde-Dollars.«

»Könnte man sagen.« Warum sah sie plötzlich so mitgenommen aus? Was seinen Vater anging, hätte sie doch eigentlich nichts mehr überraschen dürfen.

»Ich fasse es nicht.«

»Ich hätte es Ihnen früher gesagt. Aber ich musste erst mal rausfinden, ob ich Ihnen vertrauen kann.«

»Sie haben es mir nicht gesagt.«

Da hatte sie allerdings recht. »Ich erkläre es Ihnen. Außer dem Anwalt, Alex, mir und unserer Mutter weiß niemand von diesem Mann. Und wir glauben, dass er selbst keine Ahnung hat, wer sein Vater ist. Sonst hätte er sich bestimmt inzwischen gemeldet. Aber seine Mutter weiß wahrscheinlich, wer unser Dad war.«

»Aber auch sie hat noch nichts von sich hören lassen.«

»Vielleicht wartet sie noch.«

»Worauf?«

»Keine Ahnung. Jedenfalls müssen wir sie und ihn finden. Vorher können wir noch nicht mal dieses Haus verkaufen.«

Piper hob die Hände. »Weder dieses Haus noch ein Hotel oder ein Resort.« Ihre Blicke trafen sich. »Und auch keine Firmenanteile.«

»Das haben wir sowieso nicht vor.«

»Die Anzahl Ihrer gemeinsamen Anteile geteilt durch drei … Wenn Ihr Bruder verkaufen möchte, liegen Sie und Ihre Schwester deutlich unter einundfünfzig Prozent und verlieren sehr viel Einfluss. Je nachdem, wer die Anteile kauft.«

Chase wedelte mit der Hand. »Das müsste man dann sehen.«

»Im Vorstand gibt es ein paar Haie, die nur auf ihre Gelegenheit warten. Auf Anhieb fällt mir Yarros ein.«

»Das ist ein Problem für morgen.«

»Es wird ein großes Problem, falls jemand diesen Bruder vor Ihnen findet und ihn zum Verkauf überredet. Wie können Sie da so gelassen bleiben? Das ist ein Riesending.«

»Das ist uns klar, Piper. Wir drehen hier jeden Stein um, damit wir die Kontrolle über Stone Enterprises behalten können. Alex und ich wissen sehr wohl, was auf dem Spiel steht.« Chase versuchte, ganz ruhig zu klingen, musste aber feststellen, dass er sich schon fast so angespannt anhörte wie Piper.

»Verdammt!« Sie holte tief Luft. »Augenblick mal. Kann der Vorstand ohne ihn überhaupt irgendwelche Entscheidungen treffen?«

Die Zahnräder in ihrem Gehirn hatten verdammt schnell gearbeitet. »Das ist fraglich.«

Sie schüttelte den Kopf. »Sie können nicht stillschweigend in seinem Namen abstimmen. Sie müssen ihn finden, bevor der Rest des Vorstands merkt, dass Sie auf Zeit spielen.«

»Und damit wir dieses Zeug verkaufen können.« Um das Thema zu wechseln, hielt Chase eine der Armbanduhren aus der Schublade in die Höhe.

Piper begann zu nicken, dann kniff sie plötzlich die Augen zusammen. »Wo sind sie?«

»Wo ist was?«

Sie trat zu ihm und zog die Schublade ein Stück weiter auf. »Die Uhren.«

»Die sind hier.«

Sie strich mit dem Finger über jede einzelne. »Gestern waren es noch mehr als zwanzig. Eine war über und über mit Diamanten besetzt. Sehr protzig, aber vermutlich ein Vermögen wert.«

Chase betrachtete die Uhren. »Sind Sie sicher?«

»Ganz sicher.« Sie steckte die Uhren enger zusammen. »Diese Schublade war rappelvoll, es gab nur einen einzigen leeren Platz. Und die eine fehlende Uhr hat Ihr Vater vielleicht an seinem Todestag getragen.«

Chase rieb sich das Kinn. »Melissa.«

»Glauben Sie …«

»Wer sonst? Ich bezweifle, dass wir auf den Überwachungskameras außer uns, Melissa und Karina noch jemand anderen sehen.«

»Karina würde so was nicht tun. Außerdem war sie gestern gar nicht hier.«

»Melissa schon.«

»Soll ich die Polizei rufen?«

Chase schüttelte den Kopf. »Nein. Ich rufe den Anwalt an. Wir regeln das auf unsere Weise. Und ehrlich gesagt, ist es mir fast egal. Nichts in diesem Haus ist für mich von irgendeinem Wert. Aber für unseren unbekannten Bruder? Wer weiß. Alex und ich müssen das Erbe so behandeln, als wäre es uns wichtig.

Und wenn wir uns einfach so bestehlen lassen, verletzen wir unsere Pflicht.«

»Wow, Ihr Dad hat Ihnen wirklich übel mitgespielt.«

Das klang, als würde Piper glauben, er brauche eine Therapie. Und vielleicht war das ja der Fall, aber nicht heute. »Ja, und schon deshalb wollen wir die ganze Sache hier möglichst schnell über die Bühne bringen.«

»Worauf warten wir dann? Lassen Sie uns in seinem Wagen nachsehen. Die Garage haben wir uns noch nicht vorgenommen. Oder wir brechen das verschlossene Abteil in dem Aktenschrank einfach auf.« Sie ging voran Richtung Treppe. »Etwas kaputt machen, was Ihrem Vater gehört hat, könnte sehr befreiend wirken. So wie in der Autoszene aus ›Ferris macht blau‹.«

Der Filmtitel sagte ihm nichts. »Was hatte das Auto denn verbrochen?«

»Nichts. Der Vater hat es nur mehr geliebt als seinen Sohn und mehr Zeit mit dem Ding verbracht. Also musste es dran glauben.«

»Was für eins war es denn?«

»Keine Ahnung. Jedenfalls edel, alt und teuer. Ein Jaguar? Ein Ferrari? Ich kenne mich da nicht aus.«

»War der Vater sauer?«

Piper blieb mitten auf der Treppe stehen und wandte sich zu ihm um. »Sie haben den Film nicht gesehen?«

Er zuckte die Achseln. »Ist der gerade erst rausgekommen?«

»Sie machen Witze, oder? Das ist ein Klassiker aus den Achtzigern. Einer der besten Filme aller Zeiten.« Sie stieg die nächsten Stufen hinunter. »So ein typischer Teenagerfilm übers Erwachsenwerden.«

Chase widmete sich im Moment ganz der Aufgabe, nicht zu sehen, wie verführerisch sich ihre Hüften vor ihm bewegten.

Damit scheiterte er gründlich, doch er gab sich immerhin Mühe. »Ein Teenager bin ich schon länger nicht mehr.«

»Muss man auch nicht sein, um den Film zu mögen. Er will uns einfach zeigen, wie schön das Leben ist. Sie müssen ihn unbedingt auf Ihre To-do-Liste setzen.« Piper war bereits auf dem Weg zur Haustür, denn das war der kürzeste Weg zur Garage.

»Ich mache Ihnen einen Vorschlag. Wenn Sie sich einen Pass besorgen, schaue ich mir den Film an.«

Inzwischen war er neben ihr.

Sie schaute ihn an. »Wie viel kostet es, sich einen Pass ausstellen zu lassen?«

»Keine Ahnung. Hundert Dollar vielleicht.«

Sie zeigte auf ihre Brust. »Sie zahlen meinen Pass, ich die Leihgebühr für den Film, Mr Gazillionär.«

»Abgemacht.«

Sie hob die Hand und streckte ihm den kleinen Finger hin.

»Und jetzt?«

»Schlingen wir unsere kleinen Finger ineinander, um die Abmachung zu besiegeln.«

Er lachte. »Wie alt sind wir denn?«

»Jung genug, um die Macht solcher Symbole zu kennen. Ein Handschlag ist was für Geschäftsleute, die nach einem Deal erst mal ihre Anwälte Verträge aufsetzen lassen. Was ist so was denn wert?«

Er schlang seinen kleinen Finger um ihren und genoss das Kribbeln, das bei dieser kurzen unschuldigen Berührung an seinem Arm entlanglief. Viel zu schnell ließ sie wieder los.

»Heute kein Kit?«

Sie schüttelte den Kopf. »Ich darf ihn nicht zu sehr verwöhnen. Wenn ich wieder im Büro arbeite, kann ich ihn schlecht mitnehmen.«

»Warum denn nicht? Solange er niemanden frisst.«

»Zu viel Ablenkung.«

Er hatte nichts gegen Hunde im Büro, wenn sie sich gut benahmen.

Sie betraten die Garage durch die Seitentür. Chase schaltete das Licht ein und Piper stieß langsam den Atem aus. »Wow.«

Er drückte ein paar Knöpfe und fuhr die einzelnen Rolltore hoch. Nur ein Platz war leer. Dort hatte vermutlich Melissas Wagen gestanden. Fünf weitere Fahrzeuge waren noch hier geparkt.

Chase rieb sich die Hände. »Und welchen mache ich jetzt kaputt?«

Piper schüttelte den Kopf. »Den hier nicht. Und den auch nicht.« Sie zeigte auf ein Aston Martin DB9 Volante Cabrio und einen Porsche 911. Der Aston hatte Melissa gehört, der rote Porsche vermutlich seinem Vater.

»Sie haben einen guten Geschmack.«

Wie in Trance ging Piper zu dem DB9 und öffnete die Tür. »Was kostet so was?« Sie schob sich auf den Fahrersitz.

»Der hier? Ich schätze, etwa dreihundertfünfzigtausend.«

Piper schnellte vom Sitz, bevor sie die Füße richtig im Wagen hatte. »Heilige Scheiße.«

Er lachte. »Der beißt nicht.«

»Sicher? Ich will aber auch keinen Kratzer reinmachen.«

Chase öffnete ihr die Tür noch ein Stück weiter.

Vorsichtig setzte sie sich hinters Steuer. »Der riecht richtig neu.«

»Reiche Leute fahren keine alten Autos. Die sammeln sie nur. Und ein Sammler war mein Dad nicht.«

Auf dem Beifahrersitz lag ein breitkrempiger Hut. Piper schnappte ihn und setzte ihn sich auf. »Ich nehme an, das war Melissas Wagen.«

»Sie hat ihn gefahren. Aber er gehört zum Nachlass meines Vaters. Genau wie das Haus.«

Piper strich seufzend mit der Hand übers Steuer. »Ihr Dad hatte Milliarden. Weshalb war es ihm so wichtig, dass seine Frau den Wagen nicht kriegt?«

»Meine Mutter meint, weil er Frauen nicht wirklich geschätzt hat. Ihn hat nur interessiert, was er sich von ihnen holen konnte.«

Piper schaute zu ihm auf. »Weshalb hat er dann einen Teil seines Vermögens seiner Tochter hinterlassen?«

»Ich nehme an, er wusste, wie nahe Alex und ich uns stehen. Ich hätte ihr sowieso die Hälfte von allem gegeben. Oder eben ein Drittel, wie sich gerade herausstellt. Und auf die Art sieht er nach seinem Tod nicht wie ein Vollpfosten aus.«

»Ach, und seiner Frau das Haus und das Auto wegzunehmen, lässt ihn gut aussehen?«

Chase zuckte die Achseln. »Melissa hat einen Ehevertrag unterschrieben. Zusätzlich zu dem, was ihr darin zugesprochen wird, konnte sie ziemlich viel von dem behalten, was er ihr geschenkt hat. Hätte sie noch mehr bekommen, wer weiß. Womöglich wäre sie in Versuchung geraten, ihn vorschnell ins Jenseits zu befördern.«

»Ganz ehrlich? Als ich vom Tod Ihres Vaters erfahren habe, war mein erster Gedanke, dass da jemand nachgeholfen haben könnte.«

»Uns ging es so ähnlich.«

Piper stieg aus dem Wagen. Was gar nicht so einfach war, denn darin saß man sehr nahe am Boden. »Klingt wie aus einer von den Kitschserien im Nachmittagsfernsehen.«

»Ja. Und vergessen Sie den mysteriösen Bruder nicht.«

»Gibt es noch irgendwelche anderen Verrücktheiten Ihres Vaters, auf die wir uns einstellen müssen?«

Sie gingen an den Autos entlang und Piper zog sich den Hut tiefer ins Gesicht. Er sah viel zu sehr nach Hollywood aus und passte gar nicht zu ihr. Aber sie brachte ihn damit zum

Lächeln. »Er ist noch nicht mal einen Monat tot. Wer weiß, worauf wir noch stoßen.«

»Irgendwie kommt es mir schon länger vor.«

Ihm ging es genauso, aber das behielt er für sich. »Mit welchem Wagen ist er normalerweise zur Arbeit gefahren?«

Piper nickte in Richtung einer schwarzen Limousine. »Mit dem BMW.«

Chase ging zur Fahrerseite, öffnete die Tür und schaute hinein. Keine Taschen, nichts Persönliches.

Nur ein einzelner Smartkey lag im Tassenhalter. Wer immer den Wagen am Krankenhaus abgeholt und hergebracht hatte, hatte ihn wohl dort hineingelegt. Per Knopfdruck ließ Chase den Kofferraum aufschnappen.

Ein paar Schritte von ihm entfernt schaute Piper die Einfahrt entlang.

»Kommt da jemand?«

»Ich dachte, ich hätte etwas gehört.«

Er hob den Kofferraumdeckel und zeigte auf zwei weiße Plastikbeutel mit der Aufschrift »Patienteneigentum«. »Bingo.« Endlich kamen sie weiter.

Piper trat lächelnd an seine Seite.

Anstatt die Beutel ins Haus zu tragen, kippte er ihren Inhalt kurzerhand in den Kofferraum. Ein Jackett, ein Hemd, eine Hose, alles achtlos zusammengeknüllt.

Chase hörte Piper aufstöhnen. »Ugh!« Sie griff sich an den Hals.

Er betrachtete die Kleidung, sah aber nichts Ekelerregendes. »Was ist denn?«

»Sein Rasierwasser«, presste sie hervor und stürzte davon.

Draußen vor der Garage stützte sie eine Hand gegen die Mauer, mit der anderen hielt sie sich den Magen und beugte sich vornüber, als wollte sie sich übergeben.

Chase eilte zu ihr. »Ist alles okay?«

Sie hustete ein paarmal und schnappte nach Luft, als müsste sie gegen einen Brechreiz ankämpfen. Er schaute vor ihr auf den Boden, aber da war nichts.

Abrupt richtete sie sich auf und drehte sich unsicher zu ihm um.

Sie war kreidebleich und ihre Beine schienen sie kaum zu tragen. Chase streckte die Hand aus und stützte sie. »Holla.«

Sie taumelte einen Schritt auf ihn zu.

»Wollen Sie sich setzen?«

Ihr Atem ging jetzt wieder ruhiger, sie schloss die Augen. »Nein, schon gut.«

»›Gut‹ sieht anders aus.« Er war kurz davor, sie hochzuheben und zur nächstbesten Sitzgelegenheit zu tragen. Zum Glück bekam sie langsam wieder etwas Farbe.

»Schon vorbei.« Sie versuchte ein Lächeln. »Starke Gerüche machen mir zu schaffen.«

»Könnte es auch an dem Mann liegen, an den der Geruch Sie erinnert?« Angesichts ihrer Reaktion fragte er sich, ob sein Vater ihr doch mehr angetan hatte, als sie preisgab. Behutsam rieb er ihre Arme.

»Nicht auszuschließen.«

Sie legte den Kopf in den Nacken. Der Hollywoodhut sorgte dafür, dass sie sich weit zurückbeugen musste, um ihm ins Gesicht schauen zu können, denn sie standen viel zu nahe zusammen. »Besser?«

»Ja«, hauchte sie.

Gott, sie war schön! Die zart roséfarbenen Lippen, die unschuldigen Augen.

Wie von selbst fand ihre Hand zu seiner Brust und sie erstarrten beide. Nur ihre Atemzüge waren zu hören und das Pochen seines Herzens, das ihm lauter vorkam als das Vogelgezwitscher in den Bäumen ringsum.

Konnte denn ein einziger Kuss etwas schaden? Chase wünschte sich nichts sehnlicher, als seine Lippen auf Pipers zu legen.

Sie hob das Kinn fast unmerklich an. Er beugte sich zu ihr.

Dann biss sie sich auf die Unterlippe und schüttelte den Kopf. »Es geht wieder. Danke.« Ein hastiger Schritt von ihm weg und der Bann war gebrochen.

Chase ließ die Hände sinken und verlagerte sein Gewicht nach hinten. »Gut.« Über seine Schulter hinweg zeigte er mit einem Daumen auf die Garage. »Dann mache ich mal weiter. Und Sie bleiben am besten weit weg von dem Geruch.«

»Hm-hm.«

Fuck!

Das war knapp gewesen.

Er wusste nicht, weshalb er fluchte. Weil sie sich beinahe geküsst hätten oder weil es nicht passiert war?

Kapitel 17

Zurück im Arbeitszimmer im Haus machte Piper so weiter, als wäre draußen nichts Besonderes gewesen. Hin und wieder ertappte sie Chase dabei, wie er sie aus den Augenwinkeln beobachtete. Aber sie sprach ihn nicht darauf an.

Der Geruch des Rasierwassers ihres früheren Chefs hatte sie getroffen wie ein Schlag in die Magengrube. Noch nie im Leben hatte sie auf einen Geruch so heftig reagiert. Sie musste dringend mit ihrer Ärztin sprechen. Die Übelkeit, die Geruchsempfindlichkeit und dann das Schwindelgefühl – so konnte das nicht weitergehen.

Jetzt schien es ihr, als würde Chase sie noch aufmerksamer im Blick behalten als sonst. Tat er das, weil sie ihn geradezu angefleht hatte, sie zu küssen? Oder weil sie sich aufgeführt hatte wie ein Fräulein in Nöten, das sich jederzeit übergeben oder ohnmächtig werden konnte?

Zum Glück hatte er in dem zweiten Beutel mit Patienteneigentum einen Schlüsselbund, eine Geldbörse und ein Smartphone gefunden. Gespannt saßen sie beide vor dem abgeschlossenen Schrankabteil und hofften, dass einer der Schlüssel passte. »Drei, zwei, eins …« Er zwinkerte ihr zu, steckte den Schlüssel ins Schloss, und der drehte sich ohne das geringste Stocken.

»Ja!« Piper wusste nicht, wer sich mehr freute oder aufgeregter war – Chase oder sie.

Als Erstes sahen sie das Bargeld. Amerikanische Dollar, britische Pfund und Euro. Eigentlich hätte sie sich nicht mehr wundern sollen, wie viel Geld die Reichen so herumliegen hatten. Aber wieder einmal staunte sie.

Chase wedelte mit einem Pass. »Was habe ich gesagt?«

»Sie dachten doch, der wäre an einem deutlich sichereren Ort.«

»Stimmt.« Er zog einen kleinen Stoffbeutel voller Schlüssel aus dem Fach, die nicht aussahen wie normale Hausschlüssel.

»Wofür sind die?«

»Für Bankschließfächer, würde ich sagen.«

»Benutzt man so was heutzutage noch?«, fragte sie.

»Ich nicht. Aber ich schließe auch nicht Tausende von Dollar in unterschiedlichen Währungen in einem Schrank in meinem Arbeitszimmer ein.«

»Haben Sie überhaupt ein Arbeitszimmer bei sich zu Hause?«

»Nein. Ich habe einen Küchentisch und einen Laptop wie die meisten Leute.«

Sie entdeckte etwas von dem Humor an ihm wieder, der seit dem Moment verschwunden war, in dem sie sich beinahe geküsst hatten. »Das klingt fast zu normal.«

Er nahm ein paar Schriftstücke aus dem Fach. »Das war ich ja bis vor Kurzem auch. Ans Reichsein muss ich mich erst noch gewöhnen.«

»Haben Sie einen Safe?«

Er blätterte die Dokumente durch. »Ja.« Dann hielt er einen Zettel in die Höhe, der aussah wie ein Blatt aus einem

Notizblock. Darauf waren drei Zahlenpaare notiert. »Und meiner hat ein Kombinationsschloss.«

Piper hob die Hände. »Es muss einen Safe geben.«

Chase legte die Schriftstücke weg und stand auf. »Ich würde sagen, wir teilen uns auf und gehen zum Angriff über. Wir schauen hinter sämtlichen Büchern und Bildern nach.«

»Und hinter den Möbeln?«

»Mein Dad war kein sehr kräftiger Mann. Hinter etwas richtig Schwerem wird der Safe nicht versteckt sein.«

Piper klatschte in die Hände. »Dann mal los. Sie nehmen diese Seite des Zimmers, ich die andere.«

Die Bücher ganz oben in den Regalen des Arbeitszimmers erreichte man mit einer Rollleiter. Bei ihrer ersten Inspektion hatte Piper nur die Schubladen und Schränke geöffnet. Jetzt schaute sie gründlicher nach. Vielleicht fanden sie ja in einem verborgenen Safe einen Hinweis auf den verlorenen Sohn, der gerade ein paar Milliarden geerbt hatte.

Als sie die erste Sprosse der Leiter erklomm, hielt Chase sie zurück. »Stopp!«

»Was ist?«

»In den letzten beiden Tagen habe ich mehrmals gesehen, wie Sie kreidebleich geworden sind, und zweimal sind Sie beinahe umgekippt.« Er zeigte auf die Bücher kurz unter der Zimmerdecke. »Ich übernehme den oberen Teil, Sie den unteren.«

»Ich werde nicht …«

»Genau. Sie werden nicht. Und jetzt runter von der Leiter.«

»Stone!«

Er fixierte sie.

»Schon gut.« Wieder auf festem Boden, gab sie der Rollleiter einen kleinen Schubs in seine Richtung.

»Danke.«

Sie stürzte sich auf die leicht erreichbaren Regalbretter, zog ganze Bündel von Büchern heraus, spähte dahinter, klopfte gegen die Wand. Andere Bücher schob sie nur zur Seite. So arbeitete sie sich durch die Reihen.

Nach einer Stunde waren sie fertig mit dem Arbeitszimmer, hatten dort eine ziemliche Unordnung angerichtet, aber nichts gefunden. In den anderen Räumen ging die Suche schneller. Hinter den Bildern war nichts, das wäre auch zu filmreif gewesen. Trotzdem ließen sie keines aus.

Chase schob ein paar Möbel beiseite. Die wirklich schweren ließ er stehen.

Im Obergeschoss begannen sie mit Aarons Schlafzimmer – ebenfalls ein logischer Ort für einen Safe.

Piper kümmerte sich um den Kleiderschrank, Chase schaute hinter die Bilder und Möbel. Wie zuvor bei den Büchern nahm sie auch hier ganze Bündel von Kleiderbügeln von ihrem Platz, um die Wand dahinter abklopfen zu können. Viele der teuren Gegenstände auf den Regalbrettern, wie Manschettenknöpfe und Krawattennadeln, lagen hinter schützenden Glastüren. Aaron Stone hatte unglaublich viele wertvolle Dinge angehäuft, und selbst die Gürtel waren aufgerollt und aufgereiht wie in einem exquisiten Kaufhaus.

»Ich habe gehört, wie Sie mit Ihrer Schwester darüber gesprochen haben, was mit diesen Kleidern passieren soll«, rief Piper Chase zu.

»Könnten Sie sich vielleicht darum kümmern?«

Sie hängte ein Jackett zurück auf einen Bügel und bemerkte dabei, dass etwas in der Tasche steckte. »Was ist Ihnen das wert?« Sie zog einen Geldclip heraus, in dem einige Scheine steckten.

»Ich werde Sie nicht rauswerfen, obwohl Sie gelauscht haben.«

»Faires Angebot.«

Chase betrat gerade in dem Moment den begehbaren Kleiderschrank, als sie den Geldclip auf ein Regalbrett warf. »Brauchen wir wieder ein Kleinfingerversprechen?«

»Nein. Das ist eine geschäftliche Abmachung. Hey …« Sie zeigte auf das Geld. »Wir müssen in alle Taschen schauen, sonst wird sich jemand sehr freuen, wenn er günstig einen Secondhand-Armani-Anzug erstanden hat. Das hier habe ich gerade gefunden.«

Chase verzog das Gesicht. »Ich habe keine Lust, in den Taschen meines Vaters zu wühlen.«

»Ich erledige das«, bot sie an.

»Sehr gern.«

»Für die Hälfte von allem, was ich finde«, scherzte sie.

»Okay.« Er blieb ganz ernst.

»Das war ein Scherz.«

»Nicht für mich.«

Die Versuchung war groß. »Nein. Damit würde ich die Situation ausnutzen.«

»Das war ein Deal. Die Verhandlung war kurz, aber wir haben uns geeinigt.«

Sie hängte einen weiteren Anzug zurück und betastete die Taschen. »Aber ohne Kleinfingerversprechen. Also brauchen wir jetzt einen Anwalt.«

Chase öffnete grinsend die Glastüren, hinter denen die Gürtel lagerten.

»Da drin habe ich schon nachgeschaut«, sagte sie.

Er sah trotzdem noch einmal hinein und nahm ein paar Gürtel heraus.

Piper untersuchte weiterhin Jackett- und Hosentaschen.

»Haben Sie auch wirklich genau hingeschaut?«

Sie hob den Kopf. »Haben Sie den Safe gefunden?«

Chase hielt ihr einen Gürtel ihn. »Wissen Sie, was das ist?«

»Sie meinen welche Art Leder oder welche Marke? Nein.«

Er legte den Gürtel mit der Unterseite nach oben auf ein Regalbrett und zeigte ihr den verdeckten Reißverschluss.

Piper schaute zu, wie er ihn öffnete und weiteres Bargeld zutage förderte.

»Ein Geldgürtel? So was gibt es noch?«

»Ziemlich umständlich, aber doch praktisch für Reisen. Wenn sich ein Taschendieb deine Geldbörse schnappt, hast du immer noch ein bisschen Cash.«

Auf jedem Schein prangte das Konterfei von Benjamin Franklin und in dem schmalen Gürtel steckten vierzig davon. »Verrückt.«

Chase wedelte mit einem Geldschein. »Fünfzig Prozent.«

Sie verdrehte die Augen. »Den Gürtel haben Sie gefunden.«

»Da drin liegen noch mehr.«

»Sie sind unmöglich.«

Sie hängte ein weiteres Jackett zurecht und wandte sich einem anderen Teil des Schranks zu. Auch hier tastete sie wieder die Taschen der Kleidungsstücke ab.

Zwei weitere Geldclips, nirgends ein Safe.

Sie öffnete eine Schublade und machte sie sofort wieder zu. »Die Unterwäsche Ihres Vaters fasse ich nicht an.«

»Ich sage Karina, sie soll sie wegwerfen.«

»Ich hole eine Tüte.«

»Das müssen Sie nicht.«

Sie marschierte bereits los. »Ich brauche sowieso ein Glas Wasser. Möchten Sie auch etwas?«

»Gern. Auch Wasser, bitte.«

Piper ging an Melissas offener Schlafzimmertür vorbei und hielt inne. Irgendetwas veranlasste sie dazu, das Zimmer zu betreten und sich umzusehen. Vielleicht war es die Raumaufteilung, die sie unterschwellig beschäftigte.

Sie betrat den begehbaren Kleiderschrank. Er war größer als Aarons, ganz in Weiß gehalten und so gut wie leer. Weil er dieselbe Wand einnahm wie der in Aarons Schlafzimmer, hätte er eigentlich genauso viel Platz bieten müssen. Doch Melissas Schrank war einen guten Meter tiefer.

Die Mülltüten und das Wasser waren vergessen. Piper eilte zurück in Aarons Schlafzimmer.

»Das ging aber schnell«, stellte Chase fest.

Sie marschierte direkt zu der verdächtigen Wand und begann, Schuhe von den Regalen zu räumen.

»Was machen Sie da?«

»Hinter der Wand muss irgendwas sein.« Sie ließ die Schuhe zu Boden fallen.

»Ja, die Terrasse.«

»Wie viel wollen wir wetten?« Sie war sich ganz sicher, dass hinter dem Schuhregal ein Hohlraum liegen musste. Mit den Fingerspitzen tastete sie die Ränder der Regalbretter ab, bis sie fand, was sie suchte. Jeder Nerv in ihrem Körper prickelte, als sie den versteckten Knopf drückte und sich umwandte, um Chase' Gesichtsausdruck sehen zu können.

Seine Augen weiteten sich überrascht.

»Kriege ich von allem, was wir jetzt finden, auch fünfzig Prozent?« Sie klimperte unschuldig mit den Wimpern.

»Heilige Scheiße, Piper. Das kann doch nicht wahr sein.«

Sie öffnete die kleine versteckte Tür zu der verborgenen Kammer und konnte nicht aufhören zu lächeln.

Chase schob sich an ihr vorbei. Das Licht ging automatisch an, offenbar war ein Bewegungsmelder installiert. Sie steckte den Kopf durch die Tür. Für zwei Leute reichte der Platz nicht aus, deshalb blieb sie draußen.

Chase stand vor einem Tresor, der etwa eineinhalb Meter breit und sicher eins zwanzig hoch war.

»Verdammt, bin ich gut«, sagte sie.

»Das kann man wohl sagen.« Chase zog den Zettel mit der Zahlenreihe aus der Hosentasche und legte die Hand an das Zahlenschloss. »Daumen drücken.«

Langsam drehte er das Schloss nach rechts, nach links und wieder nach rechts. Schließlich drückte er den Hebel hinunter.

Das satte Klicken ließ Piper freudig aufkreischen.

Chase strahlte sie an und öffnete die schwere Tür.

Piper vergaß zu atmen. »Wie war das noch mal mit den fünfzig Prozent?«

Die Geldstapel, die hier lagen, ließen das, was sie im Arbeitszimmer gefunden hatten, wie die Portokasse aussehen.

»Verdammt, Dad, wovor hattest du Angst? Vor einer Neuauflage der Weltwirtschaftskrise?«

Noch dazu lehnte ein Gewehr innen an einer Seitenwand und in einem Fach lagen zwei Handfeuerwaffen.

»Mit Bargeld bezahle ich nur noch, wenn ich mir in einem Drive-in einen Burger hole«, sagte sie. »Wie wird man so viel Bares eigentlich los?«

»Ich denke, es auszugeben, war gar nicht sein Plan.«

Chase ließ das Geld, wo es war. Die Schriftstücke interessierten ihn mehr. Ein paar davon gab er ihr, die anderen nahm er an sich. Sie stiegen über das Durcheinander aus Schuhen und brachten die Unterlagen hinunter ins Wohnzimmer.

Piper schob ein paar Bücher vom Couchtisch, Chase zog einen Sessel heran.

»Ich hole uns Wasser.«

* * *

Auf dem Couchtisch lagen die Reste einer Pepperonipizza. Den Rücken ans Sofa gelehnt, saß Piper auf dem Boden. Auf ihren angezogenen Knien lag ein offener Aktenordner. In einer Hand hatte sie den Rand eines Pizzastücks, an dem sie knabberte, in der anderen eine Dose Limonade. Vielleicht nicht die empfohlene Kost für Schwangere, aber im Moment besser als fasten. Sie hatte viel zu wenig geschlafen und das mittägliche Hungerloch drohte. Zum Glück half die Pizza, und der Schwindel von vorher war weg.

Bei den meisten Unterlagen handelte es sich um Besitzurkunden und Hypotheken für Immobilien überall auf der Welt.

»So etwas kann man doch scannen und irgendwo auf einem Server oder in einer Cloud lagern. Dann hat man jederzeit Zugriff. Weshalb hat er dieses Zeug in einen Tresor gepackt?« Piper schüttelte den Kopf.

»Vermutlich aus demselben Grund, weshalb er so viel Bargeld gebunkert hat.«

Sie hörte auf zu knabbern und blickte auf. »Und der wäre?«

Chase blätterte eine Seite des Dokuments um, mit dem er sich gerade beschäftigte, und schaute ihr in die Augen. »Ich sehe ihn in die geheime Kammer gehen, den Tresor öffnen und sich vor Augen führen, was er alles besitzt.«

»Dieses schöne Haus, die teuren Autos und das riesige Stone-Enterprises-Gebäude waren nicht genug?«

»Vielleicht hatte er Angst, jemand könnte ihm das wegnehmen.«

»Das geht doch gar nicht.«

»Mein Vater war ein ziemlich verschlossener Mensch. Vielleicht werden wir nie erfahren, weshalb er eine Art Fort Knox hinter seinen Schuhen versteckt hat. Aber ich weiß, dass ihn nur zwei Dinge wirklich interessiert haben.«

»Und die wären?«

»Geld und Frauen. Und wenn man von Ersterem ausreichend viel hat, findet man immer auch eine Schönheit, die über alle Affären hinwegsieht.«

»Ihre Mutter hat nicht dazugehört.«

Chase blickte auf, dann schaute er wieder auf die Schriftstücke. »Nein.«

Weil er nichts hinzufügte, widmete sich Piper wieder ihrer Pizza und dem Ordner auf ihrem Schoß. Sobald sie sich vergewissert hatte, dass sich darin keine Hinweise auf einen geheimen Sohn befanden, legte sie ihn beiseite, schnappte sich einen großen Umschlag und öffnete ihn.

Fotos.

Sie nahm sie heraus und schaute sie durch. Einige waren alt und sahen aus, als hätte man sie in einem beliebigen Labor um die Ecke entwickeln lassen. Es gab auch ein paar Polaroids, die allerdings nicht aus der Ära stammen konnten, in der diese Kameras groß in Mode gewesen waren. Das verrieten die Autos im Hintergrund. »Kennen Sie diese Leute?«

Sie hielt Chase die Fotos hin und er nahm sie.

Beim ersten lächelte er. »Das ist mein Großvater.« Er hielt es so, dass sie es sehen konnte. »Das war sein erstes Hotel.«

»Wie cool.«

Einen Moment lang studierte er die Aufnahme noch, dann nahm er die nächsten. »Keine Ahnung, keine Ahnung …«

Während er sich die Bilder ansah, zog Piper einen normalen Briefumschlag aus dem größeren und öffnete ihn.

»Kein einziges Foto von Alex und mir.«

»Das ist wirklich traurig«, sagte sie. »Meine Eltern könnten mit Kinderfotos von uns jede Wand in ihrem Haus tapezieren.«

»Sie haben Geschwister?«

»Ja. Eine Schwester und einen Bruder. Beide haben unseren Heimatbezirk nie verlassen.«

Sie faltete das Blatt Papier aus dem Briefumschlag auseinander und warf einen Blick darauf. Ein Schauer lief ihr über den Rücken. »Chase.«

»Ja?« Er drehte gerade eines der Fotos um.

»Das ist es.«

Sein Kopf fuhr zu ihr herum.

Sie hielt das Ergebnis eines Vaterschaftstests in der Hand.

Schnell reichte sie Chase das Blatt, ging zu ihm und setzte sich auf die Armlehne seines Sessels. Gemeinsam schauten sie sich das Dokument an.

Es trug den Namen einer Mutter und den eines Kindes. Auf der Zeile für den Vater stand »AS«. Die prozentuale Übereinstimmung der DNA war in Rot gedruckt. Neunundneunzig Komma neun Prozent.

Piper hörte Chase zittrig Luft holen. Dann wurde er ganz still.

Schließlich legte sie ihm ihre Hand auf die Schulter. »Alles in Ordnung?«

Er schüttelte das Blatt. »Sie hat ihn Maximillian Smith genannt.«

»›Stone‹ wäre zu verräterisch gewesen.«

Chase zeigte auf den Namen der Mutter. »Lisa Davis. Sie hätte ihm ihren eigenen Nachnamen geben können, aber offenbar hatte sie Gründe, ihr Millionen-Dollar-Baby Smith zu nennen.«

Zögernd zog Piper die Hand von seiner Schulter, doch er legte schnell seine Finger auf ihre und hielt sie dort fest. Einen Augenblick lang starrten sie beide auf das Schriftstück, und Piper hätte gern die Arme um ihn gelegt, um ihn spüren zu lassen, dass sie ihm beistand.

Sie hatten einen Namen.

»Ich muss Alex anrufen«, sagte er seufzend.

»Ich mache hier so lange ein bisschen Ordnung.«

Chase stemmte sich aus dem Sessel und verließ den Raum.

Eine Stunde später standen sie zusammen in der Einfahrt, das Haus war aufgeräumt, die geheime Kammer wieder verborgen.

»Ohne Sie wüsste ich immer noch gar nichts.« Sie gingen zu Pipers Wagen.

»Bis jetzt haben wir nur einen Namen. Und ihn einfach zu googeln, bringt uns vermutlich nicht viel weiter.«

»Wir haben zwei Namen, die wir heute Morgen noch nicht kannten.«

Richtig. »Und einen Haufen Geld«, scherzte sie.

Lachend schaute er zum Haus. »Ich glaube, für den Moment sind wir hier fertig.«

»Dann ab morgen also wieder im Büro?«

»Jap.«

»So lässig in Jeans zur Arbeit gehen zu können, wird mir fehlen.«

Chase musterte sie grinsend, dann schloss er die Augen. »Vielen Dank noch mal.« Er wandte sich ab.

»Gern geschehen.« Sie öffnete ihre Wagentür.

»Augenblick!« Er machte auf dem Absatz kehrt und hob eine Hand.

»Ja?«

Er zögerte, als suchte er nach den richtigen Worten. »Vorhin … hier draußen, vor der Garage.«

Oh nein! Sie war noch nicht bereit, über ihren Zustand zu sprechen.

»Das habe ich mir nicht eingebildet, oder? Da war so ein … ein Moment.«

Oh Gott, das ist ja noch schlimmer.

Fragend legte er den Kopf schief.

Sollte sie sich dumm stellen? Sollte sie lügen und behaupten, sie wisse nicht, wovon er redete?

In ihrem Kopf meldete sich eine kleine Stimme. Die, die ihr sagte, dass sie eine starke Frau war. Die, die sie davon abgehalten hatte, in eine Klinik zu fahren und hinterher weiterzumachen, als wäre nichts gewesen. Sie schüttelte den Kopf. »Das war keine Einbildung.« Ihr Herz klopfte so heftig, dass sie es an den Rippen spürte.

Chase hielt sein Lächeln nicht zurück.

»Aber das geht nicht«, fügte sie schnell hinzu. »Ich brauche diesen Job.«

»Verstehe.« Als wären ihre Worte gar nicht zu ihm durchgedrungen, lächelte er immer noch.

»Und die Leute werden reden.«

»Stimmt.«

»Schön, dann sind wir uns einig.«

Er nickte ein paarmal und ließ sein Lächeln erlöschen. »Ja. Ich will nicht so sein wie mein Vater.«

»Das könnten Sie gar nicht. Ihr Vater war widerlich. Sie sind …« Sie räusperte sich. »… alles andere als das. Trotzdem, es geht nicht.«

»Nein, wirklich nicht.«

»Okay!« Sie faselte, und das hasste sie. »Ich bin froh, dass wir darüber geredet haben. Kein Elefant im Zimmer.«

»Gut.«

»Wir können vernünftig damit umgehen«, versicherte sie ihm. Und sich selbst.

»Wir sind erwachsen.«

»Ja … genau. Dann bis morgen.«

»Fahren Sie vorsichtig.«

Piper räusperte sich und flüchtete in ihren Wagen.

Kapitel 18

Piper war reif fürs Wochenende. Zwar war sie die Woche über so gut wie nicht im Büro gewesen, aber sie musste dringend ausschlafen und die verdammte Übelkeit loswerden, die sie immer wieder befiel. Bevor sie ihr Achtsamkeitsprogramm starten konnte, galt es allerdings erst einmal, den Freitag zu überstehen.

Eine Stunde früher aufzustehen, um sich für den Tag und die Begegnung mit anderen Menschen wappnen zu können, war inzwischen ein bewährtes System. Gestern hatte das auch ganz gut funktioniert. Bis zu dem Rasierwasservorfall.

Nichts zu essen, half ebenfalls. Sich nicht zu schnell zu bewegen, half auch. Und Cracker halfen fast immer.

Sie musste unbedingt ihre Ärztin fragen, was sie tun konnte, damit es besser wurde. Einfach zu Hause zu bleiben, war keine Option.

Bei Pipers Ankunft im Stone-Enterprises-Gebäude war Alex bereits da. Piper klopfte leise an ihre Bürotür. »Guten Morgen.«

Alex lächelte warm. »Guten Morgen. Willkommen zurück.«

»Wie hat sich Dee denn geschlagen?«

»Keine Sorge, Ihren Job wird sie nicht so schnell übernehmen, aber wir sind ganz gut zurechtgekommen. Dass ich langsam klarer sehe, wie es hier läuft, war auch hilfreich.«

»Sie und Ihr Bruder kriegen das hin, da bin ich mir sicher.«

Alex faltete die Hände auf dem Schreibtisch. »Chase hat mir erzählt, mit welchem Einsatz Sie sich in … unser spezielles Projekt geworfen und wie sehr Sie uns weitergebracht haben.«

»Ich bin Ihre Assistentin. Das ist meine Aufgabe.«

Alex schüttelte den Kopf. »Nein. Sie haben viel mehr getan, als Sie müssten.«

»Falls es im Zusammenhang mit diesem Projekt noch weitere Aufgaben für mich gibt, erledige ich die besser nicht hier im Haus«, schlug Piper vor. Im Büro über den gesuchten Bruder zu sprechen, war keine gute Idee.

»Das sehe ich ganz genauso.«

»Wenn Sie mir ein paar Minuten geben, komme ich mit dem Terminplan, und wir gehen ihn gemeinsam durch.«

»Perfekt.«

Zwanzig Minuten und ein paar Hände voll kaltes Wasser im Nacken später saß Piper mit der To-do-Liste für den Tag und die kommende Woche vor Alex.

»Dienstag und Mittwoch müssen wir freihalten.«

Piper zog einen Schrägstrich durch die beiden Tage. »Für Sie beide?«

»Ja. Wir treffen uns mit Jack Morrison. In Texas.«

»Das ging ja schnell. Hat Ihr Bruder ihn nicht erst gestern erwähnt?«

»Ja. Chase hat ihn abends noch angerufen und Morrison schaufelt seinen Terminkalender für uns frei.«

Piper machte sich eine Notiz. »Für die Planung rufe ich in seinem Büro an.«

»Flugtickets brauchen wir auch.«

Piper kicherte. »Sie sind genau wie Ihr Bruder.«

»Wie meinen Sie das?«

Die beiden hatten tatsächlich keine Ahnung, was ihnen alles zur Verfügung stand. »Wenn ich mit Morrisons Büro in Texas gesprochen habe, sage ich unserem Piloten Bescheid, und der bringt Sie dann hin. In welchem Hotel möchten Sie dort übernachten?«

Alex riss die Augen so weit auf, dass Piper fast gelacht hätte. »Ähm …«

Auf ihrem Laptop studierte Piper bereits die Lage des Morrison-Hauptquartiers in Houston. »Ganz in Morrisons Nähe liegt ein Grand Stone Resort und Konferenzzentrum. Und in der Innenstadt gibt es das Stone Residence Inn. Das Grand Stone gehört uns, das Residence Inn ist ein Franchiseunternehmen. Ich buche Ihnen etwas im Grand.« Piper machte sich eine Notiz. »Soweit ich mich erinnere, gibt es dort zwei Penthousesuiten und vier Präsidentensuiten. Wollen Sie und Chase sich ein Penthouse teilen? Oder möchten Sie lieber jeder ein eigenes? Und falls zufällig beide ausgebucht sind, käme dann auch eine Präsidentensuite infrage?«

Alex blinzelte ein paarmal. »Sorry. Mein Gehirn kommt gar nicht so schnell hinterher. Nein, wir brauchen keine zwei Penthousesuiten.«

»Okay. Ich gebe dort Bescheid, dass Sie kommen. Und ich besorge Ihnen einen Fahrer.«

»Wir können uns ein Auto mieten«, schlug Alex vor.

Piper hörte auf zu tippen und blickte auf. »Versuchen wir es doch erst mal auf die bequeme Art. Wenn es Ihnen nicht gefällt, miete ich Ihnen beim nächsten Mal gern günstig eine Rostbeule. Passt das?«

»Ich denke schon.«

Erneut beugte sich Piper über den Computer. »Glauben Sie mir, Sie können sich das leisten. Ich habe den Tresor gesehen – wobei Sie für Texas nicht mal was von dem Inhalt anrühren müssen. Geschäftsreisen gehen auf Firmenkosten. Und ich nehme an, die Präsidentensuite wäre eine akzeptable Alternative.«

»Mehr als akzeptabel.«

Für Alex und Chase zu arbeiten, war so herrlich einfach. Ihr Vater hatte immer auf dem besten Zimmer bestanden, selbst wenn das gelegentlich bedeutet hatte, einen zahlenden Gast anderweitig unterzubringen.

»Darf ich etwas vorschlagen?«, fragte Piper.

»Noch etwas?« Alex lachte.

»Wenn Sie sowieso dort sind, könnten Sie sich doch auch gleich mit dem Management unseres Hotels treffen. Die Leute ein bisschen kennenlernen. Kein großes Tamtam, nur ein paar kurze Gespräche. Das wäre sicher gut für die Moral.«

»Das müsste sich einrichten lassen.«

Piper machte sich eine weitere Notiz. »Gibt es eigentlich schon eine Liste von Leuten, denen Sie umsonst Zimmer zur Verfügung stellen? Ich glaube, wir haben noch keine gemacht.«

»Kostenlose Übernachtungen?«

»Ja. Falls jemand länger bleibt als zwei Nächte, werden wir informiert. Und die Liste gilt auch nur fürs Wochenende, wo hier im Büro niemand zu erreichen ist.«

»Wir spendieren Gratisbetten?«, fragte Alex noch einmal.

»In Ihren eigenen Hotels, ja. Mit den Franchise-Unternehmen haben wir Abmachungen, aber nur für leitende Angestellte und Vorstandsmitglieder. Und dort müssen wir auch vorher reservieren.«

Alex kratzte sich am Kopf. »Da fällt mir im Moment nur unsere Mutter ein. Vivian Stone.«

»Ist notiert. Ich suche Ihnen auch die Liste Ihres Vaters heraus, dann können Sie überlegen, wer darauf bleiben und wer gestrichen werden soll.«

»Und wir haben tatsächlich einen Privatjet?«, fragte Alex.

Piper lehnte sich zurück. Dass Alex von diesem Gedanken so überwältigt war, fand sie sehr erfrischend. »Ich habe ihn nie gesehen, aber er soll spektakulär sein.«

»Verrückt.«

»In einer perfekten Welt wissen die Piloten gern zwölf bis vierundzwanzig Stunden vor einem Flug Bescheid. Es gibt Regeln, wie viele Stunden sie an einem Tag fliegen dürfen. Bei sehr kurzfristigen Terminen sind sie allerdings innerhalb von zwei Stunden einsatzbereit. Begeistert sind sie davon allerdings nicht. Ein bisschen mehr Vorlauf ist immer gut.«

Die Bürotür ging auf und Chase spazierte herein. »Störe ich?«

Bei seinem Anblick setzte Pipers Herz zwei Schläge lang aus. Das Jackett unterstrich perfekt seine breiten Schultern, um seine vollen Lippen spielte ein Lächeln. Und als er sie sah, trat ein Strahlen in seine Augen.

»Nein«, presste sie hervor.

»Wusstest du, dass wir ein Flugzeug haben?«

Piper lachte auf.

»Es wurde mir mitgeteilt.«

Alex ließ die Schultern sinken. »Manches in unserem neuen Leben ist doch ganz erträglich.«

* * *

Sie hatte wirklich vor auszuschlafen. Bevor sie ins Bett ging, schloss sie die Rollos und vergewisserte sich, dass sie die Hundetür offen gelassen hatte, damit Kit bei Bedarf ohne sie in den Garten konnte. Sie dachte an alles.

Zweimal weckte sie ihre Blase, dann schien jemand in der Nachbarschaft zu glauben, es sei schon der vierte Juli, und ließ gegen Mitternacht ein Feuerwerk los. Und als wäre das nicht genug, riss ihr Smartphone sie um kurz nach sechs Uhr morgens aus dem Schlaf. Womit sie eine rekordverdächtig schlechte Nacht hinter sich hatte.

Piper drückte das Telefon ans Ohr. »Hallo?«

»Oh, Piper? Bist du noch im Bett?«

Es war ihre Mutter.

»Es ist sechs Uhr morgens, Mom.«

»Aber es ist Freitag. Musst du nicht zur Arbeit?«

Piper drehte sich auf den Rücken und rieb sich mit der Hand das Gesicht. »Es ist Samstag.« Diese Samstagsanrufe kamen mindestens einmal im Vierteljahr. Und jedes Mal war ihre Mutter überzeugt, es sei Freitag. Piper nahm an, dass das etwas mit ihrem Ruhestand zu tun hatte. Ihre Mom hatte mit fünfundfünfzig aufgehört zu arbeiten. Die lebhaften Drittklässler waren ihr zu anstrengend geworden, und sie wollte mehr Zeit für die Gartenarbeit haben.

»Nein, es ist … Oh, Honey, tut mir leid. Ich rufe später noch mal an.«

»Nein, schon gut. Jetzt bin ich sowieso wach.« Nachdem sie sich die ganze Nacht hin und her geworfen hatte, würde sie jetzt ganz sicher nicht mehr schlafen können.

»Es ist schön, deine Stimme zu hören. Wir haben schon so lange nicht mehr miteinander gesprochen.«

Piper setzte sich auf und lehnte sich an die Kopfstütze. »Ich hatte sehr viel zu tun. Sorry.«

»Kann ich mir vorstellen. Wie läuft es denn bei der Arbeit? Es muss ja schwer sein, jetzt nach Mr Stones Tod.«

Dass ihr Ex-Boss gestorben war, wussten ihre Eltern. Davon, dass er sie zuvor gefeuert hatte, wussten sie nichts. Der verlorene Job wäre Wasser auf die Mühlen der beiden gewesen und hätte sie in ihrer Meinung bestärkt, dass es ein Fehler gewesen war, so weit von zu Hause wegzuziehen. Also hatte sie geschwiegen.

»Er war kein sehr netter Mensch, Mom. In seinem Unternehmen hält sich die Bestürzung über diesen Verlust in Grenzen.«

»Man soll nicht schlecht über Tote sprechen, Piper. Das ist kein gutes …«

»… Karma? Ich dachte, du glaubst nicht an so was.«

»Kein gutes Benehmen«, verbesserte ihre Mutter sie. »Es gehört sich nicht.«

»Der Tod ändert nichts daran, wie jemand sein Leben gelebt hat.« Piper wusste, dass sie sich vorsehen musste, wenn sie nicht gleich auch noch ein paar Bibelsprüche hören wollte. »Aber das sage ich natürlich nicht laut.«

»Gut. Und wie geht es dir?«

Noch während sie Luft holte, redete ihre Mutter weiter.

»Hast du jetzt eigentlich einen Freund? Wann kommst du uns wieder mal besuchen?«

Für diese Art Gespräch war es eindeutig noch zu früh. Piper schwang die Beine aus dem Bett. Kit, der neben ihr gelegen hatte, sprang herunter und streckte sich mit einem hörbaren Seufzen.

»Ich habe sehr viel zu tun. Stones erwachsene Kinder sind dabei, die Firma zu übernehmen, und brauchen Unterstützung. Nein, ich habe keinen Freund. Und: Das kann ich im Moment nicht sagen.«

»Du brauchst dringend so etwas wie eine Work-Life-Balance, Honey.«

»Die habe ich. Ich gehe regelmäßig mit Kit spazieren und demnächst pflanze ich den Garten an.«

»Dafür ist es doch noch viel zu früh.«

»Nicht hier in Kalifornien.«

»Ach ja, richtig. Bei uns war es heute Morgen sehr frisch, und nächste Woche könnte es sogar noch mal schneien.«

Ihre Mutter sprach über das Wetter, die Nachbarin, die gleichzeitig ihre beste Freundin war, und Pipers Schwester Kathy. »Stell dir vor, Kathy und Phil sind nun schon ein ganzes Jahr zusammen. Ich wette, sie verloben sich noch im Frühjahr.«

»Das freut mich für die beiden.«

»Phil ist ein guter Mann. Er geht in unsere Kirche.«

Das Wasser, das Piper aufgesetzt hatte, begann zu kochen. »Ja, das hast du mir erzählt.« Für ihre Eltern war ein regelmäßiger Kirchgang die Grundvoraussetzung, um ein guter Mann zu sein.

»Wann warst du denn zum letzten Mal in einer Kirche?«

»An Weihnachten, als ich euch besucht habe.«

»Das ist lange her. Dabei könntest du sicher einen netten Mann …«

»Ich bin nicht auf der Suche, Mom.«

Piper betrachtete ihren noch immer flachen Bauch und verzog das Gesicht. »Ich bin glücklicher Single.« Was zum Teil wirklich stimmte. Vor allem, wenn sie nicht gerade schwanger war.

»Das ist kein Zustand für immer.«

»Von ›für immer‹ habe ich nichts gesagt. Aber im Moment geht es mir gut damit. Wie geht es denn Dad?« Piper wechselte schnell das Thema.

»Der hat schlechte Laune. Noch zwei Jahre, bis er ohne Einbußen aufhören kann. Und er zählt schon die Tage.«

So bewegte sich das Gespräch von Pipers Beziehungsstatus und ihrem heidnischen Lebensstil ohne Kirchenbesuche hin zu Tratsch und Klatsch. Eine halbe Stunde später versprach ihre Mutter, sie nicht noch einmal am Samstagmorgen zu wecken. Ein Versprechen, das, wie Piper wusste, in vier bis sechs Wochen gebrochen werden würde. Dann verabschiedeten sie sich.

Müde setzte sich Piper mit einer Tasse Kräutertee an den Küchentisch. Kit war schon zweimal draußen gewesen, jetzt rollte er sich neben ihren Füßen zusammen. In diesem stillen Moment merkte sie, dass sie hungrig war. Und was sie besonders freute: Ihr war nicht übel.

Eine Mitarbeiterin ihrer Frauenärztin hatte ihr am Vortag eine Nachricht hinterlassen und ein paar Vorschläge gemacht, was sie gegen die Morgenübelkeit tun konnte. Sie hatte sie auch an die Flyer mit entsprechenden Tipps erinnert, die sie nach dem Arztbesuch sofort in eine Schublade im Badezimmer verbannt und nicht mehr angeschaut hatte.

Jetzt stieg sie über ihren Hund hinweg und holte sich das Infomaterial.

Nachdem sie die Werbung und die Rabattcoupons für Vitaminpräparate und Babynahrung aussortiert hatte, öffnete sie einen kleinen Schwangerschaftskalender, in dem dargestellt war, was in den einzelnen Monaten in ihrer Gebärmutter passierte. Garniert mit süßen Fotos von glücklichen Schwangeren, die in Sprechblasen mitteilten, wie es ihnen gerade ging. Mit »empfindlicher Magen« und »leichte Übelkeit« wurde die Morgenübelkeit beschrieben. Als Hausmittel wurden Ingwertee und Cracker empfohlen, Wassereis sollte dazu beitragen, dass die werdende Mutter nicht dehydrierte. Und dazwischen immer wieder dieselbe Ermahnung: »Sollten die Beschwerden anhalten, wenden Sie sich an Ihre Arztpraxis!«

Piper schaute in dem Kalender nach, ab wann sie ihren Zustand nicht länger würde verbergen können, und kam zu dem Schluss, dass ihr noch mindestens zwei Monate blieben. Drei, wenn sie sich entsprechend kleidete.

Und dann was?

Dann würden die Fragen kommen.

Wer ist der Daddy?

Auch ihr wäre diese Frage als Erstes durch den Kopf geschossen, wenn eine Single-Kollegin von einer Schwangerschaft erzählt hätte. Kein Freund, kein Ehemann … Stirnrunzeln.

Piper sah sich gern als starke, selbstbewusste Frau, die sich nicht darum scherte, was andere dachten. Doch ihr war klar, das Getuschel würde sie treffen.

»Ist es ein Junge oder ein Mädchen?«

»Ich weiß es nicht und ich will es auch nicht wissen. Ich gebe es zur Adoption frei.«

Welche Reaktionen würde sie damit heraufbeschwören?

Und was sagte das über sie aus? Als Leihmutter für ein ungewollt kinderloses Paar erntete man vielleicht Anerkennung. Aber nicht für eine schlechte Entscheidung nach einem Abend in einer Bar.

Und dann die eine unausweichliche Frage, die ihr viel Kopfzerbrechen bereitete.

»Weiß der Vater davon?«

Das Ergebnis des Vaterschaftstests, das sie in Aaron Stones Tresor gefunden hatten, beschäftigte sie. Für die Frau, mit der er eine Affäre gehabt hatte, war der Test die einzige Möglichkeit gewesen zu beweisen, wer der Vater war. Aber der hatte sein Kind nur mit Geld beworfen. Selbst jetzt nach seinem Tod tat er das noch.

Piper war sich fast sicher, dass der Vater ihres Kindes kein Geld zum Werfen hatte. Nach den Happy-Hour-Drinks waren sie nicht mal zu ihm gefahren, weil er wohl in einer Art WG wohnte. Und mit zu sich nahm Piper nie jemanden.

Nicht, dass sie sein Geld wollte. Dieses Baby würde kein Maximillian Smith werden.

Doch eine Stimme in ihrem Kopf blieb hartnäckig. *»Weiß der Vater Bescheid? Hast du versucht, ihn zu finden und es ihm zu sagen? Hast du ihm die Möglichkeit gegeben, das Baby zu behalten?«* Um Antworten geben zu können, hätte sie lügen müssen.

Konnte sie das Kind überhaupt ohne die Einwilligung des Vaters zur Adoption freigeben? Sie ging von der Küche ins Wohnzimmer, klappte ihren Laptop auf und schaute ins Netz.

Die Antwort war nicht schwer zu finden.

»Shit!«

Kapitel 19

Wo im Bürogebäude von Stone Enterprises kühle, klare Linien vorherrschten, wurde im Hauptsitz von Morrison Hotels in Houston mit Stolz der Texaslook zelebriert. Rustikales Holz mit schmiedeeisernen Akzenten und Leder bestimmten den Stil. An der Rückwand des Empfangsbereichs zeigten handbemalte Fliesen eine alte Westernstadt samt einem Schild, auf dem stand: Morrison Inn and Saloon – eröffnet 1892.

Nach einer freundlichen Begrüßung wurden Alex und Chase umgehend hinauf in die Chefetage geleitet, und als sie oben aus dem Aufzug stiegen, kam ihnen Jack bereits entgegen. Er trug ein Anzugjackett, keine Krawatte, aber Cowboystiefel. »Schön, dass ihr kommen konntet.«

Chase streckte ihm die Hand hin. »Schön, dass du dir Zeit für uns nimmst.«

»Sehr gern. Und du bist sicher Alexandra.« Jack drückte Alex die Hand.

»Nenn' mich Alex.«

»Okay, Darling, wie du willst.« Er ließ ihre Hand los und fügte hinzu: »Wenn ich ›Darling‹ sage, soll das nicht respektlos oder gar aufdringlich klingen. Jessie, meine Frau, erinnert mich ständig daran, dass nicht jeder so redet wie wir hier in Texas.

Wenn es euch stört, werde ich mein Möglichstes tun, um es zu lassen. Aber alte Gewohnheiten sitzen ziemlich fest und ich kann für nichts garantieren.«

Alex lächelte. »Kein Problem, aber danke für die Erklärung.«

»Kommt mit.« Jack ging voran durch die Lobby des obersten Geschosses. »Wie war der Flug?«

»Wir können uns nicht beklagen«, antwortete Chase.

Es war schön gewesen, den ersten Trip in ihrem Privatflugzeug zusammen zu unternehmen. Gemeinsam hatten sie jeden Winkel der Maschine erkundet, alle möglichen Knöpfe gedrückt und sich probeweise auf das Bett hinten in der Kabine gelegt. Chase fiel nur eine einzige andere Person ein, die sich mit ähnlicher Begeisterung in diese Unternehmung gestürzt hätte, und das war Piper. Zu gern hätte er sie mit an Bord gehabt und gehört, wie sie ihn zum x-ten Mal als Gazillionär bezeichnete, weil er einen eigenen Flieger besaß.

»Unsere lokalen Gewitter sind berüchtigt dafür, dass die Maschinen ihretwegen endlos über dem Flughafen kreisen müssen. Freut mich, dass das Wetter so kooperativ war.«

Wie bei Stone Enterprises gab es auch hier viele breite Flure mit verschieden großen Büros. Der Geräuschpegel war ähnlich, nur der Akzent der Angestellten klang anders.

Jack führte sie in ein Eckbüro, das etwa doppelt so groß war wie ihres in Kalifornien. »Ich glaube, meinen Vater kennt ihr noch nicht.«

Chase erkannte Gaylord Morrison von den Fotos in den Artikeln über ihn wieder, die er während des Flugs gelesen hatte. »Wir hatten noch nicht das Vergnügen.«

Gaylord erhob sich aus seinem Sessel. »Hallo, hallo.«

Sein fester Händedruck passte zu seiner beeindruckenden Körpergröße, zu der der Stetson auf seinem Kopf und die Cowboystiefel an seinen Füßen noch zusätzlich beitrugen. »Freut mich sehr«, sagte Chase.

»Ganz meinerseits.« Er drehte sich zu Alex. »Willkommen, schöne Frau!«

»Danke, Mr Morrison«, antwortete Alex. »Unsere Mutter hat uns viel Gutes über Sie erzählt.«

Gaylords Züge wurden weicher. »Wie geht es Vivian?«

Chase war beeindruckt, dass er sich an ihren Namen erinnerte. »Es geht ihr gut.«

»Hat sie noch mal geheiratet?«, fragte Gaylord.

»Nein«, antwortete Alex.

»Jammerschade.« Gaylord legte die Stirn in Falten. »Oder …« Er lächelte. »Vielleicht sollte ich sie mal anrufen.«

Chase und Alex tauschten Blicke und lachten.

Jack ging zum Sitzbereich, wo zwischen zwei Ledersofas ein gigantischer Holztisch im Used-Look stand. »Hatten wir uns nicht mal über bestimmte Grenzen unterhalten, Dad?«

Mit einer Geste bot Gaylord Alex und Chase einen Platz an. »Ich sage meinem Sohn immer wieder, dass es bei Frauen im Grund nur dreierlei Grenzen gibt. Eine unsichtbare, von der man weiß, dass sie da ist, die man gelegentlich aber dennoch überschreitet. Sei es aus Versehen oder mit Absicht. Dann gibt es eine harte Grenze mit einer Wand und einer Tür. Man muss anklopfen oder man braucht einen Schlüssel. Aber manchmal öffnet die Person auf der anderen Seite auch die Tür und bittet einen freundlich herein.«

»Und die dritte?«, fragte Alex.

»Besteht aus Stacheldraht, und es gibt weit und breit kein Tor, Darling. Und ganz gleich, wie dick deine Haut ist – da durchzukommen tut weh, und am Ende wird man bluten.«

Chase konnte ein Lachen nicht unterdrücken. Der Mann hatte offenbar Erfahrung.

»Fragt sich nur, wie das bei Ihrer Mutter aussieht.«

Jack suchte Chase' Blick und formte mit den Lippen das Wort »Sorry«. Dabei schüttelte er den Kopf.

Schon während des entspannten Small Talks hatte Chase das gute Gefühl, dass er bei den Morrisons genau richtig war. Hier würde er den erhofften Crashkurs bekommen, eine Art Einführung in die Kunst der Leitung eines milliardenschweren Unternehmens.

»Was kann ich denn jetzt für euch tun?«, fragte Gaylord schließlich. Inzwischen waren sie zum Du übergegangen.

»Noch schwimmen wir ein bisschen und fragen uns, wie wir am besten die richtigen Entscheidungen für das Unternehmen treffen«, gab Alex unumwunden zu.

»Das könnt ihr gar nicht wissen. Dafür braucht ihr die richtigen Leute. Also hört zu: Von meinem Großvater habe ich ein paar sehr gute Ratschläge bekommen, und Jack und ich halten uns noch immer jeden Tag daran.« Er hob einen Finger. »Erstens: Ihr heuert für jede Aufgabe, egal welche, die fähigste Person an und lasst sie dann machen. Selbst kümmert ihr euch nur ums große Ganze, nicht um die Details. Seit ihr ganz oben im Eckbüro sitzt, geht das gar nicht mehr anders. Trefft die großen Entscheidungen mit kompetenter Unterstützung, die Umsetzung legt ihr in erfahrene Hände. Versteht ihr das System?«

Alex nickte, Chase hörte aufmerksam zu.

»Zweitens.« Gaylord hob den nächsten Finger. »Nutzt den Vorstand, nutzt die Anteilseigner. Diese Leute haben ein persönliches Interesse am Erfolg des Unternehmens. Lernt die Player, ihre Motivation und ihre Absichten kennen. Dazu trifft man sich zum Dinner, dazu spielt man Golf. Ihr müsst wissen, welche Hand welche andere wäscht, und dieses Wissen mit den Informationen kombinieren, die zusätzlich auf eurem Schreibtisch landen. Im Branchentratsch und in Gerüchten steckt meistens ein Korn Wahrheit.« Er wandte sich an Alex. »Du hattest bislang viel mit Akquisitionen und Fusionen zu tun und kennst dich damit aus.«

»Oh ja.«

»Gleichzeitig solltet ihr nie euer Bauchgefühl unterschätzen.«

»Wie meinst du das?«, fragte Chase.

Gaylord lehnte sich zurück und legte einen seiner Knöchel im Cowboystiefel über das andere Knie. »Sagen wir, euer Finanzchef kommt zu euch und gibt grünes Licht für ein Projekt, aber euer Bauchgefühl bremst euch. Dann hört darauf. Wenn etwas zu gut klingt, um wahr zu sein, ist das meistens auch so. Wenn etwas stinkt, lasst die Finger davon. Auch hier gilt wieder, ihr müsst die Player kennen, wissen, was sie antreibt und wem ihr vertrauen könnt. Wer mit so vielen Nullen jongliert wie ihr, bekommt es zwangsläufig mit einigen Wölfen im Schafspelz zu tun.«

Alex warf Chase einen besorgten Blick zu.

»An wen denkst du gerade, junge Dame?«, fragte Gaylord sie prompt.

Sie lächelte. »Ich glaube, Ripley, unser Finanzchef, ist ein guter Mann. Ich lerne ihn gerade erst kennen, aber bislang war er sehr hilfsbereit und hat mir schon viel erklärt. Und er drängt mich nicht zu irgendwelchen Entscheidungen. Ein gutes Gefühl.«

»Okay. Wen gibt es noch?«

»Gatlin«, antwortete Chase. »Unseren stellvertretenden Geschäftsführer.«

Gaylord schaute zwischen ihnen hin und her.

»Nicht übermäßig kooperativ«, erklärte Alex. »Schwer zu sagen, ob wir ihm trauen können.«

»Was ihn angeht, hörst du gerade auf dein Bauchgefühl. Das ist gut.«

»Vermutlich dachte er, er könnte den Platz unseres Vaters übernehmen. Und jetzt ärgert er sich, dass wir da sind«, sagte Alex.

Zum ersten Mal meldete sich jetzt auch Jack zu Wort. »Bis er zeigt, wo er wirklich steht, seid vorsichtig.«

Gaylord lächelte seinen Sohn an. »Und wenn sich rausstellt, dass ihr ihm tatsächlich nicht trauen könnt, trennt euch von ihm. Auf die Leute ganz oben müsst ihr euch verlassen können. Andernfalls werdet ihr nie ruhig schlafen.«

Chase schaute seine Schwester an. »Eine Weile beobachten wir ihn noch.«

»Genau. Nichts überstürzen. Die Geschäfte in unserer Branche entwickeln sich langsam. Zumindest sollte das so sein. Ich war immer der Meinung, euer Vater wächst zu schnell, um dieses Level dann auch halten zu können. Zukaufoptionen solltet ihr euch sehr genau anschauen und eine zweite oder dritte Meinung dazu einholen.«

Chase nickte. »Euer Rat hilft uns wirklich weiter. Wir sind euch sehr dankbar.«

Gaylord schüttelte den Kopf. »Nicht der Rede wert. Und ob ihr es nun hören wollt oder nicht, ich finde, euer Vater hätte euch schon mit in die Firma nehmen müssen, als ihr noch auf einem Dreirad die Einfahrt runtergefahren seid. Keiner von uns kommt am Ende mit dem Leben davon, und er hätte für die Zeit nach sich planen sollen. Aber allein die Tatsache, dass ihr extra nach Texas geflogen seid, um euch Ratschläge von einem alten Kneipenwirt zu holen, macht mich zuversichtlich, dass ihr zurechtkommen werdet. Falls ihr etwas braucht, ruft einfach an.«

Jack erhob sich und klatschte in die Hände. »Okay. Höchste Zeit für ein saftiges Stück Fleisch.«

Chase und Alex standen auf.

»Wir wollen euch nicht aufhalten«, meinte Alex.

»Wovon habe ich gerade gesprochen?«, fragte Gaylord. »Von Dinner-Einladungen und Golf. Golf spiele ich nicht. Einen winzigen Ball über einen löchrigen Rasen zu dreschen, hat für mich keinen Reiz. Aber falls ihr mal auf die Jagd gehen wollt, bin ich euer Mann.«

»Ich hatte noch nie ein Gewehr in der Hand«, gab Chase lachend zu.

Gaylords Lächeln fiel in sich zusammen, und er warf seinem Sohn einen Blick zu. »Das müssen wir dringend ändern.«

»Eins nach dem anderen, Dad. Eins nach dem anderen.«

* * *

Chase lehnte sich in dem gigantischen schwarzen SUV zurück, in dem sie vom Steakhouse zum Hotel chauffiert wurden.

Alex hielt sich stöhnend den Bauch. »Ich habe zu viel gegessen.«

»Höchste Zeit, dass du ein bisschen Fleisch auf die Rippen kriegst, junge Dame«, sagte Chase mit einem grauenhaft imitierten texanischen Akzent.

Alex lachte. »Mom hat recht. Gaylord ist einer von den Guten.«

»Hast du jetzt ein besseres Gefühl?«

»Das ist kaum zu vermeiden, bei seiner gewaltigen Energie. Schön zu wissen, dass wir Jack und seinen Vater jederzeit anrufen können.«

Chase nickte.

Alex' Telefon klingelte, und sie zog es aus der Handtasche. »Hi, Mom. Ja, wir sind gerade gegangen. Augenblick. Ich schalte den Lautsprecher ein. Chase sitzt hier neben mir.«

Alex legte das Telefon auf ihren Schoß und drückte auf das Lautsprecher-Icon. »Okay. Was wolltest du sagen?«

»Ist Gaylord immer noch so herzlich und laut?«

»Allerdings«, bestätigte Chase.

»Er ist heiß auf dich, Mom. Wundere dich nicht, wenn er dich demnächst anruft«, fügte Alex hinzu.

»Oh, bitte!«

»Nein, im Ernst«, bekräftigte Chase.

»Seid nicht albern«, schimpfte Vivian.

Chase hörte ihr an, dass sie das nicht kaltließ.

Alex knuffte ihn lächelnd in die Seite.

»Wie ist es gelaufen?« Vivian wechselte das Thema.

»Die Reise nach Texas hat sich gelohnt«, antwortete Alex.

»Und Chase? Was denkst du?«, fragte Vivian.

Chase zwinkerte seiner Schwester zu. »Ich denke, du solltest dich mit ihm treffen.«

»Oh mein Gott, jetzt hört aber auf.«

Ihre Mutter ein bisschen aufzuziehen, machte riesigen Spaß. Chase konnte sich nicht daran erinnern, dass sie je irgendwelche Dates gehabt hatte. Und immer, wenn sie vorgeschlagen hatten, sie solle sich doch mal mit jemandem verabreden, hatte Vivian eine wegwerfende Handbewegung gemacht und schnell von etwas anderem gesprochen.

»Aber wo wir gerade bei dem Thema sind … Wer ist die mysteriöse Frau an deiner Seite, Chase?«

»Die mysteriöse was?«

»*The Beat* bringt heute einen Artikel mit einem Foto von dir und einer Frau.«

Chase schüttelte den Kopf. »Ich weiß nicht, wovon du redest.«

»Moment. Ich schicke dir einen Link.«

Es dauerte eine Minute, dann hörte er ein leises »Ping« von dem Smartphone in seiner Tasche.

»Ich habe ihn euch beiden geschickt.«

Alex öffnete den Link auf ihrem Display im selben Moment wie Chase auf seinem. Eine Klatschzeitschrift hatte ein Foto von ihm und Piper gedruckt. Es zeigte sie vor der Garage auf dem Stone-Anwesen in exakt dem Moment, in dem er beinahe die Beherrschung verloren und sie geküsst hätte. Während sein

Gesicht klar zu erkennen war, war Pipers hinter dem Hut mit der breiten Krempe versteckt. Wer sie nicht persönlich kannte, hätte nicht geahnt, um wen es sich handelte.

Alex gab ihm einen Klaps auf den Arm und formte mit den Lippen die Frage: »Ist das Piper?«

»In dem Artikel wird angedeutet, die Frau könnte Melissa sein. Aber das ist nicht Melissa«, sagte ihre Mutter.

»Selbstverständlich ist das nicht Melissa, und es ist nicht, wie du denkst.«

»Ich kenne meinen Sohn und auf diesem Foto sieht er aus …«

… als stünde er in Flammen.

»Das liegt an der Belichtung. Photoshop. Du kannst nicht alles glauben, was mit einem Teleobjektiv aufgenommen worden ist.«

»Schade eigentlich. Ich habe schon gehofft.«

Alex hatte es plötzlich eilig, das Gespräch zu Ende zu bringen. »Ich rufe dich später noch mal an, Mom. Wir sind gleich beim Hotel.«

Das Hotel war noch ein ganzes Stück weit entfernt.

»Okay, Honey.«

Alex legte auf und boxte Chase mit jedem Wort gegen die Schulter. »Was. Hast. Du. Dir. Dabei. Gedacht?«

»Es ist nichts passiert.« Er rieb sich die Schulter.

Sie vergrößerte das Foto auf dem Handydisplay und hielt es ihm unter die Nase. »Ach ja, tatsächlich?«

»Ihr war schwindlig«, erklärte er, und das war nicht gelogen.

»Du hältst sie fest.«

»Nicht wirklich«, widersprach er. Aber ja, genau das tat er.

»Von dir mal abgesehen, ist sie die einzige Person, der ich bei Stone Enterprises komplett vertraue. Sie ist zu wertvoll, um sie zu verlieren, Chase.« Alex war stinksauer.

»Sie bleibt uns erhalten, Alex. Glaub mir.«

Sie knurrte etwas Unverständliches und starrte bis zur Ankunft vor dem Hotel auf das Foto.

Was hatte Gaylord vorher gesagt? *In allen Gerüchten steckt meist auch ein Korn Wahrheit.*

Fuck!

* * *

Piper starrte entsetzt auf ihr Telefon. Chase hatte ihr den Artikel und eine Textnachricht geschickt.

Sie haben mich von meiner schlechten Seite erwischt,

lautete sein Kommentar.

Das Foto, auf dem sie sehr nahe beieinanderstanden und auf dem Chase sie ansah, als wollte er sie mit Haut und Haaren verschlingen, würde die Gerüchteküche im Büro so richtig zum Brodeln bringen.

Jeder wusste, dass sie auf dem Stone-Anwesen gearbeitet hatte, um Aaron Stones häusliches Arbeitszimmer nach wichtigen Unterlagen zu durchforsten. Doch dieses Foto erzählte eine ganz andere Geschichte von dem, was dort passiert war.

Zwar wurde sie in dem Artikel nicht namentlich erwähnt, trotzdem konnte über kurz oder lang jemand herausfinden, dass sie die Frau mit dem Hut war.

Sie blinzelte und stellte sich vor, dieses Foto wäre erst in ein paar Monaten aufgenommen worden. Dann wäre sie sichtbar schwanger gewesen. Und wenn dann noch ihr Name darunter gestanden hätte und es ihren Eltern unter die Augen gekommen wäre …

Nicht auszudenken.

Das ist nicht lustig,

schrieb sie zurück.

Wir sind gerade auf dem Rückflug. Sobald wir gelandet sind, komme ich bei Ihnen vorbei, und wir überlegen uns, wie wir damit umgehen.

Piper las die Nachricht, ließ das Smartphone in ihren Schoß fallen und schaute nach, ob irgendwer sie beobachtete. Dann tippte sie die Antwort.

Sind Sie wahnsinnig? Falls Ihnen irgendein Reporter folgt, findet er sofort raus, wer die mysteriöse Frau ist. Und was dann? Wie sollen wir erklären, dass Sie mich nach Feierabend besuchen?

Drei Punkte auf ihrem Display zeigten, dass er eine Antwort schrieb.

Dee ging an Pipers Schreibtisch vorbei.

Piper drückte das Display an ihre Brust, merkte, wie verdächtig das war, und legte das Smartphone schnell beiseite.

Als Dee verschwunden war, nahm Piper es wieder zur Hand.

Es ist ja nicht, als hätten wir eine Affäre.

»Aber genau so wird es aussehen«, murmelte sie beim Tippen dieser Worte vor sich hin.

Damit es eine Affäre sein könnte, müsste einer von uns verheiratet sein, antwortete er.

Es? Es gibt kein ES!

Diesmal schickte Chase tatsächlich drei Punkte und einen halben Satz.

… ein bisschen schon.

Piper wollte ihr Handy an die Wand werfen.

Dieses ES wollen Sie nicht, Chase.

Aus vielerlei Gründen.

Wir sprechen darüber, wenn ich zurück bin.

Sie kommen auf KEINEN Fall zu mir.

Nach einem Blick auf die Uhr schaute Piper sich den Terminplan der Stone-Geschwister an. Die beiden würden etwa um die Zeit landen, zu der sie von der Arbeit nach Hause kam.

Okay. Ich rufe Sie an.

Gut.

Oh nein …

Ihr Herz machte einen Sprung.

Was ist?

Wenn eine Frau nur mit GUT antwortete, ist das nie gut.

Flirtete er etwa mit ihr? Per Textnachricht?

Schluss jetzt. Mein BOSS ist zwar gerade unterwegs, aber ich habe trotzdem jede Menge zu tun!

Als er nicht sofort zurückschrieb, legte sie ihr Telefon mit dem Display nach unten auf den Schreibtisch und starrte auf ihren Computerbildschirm. Doch ihr wollte partout nicht einfallen, woran sie vor diesem Chat mit Chase gearbeitet hatte.

Ein leises »Ping« von ihrem Telefon.

Ihr Boss hat Verständnis und findet es schön, dass Sie im Moment ein bisschen abgelenkt sind.

Piper stöhnte laut auf, öffnete die Schreibtischschublade, steckte ihr Smartphone in ihre Handtasche, die sich darin befand, und knallte die Schublade zu.

Er flirtete tatsächlich mit ihr.

Chase Stone, Gazillionär und ihr *Boss*, flirtete mit ihr.

Kapitel 20

Mit einem Drink trat Chase hinaus auf seine Terrasse und sog die kühle Abendluft ein.

Zum ersten Mal seit Wochen war ihm leicht ums Herz. Das Gespräch mit den Morrisons ließ ihn klarer sehen. Vielleicht war er zu zuversichtlich, aber jetzt war er sich ziemlich sicher, dass sie die Geschäfte von Stone Enterprises führen konnten, ohne das Unternehmen an die Wand zu fahren.

Er und Alex kannten nun den Namen ihres Halbbruders, und das Treffen mit dem Nachlassverwalter kommende Woche würde sie sicher noch einen großen Schritt weiterbringen.

Und außerdem gab es Piper.

Schon ihren Namen nur zu denken, brachte ihn zum Lächeln. Dass er sich mit einer Frau auf diese Art verbunden gefühlt hatte, war lange her. Und ja, es gab eine unsichtbare Grenze, die nicht überschritten werden sollte. Aber verdammt, Piper gab ihm ein so gutes Gefühl. Konnte es wirklich etwas schaden, mit ihr zu flirten? Schließlich musste er sich keine Sorgen machen, dass ihr Boss sie deshalb feuern würde. Oder ihn.

Er holte sich ihre Nummer aufs Display, lächelte den Ausschnitt aus dem Paparazzi-Schnappschuss an, den er jetzt als ihr Profilbild benutzte, und wählte.

»Ich bin froh, dass Sie kein Problem damit haben, Anweisungen zu befolgen«, sagte sie zur Begrüßung.

»Guten Abend, Piper. Wie geht es Ihnen?«, fragte er, als hätte er den sarkastischen Unterton nicht gehört. Ihre kecke Art gefiel ihm.

»Als wir gesagt haben, wir wollten uns benehmen wie Erwachsene, dachte ich, wir würden zum Wohle aller Beteiligten so tun, als wäre nichts. Dass Sie per Textnachricht mit mir flirten, war nicht Teil des Plans.«

Ertappt! »Habe ich das denn?«

»Wollen Sie es abstreiten?«

»Wenn es klingt wie Flirten und sich anfühlt wie Flirten …«

Sie stöhnte. »Einer von uns muss hier der Erwachsene sein. Und mir scheint, das bin ich.«

Lächelnd nahm er einen Schluck Whiskey. »Hat irgendwer heute den Artikel erwähnt?«

»Nur Sie. Aber wir wissen beide, dass ihn spätestens morgen früh jeder im Büro gesehen hat. Und was sagen wir dann?«

»Die Wahrheit.«

»Ach, und die lautet wie? Dass wir für das Cover eines Liebesromans Modell gestanden haben?« Ihr Unmut war ihr deutlich anzuhören.

»Mir gefällt, wie Sie denken, Piper.«

»Sie. Helfen. Uns. Kein. Stück. Weiter.«

Verdammt, jetzt wurde sie richtig sauer.

»Okay, okay. Als Alex das Foto gesehen hat, habe ich ihr gesagt …«

»Oh Gott! Ihre Schwester weiß es?«

»Atmen, Piper. Ich habe ihr gesagt, dass das Bild bearbeitet wurde und dass nichts passiert ist. Und so ist es ja auch. Wir setzen dem Tratsch die Wahrheit entgegen.«

Sie war still. Sehr still.

»Sind Sie noch da?«, fragte er schließlich.

»Und Sie meinen, das genügt.«

»Haben Sie einen besseren Vorschlag?«

Er hörte sie seufzen. »Nein. Es ist nichts passiert, und damit ist alles okay.«

Jetzt wurde er still. »Am Wollen ist es nicht gescheitert.«

»Chase … glauben Sie mir, Sie wollen mich nicht. Ich bin kompliziert. Furchtbar kompliziert.«

Er betrachtete die Eiswürfel, die in seinem Glas kreisten, und die bernsteinfarbene Flüssigkeit, die sie umspülte. »Schon möglich. Aber das ändert nichts an den Tatsachen.«

»Chase!«

»Sie sind klug, Sie sind schön, Sie sind lustig. Und Sie sind so wunderbar direkt und schleimen sich nicht ein. Das gefällt mir. Haben Sie irgendeine Ahnung, wie selten das ist?«

Er hörte sie seufzen und wusste, dass er die Tür in ihrer Grenzmauer gerade einen kleinen Spaltbreit geöffnet hatte.

* * *

Am nächsten Morgen knallte Julia den Artikel mit dem Foto der mysteriösen Frau vor Piper auf den Schreibtisch und verschränkte die Arme. »Hier hat jemand was zu erklären.«

Mit klopfendem Herzen presste Piper die Halbwahrheit hervor. »Verrückt, was man heute mit einem Bildbearbeitungsprogramm alles machen kann, oder? Vielleicht ist das auch schon ein Fall von KI.«

»Willst du etwa behaupten, dass du nicht die Frau bist, die er auf dem Foto festhält?«

»Ich bin gestolpert, und er hat verhindert, dass ich kopfüber im Blumenbeet gelandet bin. Das ist alles.« Ihre Worte klangen fest.

Ihre Hände zitterten.

»Aber wie er dich dabei ansieht!«

»Photoshop, Julia. Bitte!« Piper kramte die Cracker aus ihrer Handtasche und legte sie bereit.

»Ach, Mist! Und ich hatte mich schon so auf ein bisschen handfesten Tratsch gefreut.«

»Handfester Tratsch ist es immer noch, aber eben nicht wahr.« Piper überspielte ihre Nervosität, indem sie den Computer einschaltete und den Kalender anklickte.

Dann erschien Chase. In einem schicken Hemd, aber ohne Jackett und ohne Krawatte marschierte er den Flur entlang. Sie mochte diesen lässigen Freitagslook. Dabei war heute erst Donnerstag.

Als Julia ihn kommen sah, nahm sie schnell den Artikel vom Schreibtisch.

Piper schnappte ihn sich und wedelte damit. »Hey, Boss, haben Sie gesehen? Wir sind berühmt.«

Einen Wimpernschlag lang trafen sich ihre Blicke.

Sein Unterkiefer zuckte.

»Gut zu wissen.« Er schlenderte ungerührt weiter. »Ach, übrigens. Führen Sie Busa doch bitte im zweiten Stock herum, wenn er heute Nachmittag hier erscheint.«

»Sind Sie nicht im Haus?«, fragte Piper.

»Ich treffe mich mit dem Chef einer Spedition zum Lunch, und das könnte etwas dauern.« Er schaute Julia an. »Guten Morgen, Julia.«

»Guten Morgen, Mr Stone.«

Und das war's.

Ohne ein weiteres Wort über den Artikel zu verlieren, verschwand Chase im Eckbüro. Als er ein paar Stunden später das

Gebäude verließ, hatte die Gerüchteküche bereits aufgehört zu brodeln.

Und Piper hatte das Gefühl, wieder atmen zu können.

* * *

»Chase Stone auf Leitung zwei.«

Cadry dankte seiner Sekretärin und drückte den Knopf, um die Leitung freizuschalten.

»Wie geht es Ihnen, Chase?«

»Gut. Sehr gut. Ich wollte nachfragen, ob Sie mit den Namen, die ich Ihnen gegeben habe, schon weitergekommen sind.«

Der Anwalt lehnte sich zurück. »Ich würde gern Ja sagen, aber das wäre gelogen. Zwei meiner Leute arbeiten nonstop daran, aber bis jetzt haben wir nichts. Smiths und Davis gibt es wie Sand am Meer.«

»Ich weiß. Ich habe spaßhalber mal ins Netz geschaut.«

»Die Mutter könnte schon vor Jahren mit dem Kind den Bundesstaat gewechselt haben. Verdammt, wir wissen ja nicht mal, ob sie überhaupt irgendwann in Kalifornien gelebt hat.«

»Hat mein Vater diesbezüglich je eine Andeutung gemacht?«

Cadry nahm ein ledergebundenes Notizbuch aus der untersten Schublade seines Schreibtischs. »Nein. Das war nur so ein Gedanke. Haben Sie sonst noch etwas herausgefunden?«

»Bislang nicht. Hier im Büro gibt es unglaublich viel zu tun.«

»Wir werden die Suche auf das ganze Land ausdehnen. Aber falls die Frau ins Ausland gegangen ist, brauchen wir mehr Informationen«, sagte Cadry.

»Was ist mit dem Bankkonto. Hat sich da etwas ergeben?«

»Das geheime, das schon vor Jahren aufgelöst worden ist? Nein.«

»Verdammt.«

»Ja, es ist frustrierend. Aber wir finden ihn.« Cadry öffnete das Notizbuch.

»Sollen wir eine Detektei einschalten?«

»Das würde ich lieber lassen, sonst machen Sie bald Schlagzeilen. Nicht mal meine eigenen Leute kennen die Hintergründe. Ich vertraue ihnen, aber man weiß nie, was auf irgendeine Art nach außen dringt.«

Chase seufzte. »Ich bin ungeduldig.«

»So etwas braucht Zeit, Chase. Überlassen Sie die Suche mir. Und falls Sie über irgendeinen Hinweis stolpern, melden Sie sich.«

»Machen wir.«

Cadry verabschiedete sich und griff nach einem Stift. Er notierte sich, was er Chase gesagt hatte, damit er bei ihrem nächsten Gespräch daran anknüpfen konnte und sich nicht verplapperte.

Zwei meiner Leute suchen landesweit.

Mit dem Bankkonto nicht weitergekommen. Keine Hoffnung, dass es uns weiterbringt.

Er schloss das Notizbuch und legte es wieder an seinen Platz zurück.

»Mein lieber Aaron, du hast mir eine wahrlich beschissene Aufgabe hinterlassen. Und ich kann dich nicht mal anbrüllen deswegen«, sagte er in den leeren Raum hinein.

Seufzend wandte er sich wieder dem Fall zu, an dem er vor dem Anruf gearbeitet hatte, und schob alle Gedanken an die Stones und ihre Probleme beiseite. Genau wie es seinen Anweisungen als Nachlassverwalter von Aaron Stone entsprach.

* * *

Laute Musik waberte durch die schummrig beleuchteten Räume des Clubs, der Pipers Leben für immer verändert hatte. Obwohl sie direkt nach der Arbeit hergekommen war, herrschte hier bereits Hochbetrieb. Sie hatte Jim … oder hieß er Tim? … bei der Happy Hour getroffen. Und sie hatten noch weiter getrunken, als längst wieder die normalen Preise gegolten hatten.

Piper hoffte, dass die Uhrzeit passte, um nach ihm zu suchen. Sie setzte sich auf einen freien Hocker an der Bar und ließ den Blick durch den Raum schweifen.

Der Barmann kam zu ihr und warf einen Bierdeckel vor sie hin. »Was darf's denn sein?«

»Ein Club Soda, bitte«, sagte sie ohne das geringste Zögern.

Im Handumdrehen stand das Sprudelwasser vor ihr und er kümmerte sich um einen anderen Gast.

Jedes Mal, wenn ein hochgewachsener Typ mit breiten Schultern und braunem, zur Seite frisiertem Haar vorbeiging, schaute sie genauer hin. Nachdem sie eine Stunde so an der Bar gesessen hatte, sprach ein blonder Kerl im Anzug sie an. »Ganz allein? Darf ich mich zu dir setzen?«

Sie lächelte und schaute an ihm vorbei. »Heute nicht.«

»Morgen vielleicht?«

Als Piper den Kopf schüttelte, ging er davon.

Der Barmann brachte ihr noch ein Glas Club Soda. »Sag Bescheid, wenn du was anderes willst.«

Sie lächelte ihn an. »Eigentlich suche ich nach jemandem«, rief sie über den Lärm hinweg.

»Ach ja?«

»Er ist etwa so groß wie du, ein bisschen schlanker, braunhaarig. Ich glaube, er heißt Tim oder Jim. Kommt ab und zu hierher.«

»Damit beschreibst du etwa die Hälfte der Typen, die hier abhängen.«

»Er trinkt Tequila Shots.« Viel zu viele.

Der Barmann starrte sie ausdruckslos an.

»Er war mit ein paar Freunden hier. Einer war superblond, hatte etwas längeres Haar. Der andere war etwas kleiner, ein Afroamerikaner. Ich glaube, die wohnen alle zusammen.«

Der Barmann trocknete sich die Hände ab und kniff die Augen zusammen. »Keine Ahnung, von wem du da redest, aber wenn jemand aufkreuzt, auf den die Beschreibung passt, lasse ich es dich wissen.«

»Danke. Es ist ziemlich wichtig.«

»Ach? Ist jemand gestorben oder so?«

Piper schüttelte den Kopf und lachte kurz auf. »Nein. Ganz im Gegenteil.«

Er musterte sie von oben bis unten, dann blieb sein Blick an ihrem noch immer flachen Bauch hängen.

Sie tätschelte die Stelle und schaute dem Mann in die Augen. »Jep.«

»Oh, okay. Ich halte Ausschau.«

»Danke.«

Drei Club Sodas später bezahlte sie und ging nach Hause. Am Samstag kam sie noch einmal zurück. Diesmal wählte sie einen Platz an der Bar, von dem aus sie den Eingang sehen konnte.

Derselbe Barmann lächelte sie an und stellte ihr wortlos ein Glas Club Soda hin. Sie fragte sich, wie viele Frauen schon in derselben Mission hier gesessen hatten. Ganz sicher war sie nicht die erste, die bei einem One-Night-Stand schwanger geworden war, und sie würde auch ganz sicher nicht die letzte sein.

Weil sie von den wummernden Bässen Kopfschmerzen bekam, beschloss sie nach zwei Stunden, nach Hause zu gehen.

Zuvor musste sie noch auf die Toilette, denn in ihre Blase schien nicht mehr ganz so viel zu passen wie noch vor ein paar Wochen.

Während sie sich die Hände wusch, stolperten zwei junge Frauen herein. Sie trugen kurze Röcke und sexy Tops. Die beiden lachten ausgelassen.

Eine von ihnen ging zum Kondomautomaten und wühlte in ihrer Handtasche.

»Die taugen nichts«, sagte Piper im Hinausgehen.

»Bitte was?«

Sie nickte zu dem Automaten hin und tätschelte ihren Bauch. »Die taugen nichts.«

Die Frauen hörten auf zu lachen und schauten einander mit offenem Mund an.

Lächelnd verließ Piper die Damentoilette und hoffte, dass ihre weisen Worte die zwei gerettet hatten. Sie rückte ihre Handtasche auf ihrer Schulter zurecht und schob sich durch das Gedränge Richtung Ausgang.

Im Vorbeigehen lächelte sie dem Barmann zu, der sich gerade zu einem Gast beugte und etwas zu ihm sagte.

Und dann erstarrte sie.

Der Barmann nickte in ihre Richtung und der Gast wandte sich zu ihr um.

Er war es.

Ihre Blicke trafen sich.

Sie blieb wie angewurzelt stehen. Ihr Lächeln fiel in sich zusammen und ihre Hand fand zu ihrem Bauch. Geplant hatte sie das nicht, es passierte ganz einfach.

Tim oder Jim wurde kreidebleich. Doch dann war es, als würde ein Kippschalter umgelegt. Er drehte sich zum Barmann, schüttelte den Kopf und zuckte die Schultern.

Was Piper stinksauer machte.

Tim/Jim wandte ihr den Rücken zu, aber so leicht würde sie es ihm nicht machen.

»Entschuldigung.« Sie unterbrach seine Unterhaltung mit seinen Freunden.

Er drehte sich mit einem halbherzigen Lächeln zu ihr. »Hey.«

»Hi.« Sie wartete darauf, dass er etwas sagte. Irgendetwas.

»Kenne ich dich?«

Falscher Text. Aber doch auf gewisse Art richtig.

»Ich glaube, wir sind uns schon mal begegnet.« Piper gab ihm eine Chance, sah aber bereits den Schweiß auf seiner Stirn. Seine Freunde rückten fast wie auf Befehl ein wenig beiseite und gaben ihnen Raum.

»Ich glaube nicht.« Er nahm einen langen Schluck von seinem Bier.

»Jim, oder?«

»Nein. Leider.«

»Tim?«

»Sorry.«

Arschloch.

Aber das war nicht weiter wichtig. Sie hatte getan, was getan werden musste.

Sein Blick wanderte an ihr nach unten und blieb an ihrem Bauch hängen. Sein Adamsapfel hüpfte.

»Ich habe mich wohl getäuscht.« Piper wandte sich ab.

Der Barmann hatte die ganze Szene beobachtet und dabei ein bereits trockenes Glas weiter abgetrocknet. Sie beugte sich zu ihm und sagte so laut, dass Tim/Jim es hörte: »Falls du je den Typ siehst, nach dem ich suche, sag ihm, ich war hier, aber ich komme nicht wieder.«

Der Barmann hob das Kinn. »Wie heißt du?«

Piper schaute Tim/Jim in die Augen. »Das ist unwichtig.« Damit machte sie auf dem Absatz kehrt, straffte die Schultern und verließ den Club.

Draußen schlug ihr die kühle Abendluft entgegen, die Musik folgte ihr noch ein paar Schritte weit. Sie hatte Tim/Jim eine Chance gegeben, doch er fiel eindeutig in die Kategorie »an einer Vaterschaft rein gar nicht interessiert«. Er hatte sogar vorgegeben, sie nicht zu kennen.

Piper ballte die Hände zu Fäusten. Sie war versucht, noch einmal hineinzumarschieren und dem Kerl eine reinzuhauen. Stattdessen riss sie ihre Autotür auf und setzte sich ans Steuer.

Nach ein paar tiefen Atemzügen merkte sie, wie sich ihr Pulsschlag beruhigte. Zugleich stellte sich ein Gefühl von Klarheit ein. Sie hatte Kontakt mit dem Erzeuger aufgenommen und ihm gegenüber alles richtig gemacht.

Jetzt musste sie auch für sich das Richtige tun.

Kapitel 21

Nach dem kurzen Zusammentreffen mit dem Samenspender wider Willen strich Piper seinen Namen aus ihrem Gedächtnis. Er hatte dort keinen Platz verdient.

Bei der Arbeit stellte sich langsam ein gewisser Rhythmus ein. Alex kam täglich ins Büro, Chase etwa zweimal wöchentlich, aber meist nicht für lange. Wenn niemand in der Nähe war, flirtete er einen Moment lang mit ihr, verhielt sich aber ansonsten streng professionell. Bei der Arbeit.

Grenzen überschritt er per Textnachricht.

Nicht, dass sie etwas dagegen gehabt hätte.

Die erste kam an dem Montag, nachdem er mit Alex in Texas gewesen war. Er teilte ihr mit, dass sie recht gehabt hatte: Er habe Max' Namen gegoogelt und tatsächlich unzählige Personen gefunden, die so hießen.

Sie schrieben ein paarmal hin und her, dann wünschte er ihr eine gute Nacht.

An anderen Abenden stellte er ihr irgendeine an den Haaren herbeigezogene Frage über die Arbeit, die eigentlich bis zum nächsten Tag warten konnte, und verabschiedete sich dann mit einem Gute Nacht.

Und seit Kurzem verzichtete er komplett auf einen Vorwand. Wie ist Ihr Abend, fragte er.

Wir haben uns vor drei Stunden zum letzten Mal gesehen.

Ich dachte, das sei gestern gewesen.

Trotz aller Bedenken lächelte sie.

Müssen Sie heute Abend nicht zum Dinner mit dem Präsidenten oder so?,

scherzte sie.

Das war gestern. Langweilig. Nur trockenes Brathähnchen.

Und so ging es weiter.

Piper antwortete manchmal mit einer Spitze, er ging darauf ein und verabschiedete sich.

Wenn sie sich dann zum nächsten Mal im Büro sahen, lächelten sie einander kurz an, mehr nicht.

Am Freitag ging Piper ein wenig früher, behauptete, sie müsse zum Zahnarzt. Angespannt saß sie kurz darauf auf der Behandlungsliege ihrer Frauenärztin.

»Sie haben über ein Kilo abgenommen.« Dr. Resniks Ton klang nicht unbedingt vorwurfsvoll, aber auch nicht erfreut.

»Seit ich zum letzten Mal hier war, war mir jeden Tag mindestens einmal richtig schlecht und mir ist alles hochgekommen.«

»Haben Sie schon alle unsere Tipps durchprobiert?«, fragte die Ärztin.

Piper nickte. »Nur die Cracker helfen ein bisschen, aber das auch nicht jeden Morgen.«

»Ich schreibe Ihnen etwas auf.«

»Okay.«

»Wie kommen Sie denn sonst zurecht?«

Piper hob die Schultern. »Es geht schon.«

»Nehmen Sie die Vitamine? Schlafen Sie genügend?«

»Die Vitamine nehme ich abends, damit sie drinbleiben. Mit dem Schlafen klappt es mal besser, mal schlechter. Ich hatte ziemlich viel zu tun.«

»Wie sieht es mit Unterstützung aus?«

»Sie meinen, von Leuten, die wissen, dass ich schwanger bin?«

»Ja.«

Piper lachte. Es war ein dünnes Lachen, das mit ihren wahren Gefühlen rein gar nichts zu tun hatte. »So jemanden habe ich nicht.« Sie wusste, wie armselig das klang, und schaute beiseite.

»Eine Freundin? Eine Schwester?«

Sie schüttelte den Kopf.

»Was ist mit der Adoptionsagentur? Hat die Ihnen Hilfe angeboten?«

»Mit einer Agentur habe ich mich noch nicht in Verbindung gesetzt. Wie gesagt, ich hatte viel zu tun.« Piper fand, das hörte sich an, als wollte sie sich rechtfertigen.

»Kein Problem. Haben Sie es sich anders überlegt?«

»Nein.« Ihre Antwort kam schnell.

Dr. Resnik lächelte und wechselte das Thema. »Wir haben heute viel Programm. Ich mache einen Ultraschall und sehe mal nach, wie es dem Baby geht. Dann brauchen wir noch ein bisschen Blut.« Sie griff zum Stethoskop.

Piper saß ganz still, während die Ärztin ihr Herz und ihre Lunge abhörte und sie anschließend bat, sich zurückzulegen und ihren Bauch frei zu machen. Dann rollte sie eine Maschine mit einem Monitor neben Piper. Als Nächstes kam das Gel, das zum Glück etwas angewärmt war.

Dann die Bilder.

Dr. Resnik bewegte den Schallkopf über Pipers Bauch weit nach unten und fand, wonach sie suchte. »Da bist du ja.« Sie drückte auf ein paar Knöpfe an der Maschine, und ein schnelles, wischendes Geräusch ertönte. »Das ist der Herzschlag.«

Pipers Blick hing am Monitor, ihre Kehle zog sich zusammen. Was das Gerät ihr zeigte, war eindeutig.

Die Ärztin fror das Bild ein und begann zu tippen.

»Sieht man schon, was es ist?«

Dr. Resnik blickte auf und schaute Piper an. »Sie wollen es wissen?«

Piper schüttelte den Kopf, dann nickte sie. »Ich weiß nicht.«

Die Ärztin veränderte die Position des Schallkopfs und drückte etwas fester. »Es ist noch ein bisschen früh, und das Kleine ist schüchtern. Bei Ihrem nächsten Besuch sollten wir es sehen können.«

Den Rest der Untersuchung ließ Piper stumm über sich ergehen. Dr. Resnik erklärte ihr, sie sei nun im zweiten Trimester und das Baby sehe gesund aus. Alles war so, wie es sein sollte.

Mit einem Papiertuch wischte sich Piper hinterher das Gel vom Bauch.

»In vier Wochen will ich Sie wiedersehen. Falls das Medikament gegen die Übelkeit nicht hilft und Sie weiterhin nichts bei sich behalten können, melden Sie sich. Wenn Sie wiederkommen, will ich das fehlende Kilo auf Ihren Rippen sehen. Zusammen mit ein paar weiteren.«

»Abends esse ich meistens ganz ordentlich.«

»Sie essen für zwei.«

So hatte Piper das noch nicht gesehen.

»Was Sie als ordentliche Mahlzeit betrachten, ist vielleicht nicht das, was Sie brauchen.«

»Ich werde mir Mühe geben.«

Dr. Resnik war noch nicht fertig. »Und ich möchte, dass Sie sich jemanden suchen, dem Sie sich anvertrauen können. Ganz allein mit einer ungeplanten Schwangerschaft klarkommen zu müssen, ist schwer, und wir wollen doch nicht, dass Sie in eine Depression rutschen. Ihr Körper durchläuft jetzt viele Veränderungen, und ich finde immer, darüber zu reden hilft. Es gibt Selbsthilfegruppen für Frauen, die planen, ihr Kind zur Adoption freizugeben. Vielleicht wäre das etwas für Sie.«

Piper gefiel dieser Gedanke überhaupt nicht. Trotzdem nickte sie und lächelte.

»Sie können die Schwangerschaft nicht dauerhaft verstecken, Piper. Von jetzt an wird sie immer sichtbarer werden.«

»Es gibt Frauen, die schaffen das fünf Monate lang.«

Die Ärztin nickte. »Das ist Ihr erstes Kind, es wäre also möglich. Aber nicht sehr wahrscheinlich.«

Pipers aufgesetztes Lächeln fiel in sich zusammen. »Verstehe.«

»Okay. Gut. Sie können sich anziehen. Jemand vom Praxisteam nimmt Ihnen gleich noch Blut ab.«

Als Piper schon am Empfangstisch stand, um den Termin für den nächsten Monat abzusprechen, kam Dr. Resnik noch einmal zu ihr und gab ihr einen Umschlag.

»Ein Bild. Ich dachte, Sie möchten es vielleicht haben.«

Piper schaffte es gerade noch bis in ihren Wagen, dann brach sie in Tränen aus.

* * *

Mit einem Messer in der Hand stand Chase über ein Schneidebrett gebeugt, sein Handy lag neben ihm auf der Arbeitsplatte. Er beschloss, diesmal lieber anzurufen und nicht wie sonst eine Textnachricht zu schreiben.

Als Piper nicht sofort abnahm, stieg Enttäuschung in ihm auf. Nach dem vierten Klingeln dachte er, er müsse jetzt gleich eine Nachricht auf die Mailbox sprechen.

Doch dann meldete sie sich. »Meine Arbeitszeit geht von neun bis fünf, Chef.«

»Eigentlich von acht bis fünf mit einer Stunde Mittagspause.«

»Es ist Freitagabend. Ich könnte so etwas wie ein Leben haben.«

Das Messer blieb mitten in der Bewegung hängen. »Wie heißt er?«

Er hörte sie leise »Tsk« sagen. »Kit. Und er hat einen sehr ausgeprägten Beschützerinstinkt.«

Chase schnitt weiter die Paprika in Streifen. Mit Kit konnte er leben. »Was machen Sie nächsten Samstag?«

Zwei Atemzüge lang blieb sie still. Dann sagte sie: »Nein.«

»Ich habe Sie doch gar nicht …«

»Nein.«

Verdammt, diese Frau brachte ihn zum Lächeln. »Die Regional Heart Association veranstaltet ein Wohltätigkeitsdinner, und Alex und ich finden, Sie sollten mitkommen.«

Wieder Stille.

»Alex ist auch dabei?«

»Wir müssen einen Tisch füllen.«

»Wann hat sich das ergeben?«

Er gab die Paprikastreifen in eine Schüssel und schnappte sich eine Zwiebel. »Vor etwa einer Stunde. Ich nehme an, wenn irgendein steinreicher Typ überraschend an einem Herzstillstand stirbt und eine Organisation für Herzgesundheit erfährt es, versuchen die, Kontakte mit seiner Familie oder seinem Unternehmen zu knüpfen.«

»Hmm.«

»Diese Herzgesundheitsleute haben auch Vertreter von ein paar anderen großen Hotelunternehmen eingeladen.«

»Weshalb gerade Hotels?«

»Weil sie unseren Vater ehren wollen. Wussten Sie, dass er an diese Organisation gespendet hat?«

»Nein. Zu Dinner-Events und Galas ist er regelmäßig gegangen, aber nie zu welchen von dieser Vereinigung.«

Die Zwiebel trieb Chase Tränen in die Augen. »Dann ist die Veranstaltung wohl nur eine clevere Art, an große Unternehmen ranzukommen und dafür zu sorgen, dass auch die Wettbewerber erscheinen.«

»Die kommen schon allein aus purer morbider Neugier. So können sie sich ein Bild von den neuen Gesichtern bei Stone Enterprises machen«, hielt Piper dagegen. »Ich würde mich nicht wundern, wenn hinter der Ehrung und der Einladung in Wahrheit eine andere Hotelkette steckt.«

»Das meint Alex auch. Aber wie dem auch sei, wir müssen hin. Wir nehmen Gatlin und Ripley mit. Und unsere Mutter.«

»Und warum soll ich dabei sein?«

Er wusch sich im Spülbecken den Zwiebelsaft von den Händen. »Haben Sie mal ›Der Teufel trägt Prada‹ gesehen?«

»Moment mal. Wie bitte? Sie haben ›Der Teufel trägt Prada‹ gesehen, aber nicht ›Ferris macht blau‹?«

Chase lächelte. »Ich habe eine Schwester und eine Mutter. Also ja. Und außerdem, Anne Hathaway ist heiß.«

Piper lachte.

Das Geräusch beschwingte seine Schritte. »Wir brauchen jemanden, der die Leute kennt, auf die wir dort treffen. Und das sind Sie.«

»Sie meinen, ich soll hinter Ihnen herlaufen und Ihnen zuflüstern, mit wem Sie es zu tun haben, damit Sie gut dastehen?«

Er lächelte. »Irgendetwas sagt mir, das würden Sie nicht tun.«

»Bingo.«

»Wie wäre es, wenn Sie *neben* uns gehen? Keiner wird erwarten, dass wir jeden einzelnen Gast an diesem Abend gleich mit seinem Namen ansprechen. Aber die Leute wollen sehen, dass wir uns bemühen. Sie kennen die Player der Branche besser als wir.«

»Aber nicht so viele, wie Sie vielleicht glauben.«

Chase ließ nicht locker. »Alex und ich brauchen Sie.«

Sie stöhnte. »Wie schick und formell ist denn der Abend?«

»Schwarze Krawatten, edle Kluft«, antwortete er.

»Dann kann ich sowieso nicht mit. Ich habe nämlich nichts zum …«

»Alex muss auch shoppen. Das ist ein geschäftlicher Termin, also geht der Einkauf auf die Firma.« Welche Frau konnte dazu schon Nein sagen?

»Ich …«

»Inklusive Schuhe und Handtasche.« Chase machte den Köder noch ein bisschen saftiger.

Piper schwieg.

Inzwischen war er an die Pausen in ihren Gesprächen gewöhnt und wartete einfach nur ab.

»Kann ich den Aston zu der Veranstaltung fahren?«

Er stieß eine Faust in die Luft. »Könnten Sie. Aber wir lassen Sie mit einer Limousine abholen.«

»Ha! Das sind die Leute, die in Texas einen Mietwagen wollten.«

»Geben Sie sich einen Ruck, Piper. Helfen Sie uns, ein bisschen vom Geld unseres Vaters auszugeben«, sagte Chase.

»Verdammt, warum haben Sie das nicht gleich gesagt? Ich bin dabei.«

»Perfekt.«

* * *

Dass sie shoppen gehen würde, hatte Piper gewusst. Mit einem Mädelstag hatte sie nicht gerechnet.

Als sie am Montagmorgen gemeinsam mit Alex die Termine für die Woche durchging, bat die sie, sie solle ihr den Tag ab elf freihalten und sich selbst auch nichts mehr vornehmen. Kurz vor elf Uhr tauchte dann Chase mit seiner Mutter auf.

»Ich möchte Ihnen gern meine Mutter vorstellen, Piper. Vivian.«

Die Ähnlichkeit war deutlich, mehr bei Alex als bei Chase. Aber er hatte ihre Augen.

Piper stand auf und streckte der Frau die Hand hin. »Es freut mich sehr, Sie kennenzulernen.«

»Ich habe schon viel von Ihnen gehört«, sagte Vivian.

»Wirklich?« Pipers Blick flog zu Chase. Weshalb redete er mit seiner Mutter über sie?

»Alex und Chase sind ganz begeistert von Ihrer Arbeit.«

Ach, darum ging es. Um das, was sie den lieben langen Tag im Büro tat. Nur weil Chase gelegentlich mit ihr flirtete, erzählte er nicht gleich seiner Mutter von ihr.

»Ich mache nur meine Arbeit«, antwortete sie.

Alex kam mit ihrer Handtasche aus dem Eckbüro. »Ich dachte doch, ich habe dich gehört.«

Mutter und Tochter umarmten sich. »Wie schön, dass wir zusammen losziehen können«, sagte Vivian.

»Finde ich auch.« Alex schaute Piper an. »Kann's losgehen?«

»Einen kleinen Moment noch.«

Piper ging zu Dees Schreibtisch. »Wenn du heute Zeit hast, setz dich mit der Regional Heart Association in Verbindung und bitte um die Gästeliste für das Wohltätigkeitsdinner. Dann schau auf den Firmenseiten der Teilnehmer nach und such nach Informationen über sie und nach Fotos.«

»Das kriege ich hin«, versicherte Dee.

Zurück an ihrem eigenen Schreibtisch öffnete Piper eine Schublade, schob die Cracker beiseite und nahm ihre Handtasche heraus. »Fertig.«

»Viel Spaß«, sagte Chase zu den Frauen.

»Den werden wir haben«, antwortete Alex.

Einen Moment lang schaute Piper Chase in die Augen. Alex und Vivian waren bereits auf dem Weg zu den Aufzügen.

»Piper?«, rief Alex.

Shit. Sie hätte nicht einfach dastehen und ihren Boss anstarren sollen.

Er wedelte mit der Hand, als wollte er sie verscheuchen.

Am liebsten hätte sie dieser Hand einen Klaps gegeben. Stattdessen lachte sie und eilte hinter den anderen her.

Der Einkaufsbummel begann mit einem Lunch.

Zum Glück war heute ein Vier-Cracker-Tag und die Übelkeit hatte sich noch morgens verzogen.

Doch kaum saßen sie an einem Tisch, schlug Alex Champagner vor.

Verdammt! »Für mich lieber keinen. Wenn ich jetzt etwas trinke, fallen mir nach dem Essen die Augen zu.« Piper schaute den Kellner an. »Club Soda für mich. Aber bitte in einem Weinglas, dann sieht das Wasser nicht ganz so brav aus.«

»Ganz wie Sie möchten«, sagte Alex. »Mom?«

»Lass die Korken knallen.«

Nachdem sie diese erste Hürde gemeistert hatte, legte Piper die Serviette in ihren Schoß und ließ den Blick durch das hippe Rodeo-Drive-Restaurant schweifen. »Haben Sie hier schon mal gegessen?«, fragte sie die Frauen.

»Nein«, antworteten Mutter und Tochter wie aus einem Mund.

»Aber eingekauft haben Sie hier in dem Viertel schon mal?«

»Vor sehr langer Zeit«, antwortete Vivian.

»Nein, noch nie«, sagte Alex.

Ein bisschen mehr wollte Piper noch erfahren. »Darf ich Sie beide etwas fragen?«

»Nur zu.« Vivian nickte.

Piper kniff die Augen zusammen. »Falls das zu weit geht …« Sie suchte nach den richtigen Worten. »Falls die Frage zu persönlich ist, sagen Sie es einfach.«

»Im Moment bin ich nicht Ihr Boss, Piper. Wir sitzen beim Lunch am Rodeo Drive und werden später einen Haufen Geld für Kleider ausgeben, in denen wir zu einer Oscarverleihung gehen könnten. Also fragen Sie.«

Piper räusperte sich und schaute Alex an. »Wie kann es sein, dass Ihr Vater in Geld nur so geschwommen ist, Sie aber nie in seinem Privatjet gesessen haben? Er hat nur ein paar Meilen von hier gewohnt, und Sie waren nie hier in der Gegend? Man sollte doch meinen, Sie gehen in den Läden und Restaurants hier ein und aus.«

Vivian seufzte. »Ich glaube, diese Frage kann ich beantworten.«

»Bitte«, sagte Alex.

»Aaron und ich hatten einen Ehevertrag. Wir waren zwar jung und er war noch nicht der Mann, den Sie Jahre später kennengelernt haben, aber er stammte aus einer sehr wohlhabenden Familie. Seine Eltern wollten das Vermögen ihres Sohnes für den Fall einer Scheidung schützen. Mir hat das nichts ausgemacht, ich war nicht auf sein Geld aus. Tragischerweise habe ich ihn geliebt. Aber schon ein paar Jahre später war er wie besessen von dem Gedanken, ein Imperium zu schaffen. Für eine Familie war kein Platz mehr in seinem Leben. Nach der Scheidung habe ich die vertraglich vereinbarte Abfindung bekommen. Der Unterhalt für die Kinder war gedeckelt, was vermutlich gar nicht zulässig war. Ich hätte dagegen vorgehen können, habe es aber nicht getan. Ihm und mir wurde das gemeinsame Sorgerecht zugesprochen. Doch bald habe ich festgestellt, dass die Kinder Aaron nie sahen, sondern die ›Daddy-Zeit‹ mit einem Kindermädchen verbrachten. Da habe ich gedroht, vor Gericht zu gehen und ihm richtig viel Ärger zu machen, wenn er sich nicht entweder selbst um die beiden kümmert oder sie mir ganz überlässt.«

Während ihre Mutter die Geschichte erzählte, starrte Alex unverwandt ins Leere.

»Hin und wieder haben sie ihren Vater natürlich gesehen. Und während der Junior Highschool hatte Chase eine Phase, in der er glaubte, er könnte seinen Vater zwingen, sich mit ihm zu befassen. Mein armer Junge.«

»Du konntest nichts dafür, Mom«, sagte Alex.

»Ich weiß. Wenn ich den Mann schon während unserer Ehe nicht dazu bringen konnte, sich Zeit für seine Kinder zu nehmen, war das nach der Scheidung erst recht komplett aussichtslos. Aaron hat dafür gesorgt, dass wir genügend Geld hatten, um in bescheidenem Wohlstand zu leben. Auch das College hat er seinen Kindern bezahlt, sie aber nicht in einem Jet durch die Gegend geflogen. Das war den Melissas in seinem Leben vorbehalten.«

»Stand er denn unter keinerlei öffentlichem Druck, mehr für seine Kinder zu tun?«, fragte Piper.

»Vielleicht gab es den, aber einem solchen Leben wollte ich meine beiden nicht aussetzen. Ja, ihr Nachname war Stone. Aber kaum jemand wusste, dass sie mit *diesen Stones* verwandt waren.«

Alex beugte sich vor und senkte die Stimme. »Wir haben nie in den Stone-Hotels übernachtet.«

»Selbstverständlich nicht!«, bekräftigte Vivian.

»Schauen Sie nicht so schockiert, Piper. Chase und ich hatten eine wunderbare Kindheit. In den Ferien hat Mom mit uns Roadtrips unternommen, wir sind Campen gegangen und haben sogar ein paar Kreuzfahrten gemacht. Nur mit einem

Privatjet sind wir nie geflogen und wir haben nie in einer Penthousesuite gewohnt. Aber Sie vermutlich auch nicht.«

Piper dachte einen Moment lang nach. »Sie haben wirklich nicht damit gerechnet, dass Sie irgendetwas erben.«

»Dass es anders kam, hat niemanden mehr überrascht als uns«, versicherte ihr Alex.

Der Kellner kam mit den Getränken und sie bestellten das Essen.

Dann hob Alex ihr Glas. »Auf neue Erfahrungen.«

Piper stieß mit ihrem Club Soda mit den Frauen an.

Nachdem Alex ihr Glas abgestellt hatte, faltete sie die Hände auf dem Tisch und schaute Piper in die Augen. »Jetzt sind Sie dran.«

Oje.

»Meine Eltern leben in Ohio. Alles ziemlich langweilig.«

Alex schüttelte den Kopf. »Davon spreche ich nicht.«

Dass ihr Herz einen Moment lang aus dem Rhythmus kam, verriet Piper, dass ihr die nächste Frage vermutlich nicht gefallen würde.

»Wovon denn dann?«

»Was ist los zwischen Ihnen und meinem Bruder?«

Am liebsten hätte Piper ihr Wasserglas genommen und sich dahinter versteckt. Aber mit dieser stummen Geste hätte sie laut und deutlich alles gesagt.

Vivian musterte Piper mit einem breiten Grinsen. »Sie und Chase?«

»Sie war die Frau auf dem Foto in *The Beat*«, erklärte Alex ihrer Mutter.

Vivian schnappte nach Luft und kicherte wie ein junges Mädchen.

»Ich bin gestolpert, er hat mich festgehalten.« Die Lüge ging Piper schon recht routiniert über die Lippen, und inzwischen glaubte sie sie bereits selbst. »Nichts passiert.«

»Ach. Seltsam. Er hat gesagt, Ihnen sei schwindlig gewesen.«

Schnell, Piper. Schnell! »Ja, mir war schwindlig, und da bin ich gestolpert. Gut, dass er da war, sonst hätte ich am Boden gelegen.« Ihre Hand schob sich zu ihrem Glas.

»Interessant«, meinte Alex.

Höchste Zeit für einen Schluck Wasser.

»Über den Artikel haben wir sehr gelacht. Unglaublich, was sich die Medien alles ausdenken«, sagte Piper.

Nie war sie glücklicher über die Ankunft eines Kellners gewesen, der volle Teller brachte. Eine gute Gelegenheit für einen Themawechsel.

Während Vivian ihrer Enttäuschung Ausdruck verlieh und betonte, wie sehr sie ihren Kindern alles Glück der Welt und einen lieben Menschen im Leben wünschte, achtete Piper darauf, dass ihr Mund immer voll war und sie nicht viel mehr tun konnte als nicken.

Kapitel 22

Am Samstagmorgen setzte sich Piper im Bett auf, öffnete die Augen und … war hungrig.

Ganz vorsichtig bewegte sie sich ins Bad, doch die Übelkeit blieb aus. Heute war schon Tag drei ohne die Übelkeitsfee, und in ihr keimte die Hoffnung, das Schlimmste könnte hinter ihr liegen.

Nach zwei Schalen Haferflocken und etwas Toast packte sie Kit in ihren Wagen und fuhr mit ihm zu einem Park. Dort arbeitete sie mit ihm, übte Kommandos und gab ihm ab und zu eine Belohnung. So früh am Samstagmorgen war sie gern mit ihm hier. Dann war der Park noch fast leer und niemand beklagte sich, wenn sie Kit ohne Leine laufen ließ.

Die Leine hing um ihren Hals wie Dr. Resniks Stethoskop, und zum ersten Mal seit Langem dachte sie an ihre Gynäkologin, ohne dass sich ihre Brust dabei schmerzhaft zusammenzog. Vielleicht gewöhnte sie sich langsam an die Vorstellung, dass in ihr ein echter kleiner Mensch wuchs. Oder es lag daran, dass sie heute die Haferflocken bei sich behalten hatte. Ganz gleich, was der Grund war, Piper freute sich über den Frieden in ihrem Kopf und in ihrem Herzen.

Nachdem sie Kit noch eine Weile nach Herzenslust hatte rennen und spielen lassen, verließen sie den Park, damit sie ein paar Dinge erledigen konnte.

Als Erstes musste sie Geld abheben. Kit saß mit dem Rücken zur Wand dicht bei ihr, während sie die PIN eingab und das Geld aus dem Automatenfach nahm.

»Sehr beeindruckend«, sagte der Mann, der hinter ihr gewartet hatte, nachdem sie fertig war.

»Danke.« Damit verließ sie die Bank und fuhr weiter zum Nagelstudio.

Kit spazierte durch die Tür, als wäre er der Besitzer des Ladens. Dao, die alle paar Wochen an Pipers Finger- und Zehennägeln arbeitete, ging in die Hocke und lachte über Kits Begrüßungsküsse. »Mein Lieblingshund.«

»Und ich dachte immer, du freust dich, dass *ich* komme.«

Dao zuckte die Achseln und holte Hundeleckerlis aus einer Tüte hinter der Theke.

Kit setzte sich sofort und wartete brav. Nachdem er sich gedreht, Sitz und Platz gemacht und auf Kommando gebellt hatte, bekam er seine Belohnung. Dann rollte er sich neben dem Sessel zusammen, in dem sich Piper entspannte. Die Massagefunktion knetete sanft ihren Rücken, während Dao ihre Zehennägel frisch lackierte.

Ihr Smartphone klingelte. Es war Chase.

Auf ihrem Display erschien er als »Gazillionär«. Weil sie nicht gern in der Öffentlichkeit telefonierte, ließ sie den Anruf auf die Mailbox laufen. Sie konnte ihn zurückrufen oder ihm eine Textnachricht schicken, wenn sie hier fertig war.

Er rief sofort noch einmal an.

Dao schaute von ihr zu ihrem Telefon. »Muss wichtig sein.«

Piper nahm den Anruf an. »Im Moment geht es nicht, kann ich zurückrufen?«

»Oh, gut. Da sind Sie ja.«

»Ja. Gibt es irgendein Problem?«

»Nein. Ich wollte nur Bescheid sagen, dass der Wagen um fünf Uhr dreißig bei Ihnen ist.«

»Und das konnten Sie mir nicht schreiben?«

»Und auf ein Gespräch mit Ihnen verzichten?«

Piper spürte, wie ihre Wangen warm wurden. »Gut, dass wir das für heute erledigt haben. Heute Abend werden wir von Ihren Angehörigen und massenhaft Leuten aus der Branche umgeben sein.«

»Was machen Sie gerade?«, fragte Chase.

Er wollte tatsächlich plaudern. Piper verdrehte die Augen. »Ich lasse mir die Nägel lackieren.«

»Und ich störe.«

»Ja. Genau!«, antwortete sie knapp.

»Fünf Uhr dreißig«, wiederholte er.

»Verstanden.«

»Und, Piper?«

»Was?«

»Reservieren Sie mir einen Tanz.« Damit legte er auf.

Einen Tanz? So eine Veranstaltung war das?

»War das dein Freund?«, fragte Dao.

Piper schüttelte den Kopf. »Nein.«

»Aber er holt dich um halb sechs ab und will mit dir tanzen?«

Sie hob ihr Smartphone. »Das hast du gehört?«

»Er war ziemlich laut«, sagte die andere Mitarbeiterin des Nagelstudios aus ein paar Schritten Entfernung.

Die Frau im Sessel neben Piper nickte. »Und Sie strahlen. Wenn er nicht Ihr Freund ist, sollte er es vielleicht werden.«

»Ausgeschlossen.« Nicht, dass Piper hier irgendetwas hätte erklären müssen.

»Verheiratet?«, fragte Dao.

»Nein.«

Dao schaute die Kundin neben Piper an und hob die Schultern. »Dann wird vielleicht doch was aus den beiden.«

Mit einem düsteren Blick setzte Piper sich auf. »Dein Trinkgeld wird kleiner und kleiner.«

* * *

Weil er aus eigener Erfahrung wusste, wie mühsam es war, rückwärts wieder aus der Einfahrt zu kommen, ließ Chase den Fahrer der Limousine draußen an der Straße halten. Er stieg aus, rückte die Manschetten seines Smokings zurecht und machte sich auf den Weg zum Haus.

Am Hauptgebäude auf dem Grundstück bewegten sich die Gardinen. Offenbar behielt Pipers Nachbar gut im Auge, wer hier auftauchte. Chase tat, als würde er es nicht bemerken, ging zu Pipers Tür und klopfte an.

Kit bellte.

Chase hörte, wie Piper dem Rottweiler das Kommando gab, still zu sein.

Gleich danach rief sie: »Komme gleich.«

Er ging ein paar Schritte vom Haus weg und schaute die Einfahrt entlang. Dann hörte er, wie die Tür geöffnet wurde.

»Sie sind ein bisschen früh …«

Chase wandte sich um und landete kopfüber im Himmel auf Erden. Perfekt! Piper war ganz und gar perfekt. Sie trug ein langes schwarzes Kleid mit einem Oberteil aus Spitze mit schmalen Trägern. Der Ausschnitt war tief genug, um den Ansatz ihrer Brüste zu zeigen, der Schnitt betonte ihre Taille. Von dort aus fiel ein anderer Stoff – vermutlich Seide – glatt und fließend bis fast zum Boden. Ein seitlicher Schlitz reichte bis zur Mitte ihres Oberschenkels. An den Füßen mit den makellos lackierten Nägeln trug sie elegante High Heels mit einem verdammt sexy schmalen Riemen um die Knöchel. Das Haar war hoch auf ihren Kopf getürmt, glitzernde, tropfenförmige Ohrringe blitzten an ihren Ohrläppchen. Ihre einzigartigen Augen waren stärker geschminkt als sonst, und von dem Rotton auf ihren zum Küssen schönen Lippen würde er träumen, sobald er die Lider schloss. »Wow!«

»Ich dachte, Sie wollten einen Wagen schicken.«

»Der steht ...« Er zeigte hinter sich und verlor den Faden. »Sie sind absolut umwerfend.«

Piper schaute an sich hinunter und hob das Kleid ein wenig an. »In dem Fetzen?«

»Wow.«

»Ich muss noch kurz meine Handtasche holen.« Sie verschwand.

Er wollte ihr ins Haus folgen, doch Kit verstellte ihm knurrend den Weg.

»Okay, Kumpel.« Chase blieb draußen auf der Veranda.

Piper war schnell zurück. »Brav sein, Kit«, sagte sie und schloss die Haustür.

Chase hielt ihr seinen Ellbogen hin.

Sie legte die Hand in seine Armbeuge und kicherte. »Fühlt sich fast an, als wären wir auf dem Weg zum Abschlussball.«

»Nur dass wir nicht um zehn zu Hause sein müssen.«

Sie musterte ihn kurz. »Sie sehen auch ganz erträglich aus in dem Smoking, Stone.«

»Mich wird kein Mensch anschauen.«

Der Fahrer der Limousine stand an der geöffneten hinteren Tür. Chase geleitete Piper hin, wartete, bis sie eingestiegen war, ging dann zur anderen Seite und setzte sich neben sie.

Mit einem breiten Grinsen schaute sie sich in dem geräumigen Wagen um. »Völlig gaga.«

Chase musste sie immerzu anstarren. »Nicht meine übliche Art der Fortbewegung, aber ich könnte mich daran gewöhnen.«

Piper lächelte. »Werden die Leute nicht reden, wenn wir gemeinsam ankommen?«

Ihm war das egal. Im Gegenteil, wenn er ehrlich war, kam ihm das sogar entgegen. Er wollte Piper besser kennenlernen, herausfinden, ob sie so gut schmeckte, wie sie aussah, sie in aller Öffentlichkeit anlächeln. Das Risiko, dass dann irgendwer etwas sagte, ging er sehr gern ein.

Dabei hatte er die Bedenken seiner Schwester nicht vergessen. Schließlich waren ihre Sorgen nicht unbegründet, und wenn er Piper nur als Gelegenheitsbekanntschaft betrachtet hätte, hätte er Alex' Warnung beherzigt. Aber so konnte er Piper nicht sehen. Sie war kein Date, sie war eine Beziehung. Das spürte er tief in seinem Inneren. Jetzt musste er nur noch sie davon überzeugen.

»Sollen sie doch«, antwortete er und meinte es genau so.

»Chase …« Das klang wie die Bitte, sich vorzusehen.

»Bislang sind wir mit dem Tratsch doch ganz gut klargekommen. Und jetzt denken Sie einfach nicht mehr daran. Heute Abend müssen wir kräftig netzwerken.«

Sie lächelte unsicher. »Okay. Dann an die Arbeit.«

»Und tanzen, Cocktails trinken und essen. Es ist also tatsächlich ein bisschen wie ein Abschlussball.«

Als Piper aus dem Fenster schaute, schob Chase wie zufällig seine Hand über ihre, die auf dem Sitz zwischen ihnen lag. Und anstatt ihre Hand wegzuziehen, schlang Piper den Zeigefinger um seinen.

* * *

Vor dem Eingang zu der Veranstaltung stand eine Handvoll Reporter.

»Kameras? Wirklich?«, fragte Piper, während der Fahrer die Limousine hinter den anderen wartenden Wagen einreihte.

»Das überrascht mich. In Hollywood ist heute wohl nicht viel los.«

Das Herz schlug ihr bis zum Hals. Die Limousine fuhr die letzten Meter bis zum Eingang, der Fahrer sprang hinaus und öffnete ihnen die Tür.

Chase stieg als Erster aus und hielt ihr die Hand hin, um ihr zu helfen. Sie legte die Finger in seine und stieg vorsichtig aus. Auf keinen Fall wollte sie über ihr Kleid stolpern und hinplumpsen wie ein Kleinkind bei seinen ersten Schritten.

Sobald sie draußen standen, rief jemand nach Chase.

»Mr Stone, hierher bitte.«

Er wandte sich nicht einmal um. Stattdessen beugte er sich zu ihr und raunte ganz nahe an ihrem Ohr: »Sie sind wunderschön.«

Sie drückte seine Hand. »Lassen Sie bloß nicht zu, dass ich auf die Nase falle.«

»Ich gebe mein Bestes.«

»Mr Stone. Nur ein paar Fotos.«

Diesmal ignorierte er die Rufe nicht, blieb stehen, rückte näher an Piper heran und legte ihr seine Hand ins Kreuz.

»Was tun Sie da?«, wisperte sie.

»Wenn wir nett lächeln, lassen sie uns schneller in Ruhe.«

Irgendetwas sagte ihr, dass das gelogen war. Trotzdem lächelte sie.

Chase drehte sich mit ihr in die andere Richtung, und Blitzlichter hielten den Moment fest. Die Hand noch immer an ihrem Rücken, lenkte er sie danach sanft Richtung Eingang.

Im Empfangsbereich wartete ein weiterer Fotograf, der Fotos machte, ohne um Posen zu bitten. Ein geladener Pressevertreter vielleicht? Um diese Veranstaltung in Zukunft vermarkten zu können, wurden schließlich Bilder gebraucht.

»Guten Abend, Mr Stone«, begrüßte sie ein älterer Mann mit Stirnglatze und Brille. »Im Namen der Regional Heart

Association heiße ich Sie und Ihren bezaubernden Gast willkommen. Mein Name ist Theodore Laughlin.«

Chase drückte dem Mann die Hand und drehte sich zu Piper. »Das ist Piper Maddox.«

Auch sie begrüßte Laughlin mit einem Händedruck.

Der Mann wandte sich wieder an Chase. »Zunächst möchte ich Ihnen meine tief empfundene Anteilnahme zum Tod Ihres Vaters aussprechen.«

Chase wich einen Schritt zurück und stand damit wieder neben Piper. »Danke.«

»Er war ein wunderbarer und sehr ehrenwerter Mann, und wir werden ihn bei unseren Veranstaltungen vermissen.«

Chase erstarrte.

»Mr Laughlin«, unterbrach Piper. »Wissen Sie, ob die anderen Gäste von unserem Tisch bereits hier sind?«

Ein wenig verwirrt stotterte der Mann: »Ich … ja … Miss Stone ist bereits da.«

»Wunderbar. Wenn Sie uns bitte entschuldigen wollen«, beendete Piper die unnötige Lobpreisung des Verstorbenen.

Sobald sie ein paar Schritte entfernt waren, flüsterte Chase ihr ins Ohr: »Bleiben Sie heute Abend bloß immer dicht bei mir.«

»So was werden Sie in den nächsten Stunden noch öfter hören.«

Und schon ging es los. Kaum waren sie aus dem Eingangsbereich in den Saal getreten, wurden sie von anderen Gästen umringt.

Wenn Piper jemanden erkannte, flüsterte sie Chase den Namen zu, bevor er den Leuten die Hände drückte. Er stellte sie immer als Piper Maddox vor. Nicht als seine Assistentin oder Sekretärin, nicht als Angestellte der Firma – einfach nur als Piper Maddox.

Bald hielt er einen der Kellner an, die Tabletts mit Wein und Champagner zu den Gästen trugen, und fragte Piper, ob sie gern ein Glas wollte.

»Das hebe ich mir noch ein bisschen auf«, antwortete sie. *Etwa fünf Monate lang.*

Schnell schob sie den Gedanken aus ihrem Kopf.

Chase ließ den Kellner weitergehen, ohne sich ein Glas für sich selbst zu nehmen.

Ziemlich schnell entdeckte Piper Alex und Vivian bei einer kleinen Gruppe. Ein Mann mit Cowboyhut lachte so laut, dass sich die Umstehenden nach ihm umdrehten. Obwohl sie ihn nur von hinten sah, wusste Piper sofort, wer er war.

»Ist das nicht Gaylord Morrison?«, fragte sie Chase.

Beim Anblick des Texaners glitt ein warmes Lächeln über seine Züge.

»Entschuldigen Sie uns bitte«, sagte er zu der Gruppe, mit der sie gerade gesprochen hatten. Wieder fand seine Hand in Pipers Kreuz, und gemeinsam gingen sie zu Morrison, Alex und Vivian.

Alex sah sie kommen und hob den Kopf. Sie schaute zwischen ihnen hin und her und schien den Atem anzuhalten. Piper versuchte, ein wenig von Chase abzurücken, und stieß dabei fast mit einem Kellner zusammen.

Chase trommelte kurz mit den Fingern auf ihren Rücken, ließ sie aber dort liegen. Es war, als wüsste er genau, wie sie beide wirkten, und würde sich auf die unvermeidlichen Fragen geradezu freuen.

»Wow, Mom, du siehst fantastisch aus.« Chase nahm die Hand weg, um seine Mutter mit einer Umarmung und einem Wangenkuss zu begrüßen.

Vivian hatte sich für einen etwas konservativeren Look entschieden. Über einem cremefarbenen, wadenlangen Unterkleid trug sie ein Überkleid aus schwarzer Spitze mit angeschnittenen

Ärmeln. Ein paar Strähnen ihres aufgesteckten Haars fielen ihr über den Rücken.

»Ich habe ihr schon gesagt, sie ist die Schönste hier im Saal.« Gaylord zwinkerte.

»Nun hör aber auf«, schimpfte Vivian. Doch ihre rosigen Wangen und ihr strahlendes Lächeln verrieten, wie sehr sie sich über das Kompliment freute.

Chase nickte seiner Schwester zu. »Zieh dich weiterhin so an und ich nenne dich in Zukunft Alexandra.«

Alex trug ein absolut atemberaubendes bodenlanges goldenes Kleid mit jeder Menge Glitzersteinchen. Es war tief ausgeschnitten, die Ärmel bedeckten ihre Schultern, aber nicht ihre Arme. Der Schlitz an der Seite ließ Pipers Kleid geradezu brav aussehen.

»Wag es bloß nicht«, sagte Alex zu ihrem Bruder.

Er drückte Gaylord die Hand. »Schön, ein vertrautes Gesicht zu sehen.«

»Diesen Abend hätte ich mir um keinen Preis entgehen lassen. Die Einladung kam allerdings reichlich spät.«

»Schau nicht uns an. Wir haben es auch erst ganz kurzfristig erfahren«, erwiderte Alex.

»Diese Organisationen wissen, wie man den Köder auswirft, um an Geld zu kommen.«

Piper gefiel der Klang nach Texas in seiner Stimme und Morrisons schiere Präsenz.

»Ich weiß nicht, ob du Piper Maddox schon kennst, Gaylord.«

»An ein so hübsches Gesicht würde ich mich erinnern.«

Sie drückte ihm die Hand. »Ich weiß alles über Sie.«

»Hey, das ist unfair.« Er lächelte.

Alex beugte sich vor. »Piper ist unsere Assistentin. Sie war auch schon die Assistentin unseres Vaters, bevor …«

Piper hatte das Gefühl, ein wenig in die Schranken gewiesen zu werden. Zwar stand sie in einem Dreitausend-Dollar-Abendkleid hier und die Schuhe und die Handtasche hatten fast noch einmal so viel gekostet, doch sie besuchte den Ball wie Cinderella. Hinterher würde sie in ihr Häuschen und zu ihrer Familie aus Tieren zurückkehren.

Aus einem Tier.

»Dann verraten Sie mir doch mal, Piper, hat Aaron mir hinterherspioniert?«

»Firmengeheimnis, Mr Morrison. Ich könnte es Ihnen sagen, aber dann … Nun ja.« Piper zog vielsagend ihre Handkante über ihre Kehle.

Gaylord lachte so laut, dass sich erneut viele Köpfe nach ihm drehten.

»Sie gefallen mir.« Er beugte sich zu ihr. »Falls Sie mal keine Lust mehr haben, für diese Amateure zu arbeiten, melden Sie sich.«

»Hey!«, schimpfte Chase. »Möchtest du dir deinen texanischen Charme nicht für jemanden aufheben, der näher an deinem Alter ist?« Damit schaute er zu seiner Mutter.

»Die beste Idee des Tages.«

Vivian gab ihrem Sohn mit ihrer Handtasche einen spielerischen Klaps auf den Arm. »Hör nicht auf ihn, Gaylord.«

»Komm, Vivian, lassen wir die jungen Leute reden und setzen uns zu einem Drink an die Bar. Für die richtig guten Tropfen muss man bei diesen Abenden extra bezahlen.«

Vivian schaute zwischen ihren Kindern hin und her. »Warum nicht.«

Gaylord trat strahlend einen Schritt beiseite, damit Vivian vor ihm hergehen konnte. »Wenn ihr uns bitte entschuldigen wollt.«

Sobald sie sich in Bewegung gesetzt hatten, lag Gaylords Hand an Vivians Taille.

»Müssen wir ihn jetzt bald Daddy nennen?«, fragte Chase seine Schwester.

»Ich glaube, er ist ihretwegen hier, nicht wegen uns.« Alex rückte ein wenig näher.

»Er ist schon lange geschieden und seither Single«, steuerte Piper bei.

»Woher weißt du das?«, fragte Alex. Seit ihrem gemeinsamen Einkaufsbummel duzten sie sich.

»Euer Vater hat sich immer für seine Mitbewerber interessiert, und ich musste recherchieren.« Sie nickte in die Richtung, in die Gaylord und Vivian gemeinsam verschwanden. »Morrison hat zwei Kinder, Jack und Katelyn. Nach der Scheidung hat er das Sorgerecht bekommen. Der Name der Mutter fällt mir gerade nicht ein, aber es ist viele Jahre her, und er hat nicht wieder geheiratet.«

»Freundinnen?«, fragte Alex.

Piper zuckte die Achseln. »Jeder mit einer Kamera kann einen Schnappschuss von dir machen, wenn du gerade mit einer Frau sprichst, und dazu eine Story erfinden, die klingt, als würden bald die Hochzeitsglocken läuten.«

»Für einen Playboy ist er ein bisschen alt«, stellte Chase fest.

Piper hob den Kopf und er lachte. »Manche Playboys bleiben das bis zu ihrem letzten Tag.«

»Mir kommt er nicht so vor«, sagte Alex.

Auch auf Piper machte er keinen solchen Eindruck.

Plötzlich schaute Alex über Pipers Schulter hinweg. »Oh, Shit!«

»Was ist denn?« Piper wandte sich um und gab sich Mühe, nicht das Gesicht zu verziehen. Einige Schritte entfernt unterhielt sich Melissa Stone mit dem Geschäftsführer von Regent Hotels.

»Was macht die denn hier?«, fragte Chase.

»Sie ist die Witwe«, gab Piper zu bedenken.

»Aber wenigstens nicht mehr unsere Stiefmutter«, meinte Alex.

Piper konnte ein kleines Lächeln nicht unterdrücken. »Respekt. Die Frau weiß, was sie will. Dieses rote Kleid mit den Spaghettiträgern ist sicher kein Zufall.«

»Glaubt ihr, sie ist schon auf der Suche nach einem neuen Ehemann?« Alex hatte sich dicht neben Piper geschoben; sie sprachen leise und versuchten, nicht zu offensichtlich hinzuschauen.

»Das war jetzt nicht wirklich eine Frage, oder?«, gab Chase zurück.

»Auf Arbeit reagiert Melissa allergisch, aber Geld ist ihr wichtig. Sie schaut sich sicher bereits um.« Sie war blond, zierlich und jung und so vermögend, dass nicht der Eindruck entstand, sie bräuchte dringend einen neuen reichen Mann. Aber angesichts des Lebensstandards, an den Melissa gewöhnt war, hätte Piper ein Monatsgehalt darauf verwettet, dass die Frau binnen eines Jahres jemanden heiraten würde, der ihr vergleichbar viel bieten konnte wie Aaron.

Nur dass sie diesmal mit Sicherheit einen besseren Ehevertrag aushandeln würde.

»Die gute Nachricht ist … sie ist nicht gekommen, um eine Szene zu machen.« Piper wandte Melissa den Rücken zu und stellte sich so, dass Chase und Alex zu ihr schauen und dabei halbwegs unauffällig Melissa beobachten konnten.

»Bei dieser Frau weiß man nie. Als sie im Haus aufgetaucht ist und die Uhren geklaut hat, war sie nicht gerade die Höflichkeit in Person«, gab Chase zu bedenken.

»Stimmt. Nur wenn sie hier wirklich Ausschau nach dem nächsten Heiratskandidaten hält, reißt sie sich zusammen. Mist reden kann sie natürlich trotzdem.« Piper glaubte, Melissa ganz gut einschätzen zu können. »Aber die Gefahr, dass sie

Firmengeheimnisse ausplaudert, besteht nicht, weil sie nämlich keine kennt.«

»Die Firmengeheimnisse machen mir auch keine Sorgen«, sagte Chase.

»Ach … ja.« *Der Bruder.* »Könnte sie denn wissen …?« Jetzt flüsterte Piper beinahe.

»Nichts ist unmöglich«, flüsterte Alex zurück.

Früher oder später würde dieses Geheimnis ans Licht kommen.

Piper strich mit der Hand über ihr Kleid … ihren Bauch. Kein Geheimnis ließ sich für immer verbergen.

Kapitel 23

Nach dem Cocktailempfang verlagerte sich das Geschehen in den Speisesaal. Floyd Gatlin und Arthur Ripley hatten ihre Ehefrauen mitgebracht, die Chase beide noch nicht kannte. Gatlins Frau Ann saß zwischen ihrem Mann und Ripley und unterhielt sich vor allem mit den beiden. Ripleys Frau Daniella hingegen saß neben Vivian und die beiden plauderten bald angeregt.

»Sie hatte ich hier nicht erwartet«, sagte Gatlin zu Piper, als der erste Gang serviert wurde.

Obwohl sich Piper ihr Unbehagen über die Bemerkung nicht anmerken ließ, spürte Chase es deutlich.

»Warum sollte sie nicht hier sein?«, fragte Alex. »Piper ist unsere rechte Hand.«

»Sind das denn nicht mein Mann und Arthur?«, fragte Ann. »Du bist doch nicht etwa herabgestuft worden, Schatz?« Ann drehte sich zu ihrem Mann.

»Nein, Honey. Ich bin immer noch stellvertretender Geschäftsführer.«

»Piper ist uns in dieser Übergangszeit eine unschätzbare Hilfe«, bekräftigte Alex.

»Und ein wichtiges Mitglied unseres Teams. Wir setzen großes Vertrauen in sie. Bei Stone Enterprises wird die Bezeichnung ›Assistentin‹ aus guten Gründen verwendet, und Alex und ich verstehen das nun besser denn je«, erklärte Chase.

Gatlin presste die Kiefer zusammen und fixierte Piper.

Chase spürte ein Prickeln im Nacken, als würden sich die Härchen dort aufrichten.

»Das ist nun wirklich neu. Ich glaube, eine *Assistentin* habe ich bei so einer Veranstaltung noch nie gesehen.«

Auf gar keinen Fall sollte Piper sich hier irgendwie fehl am Platz fühlen. Doch Gatlins Kommentare zielten genau darauf ab. Chase wollte den Mann in die Schranken weisen, doch Piper kam ihm zuvor.

»Eigentlich schade«, sagte sie zu Gatlin. »Nehmen Sie zum Beispiel Julia, die nie den Überblick über Ihren vollgepackten Terminkalender verliert. Gar nicht so einfach, wenn Sie wegen Ihrer häufigen langen *Familien*wochenenden wieder einmal Meetings verlegen und neu planen muss. Aber Julia hält ihrem Boss ganz selbstverständlich jederzeit den Rücken frei.« Pipers Lächeln hatte einen kleinen Stachel.

Dass Gatlins Blick zu seiner Frau flog, zeigte Chase deutlich, was Piper gerade getan hatte, und Anns nächste Worte bestätigten es.

»So viele lange Familienwochenenden gibt es bei uns doch gar nicht. Das letzte war … irgendwann vor Weihnachten.« Ann musterte ihren Ehemann.

»Es gibt auch Wochenenden mit geschäftlichen Verpflichtungen, Ann.« Gatlin hatte einen angespannten Zug um den Mund. »Sicher hat Piper davon gesprochen.«

Mit ihrer Bemerkung hatte sie seine Kritik an ihrer Anwesenheit bei diesem Dinner erfolgreich zum Verstummen gebracht und vermutlich dafür gesorgt, dass er dieses Wochenende auf der Couch schlafen musste. Er und Aaron hatten immer wieder Wochenendtrips mit ihren Geliebten unternommen.

Unter dem Tisch streifte Chase Pipers Knie mit seiner Hand. Sie antwortete, indem sie mit der Fußspitze auf seinen Fuß tippte, schaute ihn dabei aber nicht an.

Der Kellner brachte frischen Champagner und Alex wechselte das Thema. »Hat Gaylord gesagt, weshalb Jack heute nicht hier ist, Mom?«

»Eines von Jacks Kindern ist wohl krank.«

»Hoffentlich nichts Ernstes«, sagte Alex.

»Es klang nicht danach, aber für die Morrisons steht die Familie immer an erster Stelle«, antwortete Vivian.

Stille legte sich über den Tisch wie ein Dunstschleier. Von Stone Enterprises konnte man so etwas nicht behaupten. Die Familie spielte in der Firmenphilosophie keine Rolle und wurde im Leitbild des Unternehmens mit keinem Wort erwähnt.

Chase würde das ändern.

Für seinen Geschmack zog sich das Dinner unnötig in die Länge. Endlich stellte sich der Vorsitzende der Regional Heart Association auf dem Podium ans Mikrofon und richtete das Wort an die Versammelten.

> *Wir danken Ihnen allen für Ihr Kommen … blah, blah, blah. Mit Ihren großzügigen Spenden retten Sie unzählige Leben … blah, blah, blah.*

Chase hörte nur mit einem Ohr zu, beobachtete Pipers Gesicht während der Rede aber sehr genau.

Obwohl derart exklusive Wohltätigkeitsevents bisher nicht in seinem Kalender gestanden hatten, erkannte er, dass hier vor allem Speichelleckerei auf hohem Niveau betrieben wurde. Ganz sicher tat diese Vereinigung zur Förderung der Herzgesundheit viel Gutes – genau wie die meisten anderen Organisationen, die sich dem Kampf gegen schwere Krankheiten verschrieben hatten. Gleichzeitig war er sich sicher, dass ein großer Teil der Spenden Leuten wie Theodore Laughlin zugutekam, die dann bei prestigeträchtigen Veranstaltungen Reden hielten, die Erfolge der Organisation auflisteten und um weitere Spenden warben.

Chase registrierte, wie Piper immer in genau den Momenten fast unmerklich die Augen verdrehte, die Lider zusammenkniff oder hinter ihrer Hand ein Grinsen versteckte, in denen auch er das Gefühl hatte, dass der Redner nicht ganz aufrichtig war. Als er die Stimme des Mannes schon fast ausgeblendet hatte, hörte er plötzlich laut und deutlich die Worte »Stone Enterprises«.

»… sind wir stolz und glücklich, heute Abend Alexandra und Chase Stone unter uns zu haben.«

Unter dem höflichen Applaus der Versammelten drehte sich Alex zu ihrem Bruder und schaute ihn an.

»Unweigerlich und leider allzu häufig werden wir als Regional Heart Association mit plötzlichen und unerwarteten Todesfällen durch Herzkrankheiten konfrontiert. Allzu oft erleben wir die Trauer und Verzweiflung der betroffenen Familien.«

Chase spürte, dass sich nun endgültig alle Blicke auf ihren Tisch richteten.

Piper bemühte sich um einen neutralen Gesichtsausdruck.

Alex straffte die Schultern.

Und ihre Mutter verbarg ihr Gesicht, indem sie eine Hand an ihre Wange legte.

»Bitte heißen Sie jetzt Aaron Stones Kinder auf dem Podium willkommen.«

Er hätte es wissen müssen.

Wieder wurde geklatscht.

Alex beugte sich zu ihm. »Wenn ich da hochgehe, sieht mir jeder die fehlende Trauer und Verzweiflung deutlich an.«

Verdammt!

Chase schob seinen Stuhl zurück und tat, was er tun musste.

Piper lächelte ihn an und nickte ihm aufmunternd zu.

Als er auf dem Podium stand, wurde es still. »Vielen Dank. Ich denke, das ist mein Crashkurs für öffentliche Ansprachen. Und weil ich an unserem Tisch den Kürzeren gezogen habe, sehen Sie nun mich hier stehen und nicht meine schöne Schwester.«

Alex prostete ihm mit ihrem Champagnerglas zu.

Chase hielt inne und schaute in viele erwartungsvolle namenlose Gesichter.

Sein Blick traf den von Gaylord. Der Mann nickte kurz.

»Alex und ich möchten besonders denjenigen unter Ihnen danken, die heute vor allem wegen unseres Vaters hier sind. Für uns ist das eine gute Gelegenheit, Namen und Gesichter zu verbinden, und vielleicht geht es Ihnen ja ähnlich. Die meisten von Ihnen treffen wir heute Abend leider zum ersten Mal.« Chase holte tief Luft. »Und wenn Mr Laughlin von der Trauer und Verzweiflung nach einem plötzlichen unerwarteten Todesfall spricht, frage ich mich unwillkürlich, wie sich das anfühlt.«

Einige der Gäste schnappten hörbar nach Luft.

Chase fuhr fort. »Der Tod unseres Vaters kam nicht unerwartet. Nicht für Alex und mich. Wenn man fast all seine Energie darauf verwendet, ein Imperium zu schaffen, aber die Familie aus den Augen verliert, der man es eines Tages hinterlässt … was hat man dann am Ende davon? Schwere Herzprobleme, wie sich jetzt gezeigt hat. Eine Familie, die einen nicht kennt. Ein leeres Haus und teure Autos, die ungenutzt in der Garage stehen. Lassen Sie den Tod unseres Vaters zum Weckruf werden für alle unter uns, denen noch nicht bewusst ist, was wirklich zählt. Denn eines ist ganz sicher: Am Ende kommt keiner von uns mit dem Leben davon. Doch wie man sein Leben führt, wird nicht nur am Erfolg des Unternehmens gemessen, das man aufbaut oder für das man arbeitet. Viel wichtiger sind die Liebe, die man gegeben, und die Erinnerungen, die man geschaffen hat. Und vielleicht auch die Großzügigkeit, mit der man Organisationen wie die Regional Heart Association unterstützt, deren Arbeit womöglich eines Tages das Leben eines Menschen rettet, den man liebt.«

Chase schaute erst seine Mutter an, dann seine Schwester und schließlich Piper.

Sie wischte sich eine Träne aus dem Augenwinkel.

Als Erstes klatschte Gaylord, dann brach tosender Applaus aus.

Alles Wichtige war gesagt.

Chase bedankte sich und ging zurück zum Tisch, während sich die Gäste klatschend erhoben.

Seine Mutter umarmte ihn. »Ich bin so stolz auf dich.«

Er küsste sie auf die Wange und umarmte danach seine Schwester.

»Die Reden hältst in Zukunft immer du«, flüsterte Alex ihm ins Ohr.

Der Beifall verebbte, die Band griff zu den Instrumenten und die Party konnte beginnen.

Gatlin und Ripley schüttelten Chase die Hand, Daniella Ripley umarmte ihn kurz. »Ich weiß gar nicht, was ich sagen soll.«

Piper schüttelte den Kopf und wischte sich die Augen ab. »Sie sind so gar nicht wie Ihr Vater.«

Chase nutzte die Gelegenheit und umarmte sie mitten in einem Saal voller Menschen, die ihnen dabei zuschauten. Sie legte die Arme um seinen Rücken, und für einen viel zu kurzen Moment gab es nur sie beide.

Überall um sie herum verließen die Gäste ihre Tische. Einige warteten in der Nähe auf eine Gelegenheit, um ein paar Worte mit Chase zu wechseln.

Er ließ sie los und flüsterte ihr ins Ohr: »Ich werde nicht die Fehler meines Vaters wiederholen.«

Sie schauten sich einen Moment zu lange in die Augen.

Eine Hand fiel schwer auf Chase' Rücken. »Verdammt gut gesprochen, Stone.«

Chase wandte sich zu Gaylord um, der ihn herzhaft umarmte. Es war die Art Umarmung, bei der blaue Flecken von zu heftigem Schulterklopfen drohten, und Piper machte sich davon.

* * *

Während Chase mit seinem Fanclub beschäftigt war, ging sie zur Damentoilette.

Seine spontane Rede hatte sie tief ins Herz getroffen. Abgesehen von Vivian und Alex war sie vermutlich die einzige Person im Saal gewesen, die genau wusste, wie zutreffend seine Worte waren. Die unmissverständliche Kritik an der Lebensführung seines Vaters hatte er treffend und zugleich respektvoll formuliert. Eine Kombination, die nur wenigen Rednern gelang. Die meisten hätten wohl bitter oder unaufrichtig geklungen.

Eine Frau verließ die Toilette, als Piper sie betrat, grüßte kurz und ging davon.

Mit einem Blick in den Spiegel vergewisserte sich Piper, dass ihr Make-up durch die aufwühlenden Momente und unerwarteten Tränen nicht zu sehr gelitten hatte. Sie trug ein bisschen Puder und Lippenstift auf und wandte sich zum Gehen.

Genau in dem Moment, in dem Melissa die Tür öffnete.

»Was für eine Überraschung!«, ätzte Melissa.

Nicht schon wieder. »Diese Toilettengespräche müssen wirklich aufhören«, sagte Piper.

Melissa musterte sie von oben bis unten und heftete dann den Blick auf Pipers Schuhe. »Diese Sachen können Sie unmöglich mit Ihrem eigenen Geld gekauft haben.«

»Neidisch?«

»Ich bitte Sie.«

Wenn sie sich unbeobachtet fühlte, zeigte diese Frau ein völlig anderes Gesicht als in der Öffentlichkeit. »Sie können ja die Uhren Ihres verstorbenen Mannes verkaufen. Sicher verschafft Ihnen das ein ansehnliches Polster.«

Melissas Lächeln saß fest. »Ich weiß nicht, wovon Sie reden. Falls irgendwelche persönlichen Gegenstände meines verstorbenen Gatten fehlen, müsste man vielleicht seiner unbeaufsichtigten und unverschämten Sekretärin ein paar Fragen stellen. Wie sollte die sich sonst ein solches Outfit leisten können?« Melissa wedelte mit der Hand.

Piper konnte sich gut vorstellen, wie es nun weiterzugehen drohte, und beschloss, dieser Unterhaltung ein Ende zu setzen. »Danke für das nette Gespräch.«

Eine andere Frau öffnete die Tür, und Melissas finstere Miene fiel ab.

»Übrigens, ich liebe Ihr Kleid«, sagte Piper. »Rot ist definitiv Ihre Farbe.« Lustigerweise meinte sie jedes Wort genau so, wie sie es sagte. *Erstick sie mit Freundlichkeit.*

Melissas erboste Grimasse war ein Bonus.

Mit leichtem Herzen und beschwingtem Schritt ließ Piper die Witwe stehen. Die unangenehmen Begegnungen mit der Frau würden sich kaum wiederholen, denn normalerweise bewegten sie sich nicht in denselben Kreisen. Und Gatlins kaum versteckte Beleidigungen hatte sie mit ihrem Kommentar über seine Wochenenden erfolgreich abgewehrt. *Fang keine Zickereien an, die du nicht gewinnen kannst*, hatte sie ihm damit gesagt.

Dass dieser Abend für sie eine Ausnahme bleiben würde, war Piper bewusst. Floyd hatte natürlich recht: Bei einem Dinner, wo ein Tisch am Podium zehntausend Dollar und einer etwas weiter hinten im Raum sechstausend kostete, waren Leute wie sie nicht eingeplant. So ein Abend war irrsinnig teuer, und die Begleitperson, die ein geladener Gast mitbringen konnte, war ganz sicher keine Sekretärin, auch nicht, wenn sie die Bezeichnung »Assistentin« trug. Man lud ein Vorstandsmitglied ein oder jemanden aus der Familie. Oder man belohnte damit jemanden aus dem mittleren Management für besonderes Engagement. Die Pipers dieser Welt hatten bei solchen Anlässen nichts zu suchen.

Weil ihr all das sonnenklar war, war sie fest entschlossen, diesen Abend unter den Reichen und Schönen zu genießen und ihn sich weder von Melissa noch von Floyd verderben zu lassen.

Die Musik war jetzt deutlich lauter als vorher, die Lichter waren etwas gedimmt worden und die Tanzfläche füllte sich. Gleich als Erstes entdeckte Piper dort Gaylord und Vivian. Während die meisten Paare frei tanzten und sich dabei so gut wie nicht berührten, hatte Gaylord den aktuellen Pophit in einen langsamen Twostepp verwandelt. Jedenfalls bewegten er und Vivian sich eng umschlungen übers Parkett.

»Die beiden scheinen sich wohlzufühlen«, sagte Piper, während sie neben Alex trat.

»Ich weiß nicht, wie ich das finden soll«, antwortete Alex.

»Was wäre das Schlimmste, was passieren könnte?«

Alex warf Piper einen Blick zu, dann schaute sie zur Tanzfläche. »Lass mich überlegen. Sie könnten etwas miteinander anfangen, es geht eine Weile gut – oder auch nicht. Gaylord tut irgendetwas Unerfreuliches und – zack! – schon gibt es eine Fehde zwischen den Morrisons und den Stones. Wir haben schon genügend Herausforderungen. Auf Feindschaften können wir derzeit verzichten.«

»Oder …«, begann Piper, »… sie fangen etwas miteinander an und schlagen in ihrem Leben ein glückliches neues Kapitel auf, das nicht so schnell endet und eure Familien zusammenbringt. Falls sie aber merken, dass aus ihnen doch nichts wird, benehmen sie sich wie Erwachsene und trennen sich freundschaftlich.«

Einen Moment lang schien Alex über Pipers Worte nachzudenken. Doch ihr nächster Kommentar erwischte Piper kalt. »Denkst du, zwischen dir und Chase wird es auch so laufen?«

Der Kloß, der sich sofort in Pipers Kehle bildete, musste erst einmal hinuntergeschluckt werden. »Da ist nichts …«

»Ich sehe, wie er dich anschaut. Und zwar mit eigenen Augen und ohne jedes Bildbearbeitungsprogramm.« Alex drehte sich zu ihr. »Das geht nicht gegen dich, ich finde dich wunderbar. Zusätzlich zu der hervorragenden Arbeit, die du leistest, bist du für uns eine Freundin und Vertraute und setzt dich sehr für uns ein.«

»Aber?« Piper wollte alles hören, was Alex beschäftigte.

»Aber falls es schiefläuft zwischen euch, was dann? Verlässt du dann die Firma? Zieht sich Chase aus dem Tagesgeschäft zurück? Du weißt mehr über uns als jeder andere hier im Raum.« Alex klang wirklich besorgt.

Doch nicht, was Alex sagte, traf Piper tief, sondern dass Chase' Schwester aussprach, was sie sich bereits selbst gedacht hatte. Zwar konnte sie beteuern, sie werde niemals gehen, doch das bedeutete nicht, dass ihre Stelle sicher war.

»Ich bin nicht Melissa«, presste sie schließlich hervor.

Alex legte Piper eine Hand auf den Arm. »Das weiß ich.«

Plötzlich standen Piper Tränen in den Augen.

Erschrocken drückte Alex ihren Arm. »Ich hätte den Mund halten sollen.«

Reiß dich zusammen, Piper. »Nein. Du hast nur in Worte gefasst, was mir auch durch den Kopf geht.« Sie schluckte und sagte, was gesagt werden musste. »Ich habe den wunderbarsten Menschen getroffen, der mir je im Leben begegnet ist. Aber zum denkbar schlechtesten Zeitpunkt.«

»Piper?«

»Chase und ich, wir haben nicht … Ich will, dass du das weißt.« Sie schaute Alex fest in die Augen. Wenn herauskam, dass sie schwanger war, sollte seine Schwester nicht glauben, dass er etwas damit zu tun hatte.

»Es tut mir wirklich leid, dass ich davon angefangen habe.«

Wenn sie dieses Gespräch nicht sehr schnell beendete, würden tatsächlich Tränen fließen. »Nein, bitte. Aber glaub mir, ich brauche diesen Job mehr, als du dir vorstellen kannst. Ich werde nicht einfach verschwinden, es sei denn, man fordert mich dazu auf.« Sie konnte nur hoffen, nicht wegen etwas gefeuert zu werden, wovon sie bisher nur geträumt hatte. »Ich muss hier weg.« *Und zwar schnell.* Sonst würde es furchtbar peinlich werden.

»Piper, bitte.«

Ihre Augen drohten überzulaufen, die unterdrückten Tränen kribbelten in ihrer Nase. Dann sah sie Chase durch das Gedränge auf sich zukommen – ohne jede Ahnung, worüber sie gesprochen hatten.

Piper hielt es keine Sekunde länger aus. »Mir geht es nicht gut. Ich rufe mir ein Uber-Taxi.« Hektisch stelzte sie davon.

»Piper!«

Kapitel 24

Er wünschte sich sehnlichst einen Tanz mit Piper, aber jede verdammte Person in diesem Saal wollte mit ihm reden.

In einer Sekunde hatte er sie noch umarmt und dieses Gefühl in sich aufgesaugt, und schon in der nächsten verlangte ein völlig Unbekannter seine Aufmerksamkeit. Als er sich abgewandt hatte, war Piper zu Damentoilette gegangen.

Endlich entdeckte er sie wieder neben Alex. Auf den ersten Blick schien alles in Ordnung. Dann lief Piper plötzlich davon und Alex eilte auf ihn zu. Das Paar, das ihn gerade angehalten hatte – an die Namen erinnerte er sich schon jetzt nicht mehr – trat mitten im Satz beiseite, als Alex bei ihm ankam.

»Hallo.« Alex lächelte in die Runde. »Ich muss ihn dringend entführen. Entschuldigen Sie bitte.«

In Chase' Kopf schrillte eine Alarmglocke.

Alex zog ihn ein paar Schritte weg.

»Was ist denn?«

»Piper.«

Sein Kopf schoss in die Höhe, er schaute sich suchend um. »Was ist mit ihr?«

»Sie geht und ist schon auf dem Weg nach draußen.«

»Warum?«

»Das erkläre ich dir später. Mach schnell.«

Er war bereits unterwegs.

»Es tut mir leid.« Alex' Stimme klang schwach und das tat sie sonst nie.

Chase wandte sich noch einmal um, sah den gequälten Ausdruck in ihren Augen, küsste sie auf die Wange und ignorierte danach jeden, der auf seinem Weg zum Ausgang auf ihn zukam.

Den Kopf über ihr Smartphone gebeugt, stand Piper an der Tür.

Er rief ihren Namen. Sie blickte auf, Tränen rannen ihr übers Gesicht.

Sein Magen zog sich zusammen. *Was ist passiert?*

»Gehen Sie wieder rein«, sagte sie, sobald er nahe genug war, um sie zu hören.

»Auf gar keinen Fall.« Im Moment zählte nur sie allein.

Er sah sie eine tapfere Miene aufsetzen. »Ich glaube, ich habe etwas Falsches gegessen«, versuchte sie, die Situation herunterzuspielen.

Er war nahe genug, um den tiefen Schmerz in ihren Augen zu sehen. »Ja, sicher.«

»Bitte, Chase. Ich komme klar. Mein Taxi ist in zehn Minuten da.«

Er winkte dem Türsteher zu und gab ihm die Karte des Fahrers, der sie hergebracht hatte.

»Chase.«

Sie wollte ihm nicht sagen, was wirklich los war. Okay. Vielleicht würde sie sich im Lauf der Fahrt durch den üblichen L.A.-Kriechverkehr öffnen. »Uber schickt eine saftige Rechnung, wenn man sich auf dem Rücksitz übergibt.«

Sie holte tief Luft, senkte den Kopf und ließ resigniert ihr Telefon in ihre Handtasche fallen.

Chase sagte nichts. Ungeduldig hielt er Ausschau nach dem Wagen, obwohl er viel lieber Piper in die Arme genommen und gefragt hätte, was sie so quälte, damit er ihr helfen konnte.

Die Limousine kam an, und er ließ Piper den Vortritt. Das Telefon in der Tasche seines Jacketts summte immer wieder.

Während Piper einstieg, sah der Fahrer Chase fragend an.

»Zurück zu ihr.«

Er setzte sich neben Piper, der Fahrer schob sich hinters Steuer.

Die Fahrt begann in völliger Stille. Sie würde reden, wenn sie so weit war. Aber nicht nachzufragen, brachte Chase fast um. Und nicht auf sein Telefon zu schauen, das inzwischen mindestens viermal gesummt hatte, fiel ihm unendlich schwer.

Schweigen.

Hatte sich Gatlin eine weitere Unverschämtheit geleistet?

Nein. Sonst hätte sich Alex nicht entschuldigt. Seine Hand zuckte zu seinem Smartphone, doch er ließ es stecken.

So viel unglücklicher als vorher beim Losfahren hielten sie eine halbe Stunde später am Straßenrand vor Pipers Haus.

Bevor er aussteigen konnte, stand sie schon draußen. »Danke.«

Chase sprang ebenfalls aus dem Wagen und bat den Fahrer zu warten. Erst auf halbem Weg zu ihrem Cottage holte er sie ein. Vorsichtshalber richtete er die Taschenlampe seines Smartphones auf den Weg.

»Wie rennt man denn auf diesen Dingern?«

»Ich renne nicht.«

Das Licht über ihrer Haustür ging an, drinnen bellte Kit. Sie steckte zittrig den Schlüssel ins Schloss. »Danke fürs Nach-Hause-Bringen.« Damit öffnete sie die Tür und schlug sie ihm gleich darauf vor der Nase zu.

Obwohl er lieber mit der Faust dagegengedroschen hätte, legte er die Hand an die Tür. »Ich gehe erst, wenn wir geredet haben. Morgen früh sitze ich in einem zerknitterten Smoking und mit Rückenschmerzen hier draußen.«

Die einzige Antwort kam von Kit, der an der Tür winselte.

Zwanzig Minuten später ging Chase hinunter zur Straße und sagte dem Fahrer, er könne jetzt Feierabend machen. Dann setzte er seine Ankündigung in die Tat um.

Zum Glück stand auf Pipers Miniveranda vor der Haustür ein einzelner Sessel, und Chase stellte sich darauf ein, darin eine unbequeme Nacht zu verbringen.

»Ich bin immer noch da«, sagte er so laut, dass sie es hörte, falls sie nicht bereits schlief. Gegen die Kühle der Spätfrühlingsnacht schlug er den Kragen des Jacketts hoch.

Sein Telefon hatte aufgehört zu summen. Er hatte noch immer keinen Blick darauf geworfen. Was immer zwischen Piper und ihm vor sich ging, er wollte jetzt keine andere Stimme in seinem Kopf.

Lange nachdem er die Krawatte gelockert und die Hemdknöpfe geöffnet hatte, die ihm das Atmen schwer machten, hörte er das Türschloss klicken, und die Tür öffnete sich einen Spaltbreit. Das Geräusch war Musik in seinen Ohren.

Ein paar Knochen, von deren Existenz er bislang nichts geahnt hatte, knackten, als er sich aus dem Sessel stemmte. Er betrat Pipers Heim, doch dort stand Kit und fixierte ihn. Piper war nirgends zu sehen.

»Hey, Kumpel.«

Kit nahm seine Aufgabe als Wachhund ernst. Kein freudiges Hecheln, kein Stummelschwanzwedeln. Der Rottweiler stand wie festgenagelt, als hätte man es ihm befohlen.

Chase schloss die Tür hinter sich.

Piper erschien im Flur.

Sie trug einen flauschigen grauen Bademantel. Ihr Haar war noch immer aufgesteckt, das Abend-Make-up war verschwunden und ihre natürliche Schönheit kam wieder voll zur Geltung.

»Sie sollten nach Hause gehen.«

Chase schüttelte den Kopf und setzte sich auf die Armlehne des Sofas direkt neben dem Eingang. Das kleine Haus erinnerte ihn an die Studentenbude aus seiner Collegezeit. Er und seine Freunde hatten ein Zimmer zum Wohnzimmer erklärt und im anderen geschlafen. Obwohl sich an der Quadratmeterzahl dadurch nichts geändert hatte, hatten sie das Gefühl gehabt, mehr Platz zu haben. »Ja, vermutlich. Aber ich gehe erst, wenn wir geredet haben.«

»Alex hat recht.«

Chase wollte keinen Keil zwischen ihm und seiner Schwester. Aber vielleicht musste er im Moment damit leben.

»Recht? Womit denn?«

Piper lehnte sich gegen die Wand. »Wir können nicht … Sie sollten nicht hier sein.«

»Wir können nicht« und »Sie sollten nicht« klang irgendwie widersprüchlich. »Was denn nun?«

»Wir können nicht …« Sie schlug mit der Hand an ihre Brust. »*Ich* kann nicht …«

Gleich würde sie in Tränen ausbrechen. Er sah den Schauer, der sie überlief, und ihren verzweifelten Blick.

Als Chase aufstand, stieß Kit ein warnendes Knurren aus.

Piper gab ihrem Hund ein Kommando, und er hörte auf zu knurren und machte Sitz.

Chase trat zu ihr und legte ihr seine Hand an die Wange. »Sprich mit mir.« Sie jetzt noch zu siezen, kam ihm sinnlos vor.

Was immer in ihrem Kopf vor sich ging, ihr Schmerz zerriss ihm das Herz. Anstatt seine Aufforderung zu wiederholen, zog er Piper in seine Arme und hielt sie fest, bis sie gegen ihn sank. Ihre Schultern bebten, sie atmete in kurzen, harten Zügen, während stumme Tränen aus ihren Augen quollen.

Er legte die Arme noch fester um sie und spürte zu seiner grenzenlosen Verwunderung, wie ihre Finger auf seinen Rücken krochen und sich an ihn klammerten wie in einer stummen Bitte, sie nie wieder loszulassen. Was sie so sehr bedrückte, musste etwas Großes sein.

Derart starke Frauen wie Piper lösten sich nicht einfach in Tränen auf. Nicht ohne Grund.

»Es ist okay«, flüsterte er.

Sie schüttelte an seiner Schulter den Kopf.

Er legte eine Hand an ihren Hinterkopf. »Ich bin bei dir.«

Piper hob das Kinn und schaute zögernd in seine Augen. Die Verzweiflung in ihrem Blick ließ ihn wünschen, er könnte kaputtmachen, was sie so quälte.

Wieder legte er die Hand an ihr Gesicht. Ihre Lippen öffneten sich fast unmerklich, ihr Blick blieb an seinem Mund hängen.

Die Sehnsucht, die seit der ersten Begegnung mit ihr immer stärker geworden war, verwandelte sich in Hitze.

Pipers Hand kroch von seinem Rücken zu seiner Brust, und als eine ihrer Fingerspitzen seinen Hals streifte, beugte er sich zu ihr.

Wie in einem Traum, in dem alles viel zu langsam ablief, fanden ihre Lippen zueinander. Wärme breitete sich in ihm aus, sein Magen zog sich zusammen, und er spürte das typische Flattern, das nur erste Küsse auslösten.

Pipers leicht geöffnete Lippen luden zu mehr ein, doch dann hob sie den Kopf und drückte ihre Hand an ihren Mund. »Ich kann dir das nicht antun.«

Warum zum Teufel sagte sie immer wieder solche Sätze? »Wir wollen es doch beide.«

Sie schloss die Augen und schien in sich zusammenzusacken.

»Was ist los, Piper?«

Sie holte tief Luft und dann gleich noch einmal. Dann schaute sie ihm in die Augen. Zweimal öffnete sie den Mund, bevor die Worte endlich kamen. »Ich bin schwanger.«

Der kurze Satz, vor dem er sich in jüngeren Jahren so sehr gefürchtet hatte. Von dem er geglaubt hatte, er werde ihn erst wieder hören, wenn er längst dafür bereit war.

»Was?«

Piper lehnte sich zurück. Tränen strömten über ihre Wangen. »Ich kann nicht mit dir zusammen sein. Die Leute werden glauben ... Das hast du nicht verdient.«

Kit schob sich an ihre Seite.

»Wer?« Chase bereute die Frage, sobald er sie ausgesprochen hatte.

Ihre Schultern hoben sich, sie schüttelte den Kopf. »Es war nach zu vielen Drinks in einem Club«, presste sie hervor. »Es war nicht ... Er war nicht ...« Mit der Hand erstickte sie ein Schluchzen. »Es war ein Fehler.«

Einen Moment lang schauten sie sich in die Augen, dann bedeckte sie ihr Gesicht mit den Händen und schluchzte auf.

Chase war, als hätte ihm jemand die Faust in die Magengrube gerammt. Doch es fühlte sich anders an als erwartet. Vorsichtig berührte er Piper an der Schulter. Sie drehte sich weg.

Er holte tief Luft, versuchte es noch einmal, und diesmal flüchtete sie nicht. Sie sank in seine Arme und er hielt sie fest, während Schluchzer ihren Körper schüttelten und Gefühle, die er sich nicht ausmalen konnte, aus ihr herausbrachen. Ihm blieb nur, sie in den Armen zu halten, während sie in ihrem Schmerz zerfloss.

* * *

Irgendwann war Piper eingeschlafen. Zuvor hatte sie gefühlt stundenlang geweint. Sie hatte den Kopf an seiner Schulter vergraben, er hatte ihr immer wieder sanft übers Haar gestrichen.

Aus ihren zerrissenen Sätzen hatte er sich die Geschichte zusammengereimt. Ein Clubabend mit den Mädels, ein Typ, Sympathie und gegenseitiges Interesse.

Wie oft war er selbst schon so ein Typ aus einem Club gewesen? Zwar hatte er kein Problem damit, Kondome zu benutzen, wusste aber durchaus, dass sie nicht immer ihren Zweck erfüllten. Und plötzlich hielt er Piper in den Armen, deren Leben wegen einer einzigen Nacht komplett aus den Fugen geraten war. Sie hatte sich buchstäblich in den Schlaf geweint.

So vieles ergab jetzt Sinn. Die Cracker, an denen sie oft herumknabberte, ohne sie wirklich zu essen. Dass sie keinen Alkohol trank. Die Arzttermine, die sich nicht vermeiden ließen, obwohl sie gar nicht krank war. Dass sie keinen Kaffee gewollt, dann aber aus Versehen seinen getrunken hatte …

Und dass sie sich so vehement gegen das Knistern zwischen ihnen beiden wehrte.

Weit nach Mitternacht trug Chase sie in ihr Schlafzimmer. Ihr Queensize-Bett stand eingezwängt zwischen einem Schrank und einer Kommode. Viel Platz gab es hier nicht.

»Ich bin so müde«, murmelte sie im Halbschlaf.

»Psst.« Er küsste sie auf die Stirn und deckte sie mitsamt ihrem Bademantel zu. Kit sprang sofort aufs Bett und legte sich auf seinen offenbar angestammten Platz neben ihr. Den Kopf bettete er auf ihren ausgestreckten Arm und Chase behielt er wachsam im Blick.

»Braver Hund.« Leise schlich Chase aus dem Zimmer.

In Pipers Küche wusch er sich das Gesicht mit kaltem Wasser. Einen Moment lang überlegte er, ob er jetzt nach Hause gehen sollte, doch der Wunsch, bei ihr zu sein, war stärker. Piper hatte eine Couch oder eher einen großen Kuschelsessel. Wer die

Nummer eines guten Chiropraktikers hatte, konnte darauf vielleicht schlafen.

Er holte sich eine Flasche Wasser aus dem Kühlschrank und öffnete sie. Dabei entdeckte er den Umschlag, der mit einem Magnet an der Kühlschranktür befestigt war.

In die Ecke mit dem Absender waren Name und Adresse einer gynäkologischen Praxis gedruckt.

Vermutlich durfte er das nicht, aber er tat es trotzdem. Er nahm den Umschlag von der Kühlschranktür und schaute sich den Inhalt an. Was er vor sich hatte, wusste er aus Fernsehsendungen. Es war ein Ultraschallbild, und dieses zeigte Pipers Baby.

Mit dem Daumen strich er über die Aufnahme, holte tief Luft und seufzte.

Kapitel 25

Helles Sonnenlicht strömte ins Zimmer, als Piper die Augen öffnete. Ihr Bademantel lag zusammengeknüllt neben ihr im Bett. Sie erinnerte sich vage daran, sich mitten in der Nacht aus dem Ding gekämpft zu haben, und überlegte, warum sie überhaupt damit unter die Decke gekrochen war.

Dann sickerten nach und nach einzelne Szenen vom vergangenen Abend in ihren Kopf wie Ausschnitte aus einem Film. Chase in einem Smoking. Die Limousine. Blitzlichter bei ihrer Ankunft. Chase' Rede, die sie zu Tränen gerührt hatte. Alex' deutliche Worte …

Und dann Chase' Kuss und der Wunsch, darin zu versinken und den Augenblick für immer in ihrer Erinnerung zu verschließen. Aber noch bevor sie das hatte tun können, hatte sie ihm ihr Geheimnis verraten.

Und plötzlich hatten sich alle Schleusen geöffnet. All ihre Gefühle waren aus ihr herausgebrochen und sie hatte so viel geweint, dass sie geglaubt hatte, nie wieder aufhören zu können. Viel, viel später hatte sie sich mühsam von ihrem Bademantel befreit und jetzt wurde sie langsam wach.

Ihre Schlafzimmertür stand einen Spaltbreit offen und Kit war nirgends zu sehen. Die Uhr auf dem Nachttisch zeigte an, dass es bereits nach acht war. So lange hatte sie seit Wochen nicht geschlafen.

Sie legte eine Hand auf ihren Bauch und ging ihre innere Checkliste durch.

Übelkeit? Nein.

Volle Blase? Ja.

Einigermaßen flacher Bauch? Auch ja.

Schlaftrunken stemmte sie sich hoch und tappte zur Toilette im Badezimmer. Als sie dort fertig war, trank sie einen Schluck Wasser und fuhr sich mit den Fingern durchs Haar.

Sie machte zwei Schritte aus dem winzigen Bad in den Wohnbereich und blieb stehen.

»Guten Morgen.« Mit halb offenem Hemd, zerzaustem Haar und einem Bartschatten auf dem Kinn saß Chase auf ihrem XS-Sofa. Wie konnte ein Mann, der ganz offenbar eine sehr unbequeme Nacht hinter sich hatte, am Morgen trotzdem so unverschämt sexy aussehen?

»Ich dachte, du wärest gegangen.«

Kit sprang durch die Hundetür herein und war sofort an ihrer Seite.

»Ich habe kurz dran gedacht und es mir dann anders überlegt«, sagte er. »Wie hast du geschlafen?«

»Überraschend gut. Du bist zweimal so lang wie mein Sofa. Hast du darauf die Nacht verbracht?«

Er wippte ein paarmal auf dem Polster und grinste. »Es war gar nicht so übel.«

Anstatt ihm zu erklären, dass sie ihm kein Wort glaubte, ging sie zu ihrer Küche. »Ich mache dir Kaffee.«

Chase stand auf. »Du musst mich nicht bedienen. Sag mir einfach, wo alles ist, dann mache ich ihn selbst.«

In der Küche öffnete sie einen Schrank. »Die Kaffeesachen habe ich weggeräumt. Sie stehen da oben.« Sie zeigte auf das obere Regalbrett.

Chase schob sich um sie herum und holte sich, was er brauchte.

Piper füllte den Kessel mit Wasser für ihren Kräutertee und stellte ihn auf den Herd. Während sie darauf wartete, dass das Wasser kochte, schaute sie an sich hinunter und stellte fest, dass sie nur ein weites T-Shirt trug. Der Morgenmantel lag noch im Schlafzimmer.

»Bin gleich wieder da.«

Im Schlafzimmer schlüpfte sie schnell in eine Yogahose und ein Sweatshirt. Ein Blick in den Spiegel, und sie steckte sich das Haar mit einem Clip am Hinterkopf zusammen. Den Sexiest-Woman-des-Morgens-Wettbewerb würde sie nicht gewinnen. Aber egal. Chase hatte sie gerade schon so gesehen, wie sie aus dem Bett gekrochen war. Daran ließ sich nichts mehr ändern.

Sie hörte den Wasserkessel pfeifen.

Bis sie in der Küche ankam, hatte Chase bereits ihren Tee aufgegossen und die Tasse auf den kleinen Esstisch gestellt. Sie setzte sich, nahm die Schnur des Teebeutels und bewegte ihn auf und ab.

Chase wartete an die Arbeitsplatte gelehnt darauf, dass sein Kaffee durchlief.

»Warum bist du geblieben?«, fragte sie leise.

»Ich hätte sonst ein ungutes Gefühl gehabt. Ich glaube, ich habe noch nie eine Frau so aufgelöst und verzweifelt gesehen. Selbst während ihrer Scheidung hat meine Mutter nicht so geweint wie du letzte Nacht.«

»Normalerweise habe ich mich besser im Griff.«

»Ich weiß. Deshalb war es ja so wichtig, dass ich da war, falls du aufgewacht wärst und etwas gebraucht hättest.«

Ihn anzuschauen, fiel ihr schwer. Stattdessen betrachtete sie das Wasser in ihrer Tasse, das nun langsam die Farbe wechselte.

»Du bist nicht für mich verantwortlich.« Sie zeigte auf ihren Bauch. »Und hierfür sowieso nicht.«

»Ich kann nicht einfach verschwinden, wenn es jemandem, der mir wichtig ist, nicht gut geht.«

Jetzt schaute sie ihn an, wandte sich aber schnell wieder ab. »Ich habe dir ja gesagt, ich bin kompliziert.«

Er lachte kurz auf. »Ja, hast du.«

»Jetzt weißt du, wie falsch wir beide füreinander sind.«

Er nahm die Kaffeekanne und schenkte sich ein. »Ach ja? Das musst du mir näher erklären.«

War das nicht sonnenklar? »Erstens bist du mein Boss.«

»Ich wüsste nicht, warum das ein Hindernis sein sollte. Du arbeitest für zwei. Und ich kann mir nicht vorstellen, dass sich das ändert, wenn wir daten.«

»Die Leute werden reden.«

Er setzte sich mit seiner Kaffeetasse ihr gegenüber an den Tisch. »Oh, ja. Ganz sicher. Aber was die Leute denken und sagen, ist mir egal. Du hast mir vom ersten Moment an gefallen, und sosehr ich versucht habe, das zu ignorieren – es geht einfach nicht weg.« Er hob die Tasse an die Lippen.

Piper starrte ihn an, als hätte er den Verstand verloren. »Ich bin schwanger. Schon vergessen?«

Er zeigte zum Kühlschrank. »Ich habe das Bild gesehen.«

»Chase!«

Er legte eine Hand auf ihre. »Wenn ich dich erst irgendwann nächstes Jahr als Single-Mami kennengelernt hätte, dann hätte ich immer noch rausfinden wollen, was aus uns beiden werden könnte.«

Das musste sie erst einmal verdauen. Denn dass er so dachte, war doch ziemlich erstaunlich. »Wenn wir daten, glauben die Leute, das Kind ist von dir.«

»Ja, das ist wirklich nicht ohne.«

»Nicht ohne? Bist du verrückt? Das ist unmöglich.«

Er stellte die Tasse ab und nahm eine ihrer Hände zwischen seine. »Wann ist der Geburtstermin?«

»Im November.«

»Dann können wir einander noch besser kennenlernen, bevor das Leben aus Windeln und schlaflosen Nächten besteht, weil ein hungriges Baby schreit.«

»So was wird es nicht geben«, sagte sie. »Ich behalte es nicht.«

Seine Verblüffung war ihm deutlich anzusehen. »Du gibst es zur Adoption frei?«

Sie schaute an ihm vorbei. »Für ein Kind fehlt mir die finanzielle Sicherheit. Kurz nachdem ich gemerkt habe, dass ich schwanger bin, habe ich meinen Job verloren. Da war mir schlagartig klar, wie unpassend dieser Zeitpunkt ist.«

Er beugte sich vor. »Du wirst deinen Job nicht verlieren.«

»Ich habe keinerlei Unterstützung. Meine Eltern wohnen in Ohio. Aber das ist unwichtig. Sie würden mit der Situation nicht klarkommen, mit der Schande für die Familie.«

Seine Stimme wurde weicher. »Hast du die Adoptiveltern schon kennengelernt?«

»Nein. Ich habe mich noch nicht für eine Agentur entschieden. Ich verstehe gerade erst, was mit mir passiert. Bei meiner Frauenärztin war ich erst zwei Mal, und obwohl ich eigentlich wusste, dass ich schwanger war, musste mir erst wochenlang morgens schlecht werden und ich musste das Ultraschallbild sehen, um wirklich zu glauben, dass das alles kein schlimmer Traum ist.«

Er drückte ihre Hand. »Wer weiß denn davon?«

Piper schüttelte den Kopf. »Meine Ärztin … Und du.«

Aus irgendeinem Grund brachte ihn das zum Lächeln.

Er hob ihre Hand an seine Lippen und küsste sie. Dann strich er mit dem Daumen über ihre Fingerknöchel und schloss einen Moment lang die Augen. »Was ist mit dem Vater?«

Sie schluckte. »Am liebsten hätte ich es ihm gar nicht gesagt. Es war nur die eine Nacht, und mehr als das wollten wir beide nicht. Schlechter Sex auf dem Rücksitz nach zu viel Tequila ist keine gute Kombination.« Sie versuchte, darüber zu lachen. »Aber dann habe ich gelesen, welche Fragen Adoptionsagenturen stellen. Man muss ankreuzen: Vater nicht auffindbar, Vater unbekannt, kein Kontakt zum Vater, Vater willens, die Adoptionspapiere zu unterschreiben … Das wollen die wissen.« Piper zog ihre Hand aus Chase' und nahm ihre Tasse. »Ich bin in den Club gegangen, wo wir uns über den Weg gelaufen sind. Es gab keine Garantie, dass er noch einmal dort auftauchen würde, aber bei meinem zweiten Versuch habe ich ihn gesehen. Er hat mich nur angeschaut und es sofort gewusst. Ohne dass ich auch nur ein Wort gesagt habe. Womöglich hat auch der Barmann geplaudert. Egal …« Dass der Typ sie so schnöde hatte auflaufen lassen, machte sie noch immer fassungslos und wütend.

»Was ist passiert?«

»Er hat getan, als wären wir uns nie begegnet. Ich war stinksauer. Das war kurz nachdem wir den DNA-Test für deinen Bruder gefunden hatten. Was hätte ich denn tun sollen? Den Kerl zu einem Test zwingen, nur um ihm den hämischen Ich-war-das-nicht-gute-Frau-Blick aus dem Gesicht zu wischen?«

»Arschloch«, knurrte Chase.

»Das habe ich ihn auch genannt. Und noch ganz andere Sachen. Aber nur in meinem Kopf. Ganz ehrlich? Dass er mit mir und dem Kind nichts zu tun haben will, macht mir die Situation wenigstens ein kleines bisschen leichter. Ich habe dafür gesorgt, dass er Bescheid weiß, und deutlich gemacht, dass ich nicht mehr nach ihm suchen werde. Und ich wette, er und seine Freunde haben inzwischen den Club gewechselt, damit ich ihn nicht finde.«

»Trotzdem hätte er dazu stehen müssen.«

»Dort draußen gibt es viele Männer wie deinen Vater.«

Chase strich mit einem Finger über ihre Hand auf dem Tisch. »Das ist alles sehr schwer für dich.«

»Ich glaube, eine ungeplante Schwangerschaft ist selten leicht. Schon gar nicht, wenn man Single ist. Aber ich bin nicht die Erste und nicht die Letzte, der das passiert.«

»Bisher ist es dir gelungen, dir nichts anmerken zu lassen.«

»Auch weil so was nicht zu mir passt, Chase. One-Night-Stands sind nicht mein Ding. Aber dann habe ich doch …«

»Piper?«

Sie schaute ihn an.

»Du erwartest jetzt kein Urteil von mir, oder? Wenn ich behaupten würde, ich hätte das nie gemacht, wäre das gelogen. Ich hatte viel Zeit zum Nachdenken letzte Nacht.«

»Dieses Sofa ist nicht zum Schlafen gemacht.«

Er hob die Schultern. »Was ich damit sagen will: Ich hätte in seiner Haut stecken können. Meine letzte längere Beziehung ist eine Weile her, trotzdem habe ich nicht gelebt wie ein Mönch.«

Sie stellte ihre Tasse ab und seufzte. »Danke. Tief drinnen weiß ich natürlich, dass ich nichts Verwerfliches getan habe. Aber von meinen Eltern habe ich immer nur gehört, dass man so etwas nicht macht. Niemals.«

»Die sicherste Möglichkeit, dafür zu sorgen, dass ein Kind es mal ausprobiert.«

Jetzt, wo alles heraus war, war ihr ein klein wenig leichter ums Herz. Zwar wusste bislang nur Chase Bescheid, aber ihr war nicht klar gewesen, wie sehr sie jemanden zum Reden gebraucht hatte. Das Gefühl von Erleichterung, weil ein anderer sie wegen der Schwangerschaft nicht als schlechten Menschen betrachtete, hätte ihr eigentlich gar nicht so wichtig sein sollen. Aber anscheinend war es das doch.

Sie zeigte mit dem Daumen in die Mitte ihrer Küche. »Ich bin überraschend hungrig. Willst du zum Frühstück bleiben?«

Sein Lächeln erreichte sofort seine Augen. »Sehr gern.«

Piper schob ihren Stuhl zurück.

»Weißt du was? Eier kriege ich ganz gut hin. Möchtest du unter die Dusche oder einfach das machen, was du morgens so tust, und ich übernehme den Küchendienst?«

»Willst du das wirklich?«

»Ich muss doch zeigen, dass ich sonntagmorgentauglich bin«, sagte er mit einem listigen Grinsen.

»Ich glaube, das hast du schon bewiesen.«

Als er aufstand, sprang Kit, der bislang neben Piper gelegen hatte, ebenfalls auf.

»Gibt es irgendwas, was ich diesem Hund geben kann, damit er mich ein bisschen netter findet?«, fragte Chase.

»Ja. In dem Schrank über dem Kühlschrank.« Sie stand auf und zeigte auf Kit. »Brav sein.«

»Geh«, sagte Chase. »Ich mache das.«

»Ich freue mich jetzt richtig aufs Duschen.« Warmer Dampf und heißes Wasser, das klang perfekt.

Auf dem Weg aus der Küche musste sie um Chase herumgehen. Dabei legte er ihr sanft eine Hand auf die Hüfte.

Ihre Blicke trafen sich, die Schmetterlinge aller ersten Male flatterten in ihrem Bauch.

Er gab ihr alle Zeit der Welt, sich von ihm zu lösen und wegzugehen, bevor er sich zu ihr beugte und den Mund auf ihren legte.

Piper ließ die weichen Glückswellen, die seine Lippen in ihr auslösten, durch sich hindurchrollen. Mit geschlossenen Augen gab sie dem Kuss Zeit. Es war nicht die Art Kuss, die zu Entdeckungsreisen einlud. Er war ernsthaft und vielversprechend.

Chase legte eine Hand an ihre Wange, hob den Kopf und lehnte die Stirn gegen ihre. Dann spähte er in ihre Augen. »Gib mir eine Chance, Piper.«

»Willst du das wirklich?«, flüsterte sie.

»Sonst würden wir jetzt nicht so dastehen.«

Forschend schaute sie in seine Augen und spürte die Aufrichtigkeit seiner Worte. »Alex wird das nicht gefallen.«

»Überlass sie mir.«

»Sie muss über alles Bescheid wissen, bevor es sich herumspricht.«

Er legte die Lippen an ihre und sprach um den Kuss herum. »Ich sage es ihr.«

»Willst du das …«

Wieder streiften seine Lippen ihre federleicht. »Ja.«

Noch ein Kuss, dann rückte er ein wenig von ihr ab.

Seine Worte tanzten durch ihren Kopf. *Wenn ich dich erst irgendwann nächstes Jahr als Single-Mami kennengelernt hätte, dann hätte ich immer noch rausfinden wollen, was aus uns beiden werden könnte.*

»Okay.«

Er hob eine Braue. »Okay? Ja?«

Sie nickte gleich mehrmals. »Und falls es nicht funktioniert, dann benehmen wir uns wie Erwachsene.«

Ein Strahlen huschte über sein Gesicht. »Damit kann ich leben.«

»Das wird alles nicht leicht. Das Baby, die Adoption, jede Menge Fragen.«

»Die Angst darf dem Glück, das du mir bringst, nicht im Weg stehen.«

Sie wollte dahinschmelzen. *Okay. Wir versuchen es.* Nicht mehr so tun, als würde sie nichts für ihn empfinden. Ihn nicht mehr auf Distanz halten. Sie spürte, wie ihr Herz sich ein Stückchen weit öffnete. Es machte ihr Angst, aber es war auch auf schöne Art aufregend. »Okay.«

Chase zog sie noch einmal an sich, seine Lippen lagen warm auf ihren. Er hob den Kopf, lächelte und küsste sie wieder. Ein paar Sekunden lang lehnte sie sich an ihn, dann löste sie sich von ihm. »War das jetzt so was wie ein Kleinfingerversprechen?«

»Wir sind schon ein paar Schritte weiter.«

Ein paar Schritte weiter! »Versprich mir, dass wir ganz erwachsen damit umgehen, falls es nicht funktioniert.«

»Versprochen«, flüsterte er.

Piper atmete durch, nickte und wollte gehen.

»Piper?«

»Ja?« Sie schaute ihn über die Schulter hinweg an.

»Was, wenn es funktioniert?«

Gleich würde sie in Tränen ausbrechen. »Keine Ahnung. Darüber habe ich noch nicht nachgedacht.«

Er warf ihr einen langen Blick zu. »Vielleicht sollten wir das mal tun.«

Kapitel 26

Aufgewühlt und zugleich erschöpft von der Gefühlsachterbahn der letzten vierundzwanzig Stunden betrat Chase gegen zwölf Uhr mittags sein Haus. Er ließ die Schlüssel und seine Geldbörse auf die Kücheninsel fallen und streifte auf den Weg zur Dusche seine Kleider ab. Auf Pipers Sofa zu schlafen, war nicht hilfreich gewesen. Aber verdammt, er war glücklich.

Bevor er in einem Uber-Taxi nach Hause gefahren war, hatten er und Piper sich für den kommenden Samstag zu ihrem ersten offiziellen Date verabredet.

Jetzt musste ihm nur noch etwas ganz Besonderes dafür einfallen.

Nach dem Duschen schlüpfte er in Sweatpants und schnappte sich sein Telefon. Alex hatte lange genug warten müssen.

Sie nahm noch während des ersten Klingelns ab. »Ich wollte gerade einen Suchtrupp losschicken.«

»Heute Nacht habe ich dir geschrieben, ich würde mich melden, sobald ich kann. Jetzt kann ich.«

Sie stieß die Luft aus. »Ich … Ich hab's vermasselt.«

Eine absolute Untertreibung.

»Es tut mir leid.«

»Gut. So kommen wir weiter.« Nicht, dass Chase daran gezweifelt hätte. Er und seine Schwester waren sehr eng miteinander, und er wollte nicht, dass sich das jemals änderte.

»Ich hätte den Mund halten sollen.«

Chase nahm eine Flasche Wasser aus dem Kühlschrank und ging damit zum Sofa. Über »sollte« und »könnte« wollte er sich nicht mit Alex streiten. Aber ein paar Dinge musste er ihr deutlich sagen. »Ich werde dieses Jahr dreiunddreißig und kenne inzwischen den Unterschied zwischen jemandem, mit dem ich ein bisschen Spaß haben möchte, und jemandem, mit dem ich mir eine Zukunft vorstellen kann. Glaubst du wirklich, für eine belanglose Affäre würde ich alles riskieren, was wir bei Stone Enterprises erreichen wollen?«

Er hörte sie seufzen. »Nein. Aber mir stand einfach zu deutlich vor Augen, was alles schiefgehen könnte.«

»Das hast du mit Piper gemeinsam. Was, wenn es nicht klappt? Was, wenn wir sie dann vor die Tür setzen? Wie werden die Angestellten reagieren, wenn sie mitbekommen, dass wir zusammen sind? Und glaub mir, sie hat noch einen ganzen Berg weitere Was-wäre-Wenns, an die du noch gar nicht gedacht hast.«

»Chase …«

»Wir haben uns beide dagegen gewehrt, aber das ist jetzt vorbei. Sie ist mir sehr wichtig, Alex.«

»Das höre ich dir an, und ich habe es in deinen Augen gesehen. Es tut mir wirklich leid.«

»Entschuldigung angenommen. Du musst das nicht noch mal sagen.« Bevor er ihr die ganz große Neuigkeit erzählte, trank er einen Schluck Wasser. »Du vertraust mir, oder?«

»Das weißt du doch.«

Sollte er um den heißen Brei herumreden? Sie erst einmal fragen, ob sie gerade saß? Oder einfach damit herausplatzen?

»Piper ist schwanger.«

Herausplatzen hatte gewonnen.

»Wa… was?«

»Da war jemand, und das ist vier Monate her. Weißt du noch, als du zusammen mit Nick letztes Jahr in Vegas warst?« Er erinnerte sich gut an all die prickelnden Geschichten über namenlose Männer, die Alex und Nick über ihr sündiges Wochenende erzählt hatten.

»Ja …«

»So etwas in der Art. Nur, dass das Kondom seinen Zweck nicht erfüllt hat.«

»Oh mein Gott! Die Cracker. Sie knabbert ständig Cracker.«

»Ihr war wochenlang morgens speiübel. Das hat sie mir heute Nacht erzählt. Während ich versucht habe, meine Gefühle für sie zu verdrängen, hat sie sich vor allem Sorgen gemacht, was die Leute sagen und denken, wenn wir daten und man ihr demnächst ansieht, dass sie schwanger ist.«

»Ach, verdammt!«

»Das macht die Sache ein bisschen komplizierter.«

»Ein bisschen?« Alex lachte.

Vielleicht mehr als ein bisschen, aber davon wollte er sich nicht aufhalten lassen. »Sie möchte das Kind zur Adoption freigeben.«

»Moment mal. Was?«

Ja, genau. So richtig begeistert war auch er nicht von dieser Idee. Aber das war nicht seine Entscheidung, und im Gegensatz zu Piper wusste er erst seit ein paar Stunden von der Schwangerschaft.

»Außer mir hat sie noch niemandem davon erzählt. Ich bin keine Frau, aber ich habe fast mein ganzes Leben lang mit zwei weiblichen Wesen zusammengelebt. Wenn Piper auch nur annähernd so tickt wie du und Mom, braucht sie jemanden, der ihr zuhört, ohne gleich eine Meinung zu haben.« Chase hoffte, dass seine Schwester zwischen den Zeilen lesen konnte.

»Mein Gott, wie muss sie sich fühlen?«

»Das weißt du vielleicht besser als ich. Allein schon, weil du eine Gebärmutter hast.«

»Dass ihr beide datet, klingt plötzlich nach einem sehr kleinen Problem«, meinte Alex.

»Freut mich, dass du es so siehst. Im Augenblick sind wir noch die Einzigen, die davon wissen. Ich erzähle es Mom, und wenn Piper so weit ist, sagt sie es noch ein paar anderen Leuten.«

»Wow. Okay.« Alex seufzte. »Und wo wir gerade von Müttern sprechen: Unsere ist gestern nicht nach Hause gekommen.«

Die Wasserflasche blieb vor Chase' Lippen in der Luft hängen. »Gaylord?«

»Fällt dir eine bessere Erklärung ein?«

Er spürte ein Lächeln um die Mundwinkel. »Ist Mom eigentlich schon durch die Wechseljahre?«

»Hör auf. Der Gedanke ist nicht okay.«

»Das könnte ein Thema werden.«

»Hör auf«, wiederholte Alex.

»Sicher ist alles gut.«

Alex' Stöhnen verriet ihm, dass sie sich sorgte. »Gibt es was Neues zum Thema Max?«

»Nichts. Cadry schweigt ziemlich laut. Langsam frage ich mich, ob er überhaupt irgendetwas tut.«

»Weshalb hat er nicht darauf bestanden, Max' Namen zu erfahren, als er ins Testament aufgenommen worden ist?«, fragte Alex.

»Wenn Dad nichts sagen wollte, dann hat er auch nichts gesagt. Du weißt, wie er war.«

»Müssten wir nicht bald eine Liste aller Vermögenswerte und Bankkonten bekommen?«

»Doch, ja«, antwortete Chase. »Kommende Woche sollen wir bei ein paar Banken unsere Unterschriften hinterlegen.«

»Vielleicht finden wir in den Kontoauszügen ja etwas, was Piper übersehen hat.«

»Sie hat sie viel sorgfältiger durchkämmt, als wir es könnten.«

»Stimmt.« Nach einer kurzen Pause fügte Alex hinzu: »Schon seltsam, oder? Zu wissen, dass wir alles erben, und dann tatsächlich Zugriff darauf zu haben, sind zwei ganz unterschiedliche Dinge.«

»Verdammt, ja.« Bald würde ihnen mehr Geld zur Verfügung stehen, als sie zählen konnten. Und das brachte eine große Verantwortung mit sich.

»Demnächst werden wir auch die ersten Gehaltsschecks kriegen. Ich habe der Abrechnungsabteilung gesagt, sie sollen Dads Gehalt einfach fifty-fifty zwischen uns teilen.«

Das klang umständlich, aber Chase kannte die Regeln. Selbst wenn einem ein Unternehmen gehörte, brauchte man ein offizielles Gehalt. Schon allein der Steuer wegen. »Was sollen wir mit dem Geld im Tresor machen?«

»Verflixt! Das habe ich völlig vergessen.«

»Wenn du es mal gesehen hast, vergisst du es nicht so leicht.«

»Ich will so etwas nicht bei mir herumliegen haben. Dafür fehlt mir der passende Safe«, sagte sie.

»Es in Dads Haus zu lassen, ist vielleicht auch keine gute Idee. Wegen der Melissas dieser Welt.«

»Ob sie von dem Geheimraum mit dem Tresor etwas gewusst hat?«, überlegte Alex laut.

»Wenn sie davon gewusst hätte, hätte sie vielleicht die Uhren nicht geklaut. Obwohl die unverschlossen in einer Schublade lagen.«

»Vermutlich hast du recht.« Alex seufzte. »Ich sollte mir das mal ansehen.«

»Ja. Es ist beeindruckend. Ich würde mich nicht wundern, wenn wir zwischen dem Geld und den Waffen noch ein Kilo Koks finden.«

Alex lachte, dann schwiegen sie beide.

»Du glaubst aber nicht im Ernst …«

»Nein. Dad war hinter den Frauen her. Ein Drogenbaron hätte ihn zum Frühstück verspeist«, sagte Chase.

»Na dann. Wenn wir beim Anwalt und bei den Banken fertig sind, können wir direkt weiter zum Anwesen fahren.«

Chase wusste, dass ihr das schwerer fiel als ihm. »Schaffst du das schon?«

»Irgendwann muss ich das Pflaster ja abreißen. Mit jedem Tag, den wir im Büro verbringen, fühlt es sich mehr wie unseres an als wie seines.«

Das konnte Chase bestätigen. »Ich glaube, wir sollten ein paar von den Veränderungen angehen, die Piper vorgeschlagen hat: die Raumaufteilung in der Chefetage anpassen und die Parkplätze neu verteilen.«

Alex lachte. »Keine Lust mehr, deinen Wagen ganz unten abzustellen?«

»Ich bringe meine ganze Firma mit und meine Leute brauchen Platz. Sicher ist es kein Fehler, schon mal in die Planung einzusteigen. Und wenn wir fertig sind, wird uns nicht mehr allzu viel an Dad erinnern.«

»Ist es falsch, dass mir die Idee gefällt?«

Chase hörte Melancholie in ihrer Stimme. »Er hat es verpasst, in unserem Leben eine Rolle zu spielen. An uns lag es nicht.«

* * *

Am nächsten Morgen ging Piper früher ins Büro als sonst. In seiner Gute-Nacht-Textnachricht am Vorabend hatte Chase geschrieben, dass er erst am Dienstag wieder im Haus sein werde. Heute teilte er den Angestellten seiner Spedition die Umzugspläne mit und wollte danach für seine Leute erreichbar sein. Er hatte ihr auch gesagt, dass Alex von dem Baby und ihrem zukünftigen Beziehungsstatus wusste.

Schon deshalb war Piper fest entschlossen, noch härter zu arbeiten als alle anderen auf der Chefetage. Keiner sollte behaupten können, sie bekomme eine Vorzugsbehandlung, weil sie den Boss küsste.

Als Alex fünf Minuten vor der eigentlichen Arbeitszeit ankam, war Piper bereits seit einer halben Stunde da.

»Guten Morgen.«

Alex blieb vor Pipers Schreibtisch stehen und lächelte. »Guten Morgen.« Sie schaute sich um, dann nickte sie in Richtung ihrer Bürotür. »Lass uns reden«, sagte sie leise.

Okay. Sicher war es gut, die schwierigen Gespräche schnell hinter sich zu bringen.

Sobald sich die Bürotür hinter ihnen geschlossen hatte, nahm Alex Pipers Hände. »Was am Samstagabend passiert ist, tut mir sehr, sehr leid.«

»Ich verstehe deine Sorgen, Alex. Du musst dich nicht entschuldigen.«

»Oh doch, das muss ich.« Sie ging zur Couch und bot Piper mit einer Geste den Platz neben sich an. »Sobald ich den Mund aufgemacht hatte, wusste ich, dass ich es vermasselt habe. Dich mit meinen Bedenken zu belasten, ist nicht fair.«

Piper wollte es ihr ein bisschen leichter machen. »Unsere Bedenken ähneln sich sehr.«

»Das hat Chase mir gesagt, und deshalb bedaure ich meine Worte sogar noch mehr.«

»Bitte nicht. Ich mag, wie direkt und offen ihr mit mir seid. Kein Schönreden, kein absichtliches Übersehen von Problemen.

Du hast mir klar gesagt, was dich umtreibt, und das geht vollkommen in Ordnung.«

»Aber das steht mir nicht zu. Dein Privatleben gehört dir.«

»Nicht, wenn es auch den Boss betrifft. Und nicht, wenn dieser Boss dein Bruder und dein Geschäftspartner ist.«

Alex schüttelte den Kopf. »Ich vertraue meinem Bruder, und dass du genauso vertrauenswürdig bist, weiß ich eigentlich längst. Es gibt Dinge, aus denen ich mich raushalten muss.«

Da wollte Piper ihr nicht widersprechen. »Wenn du das Gefühl hast, meine Leistungen leiden oder unsere Beziehung wirkt sich negativ auf die Arbeit aus, sag es mir bitte.«

»Darauf hast du mein Wort.«

»Gut.«

Zögernd legte Alex ihre Hand auf das Polster zwischen ihnen. »Wie geht es dir?« Sie schaute auf Pipers Bauch.

»Besser, zum Glück. Die letzten Wochen waren hart.«

Alex legte den Kopf schief. »Chase sagt, du hättest noch niemandem etwas von dem Baby gesagt.«

Sie schüttelte den Kopf. »Meine engste Freundin hier in der Firma ist Julia. Und wenn ich ihr etwas erzähle, weiß es bis zur Mittagspause das ganze Büro. Da wo ich herkomme, habe ich noch ein paar Freundinnen von früher, aber wenn ich es denen sage, erfahren es ziemlich schnell meine Eltern.« Piper schaute auf ihre Hände in ihrem Schoß. »Und das wäre gar nicht gut.«

»Hast du Angst vor dem, was kommt?«

»Und wie!« Die Worte kamen zusammen mit einem Lacher.

»Chase sagt, du denkst an eine Adoption.«

Piper nickte und zuckte gleichzeitig die Achseln. »Eines Tages möchte ich gern Kinder haben, aber ich kann mir nicht vorstellen, das allein durchzuziehen. Die Kosten für eine Kita oder eine Tagesmutter würden fast mein ganzes Gehalt auffressen, und viele Ersparnisse habe ich nicht.« Piper hob eine Hand. »Das soll jetzt keine Bitte um eine

Sorry-ich-bin-schwanger-Gehaltserhöhung sein. Das sind nur die harten Fakten. Kurz nachdem ich gemerkt habe, dass ich schwanger bin, bin ich gefeuert worden, und mir war klar, dass ich jetzt noch nicht Mutter sein kann. Eine Adoption ist die beste Lösung.« Sie hatte es immer wieder durchgerechnet und wusste, dass sie mit ihrem Einkommen mit einem Kind gerade so über die Runden kommen konnte. Was blieb, war die Tatsache, dass sie keinerlei Unterstützung hatte und ihre Eltern sich von ihr abwenden würden.

Einen Moment lang schwiegen sie beide.

»Für mich klingt das nicht, als wärest du von diesem Weg hundertprozentig überzeugt.«

Dass Alex ihre Zweifel erkannt hatte und in Worte fasste, trieb Piper Tränen in die Augen. Sie gab sich Mühe, ihre Gefühle in den Griff zu bekommen und mit den Fingern in den Augenwinkeln die Tränen zurückzudrängen. »Ziemlich lästig.« Sie versuchte ein Lachen. »Schwangerschaftshormone machen einen schrecklich emotional.«

Alex sprang auf und holte von ihrem Schreibtisch Papiertaschentücher.

»Danke.« Piper tupfte sich Augen und Nase ab, dann atmete sie tief durch.

»Ich habe auch mal gedacht, ich wäre schwanger.« Alex setzte sich wieder. »Die längsten acht Tage meines Lebens.«

Piper wurde ein wenig leichter ums Herz. »Bei mir geht das jetzt schon ein bisschen länger.«

Alex nahm ihre Hand. »Wenn du jemanden zum Reden brauchst oder zum Zuhören, ich bin da. Oder jemanden zum Eisessen.«

Für den Moment hatte Piper die Tränen besiegt. »So jemanden brauche ich wirklich.«

»Okay. Sicher will mein Bruder dich an den Wochenenden für sich haben, aber vielleicht können wir bald mal zusammen zum Lunch gehen.«

»Sehr, sehr gern.«

Alex nickte mit einem Lächeln. »Am Donnerstag haben Chase und ich Termine mit dem Nachlassverwalter und ein paar Banken. Anschließend wollen wir in Dads Haus und ein paar Dinge in Sicherheit bringen.«

»In Sicherheit?«

»Offenbar gibt es eine detaillierte Liste aller wertvollen Gegenstände, die er hinterlassen hat, und einige der Bilder an seinen Wänden könnte man wohl sogar bei Christie's versteigern lassen. Mein Freund Nick kommt mit zur moralischen Unterstützung.«

Piper lehnte sich zurück. »Bist du mit Nick zusammen?«

»Du lieber Himmel, nein!« Alex schüttelte den Kopf. »Nick und ich spielen im selben Team.«

»Ah.«

»Wir sind seit der Highschool beste Freunde. Du wirst ihn mögen. Jedenfalls werden wir uns Dads Zeug anschauen, dabei jede Menge Alkohol trinken und unfreundliche Dinge über ihn sagen. Willst du mitkommen?«

Piper legte eine Hand auf ihren Bauch. »Ein Tequila-Opfer bin ich schon, aber der Rest hört sich gut an.«

»Prima. Dann mach am Donnerstag ein bisschen früher Schluss, so etwa um halb vier, und wir treffen uns dort.«

»Klingt gut.«

Alex stand auf und breitete die Arme aus.

Piper ließ sich von ihr umarmen. »Danke.«

»Wofür?«

»Dass du uns keine Steine in den Weg legst.«

»Mein Bruder ist einer von den Guten.« Alex lehnte sich zurück und schaute ihr in die Augen.

»Ich weiß.«

Nach einem kleinen Schritt von ihr weg klatschte Alex einmal in die Hände. »Okay, lass uns loslegen. Wir müssen ein Innenarchitektenteam zusammenstellen und ein paar Dinge verändern.«

»Das Architektenteam für den zweiten Stock habe ich schon so gut wie beieinander.«

Alex machte eine ausholende Geste. »Ich meine für hier oben. Raus mit dem Alten, rein mit dem Neuen.«

Pipers Mundwinkel hoben sich. »Bin schon dabei.«

Kapitel 27

Am Donnerstag verließen Chase und Alex gegen Mittag gemeinsam das Büro. Bislang hielten Piper und Chase ihre Beziehung unter dem Radar. Sie hatten ja noch nicht einmal ihr erstes offizielles Date gehabt.

Piper konnte es noch immer kaum glauben.

Wenn niemand in der Nähe war, lächelte Chase sie lange an oder strich mit der Hand über ihre, wie um ihr zu zeigen, dass er ihr gern näher wäre. Viel mehr tat er nicht, aber morgens legte er ihr im Vorbeigehen Päckchen mit Crackern auf den Schreibtisch. »Für alle Fälle.«

An das Knabbern hatte sie sich bereits so sehr gewöhnt, dass sie es weiterhin beibehielt. Doch anscheinend hatte sie die schlimmste Phase des Morgenübelkeitsgrauens überstanden.

Dem Himmel sei Dank.

Während Chase und Alex beim Nachlassverwalter saßen, führte Piper das dreiköpfige Innenarchitektenteam durch den zweiten Stock und erklärte die gewünschten Veränderungen.

»Sehr viel Glas. Mr Stone wünscht sich eine lichtdurchflutete Etage, ganz gleich wie viele einzelne Büros an den Außenwänden liegen. Gleichzeitig sollte das Ganze nicht zu kühl wirken.«

Inzwischen war hier alles leer geräumt worden, sodass sich das Team ein Bild von dem zur Verfügung stehenden Platz machen konnte.

»Was ist mit den Eckbüros?«, fragte eine der Architektinnen.

»Entwerfen Sie ein Konzept, das trotz viel Lichteinfall eine gewisse Privatsphäre bietet, und dann lassen wir den Boss entscheiden.« Piper ging zu der Stelle, an der einmal ein kleiner Pausenraum gewesen war. »Hier: eine große L-förmige Küche mit einer zentralen Kücheninsel und viel Platz zum Sitzen. Ein Herd, zwei Mikrowellen, vielleicht übereinander. Ein Geschirrspüler, ein Spülbecken, eine Kühl-Gefrierkombination.«

»Irgendwelche Wünsche, was die Marken angeht?«

Piper grinste. »Es ist ein Büro, wir brauchen Qualität und Effizienz, keine Luxusausstattung. Warme Farben. Genderneutrale Toilettenkabinen um einen zentralen Raum zum Händewaschen. Vielleicht kennen Sie ein Restaurant mit so einem Konzept und können es als Vorbild nutzen. In jede Kabine sollte zusätzlich ein Regal oder ein kleiner Lagerschrank passen. Das Platzangebot auf der Etage ist reichlich, also bitte keine winzigen Arbeitsstationen. Jeder Arbeitsplatz hat einen verschließbaren Schrank. Und wir wollen eine kleine Ideenzentrale mit Whiteboards. Ein Medienzimmer für die, die ihre Pause nicht in der Küche verbringen möchten, und einen schalldichten Konferenzraum.« Piper lächelte. »Von außen kann man sehen, aber nicht hören, dass drinnen gestritten wird.«

Ein Teammitglied lachte.

Piper ging weiter, redete weiter, zeigte und erklärte. Sie liebte diese Aufgabe.

Chase hatte ihr freie Hand gegeben. Ein paar Eckpunkte hatten sie zuvor abgeklärt, jetzt konnte sie schalten und walten, wie sie wollte. Kreativ sein zu können und die Umgestaltung zu organisieren, boten ihr die dringend benötigte Ablenkung.

Ausgestattet mit den wichtigsten Informationen stiegen die Innenarchitektinnen und ihr Kollege schließlich in den Aufzug und verschwanden. Piper blieb allein zurück.

Im Moment blockierte noch der alte Empfangsbereich den Zugang zum Rest des Stockwerks. Er musste verschwinden. Mit einem dicken Filzstift malte sie ein großes X an die Wand und markierte sie damit für den Abriss. Im selben Moment signalisierte ein leises »Ping« vom Aufzug, dass jemand ankam.

»Haben Sie etwas vergessen?« Piper wandte sich um, doch aus der Kabine stieg Gatlin. »Ach, hallo.«

Ohne zu grüßen, marschierte er zu der markierten Wand und betrachtete sie. »Sieht aus, als wären Sie inzwischen das Mädchen für alles.«

Piper verpasste einer weiteren Wand ein großes X. »Was eine Assistentin eben so tut.«

»Ich wette, Sie tun mehr als die meisten anderen.«

Sie fragte sich, was der Mann damit sagen wollte. Hören wollte sie es allerdings nicht. »Kann ich Ihnen irgendwie helfen?«, fragte sie stattdessen.

Er ging umher und schaute sich um, als würde er sich für den bevorstehenden Umbau interessieren. Piper wusste, dass das nicht der Fall war.

»Ja. Da wäre was.«

Sie steckte die Kappe auf ihren Filzstift und schaute ihn an.

Er blieb stehen, fixierte sie und sein Lächeln fiel ab. »Sprechen Sie nie wieder mit meiner Frau.«

Pipers Knie begannen zu zittern. Der letzte Mann, der sie in die Enge gedrängt hatte, war Aaron Stone gewesen. Doch während der einen Ton angeschlagen hatte, der nach einem Flirt hatte klingen sollen, klang Gatlins Ton nach einer Drohung.

»Wie bitte?«

»Stellen Sie sich nicht dumm. Aaron hat erkannt, dass Sie bloß Ärger machen, und hat Sie rausgeworfen.«

Glaubte er, er könne dasselbe tun?

»Ich bezweifle, dass ich Ihre Frau noch einmal irgendwo außerhalb der Firma treffen werde.« Nicht die reine Wahrheit. Alex konnte sie als Assistentin mitnehmen, Chase als seine Begleiterin. Aber das musste sie Gatlin nicht unter die Nase reiben. Jedenfalls nicht jetzt.

»Falls Sie irgendwann hierher ins Büro kommt, sollten Sie sich in einem anderen Gebäudeteil beschäftigen.«

»Ich nehme das als Ratschlag.«

»Tun Sie das.« Gatlin musterte sie von oben bis unten und zog dabei eine düstere Grimasse. »Ich denke, das hätten wir geklärt.«

Als sich die Aufzugtür hinter ihm geschlossen hatte, sackten Pipers Schultern nach vorn. Sie atmete tief aus, schaute an sich hinunter und stellte fest, dass ihre Hände wie von selbst zu ihrem Bauch gefunden hatten.

* * *

Chase bog in die Einfahrt des Stone-Anwesens ein, Alex und Nick fuhren direkt hinter ihm. Beim Anblick von Pipers Wagen lächelte er unwillkürlich. Seit dem Sonntagmorgen hatte er sie nur bei der Arbeit gesehen und konnte es kaum erwarten, sie in die Arme zu nehmen.

Beim Aussteigen hörte er Nick sagen: »Hey, Girl, hier könnten wir die tollsten Partys feiern.«

»Haben wir doch erst kürzlich«, gab Alex zurück.

»Ich bitte dich. Ein Leichenschmaus zählt nicht.«

Chase lachte. »Kommt darauf an, wer gestorben ist.«

Nick zeigte mit dem Finger auf ihn. »Karma, Stone«, sagte er warnend.

Piper kam ihnen durch die Haustür entgegen. »Wie war die Fahrt?«

»Dieser Verkehr ist der Wahnsinn«, antwortete Alex.

Chase joggte die Stufen hinauf und zog sie an sich. »Hi.«

Grinsend legte sie die Hände an seine Brust. »Das ist neu.«

»Bei der Arbeit muss ich die Finger von dir lassen. Ich habe viel nachzuholen.« Sanft berührte er ihre Lippen mit seinen. »Hi«, sagte er an ihrem Mund noch einmal.

»Hi«, antwortete sie sanft.

Nick räusperte sich.

Den Arm um Pipers Taille gelegt, stellte Chase die beiden einander vor. »Piper, das ist Nick. Nick, sei artig.«

Nick schlug sich mit der Hand an die Brust und schnappte nach Luft. »Das bin ich doch immer.«

Alex verdrehte die Augen.

»Freut mich, dich kennenzulernen.«

»Und mich freut es, jemanden zu treffen, der ihm den Kopf verdreht hat. Er ist ziemlich wählerisch«, sagte Nick zu Piper. »Du bist wunderschön. Ich habe Fotos von der Gala gesehen. Dein Kleid war ein Traum.«

Den Klatschblättern war die Veranstaltung nur ein kleines Foto wert gewesen, aber die Regional Heart Association hatte ihre Website mit Aufnahmen des Dinners gepflastert.

»Ich hatte Hilfe beim Aussuchen.« Piper zeigte auf Alex.

»Das erklärt es. Sie hat viel von mir gelernt.« Nick grinste.

»Ich bin sehr wohl in der Lage, selbst ein passendes Kleid zu finden«, konterte Alex.

»Früher war das anders.«

Chase zog Piper fester an sich. »Sie zanken sich wie ein altes Ehepaar.«

Im Haus seufzte Alex laut auf. »Ohne Dad und Melissa fühlt sich die Hütte nicht ganz so bedrückend an.«

Chase fiel es inzwischen ebenfalls deutlich leichter, hier zu sein. Mit Piper zusammen hatte er mehr Zeit in diesen Räumen verbracht als je mit seinem Vater. Und er spürte hier vor allem ihre Gegenwart.

»Ich habe ein paar Snacks besorgt und Wein aus dem Keller geholt. Google hat mir verraten, welches der teuerste ist«, erklärte Piper.

»Mir gefällt, wie du denkst«, stellte Nick fest.

Chase entdeckte die Snacks, von denen Piper gesprochen hatte, auf einem Büfetttisch im Wohnzimmer. Eine Platte mit kaltem Fleischaufschnitt, Käse, Crackern und Obst.

Nick joggte geradezu zum Tisch und inspizierte die Weine.

»Das wäre doch nicht nötig gewesen«, sagte Chase zu ihr.

»Das war sehr eigennützig«, antwortete sie so leise, dass nur er es hören konnte. »Seit mir nicht mehr ständig schlecht ist, habe ich dauernd Hunger.«

»Ich sehe hier nur drei Gläser«, stellte Nick fest.

»Ich trinke nichts«, erklärte Piper im selben Moment, in dem Chase und Alex sagten: »Piper trinkt nichts.«

Nick hob die Hände. »Okay. Okay.«

Piper schaute Nick an.

Chase schaute Alex an.

Alex schaute Nick an.

»Ach, verdammt, was soll's«, meinte Piper schließlich. »Ich bin schwanger.«

Nick schnappte nach Luft und deutete auf Chase.

»Er ist nicht …« Piper atmete laut aus und dann sofort wieder ein.

»Oh …« Nick schaute fragend in die Runde. »Das interessiert mich jetzt wirklich.«

»Laute Musik, Tequila, eine Fehlentscheidung. Mehr gibt es dazu nicht zu sagen«, erklärte Piper.

Nick verschränkte die Arme. »Klingt eigentlich nach einem perfekten Abend.«

Alex schob ihren Freund aus dem Weg. »Aber nur, weil niemand, mit dem du schläfst, davon schwanger wird.«

»Was ein Glück!« Nick warf die Hände in die Luft, als hätte er gerade ein spielentscheidendes Tor geschossen.

Chase sah Piper lächeln. »Es auszusprechen, wird langsam leichter, oder?«, fragte er sie.

Sie nickte. »Wenn du mich datest, werden dich noch öfter Leute so anschauen und Fragen stellen.«

»Ganz sicher.«

»Willst du das wirklich?«, fragte sie ihn zum hundertsten Mal.

»Ich dachte, dieses Gespräch hätten wir bereits geführt«, scherzte er.

»Von den Weinen hier kenne ich keinen einzigen.« Nick setzte den Korkenzieher an.

»Weil wir uns so etwas nicht leisten können.«

»Jetzt schon, Alex.«

Mit einem satten Plopp glitt der Korken aus der Flasche.

»Ich hole mir ein Wasser. Will sonst noch jemand eins?«, fragte Piper.

»Ich, bitte«, antwortete Alex.

Chase nickte. »Für mich bitte auch.«

Während Piper zur Küche ging, holte Chase die Unterlagen aus seinem Wagen, die ihnen der Anwalt gegeben hatte.

Eine halbe Stunde später saßen sie mit aufgeschlagenen Aktenordnern im Wohnzimmer. Alex wedelte mit einer Liste. »Alle diese Gemälde haben Titel, aber woher wissen wir, welches welches ist? Hier steht, ›Fulfillment‹ von O'Neil.« Sie schaute sich um.

»Wir können nach Signaturen am Bildrand suchen«, schlug Nick vor.

Piper hob den Blick von ihrem Laptop, sah nach links und dann nach rechts. »Hier in diesem Zimmer hängt es nicht.«

»Du kennst O'Neil?«

Sie drehte den Computer so, dass alle den Bildschirm sehen konnten. »Google kennt ihn.«

Chase trank einen Schluck von dem Wein, den Piper ausgesucht hatte, und stellte wieder einmal fest, dass sie immer schon mindestens einen Schritt vorausdachte.

»Brillant. Sie ist brillant.« Nick strahlte.

Grinsend streckte Piper die Hand nach der Liste aus. »Ich suche Bilder von den Gemälden im Netz, drucke sie euch aus und ihr geht damit auf Schatzsuche.«

Alex stand auf. »Könntest du mir in der Zwischenzeit vielleicht den Tresor zeigen, Chase?«

Er strich über Pipers Arm, dann verschwand er mit Alex nach oben zu den Schlafzimmern.

* * *

Mit lässig übereinandergeschlagenen Beinen saß Nick Piper gegenüber und wippte mit dem Fuß. Er ließ den Wein in seinem Glas kreisen. »Wie viel kostet denn eine Flasche dieses feinen Tröpfchens?«

Piper blickte von ihrem Bildschirm auf. »Welcher ist es denn?«

»Rothschild. Französisch. Ziemlich gut.«

Die Preise hatte sie noch im Kopf. »Etwa tausend Dollar.« Sie beschäftigte sich wieder mit ihrer Onlinesuche.

Nick verschluckte sich und hustete. »Du machst Witze.«

Piper lächelte und schüttelte den Kopf.

»Und den trinken wir zu ein paar Keksen?«

»Hey! Sag nichts gegen meine Cracker. Ich konnte wochenlang fast nichts anderes essen und bin inzwischen eine echte Feinschmeckerin, was diese Dinger angeht.«

Piper schickte Informationen über ein Gemälde an den Drucker und arbeitete weiter.

»Wie ist es denn so, wenn man schwanger ist?«, fragte Nick.

»Nicht lustig. Wie ist es denn so, schwul zu sein?« Sie grinste.

Nick warf lachend den Kopf in den Nacken. »Fantastisch. Ich kann es nur empfehlen.«

Herumzualbern tat gut.

»Heilige Scheiße, Nick. Das musst du dir ansehen!«, rief Alex von oben.

Er sprang auf. Das Weinglas nahm er mit.

Während oben die Party vor einem Tresor mit mehr Geld weiterging, als Piper sich auch nur erträumen konnte, druckte sie stapelweise Bilder von Gemälden aus.

Als sie mit den Ausdrucken ins Wohnzimmer zurückkehrte, kamen die drei anderen gerade wieder nach unten.

Alex zeigte zur Treppe. »Absolut verrückt!«

»Was du nicht sagst.« Piper grinste.

»Und ich dachte, was in den Bankschließfächern ist, wäre schon ziemlich abgefahren.« Alex schenkte sich Wein nach, Nick ebenfalls.

»Und was war da drin?«, fragte Piper.

»Ein bisschen von dem Zeug, das in Fort Knox rumliegt, und mehr von dem, was oben ist.«

»Gold?«

Chase nickte. »Münzen.«

»Ich glaube, jetzt wissen wir, weshalb er das Haus nicht Melissa überlassen hat«, überlegte Piper laut.

»Diese Trulla hätte es verkauft, ohne etwas von der versteckten Kammer zu ahnen«, sagte Nick.

»Wir brauchen mehr von dem Wein hier.« Alex schwenkte die leere Flasche.

Piper verteilte die Ausdrucke. »Ich hole Wein, ihr sucht nach denen hier.«

Alex und Nick machten sich mit Weingläsern in den Händen ans Werk.

Piper schaute Chase an, der listig lächelte.

»Was …«

»Ich dachte schon, die gehen nie.« Er ließ seine Ausdrucke auf den Boden fallen und streckte die Hand nach ihr aus.

Einen Atemzug später lagen seine Lippen auf ihren. Seufzend schlang sie die Arme um seinen Rücken. Von null auf hundert in zwei Sekunden.

Sein Begrüßungskuss zuvor war sanft und weich gewesen. Ein zartes Hallo. Und jetzt das. Chase riss sie geradezu von den Füßen, um ihr so nahe wie möglich zu sein. Seine Zunge suchte nach ihrer. Auf diese Art hatten sie sich bislang noch kaum geküsst. Aber jetzt, wo es mit ihnen weiterging, bekam Piper nicht genug davon.

Die hungrigen Küsse mit offenem Mund brachten ihren Körper zum Vibrieren. Ihre Fingernägel gruben sich in seinen Rücken, und Chase presste sie so fest an sich, dass sie seine Erregung deutlich spürte.

Sie wollte das. Sie wollte all das so sehr und drängte sich an ihn wie eine Katze an ein Tischbein.

Alex' und Nicks Stimmen, die aus einem anderen Teil des Hauses zu ihnen drifteten, erinnerten sie schließlich daran, dass sie nicht allein waren.

Leise stöhnend löste sich Chase aus dem Kuss, seine Hände lagen weiter in ihrem Nacken.

Ihr Herz schlug schnell, ihre Lippen fühlten sich an wie geschwollen. »Wow«, hauchte sie.

Er stieß ein heiseres Lachen aus. »Ist schon Samstag?«

»Nein«, flüsterte sie.

»Wir haben eins gefunden!«, rief Alex.

»Ich hole den Wein«, erklärte Piper und flüchtete aus Chase' Magnetfeld.

Er schaute an sich hinunter. »Ich brauche eine kalte Dusche.«

Sie tätschelte im Vorbeigehen seine Schulter. »Im Gefrierschrank liegen Eisbeutel.«

Als sie sich abwandte, gab Chase ihr einen verspielten Klaps auf den Po.

»Vorsicht, Stone. Womöglich gefällt mir das ja.«

Er ließ den Kopf in den Nacken fallen und hob die geballte Faust. »Yes!«

Piper lachte auf dem ganzen Weg in den Keller.

Kapitel 28

»Kommst du absichtlich nicht ins Büro?«, fragte Piper Chase am Freitagabend am Telefon. An die Kopfstütze ihres Betts gelehnt, zog sie die Decke über sich. Kit sprang zu ihr auf die Matratze und legte seufzend den Kopf in ihren Schoß.

»Ja und nein.«

»Und das heißt was?«

»Eher nein. Im Moment gibt es bei CMS sehr viel zu tun, ich musste zum Anwalt und zu den Banken. Und bis du dich durchringst, im Büro zu sagen, dass wir zusammen sind, ist es vermutlich besser, wenn ich nicht so oft da bin.«

»Sei nicht albern. Du hast dich doch im Griff.«

»Ganz im Gegenteil. Ich bin mir ziemlich sicher, dass man uns sehr schnell dabei ertappen wird, wie ich dich gegen die Wand dränge und all die Stellen finde, bei denen du ganz kribbelig wirst.«

Piper fächelte sich Luft zu. Das Zimmer fühlte sich plötzlich ein paar Grad wärmer an. »Wenn das so ist …«

Sie hörte ihn leise lachen. »Wie hat Alex ausgesehen, als sie heute zur Arbeit gekommen ist?«

»Wie jemand, der zu viel getrunken und auf einer Couch geschlafen hat.«

Alex und Nick hatten noch weitere Expeditionen in den Weinkeller unternommen und am Ende auf dem Stone-Anwesen geschlafen. Laut Alex hatte sie es gerade noch bis aufs Wohnzimmersofa geschafft, während Nick es sich im Schlafzimmer ihres Vaters bequem gemacht hatte.

»Doch so gut?«

»Um halb zehn war sie da, dabei hätte ich gewettet, dass sie erst gegen Mittag auftaucht.« Piper gähnte.

»Du bist müde.«

»Früher hatte ich freitags immer meine lange Netflixnacht. Jetzt fallen mir schon um zehn die Augen zu.«

»Dann lasse ich dich besser in Ruhe. Ab morgen Mittag gehörst du ja mir.«

Sie legte eine Hand auf den Kopf ihres Hundes. »Und was ziehe ich für dieses Ganztagsdate an?«

»Für den Anfang etwas Bequemes. Schuhe, in denen du laufen kannst.«

»Den Anfang?«

»Vor dem Abendessen können wir uns noch mal frisch machen. Das Essen wird nicht ganz so leger, aber auch nicht zu abgehoben. Allerdings eher Slacks als Jeans. Und es könnte ein bisschen kühl werden.«

»Könnte?«

»Nimm einen Pulli mit«, sagte er.

Sie lächelte ins Telefon. »Brauche ich noch irgendwelche anderen Kleider zum Wechseln?«

»Es ist unser erstes Date. Spätestens um Mitternacht bringe ich dich nach Hause.«

»Ein wahrer Gentleman.«

»Auch wenn es mich fast umbringt.«

Piper lachte. »Und wenn ich meine Tür von innen abschließe und dich nicht gehen lasse?«

»Das wäre natürlich etwas völlig anderes. Aber kein Druck.«

Der Ball lag offenbar in ihrem Feld. »Dann bis morgen Mittag.«

»Schlaf gut, Babe.«

Nach dem Anruf drückte Piper das Handy noch einen Moment lang an ihre Wange. Sie schaute Kit an, der friedlich neben ihr schlummerte. »Du musst dich wohl an den Fußboden gewöhnen, mein Freund.«

Kit seufzte mit geschlossenen Augen.

Ihr Hund würde nicht glücklich sein, aber Piper hatte das Gefühl, morgen konnte etwas Fantastisches beginnen.

* * *

Sie packte ein paar Sachen in eine Tasche, die sie sicher in Chase' Wagen lassen konnte, bis es Zeit war, sich umzuziehen.

Der Gedanke brachte sie zum Lächeln. Sie versuchte, für alle möglichen Fälle vorzuplanen. Das fing schon mit ihrer Frisur an. Nach dem Trocknen nahm sie die frischen Locken locker mit einem Clip zusammen, damit sie später nicht total zerzaust war. Mit ein bisschen Glück konnte sie ihr Haar am Abend ausbürsten, etwas Lipgloss auflegen und fertig.

Der Morgen war kühl, deshalb entschied sie sich für Denim und packte die schicke Hose für später ein. Während sie den Reißverschluss an ihren bequemsten Jeans zumachte, stellte sie fest, dass sie nicht mehr ganz so locker saß. Babypfunde waren das vermutlich noch nicht, aber vielleicht glich sie gerade den Gewichtsverlust aus den Wochen aus, in denen sie regelmäßig mit dem Kopf über der Kloschüssel gehangen hatte. Jeden Morgen, manchmal zusätzlich nachmittags und gelegentlich sogar abends. Über ein ärmelloses Shirt zog sie eine kurze Jacke, die sie auch am Abend tragen konnte.

Die Uhrzeit im Blick, eilte sie in ihrem Cottage umher und räumte auf. Den größten Teil des Morgens hatte sie mit

Kit im Park verbracht und danach ein paar Dinge erledigt wie fast jeden Samstag. Mr Armstrong würde den Rottweiler gegen Abend füttern.

Aber der Behälter mit Kits Trockenfutter war fast leer, und der arme Mr Armstrong sollte nicht den 20-Kilo-Sack vom Vorratsraum in die Küche schleppen müssen.

Piper schaute auf die Uhr. Sie hatte noch fünfzehn Minuten.

Eilig marschierte sie zu dem Lagerschuppen, den sie sich mit ihrem Vermieter teilte, um das Hundefutter zu holen.

Sie hörte bereits Chase' Wagen in der Einfahrt und schnappte sich den Futtersack. Mit dem schweren Ding in beiden Armen versuchte sie, die Tür des Schuppens mit dem Fuß zu schließen. Der erste Tritt ging daneben, beim zweiten schwang die Tür zwar zu, fiel aber nicht ins Schloss. Gerade, als sie sich mit der Schulter dagegen werfen wollte, rief Chase: »Was machst du da?«

»Ich muss das Hundefutter …« – Schulter gegen die Tür. Klack, Tür fiel ins Schloss – »… auffüllen!«

Bevor sie sich umdrehen konnte, stand Chase bei ihr und schnappte sich den Sack. »Nicht dein Ernst, oder?«

Viel besser. »Hi.« Sie lächelte ihn an.

Ein düsterer Blick.

»Was ist?«

Er klemmte sich den Sack unter einen Arm und gab ihr einen schnellen Kuss auf die Lippen. »Du bist schwanger.«

»Und?« Sie verstand tatsächlich nicht, was er ihr damit sagen wollte.

»Lass mich die schweren Sachen tragen.« Damit stapfte er Richtung Haustür.

»Ich höre jetzt mal nur den Kavalier und keinen Macho sprechen. Aber darf ich dich daran erinnern, dass ich hier allein lebe?«

Sie konnte förmlich sehen, wie die Zahnrädchen in seinem Kopf ineinandergriffen. »Dann kauf doch kleinere Hundefuttersäcke.«

Piper folgte ihm ins Haus. »Die sind aber um einiges teurer.«

Die Antwort gefiel ihm zwar nicht, aber was sollte er sagen? »Wo kommt das hin?«

Sie zeigte auf den großen Behälter in ihrer Küche. »Da rein.«

Kit beobachtete sehr genau, wie Chase mit dem schweren Sack hantierte, und hoffte, dass etwas von dem Futter danebenfiel.

Nachdem Chase den Behälter gefüllt hatte, legte er eine kleine Handvoll Trockenfutter auf den Boden.

»Hey, es ist noch zu früh für sein Abendessen«, scherzte Piper.

»Schon möglich. Aber er hat mich zum ersten Mal nicht angeknurrt.«

Kit verschlang das Futter mit zwei schnellen Happen und schaute Chase erwartungsvoll an. Chase griff noch einmal in den Behälter.

»Nein«, sagte Piper streng.

Er nahm die Hand heraus und machte den Deckel zu. »Sorry, Kumpel. Mami sagt Nein.«

Piper wandte sich ab. »Ich hole nur kurz meine Sachen, dann können wir los.«

Als sie ins Wohnzimmer zurückkam, lehnte Chase an der Tür; Kit stand kauend in der Küche.

»Was hast du ihm gegeben?«

Treuherziger Unschuldsblick. »Nichts. Er muss auf dem Fußboden noch etwas gefunden haben.« Chase nahm ihr die Tasche ab und wandte sich zum Gehen.

Piper zeigte auf ihn. »Ich glaube dir kein Wort.«

Sie stiegen in seinen Wagen und er fuhr Richtung Freeway.

»Verrätst du mir, was wir vorhaben?«

»Nope. Überraschung.«

Eine Weile unterhielten sie sich über die Arbeit und die Umgestaltung des zweiten Stocks. »Die ersten Skizzen sollten Ende nächster Woche kommen.«

»Das geht ja zackig.«

»Du hast gesagt, du wolltest gestern fertig sein.«

»Stimmt. Die Fahrerei ist die Hölle. Auf zwei Stockwerken arbeiten? Schön. In zwei verschiedenen Städten? Weniger.«

»Die neuen Büros werden sicher richtig gut.«

Als sie den Freeway an der Ausfahrt zum Flughafen verließen, spürte Piper ein freudiges Kribbeln. Doch dann fuhr Chase an der Abbiegespur zum Flughafen vorbei, und sie seufzte leise.

Nur um gleich darauf nach Luft zu schnappen, weil er in eine private Zufahrt einbog. »Chase?«

Er ließ sein Fenster herunter, zeigte dem Mann am Tor seinen Führerschein und wurde eingelassen.

»Chase?«

Über den Rand seiner Sonnenbrille hinweg lächelten seine Augen sie an. »Wozu hat man einen Privatjet, wenn er nur rumsteht?«

Ihr blieb der Mund offen stehen. »Du machst Witze.«

Sie hielten vor einem Gebäude und jemand öffnete ihnen die Wagentüren.

»Guten Tag, Mr Stone. Ihre Piloten sind bereits da.«

Piper unterdrückte ein Kleinmädchenkreischen und begnügte sich mit einem kurzen Freudentanz, während Chase um den Wagen herum zu ihr ging. Er nahm ihre Hand, jemand trug ihre Taschen, eine andere Person fuhr den Wagen weg.

Sie klammerte sich an Chase' Arm. »Wie aufregend«, flüsterte sie.

Durch eine Lobby gelangten sie in eine große Halle, wo sie sich ausweisen mussten. Dann wurden sie aufs Flugfeld begleitet, direkt zu einer wartenden Maschine.

»War das alles?«, fragte Piper. »Keine Metalldetektoren, keine Sicherheitsschleuse?«

»Verrückt, oder?« Chase' Lächeln verriet, dass ihn das genauso verblüffte wie sie.

Ein Flugbegleiter trug ihre Taschen die Stufen hinauf, und sie blieben unten stehen, um mit dem Piloten zu sprechen.

»Guten Tag, Mr Stone.«

»Carson, richtig?«, fragte Chase.

»Sie erinnern sich. Ja. Meine Co-Pilotin ist heute Megan. Sie wird sich vorstellen, wenn Sie an Bord sind.«

Wir haben eigene Piloten, kreischte Piper stumm in ihrem Kopf.

»Das ist Piper Maddox«, sagte Chase.

Carson legte den Kopf schief. »Maddox. Moment. Haben wir nicht öfter mal telefoniert?«

»Ja natürlich, oh mein Gott.« Sie schüttelte ihm die Hand. »Schön, Sie endlich persönlich kennenzulernen.«

Chase wedelte mit der Hand zwischen ihnen. »Ihr kennt euch?«

»Nur übers Telefon und die Arbeit. Falls es mal Probleme gegeben hat oder wetterbedingte Verzögerungen, hat Carson es mir gesagt und ich dann deinem Dad. So haben wir das allgemeine Stresslevel niedrig gehalten.«

»Mit Piper zu sprechen, war einfacher als mit Mr Stone senior.«

»Ich hoffe, Sie müssen das nie über mich sagen«, meinte Chase.

»Bestimmt nicht.« Der Pilot zeigte auf das Flugzeug. »Sollen wir?«

Chase lächelte. »Ladys first.«

Piper war überwältigt. Auf dem Weg die Stufen hinauf fühlte sie sich wie ein Filmstar. Innen gab es eine Erste-Klasse-Ausstattung: bequeme breite Sessel, ein Sofa, einen großen Flachbildfernseher – alles in edlem Weiß. Und anders als in normalen Flugzeugen waren die Fenster hier riesig. Chase stellte sich hinter sie und legte die Hände an ihre Hüften. »Verrückt, oder?«, sagte er mit den Lippen ganz dicht an ihrem Ohr.

Sie stieß das begeisterte Kreischen aus, das sie sich bisher verkniffen hatte, drehte sich um und küsste ihn. »Das ist alles absolut unnötig, aber ich freue mich unheimlich!«

»Irgendwie dachte ich mir, dass du das sagen würdest.« Chase drehte sie wieder nach vorn und schob sie vor sich her.

»Ich nehme an, das ist Ihr erstes Mal«, sagte Carson und schloss die Außentür.

»Aber nicht das letzte«, versicherte Chase.

Piper ging weiter in den hinteren Teil der Maschine. Ohne sich umzudrehen, sagte sie: »Absolut unnötig, wirklich. Aber wenn es unbedingt sein muss …«

Die Männer lachten.

Sie öffnete eine Tür. »Ein Schlafzimmer?«

»Die Matratze und das Bettzeug sind neu. Alex wollte das so.«

Piper warf Chase über die Schulter einen Blick zu. »Kluge Frau.«

Sie ging weiter, fand ein Bad und eine kleine Bordküche.

Übermütig hüpfte sie geradezu zu Chase zurück und schlang die Hände in seinem Nacken ineinander. »Wohin wir fliegen, ist mir völlig egal. Von mir aus einfach ein paarmal im Kreis.«

»Das merke ich mir fürs nächste Mal. Aber heute geht es nach San Francisco.« Er legte die Arme um ihre Taille.

Diesmal verkniff sie sich den Jubelschrei nicht. »Da war ich noch nie.«

»Wirklich?«

Sie zeigte auf ihre Brust. »Pleite.« Dann drückte sie den Finger auf seine Brust. »Gazillionär.«

»Die Gazillionen habe ich noch nicht lange, aber San Francisco liegt schon immer nur ein Stück die Küste rauf.«

Sie zuckte die Achseln. »Bei Stone Enterprises stehen die Assistentinnen nicht auf der Liste für gratis Hotelaufenthalte. Und selbst mit einem Rabatt ist so eine Städtereise ziemlich teuer.«

»Ich sage meiner Assistentin, sie soll deinen Namen auf die Liste setzen.«

»Wäre das nicht eine Vorzugsbehandlung, über die die ganze Firma sprechen würde?« Tratschen würde man sowieso, auf eine zusätzliche Neiddebatte konnte sie verzichten.

»Nicht unser Problem. Wenn ich will, dass der Name meiner Freundin auf der Liste steht und die Firma mir gehört, dann steht ihr Name drauf.«

»Deiner Freundin?« Sie sprach die Worte sehr bedächtig aus. »Das ist unser erstes Date.«

Seine Arme lagen noch immer an ihrem Rücken, ihre Hände in seinem Nacken.

Chase wiegte sich mit ihr hin und her. »Genau genommen war es doch jedes Mal ein Date, wenn ich dich abgeholt habe, mit dir irgendwohin gefahren bin und dich zurückgebracht habe. Das ist mindestens schon zwei Mal passiert. Beim Steakdinner und bei der Regional-Heart-Association-Gala. Das hier ist also bereits Date Nummer drei.«

»Wenn du es so sagst …«

»Mr Stone, Miss Maddox?«

Sie wandten sich zu der Co-Pilotin um, die ihnen mitteilte, wie lang die Flugzeit nach San Francisco sein würde und dass sie mit angenehmen Wetterbedingungen rechnen konnten.

Unter dem Geräusch der Motoren, die zum Aufwärmen angelassen wurden, machten Chase und Piper es sich in den Sesseln bequem.

Kapitel 29

Die Fahrt von seinem Haus zu Piper und dann weiter zum Flughafen hatte länger gedauert als der Flug nach San Francisco.

Pipers unbändige Freude über seine Überraschung würde er nicht so schnell vergessen. Angesichts ihrer Begeisterung für diesen besonderen Ausflug dankte er seinem Vater im Stillen für den Jet und das Geld, die das möglich machten. Und dass er dem Mann für irgendetwas dankbar gewesen war, war verdammt lang her. Traurig nur, dass der Vater dazu erst hatte sterben müssen.

In San Francisco stand ein Fahrer bereit, der sie zu Fisherman's Wharf brachte. Auch dort sprang Piper so aufgeregt hin und her wie ein Schulmädchen. Binnen Minuten saßen sie draußen an einem Tisch, aßen Muschelsuppe aus ausgehöhlten kleinen Sauerteigbrotlaiben und dankten dem Himmel für den sonnigen Tag.

Nach der Stärkung schlenderten sie über einen bunten Markt, probierten hier und da an kleinen Ständen einen Snack und stöberten in verschiedenen Geschäften. Um Bereiche mit sehr intensiven Gerüchen machten sie einen Bogen, weil Piper ihrem Magen noch immer nicht trauen konnte.

Sie wollte unbedingt frisches Sauerteigbrot und einen Kühlschrankmagnet mit der Golden Gate Bridge mit nach Hause nehmen. Und Schokolade aus dem riesigen Ghirardelli Store. Die Weinhandlungen mit den Weinproben mussten noch warten, bis sie wieder Alkohol trinken durfte.

Eine Weile schauten sie den Straßenkünstlern zu, dann warfen sie einen Blick in das Museum über die Geschichte von Fisherman's Wharf.

Später blieben sie vor einem Geschäft mit einem Bassin voller Muscheln stehen, in denen Perlen verborgen waren. Wie groß die Perlen waren und welche Farbe sie hatten, erfuhr man erst, wenn man die Muschel öffnete. Kitschige Schilder verkündeten, dass irgendwann irgendein Glückspilz in einer Fünfunddreißig-Dollar-Muschel eine Perle im Wert von mehreren Tausend Dollar gefunden hatte.

»Wie funktioniert das denn hier?«, fragte Chase den Mann hinter der Theke.

»Sie suchen sich eine Muschel aus, und je nachdem, was für eine Perle Sie darin finden, wählen Sie eine Fassung.«

Chase schaute Piper an. »Möchtest du eine?«

Sie schüttelte den Kopf. »Nein.« Dann zögerte sie und griff nach ihrer Handtasche. »Oder vielleicht doch.«

»Lass mich das machen.« Chase zeigte auf ein Becken mit größeren Muscheln, in denen vermutlich auch größere Perlen steckten und die natürlich am meisten kosteten. Wobei auch das nicht atemberaubend viel war. »Welche möchtest du?«

»Du musst mir nicht alles schenken.« Piper zeigte auf die Tasche in seiner Hand.

»Ein Laib Brot, ein Magnet, Schokolade und knapp hundert Kilo Salzwasser-Toffees werden mich nicht gleich ruinieren.«

»Darum geht es nicht.«

»Lady, wenn Ihr Freund Ihnen etwas schenken will, dann machen Sie ihm die Freude«, meinte der Verkäufer.

»Hörst du?«

Piper schüttelte den Kopf. »Er hat mich in einem Privatjet hergeflogen«, sagte sie dem Mann.

»Ja, klar.« Der Verkäufer schnaubte. Offenbar glaubte er ihr nicht.

»Wirklich.«

Chase legte ihr einen Arm um die Schultern. »Eines Tages, Babe, haben wir einen Jet mit einem Schlafzimmer.«

»Dann fangen Sie doch mit einer Perle an. Und mit einer echtgoldenen Fassung. Ich meine, wenn Ihr Ziel ein Privatjet ist, dann keine falsche Bescheidenheit.«

Chase zog sie zu dem Becken. »In welcher steckt die wertvollste Perle?«

»Okay, mein zukünftiger Gazillionär. Wie du willst.« Piper spähte angestrengt in das Becken. »Was ist denn das unter der großen da?«, fragte sie den Verkäufer.

Mit einem kleinen Netz schob er eine gewaltige Muschel beiseite. Darunter kam eine viel kleinere zum Vorschein. »Ich glaube, die gehört ins andere Becken.«

Piper schüttelte den Kopf. »Die möchte ich gern.«

»Sind Sie sicher, Lady? Da ist vermutlich eine ziemlich kleine Perle drin.«

»Ich habe eine Schwäche für Underdogs. Das ist die Richtige.«

Der Mann schaute Chase an, als würde er um Einverständnis bitten.

»Sie haben die Lady gehört.«

»Es ist Ihr Geld.« Der Verkäufer holte die Muschel aus dem Becken und brachte sie zu einem Tisch. Mit einem Werkzeug öffnete er sie. Inzwischen hatten sich auch ein paar Schaulustige eingefunden, die neugierig waren, was sich in der Muschel verbarg.

Mit gelangweilter Miene schob der Verkäufer das Muschelfleisch beiseite und suchte nach der Perle. Einen Moment lang fragte sich Chase, ob es hier überhaupt eine gab. Dann drückte der Mann doch ein kleines rundes Ding aus den Innereien der Muschel.

»Ist die blau?«, fragte Piper.

Der Verkäufer lächelte jetzt nicht mehr die Leute hinter ihnen an, um gleich den nächsten Kunden an Land zu ziehen, sondern schaute nach unten.

Piper betrachtete die Perle so fasziniert wie ein Kind auf dem Jahrmarkt und Chase war inzwischen völlig egal, was das Ding kostete. Piper so zu sehen, war einfach unbezahlbar.

Der Verkäufer wusch die Perle in einem Becken hinter der Theke ab. Sie war nicht klein und sie glänzte definitiv blau, fast ein bisschen metallisch.

»Ich wusste gar nicht, dass es diese Farbe gibt.«

Der Mann schaute zwischen ihnen hin und her, dann räusperte er sich. »Ja, Lady. Wenn Sie lieber eine weiße wollen, vergessen wir die und Sie suchen sich eine andere Muschel aus.«

»Mir gefällt die blaue Perle ganz gut.«

Dem Mann offenbar auch. Chase bemerkte seine enttäuschte Miene.

»Sicher?«

»Jap.«

Seufzend winkte der Verkäufer sie nach hinten. Dort suchte sich Piper eine »echt goldene« Halskette aus.

Am Ende kostete das Schmuckstück ein paar Hundert Dollar, und Piper hatte eine Kette mit einer blau schimmernden Perle um den Hals.

Draußen hob sie sie in die Höhe und betrachtete sie. »Was glaubst du, was ist sie wirklich wert?«

»Jedenfalls deutlich mehr, als der Verkäufer zugeben wollte.«

»Sonst hätte er nicht versucht, sie uns auszureden.«

»Genau.«

Sie zuckte die Achseln. »Mir ist egal, ob sie zehntausend Dollar wert ist oder zehn. Ich werde sie immer tragen und mich dabei an diesen Tag mit dir erinnern.«

Per Textnachricht gab Chase dem Fahrer Bescheid, dass sie zum nächsten Ziel aufbrechen wollten. Sie hielten in Chinatown, doch schon nach ein paar Schritten durch die belebten Straßen waren die verschiedenen starken Düfte und Gerüche zu viel für Piper. Sie eilten zurück zum Wagen, ließen sich nach Nob Hill fahren und anschließend zur Golden Gate Bridge. Während sie über die Brücke und wieder zurück spazierten, nahmen sie sich vor, beim nächsten Mal auch Alcatraz zu besuchen.

Schließlich brachte der Fahrer sie zu einem Hotelhochhaus mit Chase' Namen auf der Fassade, damit sie sich frisch machen und fürs Dinner umziehen konnten. Der Tisch war für halb acht reserviert.

Als sie vor dem Hotel hielten, wurde Chase wieder einmal bewusst, wie sehr sich sein Leben verändert hatte. Ein Hotelangestellter öffnete die hintere Wagentür und sie stiegen aus.

»Guten Abend, Mr Stone. Miss Maddox. Ihr Zimmer ist für Sie bereit.«

Woher wusste der Mann, wer er war? Chase fiel ein, dass auch der Fahrer zu den Hotelangestellten gehörte.

Auf dem Weg durch die Lobby schienen sie den anderen Gästen nicht weiter aufzufallen, doch die Angestellten waren in erhöhter Alarmbereitschaft. Ein Page nahm ihre Taschen, brachte sie zum Aufzug und zu ihrem Zimmer, einer Präsidentensuite.

»Ich hoffe, das Zimmer ist akzeptabel, Sir. Das Penthouse war für heute Abend leider bereits gebucht.«

»Wir sind nur für ein paar Stunden hier.« Weshalb entschuldigte sich der Mann?

»Trotzdem …«

Piper trat vor, und ihre Assistentinnen-Stimme klang durch. »Keine Sorge, der neue Mr Stone ist anders als Ihr früherer Boss. Bitte richten Sie dem Management aus, dass wir Ihre Bemühungen sehr zu schätzen wissen.«

»Sehr gern. Danke.«

Der Mann ging, Chase starrte ihm kurz hinterher. »Was war das denn?«

»Dein neues Leben, Mr Gazillionär. Deine Assistentin wird dem Hotelmanager am Montag eine kleine Aufmerksamkeit und einen Dankesbrief schicken.«

Chase drehte sich zu ihr. »Weshalb fällt dir das alles so viel leichter als mir?«

Sie hob die Hände. »Ich habe fünf Jahre lang in der Welt deines Vaters gearbeitet, du kennst sie erst seit zweieinhalb Monaten.« Piper ging ans Fenster und schnappte nach Luft. »Heilige Scheiße. Was für eine Aussicht.«

»Wie machst du das bloß?«

»Wie mache ich was?«

Chase trat zu ihr. Die Aussicht war tatsächlich spektakulär. Die Bucht, die Brücke, die ganze wunderbare Stadt. »Du gerätst völlig aus dem Häuschen wegen des Jets und der Aussicht. Gleichzeitig unterhältst du dich ganz entspannt mit den Piloten und spazierst völlig gelassen in eine Luxussuite, in der wir nur ein paar Stunden verbringen.«

Einen Moment lang schaute Piper in die Ferne. »Ich habe zwar fünf Jahre lang das Leben eines unfassbar reichen Mannes organisiert und mich ein bisschen daran gewöhnt. Aber jetzt stehe ich mit seinem Sohn plötzlich mittendrin.«

Er streckte die Hand nach ihr aus und zog sie an sich. »Du bist perfekt.«

»Ha!« Sie lachte. »Schwanger. Also nicht ganz.«

Das wollte er nicht gelten lassen. »Vielleicht bist du dadurch gerade ein bisschen verunsichert. Aber glaub mir.«

»Vielleicht …«

Er legte eine Hand an ihre Wange. »Wir müssen uns fürs Dinner fertig machen.«

* * *

Piper duschte kurz und legte einen Hauch Make-up auf, dann war sie für den nächsten Programmpunkt bereit, den Chase geplant hatte.

Sie sah ihn im Wohnzimmer der Suite am Fenster stehen und auf die Lichter der Stadt hinunterblicken. Wortlos trat sie zu ihm und schlang von hinten die Arme um seine Taille. War sie wirklich hier an diesem Ort und umarmte diesen Mann, der sich so vertraut an sie lehnte?

»Großartig, oder?«

Genau dasselbe Gefühl erfasste Piper auch; sie wusste aber nicht, ob der Grund derselbe war. »Ja.«

Chase drehte sich zu ihr und lächelte. »Du hast so ein Strahlen.«

Sie klimperte mit den Wimpern. »Das liegt sicher an der neuen Wimperntusche.«

»Ich glaube nicht.«

Piper hob den Mund zu seinem. Sie hatte einen kurzen, zarten Kuss erwartet, doch je länger er wurde, desto mehr versank die Welt um sie herum. Chase' Hand fand in ihren Nacken, dann zu ihrem Hinterkopf, und er küsste sie tief. An seine Arme geklammert, stöhnte sie leise auf.

Sie schnappte nach Luft, oder war er das gewesen? Chase schob sie gegen die Wand und presste sich an sie. Tief in ihr sprühten glutheiße Funken, als er sein Knie zwischen ihre Schenkel drängte. Ihre Hüfte drückte sich an ihn wie von selbst.

»Dinner«, flüsterten seine heißen Lippen an ihren.

Piper zerrte an seinem Hemd, spürte seine Haut unter den Fingerspitzen. »Kein Hunger.«

Er nahm sie an den Hüften, zog sie an seinem Oberschenkel höher und erweckte damit jeden Nerv zwischen ihren Beinen zum Leben.

Ihr Kopf fiel nach hinten und Chase nutzte die Gelegenheit, um ihren Hals zu küssen. »Ich schon.«

Als sie schon kurz davor war, sich hemmungslos an ihm zu reiben, legte er die Hände an ihren Hintern und hob sie hoch. »Festhalten.«

Piper schlang die Beine um seine Taille, ihre Zähne streiften seinen Kieferknochen entlang.

»Verdammt, Frau!«

Er trug sie ins Schlafzimmer, fiel mit ihr aufs Bett und erdrückte sie dabei fast.

Nicht, dass sie etwas dagegen gehabt hätte. Allein sein Gewicht zu spüren, setzte sie unter Strom. Sie zerrte an seinem Hemd, er nestelte an den Knöpfen ihrer Bluse.

Endlich hatte sie die nackte Haut seiner breiten Schultern unter ihren Händen, die gleich darauf über seinen Rücken zu seinem Hintern fanden. Unwiderstehlich und perfekt lag sein Mund wieder auf ihrem. Seine Hände rieben ihre Brüste.

So fühlte sich nur eine Leidenschaft an, die sich für immer in ihr Gedächtnis brennen würde.

Seine Lippen lösten sich von ihrem Mund, küssten sich über ihre Kehle und weiter zu ihrer Brust.

Piper wölbte den Rücken, damit er den Verschluss ihres BHs erreichen, sie daraus befreien und sie anfassen und schmecken konnte.

Eine weitere Einladung brauchte er nicht, und einen Atemzug später tanzten Funken hinter ihren geschlossenen Lidern und sie spürte, wie sich ihre Brustwarzen unter seinen Zähnen aufrichteten.

Piper warf ihre Schuhe ab und schlang ihr freies Bein um seine Hüfte, damit sie seine Hitze genau dort fühlen konnte, wo ihr Verlangen am drängendsten war.

Als er sich abstützte und sich ein wenig von ihr herunterhob, wollte sie flehen: »Komm wieder zurück.«

Er schaute ihr in die Augen und sie sah die Glut in seinem Blick. Ohne den Blickkontakt abzubrechen, strich er mit seiner Hand an ihrem Schenkel nach oben. Sein Daumen streifte sie zwischen den Beinen.

Obwohl sie die Berührung nur durch den Stoff ihrer Hose hindurch spürte, stockte ihr Atem und ihre Hüfte zuckte.

»Willst du mehr?«

Ihr Mund öffnete sich, doch sie traute ihrer Stimme nicht.

Ein kurzes Nicken und Chase senkte den Blick, nur um den Mund dorthin zu legen, wo gerade noch sein Daumen gewesen war. Sein heißer Atem verwandelte die Stelle unter dem Stoff in glühende Lava.

Eine ihrer Hände fand zu seinem Hinterkopf, mit der anderen versuchte sie, sich auszuziehen.

»Heb den Po«, forderte er.

Sie tat es nur zu gern, und im Nu hatte er ihr die Hose samt der Panties abgestreift.

Kurzerhand schälte sie sich aus ihrer Bluse und warf den BH auf den Boden. Dann lächelte sie Chase an, der sich die Lippen leckte und ganz offensichtlich genoss, wie sie vor Lust bebte.

Von ihren Kleidern und seinem Gewicht befreit, zog sie ein Knie an und hob die Arme über den Kopf.

»Fuck!« Ein Wort wie ein Atemzug. Sein Blick wanderte über ihren Körper und sie fühlte sich sexy und begehrt. Sie selbst bemerkte immer mehr Veränderungen an sich, doch einem Mann, der sie noch nie zuvor nackt gesehen hatte, konnten sie kaum auffallen. Dass Chase sie jetzt so sah, war ein schönes

Gefühl, denn bald würde ihr Zustand immer deutlicher sichtbar werden.

»Du hast viel zu viel an.«

Chase griff nach seinem Gürtel. Die Bewegung ließ den Schaft unter dem Stoff seiner Hose zucken. Die Hitze ihres gemeinsamen Verlangens brachte die Luft zum Brennen, und Piper wand sich vor Vorfreude.

Seine Kleider landeten auf dem Fußboden und Piper gefiel, was sie sah. »Ja, bitte«, sagte sie lächelnd.

Hektisch kramte er vom Bett aus die Geldbörse aus seiner Hose und fischte ein Kondom heraus.

Sie musste beinahe lachen, setzte sich auf und pflückte es ihm von den Fingerspitzen. »Zu spät.« Sie warf es beiseite.

Chase drückte lachend die Lippen auf ihre und schob sich sanft auf sie, bis sie wieder flach auf dem Bett lag und er über ihr war.

Verdammt, er fühlte sich himmlisch an. Besser, als sie es sich hätte erträumen können. Seine Härte drängte sich an die heißeste Stelle ihres Körpers, als würde sie anklopfen und um Einlass bitten.

Sie schlang ein Bein um seine Hüfte und reckte ihm das Becken entgegen. »Bitte«, flehte sie beinahe.

Chase zog ihre Arme über ihren Kopf, hielt sie mit einer Hand an den Handgelenken fest und stützte sich auf den anderen Ellbogen, um sie nicht zu erdrücken.

Offen und bereit lag sie unter ihm.

Während er ohne Hast zum ersten Mal in sie glitt, schauten sie sich in die Augen.

»Du bist so schön, Piper.«

Das Atmen fiel ihr schwer. Wie er sie füllte und seinen Platz in ihr fand, fühlte sich an wie ein lang ersehntes Nach-Hause-Kommen.

»Ich will hören, wie du meinen Namen schreist.« Er zog sich ein wenig zurück und drängte sich dann wieder tiefer.

»Mach so weiter, dann wird genau das passieren.«

Seine Hüften begannen einen langsamen Tanz, seine Lippen senkten sich auf ihre, und der Kuss wurde mit der Reibung ihrer Körper heißer.

Wie von selbst fanden sie einen gemeinsamen leidenschaftlichen Rhythmus.

Chase ließ ihre Hände los, fasste sie an den Hüften und veränderte seinen Winkel. Oder er veränderte ihren. Ganz gleich, wie er es machte, es war einfach perfekt. »Ja! Genau da!«

Anweisungen umzusetzen, war für ihn offenbar kein Problem. Seine Hüfte bewegte sich im genau richtigen Tempo weiter und ihr Körper zog sich um ihn zusammen.

»Wie fest du mich hältst!«

Sie spannte ihre Muskeln und konnte die Wirkung von seinem Gesicht ablesen. Dieselbe intensive Lust pulsierte auch durch ihr Inneres. Mit jeder Bewegung, jedem Stoß steigerte sie sich in einer perfekten Kurve. Piper packte seinen Hintern und zog Chase näher und tiefer, bis ihr der Atem wegblieb und sein Name bei ihrem Höhepunkt laut aus ihr herausbrach. »Chase, ja! Oh, ja!«

»Perfekt. So verdammt perfekt.«

Das Blut rauschte in ihren Ohren und Chase fand in einen schnelleren Rhythmus.

Piper wölbte sich ihm entgegen. »Komm in mir Chase. Ich will alles von dir spüren.«

Es war, als hätte sie nur darum bitten müssen.

»Fuck, Piper …« In heißen Wellen brach es aus ihm heraus.

Dann fiel er neben sie und hielt sie ganz fest.

Schweigend und eng umschlungen lagen sie da, bis ihr Atem sich beruhigte.

Chase strich ihr übers Haar, sie legte einen Arm auf seine Hüfte. Dieses Durcheinander aus Armen und Beinen fühlte sich unglaublich gut und vertraut an. »Verdammt, das hat gutgetan«, murmelte sie an seiner Brust. All dem angestauten Verlangen endlich nachgeben und ihn lieben zu können, war eine Befreiung gewesen.

»Das machen wir noch mal. Und noch mal.« Er küsste ihre Schulter und legte sich ganz dicht neben sie.

»Und noch mal.« Sie nickte.

Sein Atem wärmte ihr Ohr, als er sprach. »Ich habe heute das schönste Geschenk meines Lebens ausgepackt.«

Sie beugte sich so weit zurück, dass sie ihm in die Augen schauen konnte. »Das klingt so wunderbar, schon fast zu gut.«

Chase strich ihr das Haar aus der Stirn, sein Daumen zeichnete ihren Kieferknochen nach. »Es ist die Wahrheit, und die hast du verdient. Ich werde dich nie belügen, Piper.«

Sie wollte ihm glauben. Nach dem Sex sagten Männer manchmal Dinge, die sie nicht wirklich meinten, und sie wünschte sich so sehr, dass Chase anders war. Aber wie würde er damit klarkommen, wenn sie bald ganz anders aussah und er wusste, dass das Baby in ihr nicht von ihm war? Sie musste diesen Gedanken wieder loswerden. Ihr Blick ging an ihm vorbei.

Chase drehte ihr Gesicht zu sich und schaute ihr in die Augen. »Was geht dir durch den Kopf?«

»Ich will das hier so sehr, ich will es festhalten. Aber …« Sie schloss die Augen und dachte an das Kind in ihrem Bauch.

»Sprich mit mir, Piper.«

Sie hatte nichts zu verlieren, und ihre Gedanken für sich zu behalten, fühlte sich an wie lügen. Er wusste jetzt alles über sie, und sie wollte ehrlich sagen, was sie dachte.

»Was, wenn mich zu daten, dir doch zu viel wird? Langsam werden mir meine Kleider zu eng. Lange kann ich es nicht mehr geheim halten.«

»Piper …«

»Ich hatte noch nie … Die Männer sind nie lange geblieben. Selbst als ich noch nicht schwanger war.«

»Piper …«

»All diese Gefühle, das ganze Durcheinander. Das wird nicht leicht.« Sie wollte weinen. Der großartigste Sex ihres Lebens lag noch auf ihrer Haut, und sie wollte weinen.

»Piper …«

»Versprich mir, dass du offen mit mir bist. Wenn sich deine Gefühle ändern, sei bitte ehrlich und zieh einen Schlussstrich. Ich kann … Ich halte das aus.« Jap, und da waren sie, die Tränen. Denn sie wusste schon jetzt, wie schwer es werden würde. Chase Stone sickerte bereits in ihr Blut und wohnte in ihrem Herzen.

»Piper.« Er legte einen Finger an ihre Lippen. »Ich bin hier und gehe nicht weg. Und ich respektiere dich viel zu sehr, um mit dir Spielchen zu spielen.«

»Okay.« Sie schniefte.

»Okay?«

Sie nickte, und als er lächelte, lächelte sie auch.

Er küsste sie und drückte sie an seine Brust.

Der Wunsch, genau da zu bleiben, wo sie in diesem Augenblick war, und zwar für immer, driftete durch ihren Kopf, während Chase all die richtigen Worte flüsterte und ihre Sorgen verscheuchte.

* * *

Während Chase die Reservierung fürs Abendessen absagte und ihnen beim Zimmerservice etwas bestellte, ging Piper unter die Dusche.

Danach duschte auch er. Noch beim Abtrocknen hörte er Piper mit der Person sprechen, die ihnen das Essen brachte.

Ihre Verletzlichkeit zerrte an seinem Herzen. Als sie ihn gebeten hatte, offen mit ihr zu sein, hatte er nackte Angst in ihren Augen gesehen. Wie konnte sie glauben, dass er mit ihr spielen würde? Offenbar hatte sie noch nie jemand so liebevoll behandelt, sie so geschätzt und geachtet, wie sie es verdiente.

Er würde das ändern.

Wenn er ganz ehrlich war, war schon allein der Sex mit ihr es wert, ihr alles zu geben, was er ihr nur geben konnte. Es war, als seien sie füreinander gemacht. Ihre Körper passten zusammen wie die sprichwörtlichen Puzzleteile. Zu sehen, wie sie in seinen Armen ganz losließ und dabei nicht mehr trug als eine Perle von einem Straßenhändler, weckte in ihm Besitzansprüche, für die es viel zu früh war und auf die er kein Anrecht hatte. Aber sie kamen ganz instinktiv und von einem Ort sehr tief innen.

»Das Essen wird kalt«, rief Piper von nebenan.

Chase zog seine Hose an und legte sich ein Handtuch um die Schultern, um damit die Feuchtigkeit aus seinem Haar aufzufangen. Dann spazierte er ins Wohnzimmer und lächelte, weil sie mit vollem Mund zu ihm aufblickte.

»Ich konnte nicht mehr warten«, nuschelte sie. Ihr Blick wanderte über seine nackte Brust.

»Das Baby ist offenbar sehr hungrig.«

»Hmm. Herrlich.« Sie schnitt ein Stück von einer Kartoffel.

Er setzte sich zu ihr und nahm die Abdeckung von seinem Teller. »Sieht gut aus.«

»Vermutlich nicht das ganz normale Zimmerservice-Essen. Der Koch hat es persönlich heraufgebracht.«

»Ach ja?« Er schnitt in sein Steak.

»Alle hier wissen, wer du bist.« Sie summte schon wieder genüsslich. »Diese Pfeffersoße ist ein Traum.«

»Mir gefällt, wie du dich fürs Essen begeistern kannst.« Er kostete und musste ihr zustimmen. »Wirklich lecker.«

»Ja. In dem Dankbrief am Montag werde ich den Koch auf jeden Fall erwähnen.«

»Eigentlich wollte ich dich verwöhnen und jetzt kümmerst du dich um mich«, sagte er nachdenklich.

»Hey, du *hast* mich verwöhnt. Auf die Gefahr hin, dein Ego ins Unermessliche zu steigern: Das war der beste Sex meines Lebens. Solange du mich lässt, werde ich die Gelegenheit nutzen. Also stärk dich lieber.«

Er schlug sich mit der Hand auf die Brust. »Endlich! Eine Frau, für die ich ein Mann fürs Bett bin und die keine Angst vor richtigem Essen hat. Du musst mich heiraten.« Wo kamen denn diese Worte plötzlich her?

»Ha!« Sie spülte einen Happen Steak mit einem Schluck Wasser hinunter. »Das würde ziemliches Aufsehen erregen.«

Während sie über seinen Vorschlag lachte wie über einen Scherz, aß er weiter.

»Die Soße ist himmlisch, oder?«

»Allerdings«, bestätigte er.

»Erwartet Carson uns eigentlich zu einer bestimmten Zeit im Flugzeug?«

Und so schien es bald, als hätte er die Bemerkung übers Heiraten nie gemacht.

Kapitel 30

Manches im Leben ging ganz langsam. Das Haar brauchte bei einem schlechten Schnitt viel Zeit, um herauszuwachsen, und auf ein Eigenheim zu sparen, dauerte ewig. Manches andere dagegen jagte daher wie ein Wirbelsturm, der einen packte und in den Himmel trug, sodass man sich nur mitreißen lassen und die Aussicht genießen konnte.

So ein Sturm war Chase.

Am Sonntagmorgen wachten sie in Pipers Bett auf und verbrachten den Tag zusammen. Erst nach sieben Uhr abends schob sie ihn aus der Tür, damit sie früh ins Bett gehen und dann frisch in die Arbeitswoche starten konnte.

Am Montag rief er sie zweimal von seinem anderen Büro aus an und fragte sie, wie ihr Tag lief. Abends fand sie zwei große Pakete vor ihrer Haustür. An beiden hing ein Zettel, auf dem stand:

Draußen öffnen und stückweise schleppen.

Piper stieß mit dem Fuß gegen die Kartons, stellte fest, dass sie ziemlich schwer waren, und befolgte die Anweisung.

Im ersten Paket fand sie mehrere kleinere Säcke mit Kits Hundefutter. Im zweiten ein paar kleinere Behälter mit dem Waschmittel und dem Weichspüler, die sie am liebsten benutzte.

Wer ihr die Sachen geschickt hatte, musste sie nicht erst erfragen.

Abends am Telefon sagte sie ihm, dass er das alles doch nicht machen müsse. Er sagte nur »Was denn?« und wechselte das Thema.

Bei Chase' Ankunft im Büro am nächsten Morgen stand Piper gerade an Dees Schreibtisch und besprach mit ihr ein paar laufende Projekte.

»Guten Morgen.« Sein Lächeln wirkte ganz lässig, sein Blick sprach eine andere Sprache.

»Guten Morgen, Mr Stone.«

Er zog eine Braue hoch.

Piper biss sich auf die Unterlippe, um nicht breit zu grinsen.

Chase räusperte sich. »Ist meine Schwester schon hier?«

»Nein. Sie wollte gegen zehn kommen.«

Er nickte in Richtung seines Büros. »Hätten Sie ein paar Minuten, Miss Maddox? Wir müssen meinen Terminplan durchgehen.«

»Selbstverständlich.«

Er verschwand in seinem Büro.

Nach einer weiteren kurzen Anweisung für Dee schnappte sich Piper den Kalender.

Chase stand an seinen Schreibtisch gelehnt und bat sie mit einer Geste, die Tür hinter sich zu schließen.

Sobald die Tür zu war, war er bei ihr, drückte sie mit dem Rücken dagegen und verschlang sie mit Haut und Haaren. Und sie bekam gar nicht genug.

Erst als seine Hand in ihr Haar griff, hielt sie ihn auf. »Nicht in die Haare.«

Er nickte, dann küsste er sie wieder. Ihre Zungen tanzten, ihr Atem ging in kurzen Stößen.

Jemand musste zur Vernunft kommen und für ein wenig Abstand zwischen ihnen sorgen. »So ist das also von jetzt an?«, flüsterte sie atemlos.

»Das musste sein, sonst schaffe ich es nicht durch den Tag.« Er strich mit einem Finger über ihre Lippen. »Zarte Farben, wenn du weißt, dass ich ins Büro komme.«

Piper tupfte ihren Lippenstift von seinem Mund. »Sagst du mir jetzt schon, wie ich mich schminken soll, Mr Stone?«

»Nur ein Vorschlag. Eigentlich gefallen mir geschwollene Lippen und dein Gerade-wild-geknutscht-Look.«

Sie drückte eine Hand an ihre heiße Wange. »Zarte Farben sind eine gute Idee.«

Bevor er sie aus seinen Armen entließ, küsste er sie noch einmal. Im privaten Badezimmer seines Büros brachte sie ihr Make-up in Ordnung und wusch sich die Hände. Draußen gab Chase ihr den Kalender, der zu Boden gefallen war, sobald er sie berührt hatte. »Die Termine können wir besprechen, wenn Alex hier ist.«

»Okay.«

Er strich mit der Hand über ihre Bluse, zeichnete die Rundung ihre Brüste unter dem Stoff nach und rückte ihren Rock zurecht. »Und jetzt sag mir, wie viel Benzin hast du im Tank?«

Ihr Gehirn befand sich noch immer im Kurzschlussmodus, deshalb musste sie erst einmal nachdenken. »Mal mehr, mal weniger.«

»Wie viel?«

»Ich glaube, der Tank ist noch etwa viertelvoll.«

Er schaute ihr in die Augen. »Ich brauche deine Wagenschlüssel.«

»Wie bitte?«

»Tanken ist zu gefährlich. Für dich und das Baby. Ich brauche deine Wagenschlüssel.«

Sie verdrehte die Augen. »Chase, bitte.«

Er legte einen Finger unter ihr Kinn, sein Blick ließ sie nicht los. »Wir können uns über vieles streiten, und ich werde vermutlich nachgeben. Aber wenn es um deine Gesundheit und Sicherheit geht – keine Chance. Die Wagenschlüssel, Piper.«

Sein ernster Ton sorgte dafür, dass sie die nächste Widerrede hinunterschluckte. »Okay.«

»Gut.« Nach einem neckischen Klaps auf ihr Hinterteil öffnete er ihr die Bürotür.

* * *

Zwei Wochen lang schafften sie es, ihre Beziehung geheim zu halten. Dann erschien ein Foto in einem Klatschblatt. Es zeigte sie, wie sie Hand in Hand mit Kit im Park spazieren gingen.

Piper erfuhr davon, als Julia die Zeitschrift auf ihren Schreibtisch knallte, die Arme verschränkte, mit der Fußspitze auf den Boden tippte und auf eine Erklärung wartete.

»Wieder mal ein Fall von Photoshop?«

Überrascht starrte Piper auf das Foto. Darunter stand:

> *Ist der frischgebackene Milliardär bereits vergeben?*

»Verdammt!«

»Ich warte.«

Piper schnappte sich die Zeitschrift und zerrte Julia in ein freies Besprechungszimmer.

»Okay, ja. Wir daten.«

Schon war das ärgerliche Stirnrunzeln verschwunden und Julia lächelte. »Ich hab's gewusst!« Sie packte Piper an den

Schultern und umarmte sie schwungvoll. »Oh mein Gott, Piper. Ich freue mich ja so.«

»Oh ja, ich mich auch!«

»Kein Wunder, dass du nicht scharf auf Mädelsabende bist.«

Das hatte einen völlig anderen Grund. Aber es mussten ja nicht gleich alle Geheimnisse ans Licht. Piper wich der Antwort aus. »Ich mache mir Sorgen, was hier bei der Arbeit geredet werden wird«, sagte sie stattdessen.

»Wen kümmert das schon? Du datest Chase Stone!« Julia kreischte. »Ist er gut im Bett? Ich wette, er ist absolut großartig.«

Dazu wollte Piper nun wirklich nichts sagen. »Wir müssen dir einen Freund suchen«, erklärte sie kurzerhand.

»Was du nicht sagst. Lass uns heute gemeinsam zum Lunch gehen, dann kannst du mir alle sexy Details verraten.«

»Ich hätte Lust auf Tacos irgendwo draußen.«

»Prima Idee.«

Bevor Julia sich zum Gehen wandte, sagte Piper: »Tu mir einen Gefallen.«

»Was denn für einen?«

»Lass mich wissen, was geredet wird.«

Julia verdrehte die Augen. »Wenn du jemanden wie Chase Stone datest, gibt es immer ein paar Hater. Irgendwer ist immer neidisch. Aber wen interessiert das?«

Piper wollte nicht, dass sie das interessierte. Aber leider interessierte es sie doch. »Ich möchte gern wissen, wer die Hater sind. Es gibt Leute, die lächeln dir ins Gesicht, nur um dir dann ein Messer in den Rücken zu rammen.«

»Okay, geht klar. Dann bis später. Tacos und Tratsch.«

Zurück an ihrem Schreibtisch, schrieb Piper Chase, der heute in seinem anderen Büro arbeitete, eine Textnachricht und schickte ihm ein Foto von der Aufnahme aus der Zeitschrift.

Julia weiß Bescheid.

Seine Antwort kam nach zwanzig Minuten.

Warum erwischen die mich immer von meiner schlechten Seite?

Du hast keine schlechte Seite., schrieb sie mit einem lächelnden Teufelchen-Emoji zurück.

Kommst du klar?

Ja. Kein Problem.

Wenn irgendwer dir das Leben schwer macht, will ich das wissen.

Schwierig.

Ich will nicht, dass jemand gefeuert wird.

Drei Punkte zeigten an, dass er schrieb, dann klingelte ihr Telefon.

»Hallo, Mr Stone.«

»Wir müssen einen Kompromiss finden«, begann Chase das Gespräch.

»Ich höre.«

»Ich will, dass du glücklich bist und sicher.«

Das hatte er schon ein paarmal gesagt und Piper hörte es nur zu gern. Noch schöner war, dass er immer auch entsprechend handelte.

»Wenn ich das Gefühl habe, da läuft was aus dem Ruder, gebe ich dir Bescheid.« Sobald die Worte heraus waren, fiel ihr das unangenehme Gespräch mit Gatlin im zweiten Stock ein. Allerdings war das schon eine Weile her, und sie und Chase hatten zu dem Zeitpunkt noch kein offizielles Date gehabt. Deshalb galt es wahrscheinlich nicht.

Es sei denn, es passierte noch einmal. Dann …

»Dass ich will, dass du glücklich bist, gilt auch für die Arbeit.«

Piper kicherte. »In dem Fall hätte ich gern einen neuen Schreibtischstuhl. Von meinem kriege ich Rückenschmerzen. Und ein Büro mit Aussicht.«

»Piper!«

»Verstehst du, wie kompliziert das werden kann? Dass es ein paar Leute geben wird, denen das mit uns nicht gefällt, wissen wir. Aber mit dem Tratsch am Wasserspender komme ich klar. Und außerdem …« Sie senkte die Stimme. »… ist mein Gefühlszustand derzeit absolut unberechenbar.« Seit Neuestem brach sie sogar bei rührenden Werbespots in Tränen aus. Sehr lästig.

»Piper!«

»Dieser Ton bringt dich diesmal nicht weiter. Du hast von einem Kompromiss gesprochen. Um kleinere Gehässigkeiten kümmere ich mich selbst. Aber wenn sich etwas auf meine Arbeit auswirkt, sage ich dir Bescheid. In Ordnung?«

»In Ordnung.«

Sie lächelte. Begeisterung klang anders.

»Und du kannst niemanden einfach rauswerfen«, sagte sie abschließend.

»Was? Moment mal.«

»Nein. Du musst dich an die Abläufe halten. Die Personalabteilung einschalten, eine Beurteilung schreiben. Keine handschriftlichen Notizen irgendwo auf der Rückseite einer Abmahnung.« Sie wussten beide, wovon sie redete.

»Einverstanden. Mit einer Ausnahme.«

»Du verhandelst ganz schön hart. Welche Ausnahme?«

»Wenn dir auf irgendeine Art Gefahr droht, kann mich die Personalabteilung kreuzweise, und ich tue, was ich tun muss.«

So redete Chase normalerweise nicht. Offenbar zog er hier eine rote Linie.

»Deine Schwester muss einverstanden sein.«

»Piper!«

»Doch. Überleg mal: Jemand sagt oder tut etwas, was sich wie eine Drohung anfühlt. Ich erzähle es dir, du setzt die Person auf die Straße und die Sache geht vor Gericht. Schließlich könnte es sich auch um jemanden aus der Führungsebene oder aus dem mittleren Management handeln.« Sie dachte an Gatlin. »Solche Leute verlassen nicht kampflos das Feld.« Gatlin hätte enorm viel Wind gemacht und wäre zum Anwalt gerannt. »Wenn sich eine weitere Person die Sache ansieht und zum selben Schluss kommt wie du, stehen deine Chancen zu gewinnen viel besser.«

Er atmete laut aus.

»Du weißt, dass ich recht habe.«

»Warum habe ich das Gefühl, dass es nach diesem Verhandlungsgespräch drei zu eins steht. Für dich.«

Weil es so war.

»Vielleicht zerbrechen wir uns völlig umsonst den Kopf. Aber gut, dass wir darüber geredet haben. In der Tiefgarage werden übrigens am Donnerstag die neuen Markierungen angebracht.« Piper wechselte das Thema.

»Gut.«

»Und um sechzehn Uhr habe ich am Donnerstag einen Arzttermin, deshalb muss ich gegen fünfzehn Uhr dreißig hier weg.«

»Beim Babydoktor?«

Piper schaute sich hektisch um. »Ja«, flüsterte sie.

»Ich möchte mitkommen.«

Wie bitte?

»Bist du noch da?«, fragte er.

»Warum?«

»Wie meinst du das, warum? Meine Freundin ist schwanger, und wenn sie zum Babydoktor geht, will ich dabei sein.«

»Aber …«

»Kein Aber.«

»Können wir verhandeln?«

»Klar. Darüber, ob wir in meinem Wagen, in deinem oder getrennt voneinander fahren. Ich will dabei sein. Du machst das nicht allein, nicht solange du mich in deinem Leben haben willst.«

Und zack, schon kamen die Tränen. Sie schniefte.

»Bitte, Piper. Lass mich deine Hand halten.«

Sie krallte die Finger über ihrer Brust in ihre Bluse und spürte, wie eine ganze Flut von Gefühlen anrollte. »Okay.« Wieder ein Schniefen.

»Weinst du?«

»Ich bin nur … Ich bin … Ich brauche Schokolade.«

Chase lachte.

Eine Stunde später kam eine Lieferung Godiva-Schokoladentäfelchen an ihrem Schreibtisch an. Zusammen mit einer Karte, auf der stand: »Wir nehmen meinen Wagen.« Unterschrieben war sie mit »C«.

Kapitel 31

Chase dümpelte komplett außerhalb seiner Komfortzone, aber er würde es durchziehen.

Gemeinsam mit Piper betrat er die Arztpraxis und setzte sich mit ihr zu drei anderen Frauen im Wartezimmer. Zwei von ihnen hatten runde Babybäuche, die dritte war entweder nicht schwanger oder man sah ihr noch nichts an.

An Piper waren ihm bislang nur kleine Veränderungen aufgefallen. Wenn er von der Schwangerschaft nichts gewusst hätte, hätte er vermutlich gar nichts bemerkt.

Die Tür ging auf und jemand rief Pipers Namen.

Sie standen gleichzeitig auf.

»Willst du wirklich dabei sein?«, fragte sie zum zehnten Mal, seit sie das Büro verlassen hatten.

Er nahm lächelnd ihre Hand. Auf dem Weg durch die Tür ließ er sie wieder los und folgte der Arzthelferin oder Assistentin, oder wie immer man so jemanden nannte, den Flur entlang.

Als Erstes ging es zu einer Waage. Sofort wandte Chase sich ab und betrachtete ein Bild an der Wand. Frauen und ihr Gewicht! Er kannte keine einzige Frau, die diese Information gern teilte. Ihm war das nicht wichtig, und er würde weder hinschauen noch nachfragen, solange er nicht dazu aufgefordert wurde.

»Gut. Sie sind heute in Untersuchungszimmer vier, aber zuvor brauchen wir noch eine Urinprobe.«

Chase wurde in Nummer vier gebracht, Piper ging zur Toilette.

Eigentlich war es ein Untersuchungszimmer wie jedes andere. Nur, dass hier Darstellungen der weiblichen Anatomie an den Wänden hingen und es ein paar medizinische Instrumente gab, die er nur aus irgendwelchen Comedy-Clips in den sozialen Medien kannte.

Piper kam herein, die Assistentin folgte. Sie maß Pipers Blutdruck und notierte die Werte. »Ihre Sachen können Sie anbehalten. Für die Untersuchung müssen Sie heute bloß den Bauch frei machen.«

Piper setzte sich auf die Behandlungsliege, Chase auf einen Stuhl. »Findest du es schon gruselig?«, fragte sie ihn.

»Bis jetzt liegt das Spekulum noch ganz unschuldig da. Also alles in Ordnung.«

»Ich bin beeindruckt, dass du weißt, was das ist.«

»Ich bin gebildet.«

Sie lachte. »Ich wusste gar nicht, dass man dazu gynäkologische Instrumente kennen muss.«

Er legte ihr eine Hand aufs Knie. »Wenn du irgendwann möchtest, dass ich rausgehe und draußen warte, nick einfach Richtung Tür.«

Sie schüttelte den Kopf. »Du weißt ja über alles Bescheid, und hinterher würde ich es dir sowieso erzählen.«

Jemand klopfte an und trat fast gleichzeitig ein.

Chase lehnte sich zurück. »Hallo, Piper.« Dr. Resniks Blick landete auf Chase. »Oh, hallo.« Sie lächelte.

»Dr. Resnik, das ist Chase.«

Chase begrüßte die Ärztin mit einem Händedruck. »Pipers Freund.«

Sie schaute von ihm zu Piper und wieder zurück.

Einen Moment lang sagte niemand etwas.

»Er ist nicht der Vater«, erklärte Piper schließlich.

»Okay.« Dr. Resnik studierte Pipers Karteikarte. »Wie ist es mit der Übelkeit?«

»Die ist fast weg. Und ich habe wieder Appetit.«

Chase lachte. Diese Frau konnte essen, und das gefiel ihm.

»Sie haben das verlorene Gewicht wieder aufgeholt und noch ein knappes Kilo extra zugenommen. Das ist gut.«

»Das ist das erste Mal, dass ich zunehme und mich darüber freue.«

»Wenn Sie nicht zunehmen würden, würde uns das Sorgen machen. Falls es mal zu viel wird, sage ich es Ihnen.« Die Ärztin beugte sich wieder über die Karteikarte. »Der Blutdruck ist … okay. Wir messen ihn später noch mal.«

»Ist er zu hoch?«, fragte Chase.

»Ein bisschen. Vermutlich die Nerven.« Dr. Resnik drehte sich zu Piper. »Wie geht es Ihnen insgesamt?«

»Besser. Bei Katzenvideos auf Instagram muss ich allerdings weinen.«

Die Frau lachte. »Leider eine Nebenwirkung der vielen Hormone, die jetzt am Werk sind. Aber falls Sie wirklich depressive …«

»Nein. Ich glaube, das habe ich hinter mir.«

Chase musterte Piper. Dass sie unter depressiven Verstimmungen gelitten hatte, überraschte ihn.

»Gut. Aber falls sich das ändert, melden Sie sich bitte.« Dr. Resnik legte die Karteikarte beiseite, ging zum Waschbecken und wusch sich die Hände. »Wie sieht es mit innerer Anspannung aus? Mit Stress?«

»Das ist viel besser geworden. Dass jemand weiß, was los ist, hilft sehr.« Piper schaute beim Sprechen Chase an.

Die Ärztin hörte Pipers Lunge und ihr Herz ab, dann bat sie sie, sich hinzulegen.

Chase stand auf und stellte sich am Kopfende der Liege neben Piper, um der Ärztin Platz zu machen. Sie zog ein Maßband aus der Tasche und bat Piper, ihren Hosenknopf zu öffnen. Während Dr. Resnik den Bauchumfang maß, erklärte sie, was sie machte. Auch in Worten, die Chase noch nie gehört hatte.

»Meine Kleider werden langsam eng.«

»Zeit, shoppen zu gehen«, erklärte die Ärztin. »Es gibt Müttertreffs, wo Frauen günstig ihre Schwangerschaftsgarderobe verkaufen. Falls Geld ein Problem sein sollte.«

»Gute Idee«, sagte Piper.

Chase schaute sie an und schüttelte den Kopf. Sie würde keine Secondhand-Kleider tragen.

»Was ist?«

Die Ärztin machte sich eine Notiz. »Wie bitte?«

»Nichts«, antwortete Piper.

»Heute mache ich noch mal einen Ultraschall. Wenn alles gut aussieht, brauchen wir keinen weiteren.«

»Okay.«

»Bin gleich wieder da.« Dr. Resnik verließ das Zimmer.

»Ist ein Ultraschall unbedenklich?«, fragte Chase.

»Ja, klar. Sonst würde sie das nicht machen.«

Die Ärztin rollte eine Maschine ins Zimmer, und schon Minuten später konnte Chase Pipers Baby strampeln sehen.

»Da bist du ja. Kräftiger Herzschlag«, sagte Dr. Resnik.

Das schnelle Wischgeräusch zauberte Chase ein breites Lächeln aufs Gesicht. Er nahm Pipers Hand. »Wow.«

»Ja, faszinierend«, bestätigte die Ärztin. »Jedes Mal wieder. Spüren Sie denn schon etwas?«

»Dass das Baby sich bewegt?«

»Ja.«

»Eigentlich nicht. Ist das schlecht?«

Die Frau bewegte den Schallkopf über Pipers kleine Bauchwölbung. »Nein. Aber bald werden Sie etwas merken. Stellen Sie sich das wie eine Art Schmetterling in Ihrem Bauch vor. Und in einigen Wochen wird es sich anfühlen, als würde das Baby auf Ihrer Blase herumhüpfen.«

»Na wunderbar.« Das war sicher nicht spaßig.

»Möchten Sie heute erfahren, was es ist? Junge oder Mädchen?«

Chase wollte sofort Ja sagen, schaute aber Piper an.

Sie drückte seine Hand. »Sieht man es?«

»Ja.«

Piper suchte Chase' Blick, und er sah, wie unentschlossen sie war. »Es ist deine Entscheidung.« Er hob ihre Hand an seine Lippen und küsste sie.

Sie nickte zaghaft und er nickte kräftig zurück.

»Was ist es?«, fragte sie.

Die Ärztin drückte auf einen Knopf, druckte ein Bild aus und gab es Piper. »Sie bekommen ein Mädchen.«

Piper nahm das Bild und fing prompt an zu weinen. »Wirklich?«

Chase wusste nicht, was er hatte hören wollen. Aber zu erfahren, dass eine Mini-Piper unterwegs war, öffnete sein Herz auf eine Art, mit der er nicht gerechnet hatte.

»Ja.«

Schnell gab er Piper einen kleinen Kuss. »Ein Mädchen.«

Sie setzte sich auf und wischte sich die Augen ab.

»In vier Wochen möchte ich Sie gern wiedersehen.«

»Ist Fliegen okay für Piper?«

»Ja, absolut. Aber stehen Sie öfter mal auf, bewegen Sie sich und tragen Sie Kompressionsstrümpfe. Wenn man zu lange in diesen engen Sitzen feststeckt, besteht die Gefahr, dass sich Blutgerinnsel bilden.«

»Enge Sitze sollten kein Problem sein«, meinte Chase.

Die Ärztin kniff die Augen zusammen.

Piper knuffte ihn gegen den Arm. »Hören Sie gar nicht hin. Der Angeber hat einen eigenen Jet.«

»Also in dem Fall: Piper braucht natürlich zu jeder Zeit eine Ärztin an ihrer Seite. Wohin fliegen wir?«

Sie lachten.

»Im Ernst, gegen Flugreisen ist nichts einzuwenden.«

»Gut.«

Eine Sekunde lang schien die Ärztin nachzudenken. »Würden Sie uns bitte einen Moment allein lassen, Chase?«

»Selbstverständlich.« Er beugte sich zu Piper und küsste sie. »Ich warte draußen.«

Lächelnd ging er in den Empfangsbereich. *Es ist ein Mädchen.*

Piper bekam ein kleines Mädchen.

* * *

»Er macht einen sympathischen Eindruck«, sagte Dr. Resnik, sobald Chase die Tür hinter sich geschlossen hatte.

»Er ist wunderbar. Ich wünschte, ich hätte ihn schon früher kennengelernt.«

»Denken Sie immer noch an eine Adoption?«

Piper verlagerte ihr Gewicht. »Ähm, ja. Ich meine, dass es jetzt Chase gibt, ändert doch nichts, oder?« Weshalb antwortete sie mit dieser Frage?

»Das kann nicht ich beantworten.«

»Wir sind erst ganz kurz zusammen. Er ist ein toller Mann, aber wer weiß. Ich habe … Den biologischen Vater habe ich informiert, und er hat getan, als würde er mich nicht kennen. Im Internet steht, dass die Adoptionsagenturen danach fragen.«

»Die meisten ganz sicher. Haben Sie sich schon mit einer in Verbindung gesetzt?«

Piper schüttelte den Kopf. »Ich war viel zu beschäftigt.«

»Mit Flügen in Privatjets.« Die Ärztin lächelte.

»Ja.« Grinsend hob Piper die Schultern. »Ich kümmere mich darum.«

»Tun Sie das erst, wenn Sie wirklich dazu bereit sind. Es ist Ihre Entscheidung.«

Piper schob sich von der Behandlungsliege. »Danke.«

»Einen Moment noch. Ich möchte Ihren Blutdruck noch mal messen lassen.«

Als sie allein war, legte Piper die Hand auf ihr winziges Babybäuchlein, lächelte und schluckte.

»Ich werde alles tun, damit du gesund zur Welt kommst«, versprach sie leise.

* * *

Onlinesuchen gehörten für Piper inzwischen zur Routine. Sie hatte Suchaufträge für Chase' und Alex' Namen, für sich und Melissa Stone laufen. Genau wie für Stone Enterprises. Denn sie hatte keine Lust, sich noch einmal Klatschblätter mit Fotos von sich auf den Schreibtisch knallen zu lassen.

Zwar behielt das PR-Team von Stone Enterprises die Medien immer im Blick. Aber ihr ging es auch darum, was über sie selbst geschrieben wurde. Zweimal hatte sie bereits nachts geträumt, ihre Eltern hätten aus einer Klatschzeitschrift von ihrer Schwangerschaft erfahren. Doch zum Glück sorgten wohl die große Entfernung und das mangelnde Interesse der beiden an den Reichen und Berühmten dafür, dass sie von ihrer Beziehung zu Chase bislang nichts mitbekommen hatten.

Wenn sie ehrlich war, musste sie zugeben, dass sie sich langsam ans Schwangersein gewöhnte. Gleichzeitig wusste sie, dass es Schlagzeilen machen würde, wenn sichtbar wurde, dass Chase Stones Freundin ein Kind erwartete.

Es war nur eine Frage der Zeit.

In der Mittagspause fand sie beim Lesen ihrer privaten E-Mails eine Meldung zu Melissa. Von allen Namen, für die sie Suchaufträge laufen hatte, war Melissas am aktivsten.

Eigentlich hatte Piper mit weiterem Blabla von der Sorte »Was trägt die Witwe jetzt?« gerechnet. Doch erstaunlicherweise lautete diesmal die Schlagzeile: »Wen datet die Witwe?« Dass Melissa Dates hatte, war kein Schock. Der Mann auf dem Foto schon viel eher.

Als Chase und Alex mit einer kleinen Gruppe von Führungskräften vom Lunch zurückkamen, ging Piper zu den beiden ins Büro und schloss die Tür.

»Falls ihr euch nicht erinnert, das ist Paul Yarros, einer der lauteren Anteilseigner.«

Chase lehnte sich an den Schreibtisch, Alex saß auf dem Sessel dahinter. Gemeinsam schauten sie sich einen Ausdruck des Fotos und des Artikels an.

»Melissa hat eindeutig ein Beuteschema«, murmelte Alex.

»Alt und reich.«

»Ich glaube nicht, dass Yarros genügend Nullen auf dem Konto hat, um sie längerfristig glücklich zu machen«, meinte Piper. »Auf dem Foto sehen sie jedenfalls aus, als hätten sie eine Besprechung, nicht, als wollten sie sich gleich küssen.«

Chase blickte auf und warf ihr einen Luftkuss zu.

Piper lächelte. »Ja, genau das tun sie nicht.«

»Wenn das keine Romanze ist …«, begann Alex.

»… dann geht es ums Geschäft«, beendete Chase den Satz.

»Dass Yarros gern mehr Firmenanteile hätte, ist kein Geheimnis«, bemerkte Alex. »Das hat er bei der Besprechung neulich deutlich gesagt.«

»Wenn ich mich nicht täusche, hat er sogar nach Melissa gefragt«, sagte Piper. »Wollte ihre Anteile kaufen, falls sie welche erbt.«

Chase legte den Artikel beiseite. »Was nicht der Fall ist.«

»Mir gefällt das nicht«, murmelte Alex. »Sie könnte versuchen, einen der Eigner zu überreden, Einsicht ins Testament zu verlangen.«

»Und falls sie etwas über unseren mysteriösen Bruder weiß und es Yarros oder anderen Anteilseignern zuflüstert, die denken wie er, werden sie verdammt noch mal versuchen, seine Anteile zu kriegen«, sagte Piper. »Jemand von euch sollte ein bisschen Zeit mit diesem Yarros verbringen. Vielleicht ein nettes Mittagessen zum besseren Kennenlernen?«

Chase warf seiner Schwester einen Blick zu. »Du erinnerst dich, was Gaylord gesagt hat? Dinner oder Golf.«

»Dinner«, sagten Chase und Alex gleichzeitig.

Piper lachte und stand auf.

Wie von selbst flog ihre Hand zu ihrem Bauch, als eine zarte Welle von innen dagegen zu streichen schien. Sie schnappte nach Luft, hielt den Atem an und wartete, dass es noch einmal passierte.

Chase war mit zwei Schritten bei ihr. »Was ist?«

Da war es wieder. Ein Flattern, ganz tief in ihr. Wie die Flügel eines sehr kleinen Schmetterlings. »Ich spüre sie«, flüsterte sie.

»Das Baby?«

Noch einmal das Flattern, und Piper nahm Chase' Hand und drückte sie auf ihren Bauch. »Da.«

Sie schaute ihn an und wartete darauf, dass sich das Gefühl wiederholte. Sein Blick richtete sich konzentriert nach innen.

Als das Flattern zum dritten Mal kam, suchte Piper in Chase' Gesicht nach einer Reaktion. »Spürst du sie?«

Er legte die Stirn in Falten. »Nein.«

Jetzt war Alex ebenfalls neben ihr und lächelte. »Darf ich es mal versuchen?«

Sie standen mitten im Büro und legten abwechselnd die Hand auf Pipers Bauch.

»Wie aufregend!« Alex ließ ihre Hand wieder fallen.

»Sieht aus, als wäre das im Moment noch für mich reserviert«, meinte Piper nach einer Weile.

Chase küsste sie auf die Stirn und streichelte dann ihren Bauch. »Ich kann es kaum erwarten.«

Kapitel 32

Um Gatlin über die anstehenden Veränderungen zu informieren, breitete Chase die Umbaupläne auf dem Schreibtisch des stellvertretenden Geschäftsführers aus.

»Anstatt Wände zu versetzen, opfern wir das kleine Konferenzzimmer. Am einfachsten ist es, wenn Sie in das neue Büro ziehen und ich Ihres übernehme. Die gute Nachricht: Es ist größer.«

Mit verkniffenem Mund starrte der Mann auf die Zeichnung. »Wenn es größer ist, warum nehmen Sie es dann nicht?«

»Weil Piper nicht an zwei Orten gleichzeitig sein kann.« Chase zeigte auf den Platz für Julia. »An Ihre Assistentinnen haben wir natürlich gedacht.«

Achselzuckend trat Gatlin einen Schritt von seinem Schreibtisch weg. »Piper. Natürlich.«

Die Härchen in Chase' Nacken richteten sich auf.

»Es gibt Gerüchte.«

»Das habe ich mitbekommen.« Über seine Beziehung mit Piper hatte Chase mit den Mitarbeitern noch nicht gesprochen. Er fand, das ging niemanden etwas an.

»Sie und Piper?«

Chase antwortete mit einem kurzen Nicken. Gatlin gegenüber ins Detail zu gehen, hatte er nicht vor.

Der Mann lachte schnaubend, schaute weg und lachte noch einmal. Er stellte sich ans Fenster und sagte: »Sie legen ein ganz schönes Tempo vor, Stone.«

Chase hatte das Gefühl, dass Gatlin noch nicht fertig war. »Wenn Sie etwas zu sagen haben, sagen Sie es jetzt. Aber überlegen Sie es sich gut.«

Gatlin lächelte, als hätte er ein Geheimnis. »Ich meine nur, Sie sollten sich vorsehen.«

Eine Stelle an Chase' Unterkiefer begann zu zucken. »Was wollen Sie damit sagen?«

»Sicher gibt es Gründe, weshalb Ihr Vater sie gefeuert hat. Und jetzt sind Sie beide zusammen und Sie gestalten das Büro nach ihren Wünschen um. Das kann kein Zufall sein.«

»Sie wissen verdammt gut, dass Piper nicht der Grund für den Umbau ist.«

Gatlin ließ sein Lächeln fallen. »Ach ja?« Er schüttelte den Kopf. »Mir geht es nur um das Wohl des Unternehmens.«

Chase hatte das Gefühl, der Mann wollte vor allem Ärger machen. »Für die CEOs ist es nur von Vorteil, ihre Assistentinnen und Assistenten in der Nähe zu haben und nicht irgendwo am anderen Ende des Flurs.«

Das aufgesetzte Lächeln kehrte zurück. »Sie sind der Boss.«

»Richtig.« Chase rollte die Pläne zusammen. »Bei der Innenausstattung Ihres neuen Büros können Sie selbstverständlich mitreden. Dafür gibt es ein Budget.«

»Davon gehe ich aus.«

Chase schlug mit den Plänen in die Fläche seiner freien Hand. »Und zum Thema Piper ist alles gesagt.«

Gatlin schaute ihm in die Augen und nickte.

Als Chase nach dem Gespräch am Pausenraum vorbeiging, sah er aus dem Augenwinkel, dass sich Piper dort mit Julia unterhielt. Drei weitere Angestellte machten ebenfalls gerade Pause.

Er trat ein und schaute zu Piper. Sie lächelte ihn an. Seit ihre Beziehung bekannt war, tat sie das viel entspannter. Doch anstatt einfach zurückzulächeln, ging er zu ihr und legte eine Hand an ihre Hüfte. »Die Pläne sind fertig. Gatlin hat zwei Wochen, um Vorschläge einzureichen.«

»Okay.«

»Ich lege sie dir auf den Schreibtisch.« Er hauchte ihr einen Kuss auf die Lippen, und falls es noch Zweifel an ihrem Beziehungsstatus gegeben hatte, waren sie damit bei allen Anwesenden beseitigt. Lächelnd verließ er den Raum.

* * *

Während Piper unter dem Sonnendach am Pool saß, legte Kit sich immer wieder für ein paar Minuten auf die breite Stufe im seichten Wasser. Danach schüttelte er sich und ließ sich im Schatten eines der Bäume in der Nähe nieder.

Obwohl weder Chase noch Alex dauerhaft hier auf dem Anwesen in Beverly Hills wohnen wollten, fiel es ihnen nicht mehr allzu schwer, hier zu sein. Und als Piper wegen des immer wärmer werdenden Wetters ein paar Stunden am Pool vorgeschlagen hatte, hatten sie beschlossen, den Tag hier zu verbringen.

Ihr Bikini fühlte sich langsam ein bisschen zu klein an; die Schwangerschaft war inzwischen nicht mehr zu übersehen. Sie hatte sich ein paar weite Hosen und Röcke gekauft, echte Umstandskleidung aber bisher vermieden. Das wurde nun immer schwieriger.

Chase stemmte sich aus dem Pool und ging zu ihr. Sein Handtuch lag neben ihr auf dem doppelt breiten Liegestuhl. Er streckte sich aus und legte seine kühle Hand auf ihr Bein. »Das hat doch Zeit.«

Piper hatte den Teil von Aarons Testament vor sich, in dem Gemälde und andere Kunstgegenstände aufgelistet waren, die sie noch identifizieren mussten. Die Beschäftigung damit fand sie überraschend interessant und entspannend. »Ich bin fast durch.«

Ein paar Schritte entfernt schlummerte Alex in der Sonne.

»Wir sind zum Ausruhen und Abkühlen hier.«

Piper nickte zu Alex hinüber. »Sie macht es richtig.«

Chase strich mit den Fingern über Pipers Seite und legte ihr seine Hand auf den Bauch. »Sie arbeitet zu viel. Genau wie du.«

»Das hier fühlt sich nicht wie Arbeit an.«

Er schob die Papiere weg und drückte die Lippen auf Pipers Bauch. »Was meinst du, Babygirl? Arbeitet Mommy zu viel?«

Piper schaute zu, wie Chase das Ohr an ihren Bauch legte, als würde er horchen. Dann antwortete er. »Sehe ich genauso. Ach? Was meinst du? Einkaufen gehen?« Er linste hinauf zu Piper. »Sie möchte ein bisschen mehr Platz zum Zappeln und findet, du solltest dir ein paar entsprechende Klamotten besorgen.«

»Du kaufst mir keine Kleider.« Diese Diskussion war nicht neu. Schicke Abendessen und Perlen vom Straßenhändler? Wunderbar! Aber Umstandskleidung? Auf gar keinen Fall. Piper griff wieder zu der Liste mit den Kunstwerken.

»Warum denn nicht?«

»Ich mache das schon.«

»Bis jetzt nicht.«

»Aber bald.« Piper las einen Abschnitt zum zweiten Mal.

»Wann?«

»Bald.« Sie las ihn zum dritten Mal. Irgendetwas war seltsam.

»Wenn du nicht in ein Geschäft gehen willst, kann ich das Geschäft zu dir bringen.«

Piper las die Zeilen zum vierten Mal. »Okay.«

»Ernsthaft?«, fragte Chase.

»Hm-hm.«

»Ich organisiere etwas für kommende Woche.«

»Das ist merkwürdig. Bei all der Kunst, die schon im Haus herumsteht und -hängt, warum glaubt euer Vater da, ihr wollt noch mehr von einem bestimmten Künstler sammeln, und schlägt sogar vor, wo ihr kaufen sollt?«, fragte Piper.

»Was steht denn da?«

»Da steht: ›Für eine vollständige Serie: L. Davis bei Freedman Galleries kontaktieren.‹ Warum sollte er …« Piper lief ein Schauer über den Rücken. Sie ließ das Schriftstück sinken und starrte Chase an, der sich noch immer über ihren Bauch beugte. »L. Davis. Lisa Davis.«

Chase stützte sich auf die Unterarme. »Heilige Scheiße!«

»Freedman Galleries.«

Chase griff um Piper herum, schnappte sich ihren Laptop und begann zu tippen. Sie schaute ihm über die Schulter.

»Es gibt eine Freedman-Niederlassung in Palm Springs, eine in Phoenix und eine in Dallas.«

Sie schauten sich an.

»Wir brauchen ein Telefon.«

* * *

Der erhoffte faule Samstag am Pool endete mit einem Abendflug nach Phoenix. Am nächsten Morgen hatten sie dort einen Termin beim Besitzer der Freedman Galleries.

Kurz nach neun Uhr abends betraten sie zu dritt eine Suite mit zwei Schlafzimmern. Bei ihren Anrufen hatten sie herausgefunden, dass Aaron Stone bei Freedman Bronzeskulpturen gekauft hatte, und zwar in Phoenix. Aber weil Lisa Davis zur großen Enttäuschung der Stone-Geschwister und von Piper nicht mehr dort arbeitete, hatten sie um den Termin mit dem Besitzer gebeten. Der Name Stone war dabei sehr hilfreich gewesen.

Gemeinsam besprachen sie im Wohnzimmer der Suite den Plan für den nächsten Tag.

»Wir könnten dem Mann erzählen, euer Vater hätte Lisa in seinem Testament bedacht«, schlug Piper vor.

»Und weshalb sollten wir dann zu dritt anreisen, anstatt einfach einen Anwalt zu schicken?«, fragte Alex.

Piper überlegte kurz. »Von einem Nachlassverwalter weiß der Galeriebesitzer nichts. Das könntet genauso gut ihr beide sein.«

»Stimmt.«

»Im Testament steht der Name L. Davis …«, sagte Chase.

»… und vielleicht hat euer überaus großzügiger Vater L. Davis eine der Skulpturen vermacht, die sie ihm vor vielen Jahren verkauft hat?«, spann Piper den Faden weiter.

Alex richtete den Zeigefinger auf sie. »Die Idee gefällt mir.«

»Damit können wir vielleicht ein paar persönliche Informationen über sie aus dem Mann herauslocken.«

Chase lächelte. »Könnte funktionieren.« Er legte Piper eine Hand auf den Oberschenkel und drückte ihn sanft.

»Sollen wir Cadry informieren, dass wir hier sind?«, fragte Alex.

Chase schüttelte den Kopf. »Nein. Dads Anwalt kennt das Testament besser als wir. Dass der Name L. Davis darin genannt wird, hätte er uns sagen müssen, als wir ihn informiert haben, dass auf dem Vaterschaftstest als Name der Mutter Lisa Davis eingetragen ist.«

»Ja, allerdings«, pflichtete Piper ihm bei.

»Meint ihr, er weiß mehr, als er uns glauben lässt?«, fragte Alex.

Chase seufzte. »Ich denke, er befolgt einfach nur die Anweisungen unseres Vaters. Vielleicht soll er uns helfen, unseren Bruder zu finden. Oder auch nicht.«

»Als Nachlassverwalter liegt dem Anwalt doch sicher das ganze Testament vor, während wir nur den Teil genau kennen, der sich auf uns bezieht.« Alex unterdrückte ein Gähnen.

»Wir sollten uns hinlegen. Der Tag morgen könnte anstrengend werden.«

»Seltsamer Gedanke, dass wir vielleicht in ein paar Stunden unseren Bruder kennenlernen.« Alex' Ton klang versonnen. »Wie er wohl ist?«

Über den mysteriösen dritten Stone hatte Piper bislang nicht viel nachgedacht. Zumindest nicht über seine Persönlichkeit oder seinen Lebensstil.

»Nur weil wir denselben Vater haben, ist er nicht gleich Familie«, gab Chase zu bedenken.

»Gene sind Gene«, widersprach Alex.

»Aber ob es dieselben sind, muss erst noch überprüft werden«, warf Piper ein.

Seufzend streckte Alex die Arme und ihren Rücken. »Wir sind ganz nah dran, das spüre ich.«

Chase stand auf und half auch Piper hoch. »Hoffen wir, dass du recht hast.«

* * *

Walter Freedman war ein hochgewachsener hagerer Endsechziger. Sein Händedruck war schlaff, seine Haut blass, und Chase ertappte sich bei dem Gedanken, dass der Galerist zu viel Zeit mit der Betrachtung von Kunstwerken verbrachte und zu wenig an der frischen Luft.

»Vielen Dank, dass Sie sich so kurzfristig Zeit für uns nehmen konnten«, sagte Alex, während sie im Büro des Mannes Platz nahmen.

»Wenn Stammkunden uns um einen Gefallen bitten, sind wir immer bestrebt, ihre Wünsche zu erfüllen.«

»In unserem Fall war der Stammkunde unser Vater. Umso dankbarer sind wir Ihnen für dieses Treffen.«

»Es hat uns sehr leidgetan zu hören, dass er von uns gegangen ist«, erklärte Freedman.

»Deshalb sind wir jetzt hier. Wir hoffen, Sie können uns vielleicht weiterhelfen.«

Freedman faltete die Hände auf dem Schreibtisch. »Ich werde tun, was ich kann.«

»Sind Ihnen die Ziegler-Skulpturen ein Begriff?«, fragte Chase.

»Selbstverständlich. Ziegler ist einer unserer gefragtesten Künstler, und Ihr Vater hat seine Arbeiten gesammelt. Zieglers Stücke haben eine große Tiefe.«

»›Fire and Ice‹ gefällt mir besonders gut«, sagte Piper.

Freedmans Lächeln wurde wärmer, seine Augen strahlten, als hätte er jemanden getroffen, der eine Sprache sprach, die außer ihm nur ein paar wenige andere verstanden. »Eines seiner besten Werke.«

»Gehört es auch zu Dads Sammlung?«, erkundigte sich Alex.

»Leider Nein. ›Fire and Ice‹ ist im Besitz eines anderen privaten Sammlers namens …« Piper hatte während des Frühstücks online recherchiert.

»Bauer«, ergänzte Freedman an ihrer Stelle.

Chase hörte aufmerksam zu, während Piper sich Mühe gab, so kunstinteressiert zu erscheinen, dass der Galerist weitere Geschäfte witterte und seine Gäste glücklich sehen wollte.

»Möchten Sie die Sammlung Ihres verstorbenen Vaters fortführen?«, fragte er.

»Das wollen wir nicht ausschließen«, antwortete Alex.

»Aber bevor wir weiteres Geld ausgeben …« Chase schaute seine Schwester an und hob eine Hand, wie um ihr zu signalisieren, ihre Geldbörse festzuhalten. »Heute sind wir in einer anderen Angelegenheit hier, und wir hoffen auf Ihre Hilfe.«

»Ich höre.«

Chase beugte sich vor. »Unser Vater hat in seinem Testament etwas angeordnet.«

»Was zunächst etwas rätselhaft klang«, erklärte Piper.

»Es hat eine Weile gedauert, bis wir es verstanden haben«, fügte Alex hinzu.

»Wir wollen Mr Freedmans Zeit nicht übermäßig beanspruchen, also lasst mich kurz zusammenfassen«, sagte Chase.

»Ja, gut.« Alex nickte.

»Also: Laut Testament hat er eines seiner Ziegler-Stücke Lisa Davis vermacht.«

»L. Davis«, korrigierte Piper. »So steht es in seinem Testament.«

Chase legte eine Hand auf ihre. »Wir nehmen an, dass L. oder Lisa ihm dieses Stück vor vielen Jahren verkauft hat. Und jetzt müssen wir sie finden.«

Freedman lehnte sich zurück. »Ich würde Ihnen gern helfen. Aber ich habe keine Ahnung, wo Lisa jetzt ist. Sie arbeitet schon seit zwanzig, fünfundzwanzig Jahren nicht mehr hier. Vielleicht sogar länger.«

»Wissen Sie vielleicht, wo sie anschließend gearbeitet hat? Oder kennen Sie ihre Adresse? Hat sie hier in der Gegend Familie?«

Der Galerist rieb sich nachdenklich das glatt rasierte Kinn. »An Angehörige erinnere ich mich nicht. Mal abgesehen von ihrem Sohn.«

Chase schaute seine Schwester an, dann Piper.

»War sie verheiratet?«, fragte Piper.

»Nein. Das weiß ich noch. Sie hat ihren Sohn bekommen, als sie noch bei uns war. Ja genau! Die Wehen haben mitten in einer Ausstellungseröffnung eingesetzt.« Der Mann nickte ein paarmal. »Jetzt erinnere ich mich wieder. Kein Ehemann. Aber als das Kind auf der Welt war, hatte sie etwas Geld.«

»Unterhaltszahlungen vielleicht?«, fragte Piper.

»Gut möglich.« Freedman rückte näher an seinem Computer. »Lassen Sie mich nachsehen, ob ich noch etwas über sie habe. Aber wenn, dann höchstens aus der Zeit, in der sie bei uns war.« Er tippte, bewegte die Computermaus und tippte weiter.

Chase, Piper und Alex warteten stumm.

»Ah. Ja. Da ist ihre Bewerbung von damals.« Freedman zog einen Notizblock zu sich und notierte eine Adresse.

Chase spürte, wie sich sein Pulsschlag beschleunigte und seine Anspannung wuchs.

»Das ist alles, was ich habe. Eine Festnetznummer und eine Handynummer. Alle anderen Angaben wie zum Beispiel den Notfallkontakt, die Sozialversicherungsnummer – so etwas löschen wir in regelmäßigen Abständen, um Identitätsdiebstahl vorzubeugen.« Er schob Chase das Blatt aus dem Notizblock hin.

»Das bringt uns sicher weiter. Vielen Dank.«

»Gern geschehen. Wenn sie einen Ziegler erbt, hat Lisa sicher nichts dagegen, dass ich diese Information weitergebe. Wobei ich bezweifle, dass sie noch dort wohnt.«

Chase zog eine Visitenkarte aus seiner Geldbörse und reichte sie Freedman. »Falls Ihnen noch irgendetwas einfällt, was uns helfen könnte, Miss Davis zu finden, wäre es schön, wenn Sie sich melden.«

»Ja, selbstverständlich. Und falls Sie gern weitere Kunstwerke erwerben möchten oder daran denken, Ihre Sammlung zu veräußern … Der Wert ist gestiegen.«

»Dann melden wir uns.«

Aus den wohltemperierten Räumen der Galerie traten Alex, Piper und Chase hinaus in die Gluthitze eines Sommertags in Phoenix.

Im Wagen schwitzten sie, bis die Klimaanlage das aufgeheizte Innere heruntergekühlt hatte.

»Sollen wir einfach mal anrufen?«, fragte Alex.

»Ich weiß nicht«, sagte Chase.

Piper zuckte die Achseln.

Alex zog ihr Smartphone aus der Handtasche, wählte die erste Nummer und schaltete den Lautsprecher ein.

Unter der Festnetznummer hörten sie nur eine Ansage, die Nummer sei nicht vergeben. Kaum überraschend.

Unter der Handynummer meldete sich eine männliche Stimme. »Hallo?«

»Hi. Ähm. Ich möchte gern mit Lisa Davis sprechen.«

»Sie haben sich verwählt.«

Enttäuschung trat in Alex' Blick. »Moment. Bitte nicht auflegen. Ist das …« Sie nannte ihm die Telefonnummer.

»Ja. Aber ich bin nicht die Person, die Sie suchen.«

»Seit wann haben Sie denn diese Nummer?«, platzte Piper heraus.

»Sicher um die fünfzehn Jahre.«

Chase schaute seine Schwester und Piper an und hob die Schultern.

»Okay, vielen Dank.« Alex legte auf. »Verdammt!«

»Wer wechselt denn seine Handynummer?«, fragte Chase.

»Ich habe seit meinem ersten Handy dieselbe«, meinte Piper.

»Ich auch.«

»Damals waren diese Dinger noch eine Neuheit«, sagte Chase.

»Ja, das ist richtig.«

Piper zog ihren Laptop aus der Tasche. »Ich schaue mal nach, ob ich mit einer Suche nach der Telefonnummer und ihrem Namen irgendwelche Treffer lande.«

Chase gab die Adresse, die sie bekommen hatten, in seine Navigationsapp ein und fuhr los.

»Du glaubst doch nicht wirklich, dass sie noch da wohnt«, sagte Alex, die hinten saß.

»Vermutlich nicht. Aber vielleicht gibt es dort jemanden, der sie kennt.«

Chase wechselte die Spur.

»Ich habe etwas gefunden«, sagte Piper.

Aus dem Augenwinkel sah er auf dem Computermonitor etwa eine halbe Seite von Treffern unter dem Namen Lisa Davis. »Irgendwas werden wir so doch erfahren.«

Piper zuckte die Achseln. »Wir können von Glück sagen, wenn etwa ein Drittel aller Informationen auf dieser Seite überhaupt richtig ist.«

»Wie? Warum?«

»Hast du noch nie deinen Namen gegoogelt?«, fragte sie Chase.

»Nein, hat er nicht«, meinte Alex lachend.

»Ich weiß, wer ich bin«, verteidigte er sich.

Piper lächelte. »Ich zeige es dir. Aber mit deinem Namen bekommen wir endlos viele Treffer. Wir nehmen lieber meinen.«

»Du hast mich gegoogelt?«

Erst schüttelte Piper den Kopf, dann nickte sie. »Ja.«

»Ha! Was habe ich gesagt?«, rief Alex.

Chase schaute sie über den Rückspiegel an. »Schon gut.«

»Ganz ehrlich? Ich habe dich gegoogelt, bevor wir uns kennengelernt haben. Und hinterher gleich noch mal.«

»Eine Frau kann nicht vorsichtig genug sein.«

Piper drehte den Computer so, dass er den Bildschirm sehen konnte. »Das bin ich. Das weiß ich, weil hier die Adresse meiner Eltern in Ohio erscheint. Auf die stoße ich, wenn ich meine Telefonnummer eingebe und den Links folge. Der nächste Link zeigt mögliche Verwandte. Einer ist mein Dad, aber dieser Mann hier … Ted Russo? Nie gehört.« Sie zeigte auf eine andere Adresse. »Keine Ahnung, wo das ist. Auch die Telefonnummer, die da steht, kenne ich nicht. Und auch nicht den Namen dieser Frau.«

»Ich verstehe, was du mir sagen willst.«

»Trotzdem haben wir jetzt ein paar Anhaltspunkte«, sagte Alex.

»Jedenfalls mehr als gestern.«

Piper machte sich Notizen und tippte weiter.

Chase bog in ein älteres Wohnviertel mit hohen Bäumen und verwahrlosten Vorgärten ein und fuhr umher, bis sie das Haus fanden, in dem Lisa Davis gewohnt hatte. »Da steht 1536 B.« Er hielt an.

»Prima.« Piper öffnete die Wagentür. »Ich wohne auch in einer Hausnummer mit B, mein Vermieter lebt seit vierzig Jahren in A, im Hauptgebäude.«

»Worauf warten wir?« Alex stieg aus.

Die anderen folgten ihr. Chase trat durch das kleine Tor aus Maschendraht und schaute an dem vielen Unkraut vorbei. Das Haus weiter hinten wirkte deutlich ungepflegter als das vordere.

Alex war bereits die Stufen zur Haustür hinaufgestiegen und klopfte an. Chase sah, wie sich die Gardinen in einem Fenster bewegten, aber zur Tür kam niemand.

»Klingle doch mal«, sagte er zu Alex.

Sie drückte auf den Knopf. Und dann gleich noch einmal.

Nichts.

»Irgendwer ist zu Hause. Hinter dem Fenster war jemand.«

Alex klingelte erneut.

Keine Reaktion.

»Wahrscheinlich glauben die, wir wollen etwas verkaufen«, vermutete Piper.

Alex versuchte es wieder mit Klopfen. »Hallo?«

Die Tür blieb geschlossen, aber von innen blaffte jemand: »Ich brauche euren Jesus nicht. Ich habe meinen eigenen.«

Alex lächelte Chase und Piper über die Schulter hinweg an. »Wir wollen Sie nicht bekehren. Wir suchen Lisa Davis. Wir glauben, sie hat mal hier bei Ihnen gewohnt«, rief sie.

Eine Pause, dann das Geräusch eines Schlosses und einer Kette, bevor sich die Tür öffnete.

Eine ältere, untersetzte Afroamerikanerin mit grau meliertem Haar steckte den Kopf heraus und schaute von einem zum anderen. »Wen suchen Sie?«

»Lisa Davis. Sie hat früher im hinteren Haus gewohnt.«

Die Frau machte die Tür etwas weiter auf und stellte sich auf die Schwelle. Sie musterte die Unbekannten eingehend. »Den Namen habe ich lange nicht gehört.«

»Sie kennen sie?«, fragte Piper.

»Sie war mal meine Mieterin, aber sie ist schon seit einer Ewigkeit weg.«

»Oh, dem Himmel sei Dank«, sagte Alex.

»Ich weiß nicht, wofür Sie dankbar sind. Hier ist sie nicht.«

»Wir müssen sie unbedingt finden, aber wir kommen nicht weiter. Wir haben keine Ahnung, wo sie sein könnte, und noch nicht mal, wo wir mit dem Suchen anfangen sollen. Vielleicht können Sie uns ja helfen«, erklärte Piper. »Uns sagen, was Sie wissen, woran Sie sich erinnern.«

Lisas ehemalige Vermieterin schaute zwischen ihnen hin und her. »Hat sie Ärger?«

»Nein«, sagte Chase. »Das klingt jetzt vielleicht wie ein Spam-Anruf, nur an der Haustür, aber unser Vater ist kürzlich gestorben, und Lisa Davis wird in seinem Testament erwähnt.«

»Irgendwie scheint diese Frau immer zu Geld zu kommen.«

Piper lehnte sich gegen das Treppengeländer, das morsche Holz ächzte. Chase nahm sie schnell am Arm, damit sie nicht das Gleichgewicht verlor.

Sie nickte dankend und legte eine Hand auf ihren Bauch.

»Alles in Ordnung?«, fragte er.

»Mir ist bloß heiß.«

Die Frau machte einen kleinen Schritt nach vorn. »Sind Sie schwanger?«

Piper nickte und lächelte schwach. »Ja. Und an die Hitze hier in Arizona bin ich nicht gewöhnt.«

»Ich hole dir Wasser aus dem Wagen.« Chase wandte sich um.

»Kommen Sie rein. Drinnen ist es kühl und kaltes Wasser habe ich auch.«

Alex nickte und lächelte hoffnungsvoll. Piper und Chase folgten ihr ins Haus.

»Ist wirklich alles in Ordnung?«, flüsterte er Piper zu.

»Mir ist wirklich bloß heiß.«

Chase schloss die Tür hinter ihnen.

»Ich bin Abigale.«

»Vielen Dank, Abigale, dass Sie mit uns sprechen. Ich bin Alex, das sind mein Bruder Chase und unsere Freundin Piper.«

Die Frau führte sie in ein Wohnzimmer wie aus einer anderen Zeit. Es war voller zusammengewürfelter Möbel; über den Lehnen der Sessel und des Sofas hingen Quilt-Decken. Es gab klapprige alte Beistelltischchen und einen Fernseher auf einer Kommode, die vermutlich so alt war wie ihre Besitzerin. So stellte sich Chase das Haus einer verwitweten Großmutter vor. Außen ein bisschen vernachlässigt, innen vollgestellt, aber geliebt.

»Machen Sie es sich bequem. Ich hole das Wasser.«

Bevor sie sich setzte, strich Piper mit der Hand über den Quilt auf dem Sofa. »Das ist wie ein Besuch bei meiner Großmutter.«

»Genau das habe ich auch gerade gedacht.«

»Bei unserer Großmutter sieht es völlig anders aus«, konterte Alex.

Chase setzte sich neben Piper. »Die Mutter unserer Mutter wohnt in Florida. Ein Bungalow, die Küche zum Ess- und Wohnbereich offen, alles immer akkurat an seinem Platz. Aber einen Raum wie den hier hat man doch sofort im Kopf, wenn man das Wort ›Großmutter‹ denkt. Fehlen nur noch die Kekse.«

Piper stöhnte leise. »Wenn wir hier fertig sind, ist Mittagessen angesagt.«

Schritte näherten sich, Abigale betrat mit einem Tablett in den Händen den Raum.

Alex sprang auf und schaffte ein wenig Platz auf dem Couchtisch.

Ihre Gastgeberin stellte vier Gläser mit Eiswasser und einen Teller mit Keksen darauf.

»Sie können Gedanken lesen, Miss Abigale.« Piper nahm sich ein Glas Wasser und einen Keks.

»Sie haben ein bisschen blass ausgesehen.«

»Vielen Dank«, sagte Chase für sie alle.

»Haben Sie die selbst gemacht?« Piper hob die Ecke eines der Quilts. »Die sind handgenäht.«

Abigale ließ sich in einem Sessel nieder. »Ich bin überrascht, dass das jemandem in Ihrem Alter auffällt.«

Piper nahm einen Schluck Wasser und stellte das Glas ab. »Ich bin in Ohio aufgewachsen. Meine Mutter und meine Großmutter nähen beide gern Quilts.«

»Dann wissen Sie ja, wie viel Arbeit das ist.«

»Oh, allerdings. Mir fehlt dafür die Geduld.«

Chase sah, wie ihre Gastgeberin sichtbar entspannter wurde. Sie lächelte. »Und? Was kann ich jetzt für Sie tun?«

»Ganz ehrlich? Uns interessiert alles, was Sie uns über Lisa Davis sagen können«, begann Alex.

»Okay. Lassen Sie mich überlegen. Sie hat etwa fünf Jahre lang im hinteren Haus gewohnt. Erst dachte ich ja, sie würde bald weiterziehen. Sie hatte einen guten Job in einer schicken Kunstgalerie. Da wohnt man nicht in dieser Gegend, obwohl es hier damals noch ein bisschen besser ausgesehen hat. Aber, na ja, die Leute werden älter, und mit Arthritis einen Rasenmäher durch die Gegend zu schieben, ist schwer.«

»Aber Ihr Haus ist sehr gemütlich, Miss Abigale«, sagte Piper.

»Danke, das ist nett von Ihnen. Lisa war sich immer ein bisschen zu schade für all das hier. War selten daheim, hat nie jemanden mitgebracht. Was mir natürlich recht war. Anstatt viel Miete zu bezahlen, hat sie lieber in ein teures Auto investiert. Hat behauptet, jemand hätte es ihr geschenkt. Aber wer macht so was?«

»Ich kenne keinen«, meinte Piper.

»Dann ist sie schwanger geworden. Aber von einem Freund habe ich nie etwas gesehen. Wie gesagt, sie hatte keinen Besuch.«

Bislang klang alles nach der Frau, die sie suchten.

»Und was ist dann passiert?«, fragte Alex.

»Sie wurde etwas zugänglicher. Hat mich ab und zu gefragt, ob sie mir was vom Einkaufen mitbringen soll, hat mir manchmal die Post reingebracht. Ich dachte, vielleicht wird sie durch die Schwangerschaft ein bisschen erwachsener. Den Job in der Galerie hatte sie immer noch, aber sie war öfter zu Hause. Und dann ist Max gekommen.«

Der Name Max vertrieb die letzten Zweifel, ob sie hier richtig waren.

»Ihr Sohn«, sagte Alex.

»Ja. Ein süßes Kerlchen.« Abigale schüttelte den Kopf und verlor ihr Lächeln genauso schnell, wie es gekommen war. »Traurig.«

»Was ist traurig?«, fragte Piper.

Chase vermutete sofort das Schlimmste. »Er ist doch nicht etwa krank geworden oder …?«

»Nein. Nein. Das nicht. Er hatte nur einen schweren Fall von einer sehr lausigen Mama.«

Jetzt atmeten Alex und Piper erleichtert aus.

»Ich bin seine Babysitterin geworden. War gerade in Rente gegangen, und es hat mir Spaß gemacht. Lisa schien keine Geldsorgen zu haben. Sagte, sie würde viele teure Kunstwerke verkaufen, und hat mich gut bezahlt. Aber …«

Einen ungegessenen Keks zwischen den Fingerspitzen, rutschte Piper gespannt auf die Sofakante.

Chase legte ihr eine Hand aufs Knie.

»Aber was?«, fragte Alex.

»Sie hat gearbeitet. Zumindest hat sie das behauptet. War nie zu Hause. Max hat nach seiner Mutter geweint, aber sie war nie da. Und wenn, dann wusste sie nichts mit ihm anzufangen. Ich habe getan, was ich konnte.«

»Max hatte großes Glück, dass Sie da waren.«

Eine Mischung aus Sorge und Bedauern trat auf Abigales Züge. »Ich konnte ihn nicht behalten, er war ja nicht mein Kind. Und ich habe schlimme Arthritis. Mit so einem kleinen Kerl mitzuhalten, das war völlig unmöglich.«

Chase hatte vor allem den ersten Satz gehört. »Wie meinen Sie das, Sie konnten ihn nicht behalten? Hat Lisa Sie gebeten, ihn zu sich zu nehmen? Für ganz?«

»Oh nein, gefragt hat sie nicht.« Abigale schüttelte den Kopf. »Sie ist einfach verschwunden.«

Piper fiel der Keks aus der Hand. »Was heißt das, verschwunden?«

»Eines Morgens hat sie Max vor der Arbeit zu mir gebracht. So wie immer. Obwohl ich ihr gesagt hatte, sie müsste sich jemand Jüngeres suchen, der auf ihn aufpasst. Sie hat ihn hiergelassen, ist arbeiten gegangen und nicht mehr nach Hause gekommen. Weil es bei ihr öfter mal spät geworden ist, habe ich mir erst nichts dabei gedacht. Ich habe Max ins Bett gebracht und auf Lisa gewartet, ihr Nachrichten geschrieben. Ich habe mir überlegt, ob ich die Polizei rufen soll oder die Krankenhäuser abtelefonieren, es aber gelassen. Am nächsten Morgen habe ich bei ihrer Arbeit angerufen. Die sagten, sie sei schon einen ganzen Monat nicht mehr da gewesen. Da bin ich in ihr Schlafzimmer gegangen, und mir war alles klar. Ihr Kleiderschrank war leer, ihr Handy lag unten in der Kloschüssel.«

Pipers Hand klammerte sich an die von Chase.

Alex blieb der Mund offen stehen.

»Sie hat ihn einfach zurückgelassen«, flüsterte Chase.

»Deshalb hat sie sich nach Dads Tod nicht gemeldet«, stellte Alex fest.

»Was ist mit Max passiert?«, fragte Piper.

Abigale stand der Schmerz ins Gesicht geschrieben. »Das ganze Wochenende über habe ich gewartet. Ich habe gehofft, dass sie zur Vernunft kommt. Als sie nicht aufgetaucht ist, habe ich die Polizei angerufen. Die hat mich gebeten, Max noch ein paar Tage zu behalten, weil man erst eine Pflegefamilie für ihn finden musste. Das habe ich getan. Dann haben sie das arme Kind hier weggerissen. Er wollte nicht gehen. Ich habe geweint und geweint. Aber ich konnte ihn nicht behalten. Und ich wusste, je länger er bei mir ist, desto schwerer würde es werden, ihn gehen zu lassen.«

»Sie haben alles richtig gemacht«, tröstete Alex die Frau.

Piper wischte sich mit dem Handrücken über die Augen.

Chase legte den Arm um sie und zog sie fest an sich.

»Wissen Sie, was aus Max geworden ist?«

»Nein. Ich wäre gern irgendwie mit ihm in Verbindung geblieben. Aber ich hatte Angst, dass das alles nur noch schwerer gemacht hätte. Für uns beide.«

»Hat er nie versucht, Kontakt zu Ihnen aufzunehmen?«, erkundigte sich Chase.

»Nein. Vielleicht war es ihm vergönnt, seine Mama und dieses Haus zu vergessen. Jung genug war er ja, kaum zwei. Vielleicht hat ihn jemand adoptiert.«

Chase hörte Piper nach Luft schnappen.

Sie stand auf. »Darf ich bitte Ihre Toilette benutzen?«

»Selbstverständlich. Hier raus und direkt um die Ecke.«

Chase wäre ihr am liebsten gefolgt, aber er wusste, sie brauchte einen Moment für sich. Er hob den vergessenen Keks vom Fußboden auf und legte ihn auf das Tablett.

Alex schaute unverwandt durchs Wohnzimmerfenster in die Ferne.

»Wenn Ihr Vater Lisa irgendetwas Wertvolles vermacht hat, hoffe ich, Sie tun das einzig Richtige, suchen ihren Sohn und geben es ihm. Wenn Sie mich fragen, hat diese Frau nicht auch noch eine Belohnung verdient.«

Alex schaute in die Augen ihres Bruders. »Keine Sorge, Miss Abigale. Genau das haben wir vor.«

Kapitel 33

Wie betäubt.

Wie betäubt, so fühlte sich Piper, und den Stone-Geschwistern schien es ganz ähnlich zu gehen. Die schweigende Fahrt zum Flughafen zeigte das deutlich.

Erst im Flugzeug lösten sich Alex und Chase aus ihrer Schockstarre. Piper dagegen hatte noch immer das Gefühl, durch zähflüssigen Morast schwimmen zu müssen.

Wenn sie ihr kleines Mädchen zur Adoption freigab, würde es sich dann verlassen und verstoßen fühlen? Was, wenn sich die Adoptiveltern eines Tages scheiden ließen und keiner das Sorgerecht wollte? War so etwas möglich? Wie konnte eine Mutter einem Zweijährigen so etwas antun? Wie?

»Unser Vater hatte einen Sohn, hatte den Beweis, dass es wirklich seiner war, und hat dann der Mutter achtzehn Jahre lang Geld geschickt, ohne sich je um sein Kind zu kümmern.« Alex hob den Kopf. »Ich hoffe, du schmorst in der Hölle, Dad.«

»Und die Mutter nimmt das Geld und lässt den kleinen Max im Stich. Wie kaputt ist das denn?«

Piper legte ihre Hand auf Chase' Hand.

»Jetzt wissen wir, weshalb er sich nicht gemeldet hat und sie sich auch nicht. Ein Kind einfach irgendwo zurückzulassen, ist doch strafbar, oder?«, fragte Alex.

»Vor allem, wenn das Kind noch so klein ist. Ja.«

»Aber wer ist in diesem Fall der Kläger? Eine Großmutter, ein Großvater? Der andere Elternteil? Wenn sich niemand dahinterklemmt, verläuft so ein Fall sicher gern mal im Sand. Womöglich hat sie ihren Namen geändert, und sie zu suchen ist Zeitverschwendung. Besser, wir konzentrieren uns auf ihn. Und wenn wir ihn haben, können wir immer noch jemanden mit der Suche nach ihr beauftragen.« Chase' wütender Ton passte zu Pipers Stimmung.

»Wenn Max adoptiert worden ist, heißt er vermutlich nicht mehr Smith«, gab sie zu bedenken.

Alex stand auf, ging zu einer kleinen Theke und schenkte sich Wein nach. Gleich nachdem sie an Bord gegangen waren, hatte sie sich ein Glas geholt. Bislang war es Piper nicht schwergefallen, auf Alkohol zu verzichten. Aber jetzt in diesem Moment hätte sie gern einen Schluck getrunken.

Sie legte eine Hand auf ihren Bauch. *Keine Sorge. Das würde ich dir nie antun.*

»Vielleicht wird es Zeit, Profis nach Max suchen zu lassen.«

Chase wiegte nachdenklich den Kopf. »Das ist riskant. Ihm gehören einundzwanzig Prozent des Unternehmens. Wenn das bekannt wird, bevor wir ihn haben, oder wenn jemand ihn vor uns findet … Wer weiß, bei wem seine Anteile dann landen. Selbst wir haben mit dem Gedanken gespielt, kurzerhand alles zu verkaufen. Wird es ihm nicht genauso gehen?«

Piper schaute Chase an. »Ihr wolltet verkaufen?«

»Im ersten Moment schon. Ich kann nicht für Alex sprechen, aber jetzt will ich das nicht mehr.«

Alex schüttelte den Kopf. »Ich auch nicht.«

Piper atmete auf.

»Gemeinsam gehören uns beiden zweiundvierzig Prozent der Firma. Vielleicht versucht ein anderer Eigner, so viele Anteile zusammenzukaufen, dass er die Kontrolle übernehmen kann. Wenn das passiert, müssen wir die Chefsessel räumen und können nur noch zuschauen, was mit dem Unternehmen passiert.«

»Wäre das ein Weltuntergang?«, fragte Piper.

»Nein. Aber vielleicht der Untergang von Stone Enterprises. Ich möchte nicht dramatisch klingen, aber wenn einer Firma eine Übernahme droht, dann sehe ich das. Und bei uns fehlt dazu nicht viel. Einige Anteilseigner drängen auf Expansion. Ich denke, wir müssen uns eher verschlanken, bis sich die Wirtschaft erholt.«

»Entlassungen?« Pipers Frage ging an Alex.

»Im Augenblick kann ich mich da nicht festlegen. Aber grundsätzlich sind sie nicht auszuschließen.«

»Lass uns nichts übereilen«, sagte Chase.

»Ich übereile nichts, Bruder. Aber es läuft nicht besonders gut. Wir müssen versuchen, den Laden zusammenzuhalten, allein schon für Max. Ich habe immer geglaubt, ein abwesender Vater, den ich kenne, wäre das Letzte. Aber wie muss sich Max erst fühlen?« Alex trank einen Schluck Wein.

Chase rieb sich das Gesicht. »Mir scheint, Cadry sucht Max nicht so intensiv wie wir.«

»Werden Nachlassverwalter denn nicht dafür bezahlt, alles zu tun, damit der letzte Wille des Verstorbenen erfüllt werden kann?«, fragte Piper.

»Doch, ja. Dafür bekommen sie ein Honorar aus der Erbmasse«, antwortete Alex.

»Dann lässt er sich deshalb vielleicht extra viel Zeit«, meinte Piper. »Falls er überhaupt etwas tut.«

»Oder Dad hat ihn angewiesen, es langsam anzugehen«, gab Alex zu bedenken und hob ihr Glas.

Chase zischte einen Fluch. »Ich rufe morgen Jack Morrison an und erzähle ihm alles. Vielleicht kann er ja zusammen mit ein paar Leuten versuchen, unseren Bruder zu finden. Wenn Jack das in die Hand nimmt, ist es für Außenstehende schwer, mit uns in Verbindung zu bringen. Die notwendigen Mittel hat er, und sobald wir Max haben, können wir Jack alles zurückzahlen.« Chase schaute seine Schwester an. »Oder hast du etwas dagegen?«

Alex schüttelte den Kopf. »Nein. Gute Idee.«

Chase schaute Piper an. »Was denkst du?«

»Das ist nicht meine Entscheidung.«

»Ich möchte aber gern deine Meinung hören.«

»Ich finde die Idee auch gut.« Wobei sie weitersuchen würde, selbst wenn sich ein ganzer Trupp Detektive an die Arbeit machte. Herauszufinden, was aus Max geworden war, war ihr inzwischen ein persönliches Bedürfnis geworden. Und als wollte es ihr zustimmen, begann das Baby in ihr zu strampeln.

Lächelnd legte sie eine Hand auf ihren Bauch.

Chase schob seine Finger unter ihre, wie so oft, dann schnappte er nach Luft. »Moment mal … Ist sie das?«

Das Baby bewegte sich noch einmal und Piper lächelte.

Chase schaute sie an. »Sie ist es.«

»Spürst du es auch?«

Er nickte und drückte die Lippen auf ihre.

»Wenn ihr beide irgendwann fertig seid, darf ich dann auch mal?«

Piper lächelte unter Chase' Kuss. Als er den Kopf hob, streckte Alex die Hand aus, um die Bewegungen des Babys ebenfalls spüren zu können.

* * *

Chase erzählte Jack die ganze Geschichte. Angefangen von der Bombenüberraschung bei der Testamentseröffnung bis zu dem, was sie in Miss Abigales Wohnzimmer erfahren hatten: dass ihr Halbbruder von beiden Elternteilen im Stich gelassen worden war. »Es ist verdammt kompliziert und ein ziemliches Schlamassel, Jack«, sagte er am Telefon. »Wir müssen ihn finden, bevor jemand von den Anteilseignern unangenehme Fragen stellt und vielleicht sogar wissen will, was wir auf dem Chefsessel verloren haben.«

»Wow! Mein Dad hat ja immer gesagt, Stone sei ein Arsch. Aber mit so etwas hätte ich nicht gerechnet.«

»Melissa wurde beim Lunch mit Paul Yarros gesichtet. Er ist scharf auf weitere Unternehmensanteile. Ich habe versucht, ihm ein Dinner vorzuschlagen. Aber seine Sekretärin mauert.«

»Wie viel weiß Melissa?«

»Schwer zu sagen. Und dass Anteilseigner Einsicht in das Testament unseres Vaters nehmen, würden wir gern verhindern. Falls es aber doch so weit kommt, müssen wir Max unbedingt finden, bevor es ein anderer tut.«

»Wir dürfen keine Zeit verlieren«, bestätigte Jack.

»Du hilfst uns?« Chase stand auf und schaute durchs Fenster in seinen Garten. Nach dem Rückflug am Vortag hatte er Piper nach Hause gefahren und war noch lange bei ihr geblieben. Der Abschied von ihr fiel ihm jedes Mal schwerer.

»Klar. Ich lege gleich los. Wer weiß denn alles darüber Bescheid?«

»Nur ein sehr kleiner Kreis. Alex, ich, unsere Mutter, Piper, mein Freund Busa und Alex' Freund Nick. Ach ja, und natürlich der Anwalt.«

»Piper ist deine Freundin?«

Chase lächelte. »Jap. Und ein wichtiger Grund, weshalb ich dringend deine Hilfe brauche.«

»Ach ja?«

»Ja. Sie verbringt viel zu viel Zeit mit der Suche nach Max.«

»Verstehe. Wenn Jessie sich etwas in den Kopf setzt, ist sie auch nicht aufzuhalten.«

»Einerseits bewundere ich sie und bin ihr dankbar für alles, was sie tut, andererseits braucht sie Ruhe. Besonders jetzt.«

»Warum das denn?«, fragte Jack.

»Sie ist schwanger«, antwortete Chase ohne das geringste Zögern.

»Hey, cool Mann. Gratuliere.«

Chase fühlte so etwas wie Stolz in sich aufsteigen und schob das Gefühl überrascht weg. »Danke, aber, ähm. Es ist nicht von mir. Ehrlich gesagt, wünschte ich, es wäre so. Aber Piper war schon schwanger, als wir uns kennengelernt haben.«

»Keine Rose ohne Dornen, Mann. Aber langfristig ist das nicht so wichtig.«

»Wie meinst du das?«

»Als Jessie und ich uns kennengelernt haben, war sie alleinerziehende Mutter. Ich habe Danny gleich nach unserer Hochzeit adoptiert und könnte meinen Sohn nicht mehr lieben.«

»Was ist mit dem Vater?«, fragte Chase.

»Keine Ahnung. Er hat sich verdrückt. Ich liebe Jessie mehr als eine Kakerlake Kuchen mit Zuckerguss. Und ich würde weder an ihr noch an Danny die kleinste Kleinigkeit ändern.«

Chase lachte. »Klingt romantisch.«

»Ja, Jessie lacht auch immer, wenn ich das mit der Kakerlake sage. Ich liebe das Lachen dieser Frau.«

Einen Mann so von seiner Ehefrau schwärmen zu hören, gab Chase Hoffnung.

»Was ich damit sagen will: Dass Pipers Baby nicht von dir ist, ist kein Hindernis. Solange du sie liebst – wo ist das Problem?«

Chase stieß den Atem aus. »Woher weiß man, dass es Liebe ist?«

»Oh, das ist leicht. Du merkst es nicht in den Momenten, in denen ihr zusammen seid. Die sind einfach nur magisch. Du merkst es daran, wie leer du dich fühlst, wenn du nicht bei ihr bist. Und daran, dass sich bei dem Gedanken, sie könnte für immer aus deinem Leben verschwinden, ein riesiger Abgrund in deiner Seele öffnet. Wenn sie dich jetzt anrufen und Schluss machen würde, würdest du dann achselzuckend ihre Nummer löschen? Ein wildes Wochenende in Vegas verbringen, um über sie hinwegzukommen? Oder würdest du dich mit einer Gitarre in der Hand ein paar Tage und Nächte lang vor ihre Tür setzen und aus voller Kehle kitschige Lieder singen, nur damit sie noch mal mit dir redet?«

Chase hatte sofort ein Bild im Kopf, wie er singend vor Pipers Haustür saß, während Kitty drinnen jaulte. »Oh, verdammt!«

Jack lachte. »Jap. Es trifft dich wie ein Blitz aus heiterem Himmel. Mit einem Schlag ist alles klar.«

Chase ließ sich auf der Armlehne des Sofas nieder und spürte, wie die Luft aus seiner Lunge wich.

»Willst du meinen Rat?«, fragte Jack.

»Noch einen?«

Jack lachte. »Bleib dran, Junge. Wenn du weißt, sie ist die Richtige, dann halt sie fest. Aber wenn sie es nicht ist, dann lauf, so schnell du kannst. Mit einem Kind gibt es keine halben Sachen. Das wäre ihm gegenüber nicht fair.«

»Danke, Jack, für die klaren Worte.«

»Gern geschehen. Und für die Suche nach der Nadel im Heuhaufen trommle ich jetzt gleich ein paar private Ermittler zusammen.«

»Klingt gut. Oh, und ähm … Du hast mitbekommen, dass meine Mutter und dein Vater letztes Wochenende zusammen waren, oder?«

Jacks Stakkato-Lachen war ansteckend. »Ja. Was sagt man dazu? Vielleicht sehen wir uns bald bei einer Hochzeit, *Bruder*. Bei der einen oder der anderen.«

Verdammt, Chase gefiel, wie sich das anhörte. »Fühl deinem Vater bitte für mich auf den Zahn. Ich wüsste gern, welche Absichten er hat.«

Sie lachten beide. »Das richte ich ihm gern aus.«

Chase starrte mit dem Telefon in der Hand aus dem Fenster. Gegen die nächste Veränderung, die sich in seinem Leben abzeichnete, waren die Veränderungen durch die Gazillionen Dollar ein Klacks.

* * *

»Ich bin schwanger.« Mit einer Tasse Tee in der Hand stand Piper mit Julia im Pausenraum.

Sofort grinste Julia übers ganze Gesicht. »Ich wusste, da ist irgendwas. Heilige Scheiße!« Sie schaute auf Pipers Bauch.

Zum ersten Mal trug Piper zur Arbeit ein Kleid, das ihren Zustand nicht direkt kaschierte. Aber noch konnte man rätseln, ob sie nur zugenommen hatte oder ein Kind erwartete.

»Wie weit bist du denn?«

»So weit, dass ich es nicht mehr verstecken kann.«

»Und was sagt Chase dazu?«

»Er hat es wunderbar aufgenommen, aber …«

Julia rückte näher und senkte die Stimme. »Heiratet ihr beiden jetzt?«

»Was?« Für Piper kam die Frage überraschend. »Julia, er ist …« Sie schaute zur Tür. »Ich war schon schwanger, als Aaron Stone mich rausgeworfen hat.«

Jetzt machte Julia ein verdutztes Gesicht. »Du hast Chase schon vorher gekannt? Hat der Boss dich deshalb vor die Tür gesetzt?«

»Nein.«

Zwei Mitarbeiterinnen aus der Buchhaltung betraten die Küche, womit das Gespräch erst einmal beendet war. »Wir reden beim Lunch.«

Julia hörte gar nicht mehr auf zu grinsen. »Wie aufregend!«

Piper legte einen Finger an ihre Lippen, um ihr zu signalisieren, dass sie den Mund halten sollte. Nicht, dass Piper damit rechnete, dass ihre Freundin irgendetwas geheim halten würde.

Zurück an ihrem Schreibtisch, fand sie einen Katalog für Büroausstattung. Zwei Seiten mit Bürostühlen waren markiert. Dabei lag ein Zettel.

> *Ich habe mich informiert. Zwei von denen werden für schwangere Frauen empfohlen. Such dir einen aus.*

Die Unterschrift lautete »C«.

Das war eine Vorzugsbehandlung, und die bekam sie, weil sie mit dem Boss schlief. Wenn sie die Einzige war, der ein neuer Stuhl angeboten wurde, würde das nicht bloß Gatlin sauer aufstoßen.

Sie ließ den Katalog in der untersten Schreibtischschublade verschwinden.

Im zweiten Stock hatten die Umbauarbeiten begonnen. Dort kümmerte sich Chase gerade zusammen mit seinem Büromanager von CMS um ein paar Details. Piper schrieb ihm einen kurzen Text, um ihn wissen zu lassen, was Julia gesagt hatte. Zu der Idee mit dem neuen Stuhl schwieg sie.

Auf keinen Fall wollte sie, dass Gerüchte aufkamen, Chase sei der Vater ihres Babys. Und dass dann alle auch gleich die Hochzeitsfrage stellten.

> Ich habe es Julia gesagt. Sie hat sofort angenommen, das Baby sei von dir, und gefragt, wann wir heiraten. Verrückt, oder? Damit habe ich nicht gerechnet.

Ein paar Sekunden später summte ihr Telefon.

> Ist das ein Antrag per Textnachricht?

Hinter die Frage hatte er ein Braut-und-Bräutigam-Emoji und ein Herz gesetzt.

> Ihr seid beide verrückt. Ich wollte nur, dass du weißt, was ihre zweite Frage war.

Einen Moment lang sah sie nur die drei Punkte, die angezeigten, das Chase gerade schrieb. Dann:

> Kein Kommentar.

Was wollte er damit sagen?

> Wie meinst du das?

Wieder die Punkte.

> Wenn jemand Fragen stellt, antworte einfach: »Kein Kommentar.« Wir sind niemandem eine Erklärung schuldig.

Falsche Schlüsse einfach unkommentiert stehenlassen? Meinte er das ernst?

Noch einmal die drei Punkte, Chase schrieb und schrieb. Doch dann klingelte ihr Telefon. Chase' Stimme wurde beinahe vom Gewummer der Vorschlaghämmer übertönt. Mit einer Begrüßung hielt er sich nicht auf, sondern sagte einfach ansatzlos: »Die andere Möglichkeit wäre, dass du jedes Mal sämtliche Fragen beantwortest, wenn jemand nach dem Baby und uns beiden fragt. Mir wäre das zu anstrengend, und dabei muss ich nicht mal für zwei essen.«

»Aber …«

»Ich habe kein Problem damit, Babe. Heute Morgen habe ich Jack Morrison von dem Baby erzählt. Er hat mir sofort gratuliert, und weißt du, was ich getan habe?«

Oh Gott! »Was?«

»Ich habe gedacht ›Verdammt, wie nett‹ und mich bedankt. Dann habe ich ihm kurz alles erklärt und dabei gemerkt: Shit! Ich möchte meine Zeit nicht damit verbringen, die Fragen von Leuten zu beantworten, die mir nicht nahestehen. Ich mag Jack, versteh mich nicht falsch. Mit ihm darüber zu sprechen, war gut. Aber Julia, Gatlin oder Phillis aus der Poststelle? Ich werde lächeln und auf alle Detailfragen mit ›Kein Kommentar‹ antworten.«

Piper spürte, wie sich ihre Kehle zusammenzog. »Können wir das machen?«

Chase lachte. »Sollen wir es mal üben?« Er hob seine Stimme um eine Oktave. »Du bist schwanger? Gratuliere …«

Stand er tatsächlich zwischen den Bauarbeitern und machte am Telefon Rollenspiele mit ihr?

»Chase …«

»Nein, ich bin Julia, und du sagst ›Danke‹.«

»Danke«, sagte Piper zögernd.

»Und was ist mit Chase? Freut er sich?« Wieder mit der falschen Frauenstimme.

»Manchmal kommt es mir vor, als wäre er aufgeregter als ich«, antwortete Piper ehrlich.

»Heiratet ihr jetzt bald?«

Piper vergewisserte sich, dass keiner sie hörte. »Darüber haben wir noch nicht gesprochen.«

»Perfekt. War das schwierig?«

Ein bisschen. »Kein Kommentar.«

Chase lachte. »Jetzt, wo wir das geklärt haben, möchte ich gern, dass du den Büromöbelkatalog aus dem Papierkorb holst und dir einen Stuhl aussuchst.«

Piper schaute hinauf zur Zimmerdecke und dann in die Ecken des Raumes. »Beobachtest du mich?«

»Nein. Aber ich kenne dich. Such dir einen aus, sonst kaufe ich dir beide. Ich muss hier weitermachen, Babe.«

Sie wollte weinen. Wie konnte ein Mann nur so wunderbar sein? »Chase?«

»Ja?«

»Wir haben keine Phillis in der Poststelle.«

Er legte lachend auf.

Kapitel 34

Gleich zwei Mal innerhalb einer Woche wurde Piper völlig überrumpelt.

Erst durch einen Samstagsbrunch mit Alex und Nick, den die zwei offiziell als Mädelstag deklariert hatten. Die beiden schleppten sie vom Brunch zu einer Überraschung, für die sie rein zufällig in ein Umstandsmodegeschäft mussten. Dort warteten zwischen den gut bestückten Kleiderständern bereits Chase und seine Mutter auf sie.

Widerspruch war zwecklos, es stand vier gegen eine.

Sobald deutlich wurde, dass Piper sich nichts irrsinnig Teures aussuchen würde, entfernte die Verkäuferin vor der Anprobe die Preisschilder.

Am Ende hatte Piper für die nächsten dreieinhalb Monate mehr anzuziehen als für die Zeit danach.

Das war furchtbar übertrieben und kostete einen Haufen Geld. Und sie kam sich vor wie Cinderella, nur ohne die bösen Stiefschwestern.

Der zweite Überfall passierte, nachdem sie im Büro ihre Schwangerschaft allgemein bekannt gemacht hatte.

Am Dienstag nach der Arbeit verstellte ihr vor ihrer Einfahrt ein Mann mit einer Kamera den Weg und schoss Fotos. Aber damit nicht genug.

»Nur ein paar Fragen, Miss Maddox.«

Sie ließ ihr Fenster herunter. »Kein Kommentar! Und jetzt gehen Sie aus dem Weg.«

»Stimmt es, dass Sie von Stone schwanger sind?«

»Kein Kommentar.« Sie fuhr langsam weiter, aber der Kerl blieb hartnäckig stehen.

»Was sagen Sie zu dem Gerücht, das Baby sei von Aaron Stone?«

Ihr Wagen bewegte sich ruckartig nach vorn, und sie trat heftig auf die Bremse. »Was zum …?«

»Ist das ein Ja?«, rief der Mann.

»Wo haben Sie das her?«

»Dann stimmt es also?«

»Nein, es stimmt nicht. Verschwinden Sie.«

»Ist aber eine gute Story.« Der Unbekannte feixte.

»Hauen Sie ab, verdammt! Raus aus meiner Einfahrt!« Gab es nicht Gesetze gegen Paparazzi auf privaten Grundstücken?

Der Kerl fotografierte weiter, Piper legte sich auf die Hupe.

Kaum hörte sie auf zu hupen, kam die nächste Frage. »Planen Sie und Chase Stone schon die Hochzeit?«

Am liebsten hätte sie ihn umgefahren oder ihn zumindest glauben lassen, dass sie das tun würde. Doch ihrem Vermieter war offenbar etwas eingefallen.

Piper sah Kit auf sich zustürzen, würgte den Motor ab und riss sich den Sicherheitsgurt herunter. Mr Armstrong hatte es sicher gut gemeint, aber falls jemand auf einer öffentlichen Straße gebissen wurde, konnte die Sache für ihren Hund übel ausgehen.

Beim Anblick des Rottweilers ließ der unverschämte Fremde die Kamera fallen und wich zurück. Noch während Kit zum

Sprung ansetzte, schrie Piper ein Kommando. Der Fotograf fiel über seine eigenen Füße und Kit stand bellend über ihm.

Zum Glück hatte Kit ihn nicht gebissen. Piper gönnte dem Mann einen langen Moment der Panik, bevor sie Kit zu sich rief. Während sich der Fotograf aufrappelte, stellte sich der Hund schützend vor sie.

Plötzlich war es fast unheimlich still. Sie hörte nur ihren eigenen schnellen Herzschlag und Kits aufgeregtes Hecheln. Dann bellte er einmal kurz. »Von Mr Stone haben Sie mehr zu befürchten als von meinem Hund. Ich schlage vor, Sie lassen sich hier nie wieder blicken.«

»Das ist eine öffentliche Straße.«

»Auf der mein Hund mich gegen eine Bedrohung geschützt hat.« Mit dem Fuß kickte sie die Kamera auf den Mann zu.

Er beugte sich hinunter, um sie aufzuheben. Kit sträubte das Nackenfell und knurrte.

Auf ein Handzeichen von Piper hin war er still und machte Sitz.

Inzwischen waren auch ein paar Nachbarn aus ihren Häusern gekommen und beobachteten die Szene. Mr Armstrong eilte ebenfalls heran. »Ich habe die Polizei gerufen.«

Der Mann hängte sich die Kamera um den Hals und fuhr sich mit der Hand durchs Haar. »Vielleicht sollten Sie sich mit den Regeln vertraut machen, Miss Maddox. Sie kriegen ein Kind von einem Milliardär. Das ist eine Geschichte von öffentlichem Interesse.«

Ohne den Rottweiler aus den Augen zu lassen, machte er ein paar Schritte rückwärts. Dann stieg er in seinen Wagen und fuhr davon.

Pipers Pulsschlag normalisierte sich nur langsam.

»Geht es Ihnen gut?«, fragte Mr Armstrong.

Sie lehnte sich gegen ihren Wagen und stieß die Luft aus, die sie angehalten hatte. »Ja, danke.«

Kit wedelte mit dem Schwanz und stupste sie mit der Schnauze an.

Nach einer geschlagenen Viertelstunde kam auch die Polizei. Inzwischen hatte Piper aufgehört zu zittern.

Die Beamten erklärten ihr, was sie eigentlich bereits wusste. An öffentlichen Orten konnte der Mann Fotos von ihr machen. Aber nein, er durfte weder ihren Wagen noch ihre Einfahrt blockieren. Eine Anzeige war allerdings pure Zeitverschwendung. Und ja, wenn Kit den Mann auf offener Straße angefallen hätte, ohne dass dem ein körperlicher Angriff vorausgegangen war, wäre das für den Hund nicht gut gewesen.

Allerdings …

Und jetzt erfuhr Piper tatsächlich etwas Neues. »Es gibt Gründe, warum Prominente abgeschottet hinter Toren leben. Und weshalb diese Tore oft ein paar Schritte von der Straße zurückgesetzt sind. Auf diese Weise steht der Eindringling, der die Durchfahrt oder den Durchgang blockiert, auf einem privaten Grundstück. Und da gelten andere Bestimmungen.«

Sie dankte den Polizisten für ihre Zeit und ihren Rat. Die Officer würden einen Bericht schreiben, die Sache aber nur weiterverfolgen, falls der Mann noch einmal auftauchte und sie bedrohte.

Piper war dankbar, dass die Officer nicht einfach abwinkten, sondern die Sache ernst nahmen. Dass sie schwanger war, trug womöglich auch dazu bei. Immer wieder schauten die Polizisten auf ihren Bauch und fragten sie, ob alles in Ordnung sei.

Gerade als sie gehen wollten, jagte Chase' Wagen die Einfahrt entlang.

»Ihren Freund habe ich auch angerufen«, erklärte Mr Armstrong.

Chase machte eine Vollbremsung, kam kurz vor dem Streifenwagen zum Stehen, schaltete den Motor ab, sprang aus seinem Wagen und rannte zu ihr.

Kit stand auf, erkannte ihn und setzte sich wieder.

Schon hatte Chase sie in seine Arme gerissen, seine Hand lag an ihrem Gesicht, seine Augen waren voller Sorge.

»Es ist alles gut.«

»Was ist passiert?«

Die Polizisten beobachteten die Szene. Abgehackte Satzfetzen aus ihren Funkgeräten füllten die Luft.

»Sorry, aber ich muss ganz dringend aufs Klo. Babygirl hopst auf meiner Blase herum.«

Nach zwei schnellen Küssen ließ Chase sie los.

»Was ist passiert?«, fragte er jetzt die Männer.

Piper ließ sich Zeit. Irgendwer würde Chase erklären, was vorgefallen war. Beim Händewaschen versuchte sie, noch ein bisschen ruhiger zu werden. Sie streifte ihre Schuhe ab, schlüpfte in eine bequeme Umstandshose und ein schlichtes T-Shirt und fühlte sich gleich ein bisschen besser.

Und sie war hungrig.

Auf ihrem Weg durchs Cottage wich Kit nicht von ihrer Seite. Sie gab ihm eine leckere Belohnung und viele Extra-Streicheleinheiten.

Von draußen drangen die Geräusche von Fahrzeugen herein, die durch die enge Einfahrt manövriert wurden. Ein Blick durchs Fenster zeigte, dass die Polizei jetzt weg war und Chase noch mit Mr Armstrong redete.

Mit einer Tüte Kartoffelchips ließ sich Piper aufs Sofa fallen. Sobald sie saß, begann das Baby sich zu bewegen. »Zu viel Aufregung, was?«, sagte sie zu der Kleinen.

Die salzigen Chips schmeckten so gut, dass sie beinahe stöhnte und sich gleich noch welche in den Mund warf.

Dann hörte sie Chase' schwere Schritte an der Haustür. »Sorry, ich musste mich setzen«, sagte sie.

Er ging in die Hocke und drückte sein Gesicht an Kits Kopf. »Kann ich dir ein Pony kaufen? Eine Freundin? Irgendwas anderes? Was hättest du gern, Junge?«

Kit leckte ihm das Gesicht und Piper verspeiste ein weiteres Stückchen Himmel.

Dann schob Chase die Chipstüte von ihrem Schoß und legte seinen Kopf dorthin, wo sie gewesen war. Seine Arme umschlangen ihre Hüften. »Auf der Fahrt zu dir bin ich um fünf Jahre gealtert.«

»Mr Armstrong hätte dich nicht anrufen sollen.«

Er küsste ihren Bauch und schmiegte dann wieder den Kopf an sie. »Ich werde mal so tun, als hättest du das nicht gesagt.«

Sie griff wieder in die Tüte und redete mit vollem Mund. »Ich hätte nur gewartet, bis die Polizei weg ist, und dich dann sowieso angerufen.«

»Nie, nie wieder will ich um die Ecke biegen und einen Streifenwagen vor dem Haus meiner Freundin stehen sehen.«

»Es war nicht … Es ist vorbei.«

Chase hob den Kopf und musterte sie. »Wie geht es dir? Ich meine, wie geht es dir wirklich?«

Sie ließ die Hand mit den Chips sinken. »Es war scheußlich. Ich habe es mit ›Kein Kommentar‹ versucht. Aber das hat ihn nicht interessiert. Und dann hat er gesagt …« Sie überlegte, wie sie es formulieren sollte.

»Was?«

»Er wollte wissen, ob das Baby von dir ist. Ich habe geantwortet: ›Kein Kommentar.‹ Und dann hat er gefragt, ob es von deinem Vater sei.« Schon bei dem Gedanken begann sie wieder zu zittern.

»Was zum …«

Sie ließ die Chips wieder in die Tüte fallen. »Meinst du, viele Leute denken das? Wie kann irgendwer auf diese irre Idee kommen? Ich hätte gute Lust gehabt, den Kerl umzufahren.«

Chase wechselte vom Fußboden auf die Couch und nahm sie in die Arme.

Dass sie weinte, merkte sie erst, als sie die Tränen spürte. »Wer denkt sich denn so was bloß aus? Wer verbreitet solche Gemeinheiten? Halten die mich für eine Art Ungeheuer?«

»Psst. Ich bin bei dir.«

Piper beugte sich zurück und schaute Chase in die Augen. »Ich schwöre beim Leben meiner Eltern, dass …«

»Psst.« Er drückte einen Finger an ihre Lippen. »Du musst das nicht sagen. Und noch nicht mal denken.«

Sie nickte ein paarmal, dann drückte sie den Kopf an seine Brust. »Gott, ich hasse diese Tränen.«

»Lass sie ruhig laufen. Ich halte dich fest.«

Sie spürte die Worte tief in ihrer Seele, die Tränen kullerten einfach weiter. »Chase?« Sie schniefte und nahm ihren ganzen Mut zusammen.

»Was denn, Babe?«

Weil sie Angst hatte, Zurückweisung in seinem Blick zu finden, schmiegte sie die Wange weiter fest an seine Brust, während seine Hand ihr übers Haar strich. »Ich glaube, ich bin dabei, mich in dich zu verlieben.«

Sie hielt den Atem an.

Seine Hand stockte.

Dann hörte sie ihn ausatmen und seine Hand streichelte weiter ihr Haar. »Da war ich wohl schneller«, sagte er schließlich.

»Wie das?«

Er legte eine Hand an ihr Gesicht und zwang sie mit sanftem Druck, ihn anzusehen. »Ich bin schon einen Schritt weiter.«

Sie biss sich auf die Lippen, die Tränen wollten einfach nicht aufhören. »Was heißt das?«

»Ich liebe dich, Piper.«

Mit dem Handrücken wischte sie sich über die Nase und drückte schnell die Lippen auf seine. Dann hob sie den Kopf, schaute suchend in seine Augen, sah die Liebe, von der er sprach, und küsste ihn gleich noch einmal. So schmeckte also Liebe. Sie war warm und sicher und hüllte sie ganz ein. »Ich liebe dich auch.«

Sein Kuss verhinderte weitere Worte, war erst zart und dann voller Leidenschaft. Bald küssten sie sich mit Zähnen und Zungen und voller tiefer Versprechen für morgen und alle Tage danach.

Während Chase mit einem Griff die Jalousie hinter dem Sofa schloss, lehnte sich Piper zurück.

Sie befreite ihn aus seiner Hose, dann zerrte sie die Chipstüte unter sich hervor und warf sie auf den Boden. Einen Moment lang lachten sie gemeinsam, dann drückte Chase sie aufs Sofa, und die Umstandshose landete neben der Tüte. Mit dem Knie schob er Pipers Beine auseinander und drang langsam in sie ein. »Ich liebe dich, Piper. Und ich werde dich weiter lieben, solange du mich lässt.«

Es war, als würden seine Worte und Taten in ihr Gehirn sickern und ihren Körper durchdringen. Obwohl er sich noch nicht einmal bewegt hatte, spürte sie bereits einen Orgasmus heranrollen. Sie stemmte sich gegen die Lustwellen. »Hör niemals auf, das zu sagen.«

»Ich liebe dich.« Er zog sich zurück, nur um sofort wieder tiefer zu gleiten. »Ich liebe dich.«

Oh Gott!

Sie zog seinen Mund zu ihrem und flüsterte dieselben Worte immer wieder zurück, bis sie beide nicht mehr sprechen und sich gleichzeitig bewegen konnten.

* * *

Chase hatte nicht geahnt, wie befreiend die drei kleinen Worte sein konnten. Mit Piper Liebe zu machen, bekam damit noch viel mehr Tiefe. Und auch die drei Worte selbst bedeuteten jetzt so viel mehr. Als sie wieder atmen konnten, bat er sie, ein paar Sachen zusammenzupacken. »Die Frau, die ich liebe, hatte heute die Polizei vor dem Haus stehen. Wie soll ich da ein Auge zukriegen, wenn sie nicht bei mir ist?«

Piper erhob keinen Widerspruch. »Aber was machen wir mit Kit, wenn wir zur Arbeit gehen?«

»Fürs Erste nehmen wir ihn einfach mit.« Und an den Tagen, an denen er nicht in seinem Büro bei Stone Enterprises sein konnte, würde es ihm ein gutes Gefühl geben, wenn sie Kit bei sich hatte.

Wenn sie heute mit zu ihm kam, würde sie nie wieder gehen. Ihm war das völlig klar. Er musste nur auf den richtigen Zeitpunkt warten, um ihr das zu sagen.

Befreiend. Zu wissen, dass er die Frau fürs Leben gefunden hatte, war ein viel befreienderes Gefühl, als er sich je hätte träumen lassen.

Eine Stunde später waren sie bei ihm, Kit lag entspannt im Wohnzimmer und Chase half Piper beim Auspacken.

»Ganz ehrlich?« Sie hängte ihre Sachen in seinen Schrank. »Ein bisschen nach Neandertaler fühlt sich das schon an.«

»Wie meinst du das?«

Sie kicherte. »Du sagst mir, du liebst mich, und dann schleppst du mich in deine Höhle.«

Er wölbte die Brust vor. »Ich hätte dich sogar über meine Schulter geworfen, aber ich wollte niemanden da drin zu fest drücken.«

Piper legte eine Hand auf ihren Bauch. »Ich glaube, sie hat sich schon daran gewöhnt, hin und wieder von dir gedrückt zu werden.«

»Ich habe ihr doch nicht etwa wehgetan?«

Piper lachte. »Nein.«

»Gut. Brav sein würde mir sehr schwerfallen. Aber wenn es sein müsste …«

»Ganz im Gegenteil. Nichts geht über Schwangerschaftssex. Ich bin immer so kurz vor einem Orgasmus.« Mit einem kecken Grinsen hielt sie zwei Finger ganz nahe zusammen in die Luft.

»Wie kurz?« Er schlang von hinten die Arme um sie.

»Sehr kurz.« Noch einmal hielt sie die zwei Finger hoch.

»Ist er irgendwo hier in der Gegend?« Eine freche Hand fand den Weg in die Wärme zwischen ihren Beinen und Piper schmolz.

»Ja, genau da.« Unter seinen Berührungen wurde sie zu Mus. Sie ließ die Kleider samt den Bügeln fallen und lehnte sich an seine Brust.

Er fand ihre magische Stelle, und schon kurz darauf wurde deutlich, wie nahe ihr Orgasmus tatsächlich war.

Kapitel 35

Den Zeitschriftenartikel, der nach dem Vorfall vor Pipers Hauseinfahrt erschien, entdeckte er ausnahmsweise vor ihr. Und er sah rot.

»Diese Idioten! Ich verklage sie!«, schimpfte er zornig.

»Ich weiß nicht, ob das so einfach ist«, meinte Alex.

»Wie schwer kann das sein?«

Seine Schwester warf die Zeitschrift auf den Schreibtisch des Büros, das sie sich nach wie vor teilten. »Schon erstaunlich, was für Lügen man sich ausdenken und dann auch noch drucken kann.«

»Ich will nicht, dass sie das sieht.« Er verschränkte die Arme.

»Sie ist stark. Ich weiß, du willst sie beschützen. Aber sie wird es sehen – falls sie es nicht längst gesehen hat.«

»Das hätte sie mir gesagt.«

»Die eigentliche Frage ist doch, auf wessen Mist diese Idee gewachsen ist. Für eine derart gigantische Lüge sind diese Schmierfinken doch gar nicht kreativ genug. Irgendjemand muss ihnen das eingeflüstert haben.«

Chase setzte sich auf eins der Sofas. »Melissa vielleicht?«

»Ja, aber warum sollte sie das tun? Aus purem Neid? Schließlich fährt Piper nicht ihren Wagen und wohnt nicht in ihrem Haus. Nein, für mich fühlt sich das eher an, als wollte jemand hier in der Firma für Ärger sorgen.«

»Auch das traue ich Melissa zu«, beharrte Chase.

»Während wir durch diesen Mist abgelenkt sind, haben andere freie Bahn. Eine weitverbreitete Taktik bei Übernahmen. Psychologische Kriegsführung.«

»Wenn ich rausfinde, wer hinter dieser Sache steckt, gibt es wirklich Krieg.«

Alex deutete auf die geschlossene Bürotür. »Wir müssen es Piper sagen, bevor ihr jemand die Zeitschrift auf den Schreibtisch legt.«

Er nickte und Alex steckte den Kopf aus der Tür. »Piper? Hast du mal eine Minute?«

Piper trat ein und ihr Lächeln fiel ab. »Was ist denn?«

Kit schob sich an ihr vorbei und legte sich mitten ins Zimmer.

»Setz dich am besten«, sagte Alex.

Sie blieb stehen. »Was ist?«

Chase stand auf und ging zu ihr. »Der Typ von neulich Abend hat einen Artikel geschrieben.«

Pipers Schultern sackten nach vorn. »Zeig ihn mir.«

»Was da steht, ist absolut scheußlich«, warnte Alex.

Piper streckte die Hand aus und Alex holte die Zeitschrift von ihrem Schreibtisch.

Mechanisch machte Piper mit dem Heft in der Hand ein paar Schritte rückwärts zu einem Sessel und setzte sich. Allein die Überschrift ließ ihr die Galle hochkommen.

Chase Stone – zieht der Milliardär das Kind seines Vaters groß?

Piper las und blätterte stumm.

Dass sie so still war, gefiel Chase überhaupt nicht. Nach dem Lesen starrte sie ein paar Atemzüge lang unverwandt ins Leere. Er nahm ihre Hand und drückte sie.

»Wer denkt sich so etwas aus?«, presste sie zittrig hervor. »Und warum?«

Alex stieß die Luft aus. »Vermutlich ein Ablenkungsmanöver. Um die Anteilseigner nervös zu machen und dazu zu bringen, Fragen zu stellen.«

»Wer?«, fragte Piper noch einmal. Noch immer hing ihr Blick an dem Zeitschriftenartikel. »Melissa hat mir unterstellt …«

Chase zog ihre Hand an seine Lippen. »Wir glauben, dass eher geschäftliche Interessen dahinterstecken als eine eifersüchtige Frau.«

»Oder Neid? Will uns jemand auseinanderbringen? Wenn ihr das glauben würdet … Irgendwer benutzt mein Baby für seine Zwecke.« Pipers starrer Blick machte Chase Angst.

»Wir werden rausfinden, wer diesen Mist verbreitet. Versprochen«, sagte er.

»Melissa hasst mich. Gatlin hasst mich.«

»Gatlin?«, fragte Alex.

»Ein paar Tage nach der Gala hat er mich abgepasst und mir ziemlich deutlich gesagt, ich soll nie wieder mit seiner Frau sprechen.«

Chase gab sich alle Mühe, Pipers Hand nicht zu fest zu drücken. »Wie meinst du das, ›abgepasst‹?«

»Es war im zweiten Stock, nach meiner Besprechung mit dem Architektenteam. Er hat gewartet, bis ich dort allein war, und mir zu verstehen gegeben, wie wenig ihm gefallen hat, was ich bei dem Dinner gesagt habe.«

»Hat er dir gedroht?«, fragte Alex.

Sie schüttelte den Kopf. »Nein. Aber diese widerliche Falschmeldung würde ich ihm zutrauen. Um mich hier rauszuekeln.«

Gatlin war erledigt. So oder so, der Mann hatte in dieser Firma keine Zukunft.

Piper warf die Zeitschrift auf den Tisch und schaute Chase beklommen in die Augen. »Ich muss meine Eltern anrufen. Auf diese Art dürfen sie es auf keinen Fall erfahren.«

»Ja, das wäre schlecht.« Er wünschte, er hätte ihr diese schwierige Aufgabe abnehmen können.

»Sie werden fragen, wer der Vater ist.«

»Sag ihnen, das Baby ist von mir.«

»Chase …«

Alex ging zur Tür. »Ich hole mir einen Kaffee.« Sie verließ das Büro und schloss die Tür hinter sich.

Chase nahm Pipers Hände in seine. »Sag ihnen, es ist von mir.«

»Aber, was wenn …«

»Was wenn was?« Chase ahnte, worauf sie hinauswollte. Doch sie sollte sich keine sorgenvollen Was-wenn-Fragen stellen. Sie sollte sehen, was alles bereits Wirklichkeit geworden war. »Was, wenn wir uns verlieben? Ach, Moment mal, das ist ja schon passiert. Was, wenn du bei mir einziehst? Ach richtig, du bist ja gerade dabei. Was, wenn ich mich in das Baby im Bauch der Frau, die ich liebe, verliebe? Was wenn?«

»Ja, aber was, wenn …«

Er sah ihr an, wie sie ihre Gefühle mit aller Macht im Zaum hielt. Sehr beeindruckend, wenn man bedachte, wie leicht sie in letzter Zeit in Tränen ausbrach.

»Was, wenn ich dir sage, ich will sie behalten? Was, wenn ich ein Bettchen und rosa Söckchen kaufen und den perfekten Namen für sie finden will? Was, wenn ich dich dann verliere, weil ich euch nicht beide haben kann?« Die letzten Worte brachten Piper an den Rand ihrer Kraft.

Er küsste ihre Hände und behielt sie an seinen Lippen. »Du wirst mich nicht verlieren, Piper.«

»Aber …«

»Babe, was erwartest du von mir? Soll ich jetzt gleich hier vor dir auf die Knie gehen? Ohne Ring, ohne Blumen, ohne all die Dinge, die du verdienst?«

Ihre Augen weiteten sich und alle Fragen endeten.

»Verstehst du, was ich dir sagen will? Verstehst du, was schon alles passiert ist?«

Sie nickte. Und da waren auch die Tränen wieder.

»Ruf deine Eltern an.«

»Okay.«

»Soll ich bei dir bleiben?«

Sie schüttelte den Kopf. »Das muss ich allein machen.«

Er küsste sie und stand auf. Kit hob den Kopf, seufzte und streckte sich wieder aus.

Als Chase fast an der Tür war, sagte Piper: »Chase?«

Er wandte sich zu ihr um.

»Ich liebe dich.«

Er fand Alex mit ihrem Smartphone in der Hand an der Kaffeemaschine im Pausenraum.

»Wie geht es ihr?«, fragte sie leise.

Ein breites Lächeln trat auf sein Gesicht. »Sie behält das Baby«, flüsterte er.

Alex stellte ihre Tasse ab. »Das ist die beste Nachricht seit Wochen.«

Wenn Piper ihn ließ, würde Chase Vater werden.

Jemand ging am Pausenraum vorbei, und sie schwiegen einen Moment lang.

»Falls sie recht hat wegen Gatlin …«, fuhr Chase schließlich fort.

»Darüber müssen wir nicht lang diskutieren«, antwortete Alex leise. »Sobald wir Max haben, stürzen wir uns auf Gatlin und finden raus, mit wem er spricht. Dafür können wir einen Privatdetektiv anheuern. Wir erledigen alles Schritt für Schritt, ganz methodisch.«

»Wenn er aber …«

Alex legte eine Hand auf den Arm ihres Bruders. »Ich halte ihn fest, du verpasst ihm den Kinnhaken.«

Verdammt, er liebte seine Schwester. Sein Herz war zum Bersten voll. »Ich brauche einen Juwelier.«

»Was?«

Er legte die Stirn in Falten. »Ich habe keine Ahnung, was Piper gefällt.«

»Du meinst das ernst«, flüsterte Alex. »Bist du sicher, dass du nichts überstürzt?«

Chase warf ihr einen langen Blick zu. »Wenn der richtige Mann in dein Leben tritt und dich nicht so heftig liebt, wie ich Piper liebe, schmeiße ich ihn eigenhändig wieder raus.«

Nachdem sie ihn umarmt hatte, erzählte er ihr haargenau, was ihm vorschwebte.

* * *

»Ist es in Texas so heiß, wie alle sagen?«, fragte Piper, während sie ein paar Sachen in einen Koffer packte.

»Es ist Herbst, Babe. Außerdem gibt es auf der Morrison-Ranch sicher eine Klimaanlage.«

Pipers letztes Schwangerschaftsdrittel war buchstäblich eine heiße Angelegenheit, und sie wartete sehnsüchtig darauf, dass es in Kalifornien ein bisschen kühler wurde. Ihr Körperumfang wuchs, und manchmal glaubte sie, sie werde bald platzen. Dabei hatte sie noch ein paar Wochen vor sich.

Ihre Eltern wollten Chase kennenlernen. Und weil sie Fliegen fast so unerträglich fanden wie den Gedanken, dass ihre Tochter schwanger, aber nicht verheiratet war, hatte Chase vorgeschlagen, sich an einem Ort in der Mitte zu treffen. Gaylord hatte kurzerhand alle zusammen auf seine Ranch eingeladen und angeboten, Pipers Eltern mit seinem Privatflugzeug abholen zu lassen.

Und Jack wollte die Gelegenheit nutzen, um den Stone-Geschwistern zu berichten, was er über Max herausgefunden hatte.

Nachdem sie den Koffer geschlossen hatte, zerrte Piper ihn vom Bett auf den Fußboden.

»Das sollst du doch nicht.«

»Was soll ich nicht?«

»Schwere Sachen heben. Schon gar nicht, wenn ich direkt neben dir stehe.«

Piper legte die Hände links und rechts an ihren Babybauch. »Okay. Nimmst du mir das hier bitte ab?«

Chase drückte einen Kuss auf die Wölbung. »Die nächsten neun Monate schleppe ich sie herum. Versprochen.«

Ein Fahrer brachte sie zum privaten Terminal des Flughafens, wo Alex und Vivian bereits auf sie warteten. Kit stieg die Stufen des Jets hinauf, als würde ihm das Flugzeug gehören. Er beschnupperte das Hundebett auf dem Kabinenboden, dann sprang er auf die Couch.

Alex setzte sich neben den Hund und legte ihre Hand auf seinen Kopf. »Kaum zu glauben, dass ich bis vor Kurzem noch nicht mal Business Class geflogen bin.«

»Das solltest du niemals vergessen, Honey«, sagte Vivian zu ihrer Tochter.

»Ist Gaylords Flugzeug auch so luxuriös?«, fragte Piper.

»Er hat zwei. Ein größeres für Unternehmungen mit der ganzen Familie und ein kleineres, wenn es ein bisschen gemütlicher sein soll.«

Chase setzte sich neben Piper. »Definiere gemütlich.«

»Na ja, kompakter.«

»Aber mit einem Schlafzimmer?«, fragte Alex.

»Selbstverständlich.«

»Wie gemütlich ist es denn genau in dem Flugzeug, Mom?«, frotzelte Alex.

Die Röte, die auf Vivians Wangen kroch, verriet sie.

Piper lachte. »Hat der Mile-High-Club jetzt ein neues Mitglied?«

Vivian kniff die Augen zusammen, schaffte es aber nicht, ein strenges Gesicht zu ziehen. »Muss ich mich von jetzt an von *drei* jungen Leuten ärgern lassen?« Es schien ihr wenig auszumachen.

Nach einem angenehmen Flug traten sie in die nicht allzu schwüle Luft hinaus.

Die Ranch der Morrisons war ein Traum. Gefühlt meilenweit fuhren sie an der Grenze des Anwesens entlang, bis sie schließlich unter einem Schild hindurch in die von Bäumen gesäumte Einfahrt einbogen und kurz danach ein kameraüberwachtes Tor passierten.

Dann endlich lagen die Gebäude vor ihnen: Naturstein, Säulen, Holz.

In der Nähe weideten Pferde, ein Stück entfernt Longhorn-Rinder. Alles war genau so, wie man sich die Ranch eines texanischen Milliardärs vorstellte.

Gaylord stand gemeinsam mit einem Paar auf der Veranda seines Hauses. »Ist das Jack?«

»Ja, mit Jessie, seiner Frau«, erklärte Vivian.

»Wie oft warst du eigentlich schon hier, Mom?«, fragte Chase.

»Ein paar Mal öfter, als es euch angeht.«

Piper lachte über Chase' Stirnrunzeln.

Während ihre Gastgeber sie begrüßten, kümmerte sich der Fahrer um das Gepäck.

Gaylord legte sofort den Arm um Vivians Taille und küsste sie.

»Noch Fragen?«, flüsterte Piper Chase zu.

Dann gab es herzhafte Händedrücke und eine kleine Vorstellungsrunde, bei der beschlossen wurde, auf alle Förmlichkeiten zu verzichten.

»Du hast ein wunderschönes Heim«, sagte Piper auf dem Weg ins Haus zu Gaylord.

»Danke, kleine Mama. Am Grill liegen ein paar saftige Steaks und beste Rinderbrust bereit, und ein ganzer Trupp Köche wird dafür sorgen, dass alle genug zu essen haben. Falls du also so wie Jessie, als sie schwanger war, einen halben Ochsen verspeisen kannst – kein Problem.«

»Danke für diese schmeichelhafte Beschreibung, Dad«, sagte Jessie zu ihrem Schwiegervater.

»Zwischendurch dachten wir mal, sie kriegt Drillinge«, fügte Jack hinzu.

Jessie hakte sich bei ihrem Ehemann unter und schüttelte den Kopf. »Hey! So schlimm war es doch gar nicht.«

Gaylord räusperte sich.

»Bis deine Eltern hier sind, dauert es noch, Piper«, erklärte Jessie. »Du kannst dich also ein bisschen ausruhen.«

Dafür war sie viel zu nervös. »Erst mal brauche ich dringend eine Toilette. Babygirl glaubt, meine Blase sei ein Trampolin.«

»Oje, daran erinnere ich mich nur zu gut. Komm, ich bringe dich zu eurem Zimmer.«

Piper befahl Kit, bei Chase zu bleiben, dann folgte sie Jessie.

»Wie war der Flug?«, fragte Jessie auf dem Weg nach oben.

»Wie schlimm kann ein Flug in einem Privatjet sein?«

Jessie lachte. »Schon verrückt, so zu reisen, oder? Als ich Jack kennengelernt habe, habe ich als Kellnerin gearbeitet und war nie irgendwo gewesen.«

»Diese Art von Veränderung ist sehr erträglich.«

»Oh ja!« Sie betraten ein Gästezimmer, in dem bereits Pipers und Chase' Gepäck stand. »Hier findest du alles, was du brauchst. Und wenn du fertig bist, einfach der Nase nach. Gaylord besteht darauf, seine Gäste immer direkt nach der Ankunft mit Gegrilltem zu bewirten.«

Piper lächelte. »Ich wusste, ich würde ihn mögen.«

Sie benutzte die Toilette und ließ sich dann für einen Moment auf der Kombination aus Polstersessel und Ottomane nieder, die an einem riesigen Fenster mit Blick auf die Ländereien der Morrisons stand.

Sich hier mit ihren Eltern zu treffen, war eine gute Idee. Die Abneigung der beiden gegen große Städte und Menschenmengen hätte die Zusammenkunft sonst noch komplizierter gemacht. Piper schloss die Augen und lehnte sich zurück. Sie malte sich aus, wie es ablaufen würde, wenn ihre Eltern hier ankamen. Ihre Mutter würde versuchen, schnellstmöglich allein mit ihr zu sprechen, ihr Vater Chase beiseitenehmen und deutliche Worte finden.

Um Chase musste sie sich keine Sorgen machen. Das behauptete er zumindest. Nicht dass die Meinung ihrer Eltern auf irgendeine Art ausschlaggebend war. Inzwischen war sie dreißig, und ihnen noch immer alles rechtmachen zu wollen, war reine Zeitverschwendung. Das hatte sie nun endlich verstanden.

Sie legte eine Hand auf ihren Bauch und schüttelte den Kopf darüber, dass sie sich die Freude über ihre Schwangerschaft monatelang mit der Angst vor dem Urteil ihrer Eltern verdorben hatte. Um ihnen die Schande zu ersparen und sich das elterliche Missfallen, hätte sie beinahe ihr Baby weggegeben. Vorbei und erledigt! Das hier war ihr Leben, und wenn die beiden es ihr und Chase schwer machten, würde sie ihnen genau das sagen.

Kapitel 36

»Babe … Babe?«

Piper schlug die Augen auf.

Eine Hand an ihrer Schulter, kniete Chase an ihrer Seite.

»Bin ich eingeschlafen?« Sie rieb sich die Augen und setzte sich auf. »Wie spät ist es?«

»Deine Eltern kommen gerade an.«

»Was?« Sie fuhr hoch. »So lange habt ihr mich schlafen lassen?«

»Meine Mutter hat gedroht, es mir nie zu verzeihen, wenn ich dich wecke.« Chase folgte ihr ins Bad des Gästezimmers.

Sie wollte sich ihre Haarbürste schnappen, dabei hatte sie noch gar nichts ausgepackt. »Ich kann nicht völlig übermüdet aussehen, wenn ich sie begrüße.« Piper schob sich an ihm vorbei zu ihrem Koffer.

Bevor sie ihn hochwuchten konnte, hatte Chase ihn schon geschnappt und auf den Kofferständer gelegt. »Du siehst gut aus.«

»Gut ist nicht gut genug.« Mit ihrer Toilettentasche hetzte Piper zurück zum Badezimmerspiegel. Sie zog die Bürste durch ihr Haar, dann wühlte sie nach dem Lipgloss. Chase schaute zu, wie sie sich die Lippen zartrosa schminkte.

»Du bist wunderschön.«

Sie drehte sich zur Seite, sah aber nichts als den Babybauch im Spiegel.

Noch auf dem Weg zum Koffer zog sie sich das Shirt über den Kopf. Das Kleid, das sie tragen wollte, lag ganz oben. Roséfarben und mit kurzen Ärmeln fiel es ihr weich fließend bis über die Knie. Es war süß und feminin, aber Chase liebte es vor allem, weil es ihre immer größer werdenden Brüste so wunderbar zum Küssen anhob. Sie drehte ihm den Rücken zu, damit er den Reißverschluss schließen konnte. »Ich kann gar nicht glauben, dass ich zwei Stunden lang geschlafen habe.«

»Das war sicher dringend nötig.«

»Aber furchtbar unhöflich, so direkt nach unserer Ankunft.«

Noch einmal ging sie zurück ins Bad und schaute in den Spiegel. Sie nahm ihr Haar oben auf dem Kopf zusammen, drehte sich hin und her und ließ es wieder fallen.

Aufstecken war besser, beschloss sie, und suchte nach einem Clip.

»Alle haben größtes Verständnis.«

Sie zog ein paar Strähnen aus dem Clip und ließ sie um ihr Gesicht fallen. Dann atmete sie tief aus.

Chase nahm sie an den Armen und drückte ihr einen Kuss auf die Schulter. »Du bist strahlend schön, meine Liebste.«

»Okay. Okay.« Noch ein Blick in den Spiegel. Sie hatte getan, was sie im Augenblick tun konnte. »Fertig.« Sie marschierte Richtung Tür.

»Babe?«

»Was?« Sie klopfte auf ihre Seiten, auf ihren Rücken. »Habe ich irgendwas am Kleid?«

»Schuhe, vielleicht?«

»Shit.« Sie zog die schlichten Sandalen, die sie passend zu dem Kleid gekauft hatte, aus dem Koffer, hielt sich an Chase fest und schlüpfte hinein.

Noch ein tiefer Atemzug. »Wie sehe ich aus?«

»Sensationell.« Er küsste sie auf die Stirn, wofür sie dankbar war. Denn Lipgloss …

Auf dem Weg durch den gigantischen Flur zu der breiten Treppe ins Erdgeschoss nahm Chase ihre Hand. Beim Klang der Stimmen ihrer Eltern klammerte sie sich an seinen Fingern fest.

»Du kriegst das hin.«

Schon nach den ersten zwei Stufen kamen ihre Eltern in Sicht. Ihre Mutter brachte ein schwaches Lächeln zustande, ihrem Vater gelang es, nicht allzu finster zu blicken. Er hob das Kinn, die Hände hatte er ineinander verschränkt.

»Da war aber jemand müde«, meinte Vivian, als sie näherkamen.

»Ich wusste gar nicht, wie sehr. Aber dass ich euch habe warten lassen, tut mir wirklich leid.«

»Mach dir keine Gedanken, kleine Mama. Schlaf, wenn du müde bist, und iss, wenn du Hunger hast. Hier bei uns halten wir das immer ganz locker«, sagte Gaylord.

Unten an der Treppe ließ Piper Chase' Hand los und ging zu ihrer Mutter. »Hi, Mom.«

Ihre Mutter umarmte sie. »Mein süßes Baby«, flüsterte sie ihr ins Ohr.

Die Umarmung ihres Vaters fiel deutlich weniger herzlich aus, geradezu kühl. »Hi, Daddy.«

Als Piper einen Schritt zurück machte, schaute er auf ihren Bauch und dann direkt zu Chase.

»Sie müssen der Freund sein.«

Chase trat vor und streckte die Hand aus. »Ja, Mr Maddox. Chase Stone.«

Sie drückten sich die Hände. Und drückten. Und drückten. Ineinander verschlungene Finger, starrer Blick direkt in die Augen.

»Daddy!« Piper legte eine Hand auf die Hände der beiden Männer und beendete damit das seltsame Tauziehen.

Sie stellte sich neben ihre Mutter. »Chase, meine Mutter, Margaret.«

»Freut mich sehr.« Chase streckte auch ihr die Hand hin.

Nur eine kurze Berührung, ein mühsames Lächeln.

»Ich habe schon viel von Ihnen gehört«, sagte Chase zu den beiden.

»Und wir freuen uns darauf, Sie kennenzulernen«, antwortete Margaret. »Nicht wahr, Darryl?«

Pipers Vater antwortete mit einem unbestimmbaren Geräusch.

»Ihr anderen habt euch einander schon vorgestellt, oder?«, fragte Piper rasch, damit die Spannung nicht noch größer wurde.

»Ja, schon geschehen«, sagte Jack.

»Das Essen ist fertig, wir können jederzeit loslegen«, verkündete Gaylord. »Wie wär's mit einem Drink, Darryl? Du siehst aus, als könntest du einen vertragen.«

»Aus Alkohol mache ich mir eigentlich nichts, aber jetzt wäre ein Whiskey ganz angenehm.«

»Da habe ich was für dich.«

Piper schaute Gaylord und ihrem Vater hinterher.

Jack warf Chase einen Blick zu und zuckte die Achseln.

Jessie und Alex verließen die Eingangshalle zusammen, Vivian gesellte sich zu Margaret. »Wir sind ganz verliebt in eure Tochter.«

»Sie hat ihren eigenen Kopf, aber sie war uns immer eine Freude.«

Piper sah Chase an. Er fasste sie an der Hand, und gemeinsam gingen sie hinaus auf die Terrasse von der Größe einer Penthousesuite.

Vom Grill wehte ein köstlicher Duft herüber, aus Lautsprechern, die Piper nicht sehen konnte, erklang Countrymusik. Die Hitze des Tages war verflogen, doch Heizgeräte sorgten für Wärme und Gemütlichkeit.

Chase legte die Lippen an Pipers Ohr. »Ich breche jetzt mal das Eis mit deinem Vater. Wenn wir zusammen ein Stück weggehen, keine Panik.«

Sie wusste, dass das sein musste. Und weil ihr Vater nicht gern unter Menschen war, war es vermutlich besser, wenn Chase allein mit ihm sprach. Mit den Lippen formte sie die Worte »Ich liebe dich«, bevor er sich in Bewegung setzte.

»Was für ein hübsches Kleid«, sagte Alex, während Chase sich zu den Männern mit ihrem Whiskey gesellte. »Sicher kannst du es ändern lassen, wenn das Baby da ist.«

»Oder du hebst es gleich für das nächste auf«, schlug Jessie vor.

»Oje, hetz mich nicht. Im Moment bin ich noch ziemlich mit dem ersten beschäftigt.«

»Ich freue mich schon darauf, Großmutter zu werden«, sagte Vivian. »Gaylord liebt seine Enkel von ganzem Herzen und redet ständig über sie.«

»Wo sind denn eure Kinder?«, fragte Piper Jessie.

»Zu Hause. Wir dachten, es wäre besser, wenn sich erst einmal die Erwachsenen kennenlernen, ohne das Chaos. Vielleicht bringt die Nanny sie später herüber.«

»Wohnt ihr auch hier auf der Ranch?«, erkundigte sich Piper.

Jessie zeigte in die Ferne. »Wir haben unser Haus auf der Ostseite der Ranch gebaut. Katies und Deans Haus steht ein Stück weiter nördlich. Aber sie sind gerade nicht da.«

»Katie ist Jacks Schwester, richtig?«, fragte Alex.

»Ja, wenn alle da sind, ist hier ganz schön was los.« Jessie erzählte von den Kindern und den großen Familienzusammenkünften während der Feiertage.

Genau wie Piper erwartet hatte, nahm ihre Mutter sie nach ein paar Minuten beiseite.

»Oh, Baby«, seufzte Margaret, sobald sie allein waren.

»Mir geht's gut, Mom.«

»Wirklich, Honey? Du siehst müde aus.«

»Natürlich bin ich müde. Ich bin schwanger. Und ich habe mir unglaublich viele Gedanken gemacht, weil ich weiß, wie wenig euch das gefällt.«

»Nein, Liebes …«

»Es gefällt euch?« Piper wusste genau, dass es nicht so war.

Ihre Mutter neigte den Kopf. »Na ja …«

»Siehst du? Aber ihr müsst euch ja nicht freuen.«

»Ist dir denn völlig egal, was die Leute sagen?«

»Damit habe ich mich viel zu lang herumgequält. Und es war absolute Zeitverschwendung. Gleich von dem Moment an, in dem ich gemerkt habe, dass ich schwanger bin, habe ich mir den Kopf darüber zerbrochen, was du und Daddy sagen würdet, was in Ohio über mich geredet werden würde und was die Leute bei der Arbeit von mir denken könnten. Zehn Wochen lang habe ich den Arztbesuch hinausgeschoben, und dann habe ich sofort daran gedacht, mein Kind zur Adoption freizugeben. Nicht, weil ich das wollte, sondern damit ihr nie etwas davon erfahrt.«

»Oh, Honey!«

»Während der ersten Hälfte meiner Schwangerschaft habe ich Tag und Nacht gegrübelt und versucht, meinen Zustand geheim zu halten, um mir Getuschel und böse Kommentare zu ersparen. Ich habe mir eingeredet, allein könnte ich es auf keinen Fall schaffen.« Piper spürte, wie eine ganze Welle von

Gefühlen in ihr aufbrandete. Es war Zeit, ein paar Dinge klarzustellen. »Aus lauter Angst vor dem Gerede hätte ich fast mein Baby weggegeben. Also, nein, Mom. Inzwischen ist mir völlig egal, was irgendwer denkt oder sagt. Wenn man mit einem so bekannten Mann wie Chase zusammen ist, reden die Leute sowieso. Ich hätte nie geglaubt, dass mal ein Foto von mir in irgendeinem Klatschblatt erscheint, und jetzt mache ich praktisch wöchentlich Schlagzeilen. Weil die Wahrheit oft zu langweilig ist, druckt man eben schamlose Lügen. Aber ich habe einen Punkt erreicht, wo mich das nicht mehr kümmert. Ich lebe jetzt so, wie ich es will und wie ich es schon wollte, als ich aus Ohio weggegangen bin. Alle, die heute Abend hier im Haus sind, unterstützen mich sehr, und Chase unterstützen sie sowieso. Er ist einfach wunderbar. Du hättest sein Gesicht sehen sollen, als ich ihm gesagt habe, dass ich mein Baby behalte.« Sie nahm die Hand ihrer Mutter in ihre. »Ich wünsche mir sehr, dass du und Daddy euch mit uns freut. Aber wenn ihr auf euer Enkelkind nicht so stolz sein könnt wie Gaylord auf seine Enkelkinder, muss es auch ohne euch gehen. Mein Babygirl verdient Liebe und Küsse, Kuscheldecken und Kekse – ganz gleich, wann sie gezeugt wurde.«

Ihre Mutter wischte sich eine Träne von der Wange und zog sie in ihre Arme. »Natürlich werden wir dieses Kind lieb haben.«

»Das hoffe ich, Mom.« Piper hob das Kinn und machte sich los.

»Ich kann gar nicht glauben, dass mein Baby ein Baby bekommt.« Seufzend strich ihre Mutter ihr über den Arm.

Piper legte eine Hand auf ihren Bauch und spürte, wie sich ihr kleines Mädchen bewegte.

»Wir können essen.«

Piper ließ den Blick über die Gäste schweifen, hörte ihr Lachen und die leise Musik. In diesem Augenblick wusste sie, dass sie damit klarkommen würde, falls ihre Eltern ihr jetzt den Rücken kehrten. Allein die Liebe und Unterstützung, die sie von Chase bekam, reichten für mehr als ein ganzes Leben.

Gemeinsam mit ihrer Mutter ging sie zum Esstisch und schaute sich nach Chase um. Er war noch immer in das Gespräch mit ihrem Vater vertieft. Die Männer standen ein wenig abseits vom Lichtschein der Terrasse. Ihr Vater gestikulierte, während Chase so bedächtig nickte, wie er es tat, wenn er jemanden abschätzte.

Gaylord gesellte sich zu ihr. »Noch hat dein Daddy mich nicht nach einer Schrotflinte gefragt. Ich denke, Chase ist nicht in Gefahr.«

Vivian stand in Hörweite und lachte. »Herrje, mach ihr doch keine Angst.«

Jessie trat näher. »Möchten Sie ein Glas Wein, Mrs Maddox?«

»Ach ja, warum nicht.«

Piper setzte sich. Die Männer in ihrem Leben behielt sie fest im Blick. Nach einer gefühlten Ewigkeit streckte Chase ihrem Vater die Hand hin. Ihr Vater drückte sie und klopfte Chase kurz auf die Schulter.

Alex beugte sich zu ihr. »Sie lächeln.«

Erleichtert stieß Piper die Luft aus und nahm einen großen Schluck Wasser.

»Wo ist eigentlich Kitty?«

»Ihr habt eine Katze mitgebracht?«, fragte Jessie. »Ich dachte, ihr habt nur einen Hund dabei.«

»Ja, er heißt Kit, aber ich nenne ihn Kitty.«

»Ein Rottweiler namens Kitty?«, fragte Gaylord. »Wie kommt man denn auf so eine Idee, Darling?«

»Er spielt in der Scheune mit den anderen Hunden. Mit Bear und Roxy«, erklärte Jessie.

»Du hast einen Hund namens Bear? Wie kommt man denn auf so eine Idee, Gaylord?«, gab Piper grinsend zurück.

Ihr Gastgeber lachte laut genug, um die allgemeine Aufmerksamkeit auf sich zu lenken. »Du bist schlagfertig, das gefällt mir.«

»Das war sie schon immer«, sagte Margaret.

Chase kehrte zu Piper zurück und rückte seinen Stuhl zurecht. »Habe ich etwas Lustiges verpasst?«

Sie schaute erst ihn an, dann ihren Vater und hoffte, dass bei der Unterhaltung der beiden genauso klare Worte gesprochen worden waren wie zwischen ihr und ihrer Mutter. Aber ganz gleich, wie es mit ihren Eltern jetzt weiterging – Chase und sie kamen auch allein zurecht.

Er legte auf dem Tisch eine Hand auf ihre und drückte sie. Piper beugte sich zu ihm und flüsterte: »Ich liebe dich.«

* * *

Das Abendessen schmeckte fantastisch, und Piper aß genug für sich, das Baby und ein halbes texanisches Dorf. Danach saßen sie lange draußen unter den Sternen. Der warme Lichtschein von der Terrasse und die gläserne Feuerstelle sorgten für die perfekte Atmosphäre am Ende eines wunderbaren Abends.

Nach und nach waren auch ihre Eltern entspannter geworden. Vielleicht lag es ja am Wein; jedenfalls floss die Unterhaltung mühelos dahin. Gaylord erzählte Geschichten über Jack als Kind, ihr Vater steuerte peinliche Anekdoten über die kleine Piper bei. Dass alle gemeinsam darüber lachen konnten, ließ sie hoffen, alles könne gut werden.

Irgendwann stellte Gaylord eine Schachtel vor sie hin. »Ich weiß, dafür ist es noch ein bisschen früh. Aber als ich es gesehen habe, konnte ich mich einfach nicht bremsen.«

»Was ist das?«

»Nur eine Kleinigkeit.«

»Du musst mir doch nichts schenken.«

»Wer sagt, dass das für dich ist?«

Piper lächelte, schaute Chase an und löste die Schleife. Dann hob sie den Deckel der Schachtel. Vor ihr lag ein winziger Cowgirlhut in dunklem Lila und mit Glitzersteinen. Dazu die passenden Cowgirlstiefelchen. »Oh mein Gott, wie süß!«

Chase setzte den Hut auf Pipers Bauch. »Passt wie angegossen.«

Sie legte den Hut beiseite und umarmte Gaylord. »Vielen Dank.«

»Du schwächelst, Dad. Wo ist das Pony?«, fragte Jack mit einem Zwinkern.

»Psst, Junge. Das müssen wir ihnen schonend beibringen.« Gaylord klopfte Piper auf den Rücken. »Gern geschehen, Darling. Freut mich, dass dir die Sachen gefallen.«

»Ich liebe sie.«

»Eine Überraschung habe ich noch.« Er führte sie ein paar Schritte von den Lichtern weg.

Ihr Herz begann wild zu pochen. »Du hast nicht wirklich ein Pony gekauft.«

»Nein. Ich feiere nur gern das Leben. Und dass in dir gerade eines wächst, muss auch gefeiert werden.« Er schaute über seine Schulter. »Jack, sag ihnen, wir sind so weit.«

Das Licht auf der Terrasse wurde gedimmt und Gaylord schaute in den Himmel. Aus dem Nichts tanzten dort plötzlich Lichter. Aber nicht irgendwelche, sondern solche, die an Drohnen befestigt waren. Jemand drehte die Musik lauter und sie gab den Rhythmus für die Show am Nachthimmel vor.

»Wow!«

»Oh, Gaylord, wie wunderschön«, seufzte Vivian.

Die Drohnenlichter malten ein süßes Babygesicht in den Himmel. Dann löste es sich in einem farbigen Feuerwerk auf.

Inzwischen standen auch alle anderen bei ihnen und schauten nach oben.

Chase legte den Arm um Pipers Taille, und sie lehnte sich an ihn. »Wie verrückt ist das denn?«

»Keine halben Sachen. Nicht wahr, Daddy?«, meinte Jessie.

»Wozu hat man denn Geld, wenn man es nicht ausgibt?«

Als Nächstes tanzten ein lilafarbener Cowboyhut und Stiefel über den Himmel, dann kam ein Baby dazu und schließlich ein Pony. Am Ende saß das Baby mit dem lila Hut auf dem Kopf auf dem kleinen Pferd.

»Da ist ja das Pony!«, rief Jack lachend.

Wieder ein farbiges Feuerwerk.

Chase legte die Hände an Pipers Schultern und rieb sie gegen die Kühle der Nacht. Jetzt schrieben die Drohnen Buchstabe für Buchstabe das Wort:

PIPER.

Danach wurde es wieder dunkel. Das nächste Wort blitzte auf.

WILLST

Dann …

DU MICH

Piper blieb der Mund offen stehen.

HEIRATEN?

Sie schnappte nach Luft und wandte sich um. Hinter ihr war Chase auf ein Knie gegangen und hielt eine kleine Schachtel in der Hand. Jetzt verschlug es ihr den Atem.

»Piper, du bist das absolut Beste, was mir je passiert ist. Du bringst mich zum Lachen und du sagst, was du denkst.«

Sie presste ihre Hand auf ihre lächelnden Lippen und spürte, wie ihr Glückstränen in die Augen traten.

»Du machst mich zu einem besseren Menschen, und ich möchte mein Leben mit dir teilen. Schon beim Aufwachen denke ich an dich, und wenn wir nicht zusammen sind, dann träume ich von dir. Sogar am helllichten Tag. Ich will dich jetzt und ich will dich für immer. Ich verspreche dir alle meine Tage, Wochen und Jahre. Wenn du sie haben möchtest.«

Piper zitterte und weinte, lächelte dabei aber so heftig, dass ihre Wangen schmerzten.

»Ich liebe dich von ganzem Herzen und aus ganzer Seele. Bitte, sag, dass du mich heiratest.«

Heftig nickend schluchzte sie auf. Dann flossen die Tränen, und sie streckte die Hände nach ihm aus. »Du weißt, dass ich das will. Also: Ja. Ja! Gazillionen mal Ja!«

Chase stand auf und nahm sie in die Arme, und als ihre Lippen sich berührten, sprühten Funken der Liebe.

Sie hörte die anderen klatschen und dazu das Trommeln ihres Herzens.

»Das ist aber viel mehr als ein Abendessen und Blumen«, flüsterte sie ihm ins Ohr.

»Wir werden ein wunderbares Leben haben.« Er wich ein winziges Stückchen zurück und hielt ihr die offene Schachtel mit dem Ring hin.

»Oh mein Gott!« Ein ovaler Diamant, so groß, dass sich die Drohnen im Himmel darin spiegeln konnten, in einer verspielten Fassung, über die sich kleine Diamanten rankten wie Efeu. Das war viel zu viel und doch absolut perfekt.

»Alex hat gemeint, diese Form würde dir gefallen.«

»Er ist traumhaft.«

Er steckte ihr den Ring an den Finger und küsste sie gleich noch einmal. Hinter ihnen wurde jetzt ein echtes Feuerwerk gezündet. Es füllte den Himmel mit Farben, knallte und zischte.

Auch die Drohnen erwachten noch einmal zum Leben.

SIE HAT JA GESAGT!

Hochzeitsglocken und Kirchen, eine dreistöckige Torte … umrahmt von einem Feuerwerk, das blitzte und funkelte wie die Freude in Pipers Herz.

Nicht dass sie allzu viel davon mitbekamen. Umringt von Menschen standen sie da, als wären sie ganz allein, schauten sich in die Augen und sahen ihre Zukunft vor sich liegen.

Kapitel 37

Während die anderen am nächsten Tag mit Jessie und den Kindern draußen bei den Tieren waren, nahm Jack Chase, Piper und Alex mit in sein Arbeitszimmer und gab jedem ein Foto. Die Aufnahmen zeigten denselben Mann in jeweils anderen Situationen.

»Er trägt den Namen Max Smith.«

»Ihr habt ihn gefunden«, sagte Alex.

»Ja.«

Chase spürte Pipers Hand auf seinem Arm. Um ihr zu zeigen, dass er klarkam, drückte er ihre Finger. Der Mann auf dem Foto sah fast aus wie er, nur mit Vollbart.

»Er hatte ein bewegtes Leben. Wir mussten ein bisschen graben, aber es gibt Unterlagen aus seiner Zeit als Pflegekind. In der ersten Familie hat er nicht mal ein Jahr gelebt, dann wurde er neu vermittelt. Bis zu seiner Einschulung war er in drei verschiedenen Pflegestellen und dazwischen immer wieder für einige Zeit in Heimen untergebracht.«

»Oh Gott«, seufzte Piper.

»Wie kann das sein?«, fragte Alex.

»Keine Ahnung, Darling. Aber die Auflistung hat mir das Herz zerrissen.« Jack atmete tief durch und fuhr fort. »An sein Jugendstrafregister ranzukommen, war weniger schwierig.«

Chase nickte. »Wollen wir hören, wie ihr das geschafft habt?«

Jack schüttelte den Kopf. »Eher nicht.«

»Man muss nicht alles wissen«, pflichtete Piper ihm bei.

»Er ist abgehauen, hat die Schule abgebrochen, ist zurückgekommen und war irgendwann zu alt für die Betreuung durch die Behörden.«

»Verdammt!«, sagte Piper.

»Was bedeutet das?«, fragte Alex.

»Zum Beispiel, dass er nie adoptiert worden ist«, antwortete Piper.

»Woher weißt du das?«, fragte Chase.

»Ich habe mich damit beschäftigt, was mit Kindern passiert, die in Pflegestellen leben und nicht adoptiert werden. Ohne Familie fallen sie ab achtzehn praktisch durchs Raster. Was habt ihr über seine Straftaten erfahren?« Ihre Frage war an Jack gerichtet.

»In den Unterlagen steht etwas von Diebstahl, Einbrüchen und tätlichen Angriffen.«

»Auf Frauen?«, fragte Chase sofort.

Jack schüttelte den Kopf. »Soweit ich gesehen habe, waren das vor allem Prügeleien mit anderen Jungs in den Heimen. Die gute Nachricht ist, dass wir über ihn als Erwachsenen nichts in der Art gefunden haben. Bis Anfang zwanzig hatte er Bewährungsauflagen. In der Zeit hat er seinen Schulabschluss nachgeholt, ist aber nie aufs College gegangen.«

»Womit verdient er sein Geld?«

»Er hat alles Mögliche gemacht, meistens handwerkliche Sachen. Im Augenblick arbeitet er bei einer Firma, die auf

Betonbohrungen spezialisiert ist. Die schlechten Gewohnheiten aus seiner Jugend hat er offenbar abgelegt«, erklärte Jack.

»Na immerhin«, murmelte Alex.

»Wo ist er jetzt?« Chase riss seinen Blick von dem Foto los und drückte Pipers Hand, die sich in seine geschoben hatte.

»In Palmdale, in Kalifornien. Nicht weit von euch.«

»Verheiratet? Kinder?«

»Nope.«

Chase berührte seine Schwester am Rücken.

»Er sieht aus wie du.« Sie versuchte zu lächeln.

»Ich denke, wir sollten sehr bald einen kleinen Roadtrip unternehmen.«

»Alles, was wir erfahren haben, steht hier drin.« Jack klopfte auf einen Ordner.

»Danke, Jack«, sagte Alex.

»Moment, es gibt noch mehr.«

Chase hob das Kinn. »Die Mutter?«

»Nein. Nicht über sie. Über Gatlin.«

Chase' Augen weiteten sich. »Du hast einen privaten Ermittler auf ihn angesetzt?«

Jack trommelte mit einem Bleistift auf seinen Schreibtisch. »Ja. Schon kurz nach eurem Besuch bei uns. Meinem Dad und mir hat nicht gefallen, wie schnell sein Name fiel, als wir gefragt haben, wer euch Sorgen macht. Ich hoffe, es ist okay für euch, dass wir uns mit ihm beschäftigt haben.«

»Verdammt, ja. Mehr als okay.« Alex nickte. »Was habt ihr über ihn erfahren?«

»Er ist die Schlange im Gras, Darling. Hat sich ein paarmal privat mit Melissa und auch mit drei Anteilseignern getroffen.«

»Konntet ihr rauskriegen, was gesprochen wurde?«, fragte Piper.

Jack beugte sich vor. »In groben Zügen. Er sucht Unterstützung, um euch aus der Firmenleitung zu drängen.«

»Das kann er nicht. Dafür gehören uns zu viele Anteile.«

»Er bezweifelt das. Melissa hat wohl entsprechende Andeutungen gemacht.«

»Ich wusste, dass sie etwas weiß«, knurrte Alex.

»Aber eben nicht alles, sonst hätte sie diesen Trumpf längst ausgespielt. Sie schürt nur das Misstrauen, damit Fragen über das Testament gestellt werden. Eine sehr verbitterte Witwe.« Jack hielt inne und holte Luft. »Und noch was. Gatlin erzählt den Anteilseignern, mit dem Unternehmen gehe es bergab, seit ihr auf dem Chefsessel sitzt. Dass sie dringend handeln müssen, um ihre Investitionen zu schützen.«

»Dass Stone Enterprises schon seit einer ganzen Weile gewisse Probleme hat, ist kein Geheimnis. Aber die haben schon lange vor Aaron Stones Tod begonnen«, bemerkte Piper.

»Gatlin dreht es anders hin. Und er gießt zusätzlich Öl ins Feuer, indem er behauptet, die Schlagzeilen in der Klatschpresse würden den Namen Stone beschädigen.«

Chase und Alex tauschten Blicke.

»Steckt er hinter den Presseartikeln?«, fragte Chase.

»Beweisen kann ich es nicht, aber es sieht ganz so aus.«

Alex schnaubte. »Dann werfen wir ihn raus.«

»Immer mit der Ruhe. Meinen Bericht könnt ihr schlecht in seine Personalakte legen. Zwar habe ich den Ermittler angewiesen, nichts Illegales zu tun, keine Telefone zu verwanzen und auch keine Räume, aber er hält sich nicht immer an die Anweisungen. Und vermutlich kennt ihr das Sprichwort ›Sei deinen Freunden nah und deinen Feinden noch näher‹.«

»Kennen wir«, antwortete Chase.

»Ihr müsst dafür sorgen, dass er sich selbst ins Abseits schießt. Wenn ihr ihn jetzt vor die Tür setzt, glauben die Anteilseigner ihm seine Behauptungen. Und wenn die sich gegen euch wenden, habt ihr wirklich ernste Probleme. Besonders, wenn es der Firma gerade sowieso nicht gut geht. Also: Bleibt an Gatlin dran. Wenn ihr ihn dabei erwischt, wie er Tratsch an die Medien weitergibt oder Geschichten erfindet, die euch und die Firma schlecht aussehen lassen, stehen die Anteilseigner hinter euch, nicht hinter ihm.«

Alex schaute Chase an. »Wo er recht hat …«

»Mir gefällt das alles gar nicht.«

Piper drückte seine Hand. »Am besten, wir konzentrieren uns erst mal auf euren Bruder. Allein schon damit seine Anteile nicht in die falschen Hände geraten.«

»Hör auf deine Verlobte, Chase.«

Chase spürte, wie ihn diese neue Bezeichnung für Piper zum Lächeln brachte.

Er nickte. »Um Melissa und Gatlin kümmern wir uns später; jetzt ist erst mal Max an der Reihe.«

»Guter Plan«, bestärkte ihn Jack.

Fast zeitgleich lehnten sie sich alle seufzend zurück.

»Ihr Texaner habt ganze Arbeit geleistet, Jack. Fantastisch! Was sind wir euch schuldig?«, fragte Chase.

Jack schüttelte den Kopf. »So funktioniert das hier bei uns nicht.«

»Jack!«

»Keine Sorge, ich werde nicht eines Tages bei dir aufkreuzen und dich bitten, jemandem die Beine zu brechen, weil du mir einen Gefallen schuldest. Das hier ist nicht geschäftlich, das ist Familie. Und was wir für die Familie tun, lassen wir uns nicht bezahlen.«

»Ich weiß gar nicht, wie wir euch danken sollen«, sagte Alex.

Sie machten sich auf den Weg zur Tür.

»Haltet uns einfach auf dem Laufenden«, antwortete Jack.

»Wenn es etwas Neues gibt, bist du der Erste, der es erfährt.«

Jack umarmte erst Alex, dann Piper. »Herzlichen Glückwunsch noch mal.«

»Danke für alles. Für dieses Wochenende, für die Suche nach Max, für die Informationen über Gatlin und Melissa. Und natürlich dafür, dass ihr alle zusammen meine Eltern beruhigt habt.«

Jack schüttelte den Kopf. »Eltern sein ist die schwierigste und zugleich erfüllendste Aufgabe der Welt. Und sie hört nie auf. Deine Mom und dein Dad wollen immer das Beste für dich und glauben natürlich, sie wüssten, was das ist. Es wird alles gut werden.«

Piper küsste ihn auf die Wange. »Danke.«

Chase drückte ihm die Hand. »Das vergesse ich dir nie.«

»Ihr würdet dasselbe für uns tun.«

»Ja, ganz sicher.« Chase nickte. Seine Welt war nach dem Tod seines Vaters riesengroß geworden. Doch der Kreis echter Freunde, denen man blind vertraute, blieb sehr klein. Die Morrisons gehörten seit Kurzem dazu.

* * *

Aufgewühlt und glücklich, weil er seiner Liebsten einen Ring an den Finger gesteckt hatte und jetzt wusste, wo sein Bruder war, schaute Chase später am Abend zu, wie sich Piper vor dem Zubettgehen das Haar bürstete.

»Seltsam, dass erst mein Vater sterben musste, damit ich die Liebe meines Lebens finden konnte.«

Piper legte die Bürste auf den Schminktisch des großzügig bemessenen Gästezimmers und drehte sich zu ihm um.

Chase saß auf der Bettkante. Sie ging zu ihm und stellte sich vor ihn. Er streichelte ihren Bauch und küsste die Tochter, auf die er sich freute.

»Manchmal frage ich mich, ob deine Gefühle dich eines Tages einholen werden«, sagte Piper.

»Du meinst die Trauer um meinen Vater?«

Sie nickte.

Er schüttelte den Kopf. »Ich habe meinen Vater schon vor langer Zeit verloren. Je tiefer wir in die einzelnen Schichten seines Lebens vordringen, desto klarer wird mir, weshalb wir keinen Draht zueinander finden konnten. Dankbar bin ich ihm nur dafür, dass er mich zu dir geführt hat. Nicht für das Geld, nicht für das Unternehmen. Nur für dich.«

Piper küsste ihn oben auf den Kopf. »Falls der Tag doch noch kommt, wo du um ihn trauern musst, und wenn es erst in zwanzig Jahren ist, dann bin ich da und halte dich fest.«

Chase spürte ein seltsames Gefühl in der Magengegend, so als hätte Piper ihm gerade erlaubt, wirklich alles zu fühlen. Auch Dinge, die er gar nicht fühlen wollte. Er zog sie an sich. »Ich werde nicht dieselben Fehler machen wie mein Vater. Ich werde nie so sein wie er, Piper. Du, ihr beide, werdet für mich immer an erster Stelle stehen.«

»Das weiß ich.«

»Ich möchte ein Heim wie dieses hier. Voller Liebe und Lachen, voller Kinder und Familie.«

»Dieser Wunsch wird bereits wahr. Du verdoppelst gerade die Zahl deiner Geschwister, und die Kleine kommt auch bald.« Piper tätschelte ihren Bauch.

Er beugte sich ein wenig zurück und schaute sie an. »Und du bist da. Für immer.«

Sie hob die Hand mit dem funkelnden Ring. »Ich habe Ja gesagt. Meine Zukunft gehört dir, Chase Stone. Von jetzt an bis zu meinem letzten Atemzug.«

Chase zog sie an sich und verlor sich in ihren Armen.

Epilog

Sie wussten jetzt, dass Max einen in Arizona zugelassenen Ford-110-Pickup besaß. Doch im Bericht der privaten Ermittler stand, dass er meist mit seinem nicht ganz so alten Motorrad zur Arbeit fuhr.

Palmdale lag direkt am Rand der Mojavewüste und war eher für seine Kriminalitätsrate als für ein familienfreundliches Wohnumfeld bekannt. Hier lebte man, weil man sich keine Bleibe leisten konnte, die näher an der Arbeit lag. Nette Ecken gab es in Palmdale zwar auch, aber eben nicht sehr viele.

Max Smith wohnte in einem kleinen gemieteten Haus in einer der weniger netten Gegenden. In Chase' SUV hierherzufahren, war eine gute Idee gewesen. Ein Auto aus der Sammlung seines Vaters hätte doch ziemlich viel Aufsehen erregt.

Gemeinsam warteten Chase, Piper und Alex im Wagen darauf, dass Max auftauchte. So viel über einen Mann zu wissen, der von ihrer Existenz nichts ahnte, fühlte sich seltsam an. Die privaten Ermittler hatten herausgefunden, wann Max normalerweise von der Arbeit zurückfuhr und zu Hause ankam, in welche Bar er am Wochenende ging und mit welchen Nachbarn er sich nicht verstand.

Chase hatte das Gefühl, die Privatsphäre seines Bruders verletzt zu haben, bevor er ihn überhaupt zum ersten Mal getroffen hatte.

Weil der Ford mit dem Arizona-Nummernschild in der Einfahrt stand, warteten sie auf ein Motorrad.

»Vielleicht haben sich die Ermittler in der Zeit getäuscht.« Alex wurde auf dem Rücksitz langsam ungeduldig.

»Max arbeitet in Santa Clarita. Da kann man selbst mit einem Motorrad im Stau stehen.«

»Könnte er vielleicht doch im Haus sein?«, überlegte Piper laut.

»Ich glaube nicht. Auf Jacks Quellen ist sicher Verlass.«

Zwei Minuten später ließ der Klang eines Motorrads Chase' Hand nach der Tür greifen. Im Rückspiegel sah er ein Bild, wie es auch die Detektive mit einem Teleobjektiv fotografiert hatten.

»Das ist er.«

Schon als Max in seine Einfahrt bog, fuhr das Garagentor nach oben, und Chase joggte über die Straße.

Max schaltete den Motor aus und zog sich den Helm vom Kopf.

»Max Smith?«, rief Chase ihm aus ein paar Schritten Entfernung zu.

Piper und Alex waren ihm gefolgt.

Mit einem Blick über die Schulter schwang sich Max von der Maschine und musterte die drei Unbekannten in seiner Einfahrt kritisch. »Was immer Sie verkaufen, kein Interesse.«

Piper lachte. »Genau wie Miss Abigale.«

Max zögerte und schaute sie an.

»Wir wollen nichts verkaufen.« Chase trat näher, aber nicht so nahe, dass er womöglich bedrohlich wirkte.

»Trotzdem kein Interesse.« Offenbar wollte Max sie einfach stehen lassen.

»Wir wissen, wer dein Vater ist.«

Max erstarrte und fixierte Chase. »So was habe ich nicht.«

Piper schob sich neben Chase. »Dann sagen wir, wir wissen, wer dein Erzeuger war.«

Zweifel, aber auch ein Anflug von Hass traten in Max' Augen. Er fixierte Pipers Bauch. »Der interessiert mich nicht.«

»Umso besser.« Alex schnaubte. »Er ist nämlich im April gestorben.«

Ein verwirrtes Blinzeln, dann meinte Max: »Prima. Danke für die guten Nachrichten.« Wieder wandte er sich ab.

»Willst du seinen Namen nicht wissen?« Alex trat vor.

Sichtlich genervt kam Max ein paar Schritte näher und machte Chase damit nervös. »Jetzt passt mal auf. Der Mann, der meine Mutter gevögelt hat, interessiert mich einen feuchten Dreck.« Er hielt inne und schaute Piper an. »Sorry, das soll nicht respektlos klingen. Aber mir ist verdammt noch mal egal, wer er war. Ich hatte einen langen Tag, ich bin müde und brauche eine Dusche und ein Bier. Wenn ihr irgendwas zu sagen habt, spuckt es aus.«

Mit seiner Hand auf ihrem Arm hielt Chase Piper davon ab, zu Max zu gehen.

»Der Name deiner Mutter war Lisa Davis. Geboren bist du in Phoenix, Arizona. Eine Frau namens Abigale hat sich um dich gekümmert, bis deine Mutter dich im Alter von zwei Jahren verlassen hat.« Piper rasselte die Fakten herunter.

Max' Blick flog zu ihr, die Wut wich aus seinen Zügen. »Abigale … eine schwarze Frau?«

Alex seufzte. »Ja. Mit einem Haus voller Quilts und Kekse.«

»Sie wird sich freuen, dass du dich an sie erinnerst«, sagte Piper.

Max fuhr sich mit der Hand über den Bart. »Was ist das für eine verdammte Geschichte?«

Jetzt macht Chase einen Schritt auf ihn zu. »Schau mich mal genau an.«

Sie hatten dieselben Augen, dieselbe Kieferform. Dasselbe Haar und einen ähnlichen Körperbau. Nur bei Chase fehlte der Bart.

»Fuck«, murmelte Max.

»Ich bin dein Halbbruder«, sagte Chase.

Max' Nasenflügel bebten, seine Finger schlossen und öffneten sich.

Alex stellte sich neben Chase. »Ich bin deine Halbschwester.«

Chase zog eine Kopie des DNA-Tests aus seiner Gesäßtasche und hielt sie Max hin. »Der Nachlassverwalter wird sich absichern müssen, dass du es wirklich bist. Aber eigentlich gibt es keinen Grund, daran zu zweifeln.«

Max starrte auf das Schriftstück und fuhr sich mit der Hand durchs Haar. »Nachlassverwalter? Was denn für ein Nachlassverwalter?«

»Unser Vater … dein Vater war Aaron Stone. Stone Enterprises … Stone Hotels und Resorts. Schon mal gehört?«, fragte Chase.

»Ja.« Max wurde blass und wirkte plötzlich gar nicht mehr angriffslustig. Er schaute von dem Blatt Papier in seinen Händen zu Chase und Alex.

»Unser Vater hat seinen drei Kindern seinen gesamten Besitz hinterlassen.« Chase zeigte auf Alex. »Eins.«

Er zeigte auf sich. »Zwei.«

Er zeigte auf Max. »Drei.«

Danksagung

Jetzt wird es Zeit, meinem Team zu danken, aber auch, mich speziell an diejenigen zu wenden, denen ich dieses Buch widme.

Dir, Lindsey Faber, als neuestem Mitglied meiner Gang, danke ich für deinen klaren Blick für Details und deine Begeisterung. Danke für den Feinschliff an diesem Roman. Mit dir zu arbeiten, ist eine Freude.

Wie immer danke ich Amazon / Montlake Publishing und Maria Gomez für ihre Unterstützung bei allem, was ich schreibe.

Jane Dystel, meine verlässliche Agentin und Freundin – danke für alles!

Und jetzt zu euch, liebe Frauen. An diejenigen, die um ihre Periode gebetet haben, dann aber doch zwei Linien auf dem Schwangerschaftstest hatten. Ein ungeplantes Baby kommt in unzähligen Liebesromanen vor, und ich wollte dieses Thema endlich einmal aus meiner Sicht beleuchten. Schwangere Singles stehen oft vor schwierigen Entscheidungen: Sollen sie ihr Kind behalten, es zur Adoption freigeben, die Schwangerschaft abbrechen?

Die Antwort auf diese Fragen ist niemals einfach, und oft spielt dabei das Urteil anderer Menschen eine wichtige Rolle.

Während meiner Zeit als Krankenschwester habe ich lange in der Notaufnahme gearbeitet und dort viel erlebt. Ich habe die Hand einer Fünfzehnjährigen gehalten, die ihre Schwangerschaft bis zum zweiten Schwangerschaftstrimester versteckt hatte. Als ihre Mutter davon erfahren hat, wollte sie nichts mehr mit ihr zu tun haben. »Deine Kleider stehen vor der Haustür. Unter meinem Dach bist du nicht mehr willkommen«, waren ihre letzten Worte an ihre Tochter.

Ich habe gehört, wie ein Vater seiner Tochter wieder und wieder vorgehalten hat: »Aber du willst doch in Harvard studieren!« Als die Tochter sagte, sie werde das Baby behalten, hat er sie bekniet, die Schwangerschaft abbrechen zu lassen, weil sie nicht in seine Pläne für sie passte.

Ich habe erlebt, wie die Unerbittlichkeit ihrer Eltern die jungen Frauen, die sich für ihr Kind entschieden haben, fast zerrissen hat. Und ja, dieses Buch wurde mit diesen Frauen im Hinterkopf geschrieben.

Und wir alle wissen, wie viel Feindseligkeit oft Frauen entgegenschlägt, die den anderen Weg gehen und sich für einen Abbruch entscheiden.

Es wäre schön, wenn wir heutzutage schon ein paar Schritte weiter wären und sich ungeplant Schwangere keine Vorwürfe anhören müssten, sondern Unterstützung bekommen würden. Aber leider ist es nicht so.

Ich werde mir niemals ein Urteil anmaßen.

In Wärme und Liebe …

Catherine

DIE GESCHICHTE VON JACK UND JESSIE MORRISON FINDEN SIE IN MEINEM ROMAN

»Fast ein Date«.

Folge der Autorin auf Amazon

Wenn dir dieses Buch gefallen hat, folge Catherine Bybee auf Amazon. Dann erhältst du eine Benachrichtigung, wenn die Autorin ihr nächstes Buch veröffentlicht. Um der Autorin zu folgen, gehe bitte folgendermaßen vor:

Desktop:

1) Suche auf Amazon.de oder in der Amazon App nach dem Namen der Autorin.
2) Klicke auf den Namen der Autorin, um auf die Autorenseite zu gelangen.
3) Klicke auf den »Folgen«-Button.

Smartphone und Tablet:

1) Suche auf Amazon.de oder in der Amazon App nach dem Namen der Autorin.
2) Klicke auf einen Titel der Autorin.
3) Klicke auf den Namen der Autorin, um auf die Autorenseite zu gelangen.
4) Klicke auf den »Folgen«-Button.

Kindle eReader und Kindle App:

Wenn du dieses Buch auf einem Kindle eReader oder in der Kindle App liest, wird dir automatisch angeboten, der Autorin zu folgen, nachdem du die letzte Seite des Buches gelesen hast.

Printed in Poland
by Amazon Fulfillment
Poland Sp. z o.o., Wrocław

50773695R00266